DUMONT

Paris, 1920er-Jahre. Die einstige Kunststudentin Eileen Gray avanciert zur Interieurkünstlerin, die mit außergewöhnlichem Gespür die Formensprache der Zeit zu interpretieren vermag. Inspiration sind ihr die selbstbewussten Frauen der Left Bank, die Literarischen Salons von Natalie Barney und Gertrude Stein, verwegene Nächte an der Seite ihrer Amour fou, der Chansonnière Damia. Als sie dem fünfzehn Jahre jüngeren Jean Badovici begegnet, nimmt das Leben der Visionärin eine jähe Wendung. Rasch erfasst der Architekturkritiker das Talent Eileens. Mit Kalkül lehrt er sie Wissen über neuartige Bewegungen wie Bauhaus und De Stijl. Sie verliert ihr Herz an Jean, Widrigkeiten zum Trotz, und errichtet dem Geliebten ab 1926 an der Küste nahe Monaco die Villa E.1027, ein schmaler, langgestreckter Bau zwischen Zitronenbäumen, darunter das azurblaue Meer.
Das Gesamtkunstwerk der Autodidaktin erregt Aufsehen. Ihre Kreativität erstaunt noch Le Corbusier, den Meister der Moderne. Doch E.1027 gerät zur Kulisse, wird Schauplatz von Neid und Selbstsucht, von Enttäuschung und Verrat.

Joséphine Nicolas ist das Pseudonym von Christiane Adlung. Sie absolvierte u. a. die Studiengänge Architektur und Innenarchitektur. Bei DuMont erschien 2021 ihr erster Roman ›Tage mit Gatsby‹. Christiane Adlung lebt in Hannover und Nizza.

Joséphine Nicolas

DAS HAUS AM MEERESUFER

Roman

DUMONT

Von Joséphine Nicolas ist bei DuMont außerdem erschienen:

Tage mit Gatsby

MIX
Papier | Fördert gute Waldnutzung
FSC® C083411
FSC
www.fsc.org

Das bei der Produktion dieses Buches entstandene CO_2 wurde durch die Finanzierung von Klimaschutzprojekten kompensiert:
climate-id.com/17531-2110-1001/de

Juli 2024
DuMont Buchverlag, Köln

Dieses Werk wurde vermittelt durch die
Literarische Agentur Michael Gaeb.
Umschlaggestaltung: Lübbeke Naumann Thoben, Köln
Umschlagabbildung: Ute Lübbeke unter Verwendung des Bildes »Côte des Maures et de L'Esterel« von Julien Lacaze und einem Foto von Manuel Bougot.
Satz: Fagott, Ffm
Gesetzt aus der Jenson
Druck und Verarbeitung: CPI books GmbH, Leck
Gedruckt auf säurefreiem und chlorfrei gebleichtem Papier
Printed in Germany
ISBN 978-3-7558-0507-6

www.dumont-buchverlag.de

Den Frauen, die aufbegehren.
Die sich erheben.

Erstaunlich seid ihr Reisenden! und welche erhabenen Geschichten lesen wir in euren Augen, die wie die Meere tief sind! Eröffnet uns die Schätze eurer reichen Gedächtnisse, zeigt uns jene wunderbaren Kleinodien aus Sternenglanz und Himmelsklarheit.

…

Sagt, was habt ihr gesehn?

Charles Baudelaire.

Die Blumen des Bösen, Die Reise III

PROLOG

OKTOBER 1976

Paris. 21, rue Bonaparte.

Weil alles um mich herum lärmte, war ich still.

Dachte in leisen Farben, oft in Schwarz.

Ein sichtbares Schweigen.

Das Dunkle ist Poesie, ist Leidenschaft und Tragik zugleich. Denken Sie an eine mondlose Nacht.

Gedämpftes Morgenlicht. Linien dringen durch die leicht geöffneten Fensterläden, tasten nach Gegenständen im Raum. Vor mir auf dem Tisch eine Holzschachtel aus Nordafrika, unvollendete Collagen. Ein einzelner Pinsel im Glas, daran Schlieren getrockneten Wassers und mein Unvermögen, ich kann nicht malen, konnte es nie. Dann, im gleißend Hellen, das verstaubte Modell eines Architekturentwurfs. Dahinter im Schatten ein Gedichtband Baudelaires, die Seiten aufgeschlagen, zerlesen, all die Erinnerungen darin. *Mein Kind, meine Schwester, denk doch, wie köstlich es wäre, aufzubrechen in die Ferne und dort gemeinsam zu leben!* Wie viele Male er mir die Zeilen vorgetragen hat, im Haus, am Strand, das seichte Meeresrauschen überall, als hielte man eine Muschel ans Ohr, lauschte ihrer ewigen Melodie. Schließe ich die Augen, höre ich ihn die Worte mit sachtem Klang sagen, immer noch, ich höre sie ihn gern vor dem Schlafengehen sagen und spüre Ruhe in mir, diese vollkommene Ruhe, die ich allein in seiner Gegenwart empfand.

Die mich glücklich stimmte.

Mein Blick folgt den Linien. An den Griffen der hohen Flügeltüren hängen Winkelmesser und Lineale, mehrere Schablonen. Auf dem Sims die Skulptur von Zadkine, ein Kopf, sehr schlicht, die Lippen glutrot. Er mag da seit Jahrzehnten stehen, fünf, vielleicht sechs. Vor dem Kamin der ›S-Chair‹; seine geschwungenen Formen spiegeln sich im Lack des Wandschirms, fügen sich gemeinsam mit der an dünnen Schnüren von der Decke herabhängenden Leuchte zu etwas Harmonischem, einem Ganzen. In der beginnenden Dämmerung, wenn ich das elektrische Licht betätige, kreist es wie ein Satellit dort oben, dieses Gebilde aus Ringen und Kegeln, als würde die Zukunft über mich hinwegschweben. Und eine kurze Zeit lang habe ich gedacht, sie würde es beständig tun, schweben, sich öffnen. Mir den Weg weisen für alles, was kommt.

Die Zukunft wirft Licht, die Vergangenheit nur Schatten.

Anfangs wurden meine Entwürfe verlacht. Ich wollte Objekte schaffen, die unserer Zeit entsprachen, die modern waren; ein Versuch, dem Gewesenen zu entfliehen. Doch niemandem gefielen meine Ideen, die Leute fürchteten sich vor dem Lack, vor dem Dunklen, reagierten *très choqué*. Kritiker verrissen mein Werk, demütigten mich auf jede erdenkliche Weise, keiner verstand. Es war tatsächlich kompliziert, und meine inneren Dämonen wurden groß und größer, drohten mir alsbald das Herz zu entreißen. An manchen Tagen rettete mich die Liebe, an anderen die Architektur. Ich überwand meine ärgsten Zweifel und errichtete ein Haus für den Mann, an den ich mich lehnte. Ich wollte ihm zeigen, was ich konnte. Mochte. Unerwartet schaute die Welt auf mich, einen Augenblick lang hielten alle den Atem an. Im nächsten geriet ich in Vergessenheit. Ich hatte mich wie eine Unwegsame gefühlt, wie eine mir Fremde, die am Meeressaum stand, sich apathisch ihrer Kleidung entledigte und in die kalten Fluten schritt. Erst zögerlich, dann stetig tiefer, bis sie keinen Boden mehr unter den Füßen verspürte, mit schwachen Zügen ins Weite schwamm. Irgendwann die Kraft verlor, versank.

Verschwand.

Ich wünschte, ich wäre stärker gewesen, ich hätte mich mehr im Leben getraut. Aber das habe ich nicht.

Ich dachte in leisen Farben, oft in Schwarz.

Ein Windhauch streicht die Fensterläden entlang, bauscht die Vorhänge. Linien werden zu Wellen werden zu Linien. Die Luft ist weich, ganz klar, und ich nehme den Geruch von feuchter Erde wahr, von Kastanien. Sonne. Ich stelle mir vor, ich könnte ein letztes Mal das Rascheln des Herbstlaubs hören, wie es dort unten im Hof über die geborstenen Pflastersteine weht. Oder die Wildgänse, wenn sie über Paris hinwegziehen, dem Süden entgegen, das Schwingen der Flügel, pudrig, klagend.

Alles verblasst.

Die Zeiger der Wanduhr schieben sich beharrlich voran, dem Nichts entgegen. Louise, mein Mädchen, hat vor einer Weile das Appartement verlassen, um in der Tischlerei nahe dem Boulevard Saint-Michel Holz für mich zu besorgen. Ich vertreibe mir die Endlosigkeit. Warte, schaue. Denke. Der Kater schreitet auf samtenen Pfoten herbei, schmiegt sich um meine Beine. In einem Stapel verblichener Papiere erblicke ich das Schreiben Le Corbusiers. Nie habe ich es verbrennen können, wie ich anderes verbrannte, das mir im Laufe meines langen Daseins Qual geworden war. Langsam, unter Mühen, greife ich nach dem gefalteten Bogen, lese noch einmal die anerkennenden Worte über das Haus, den seltenen Geist, den er darin zu schätzen lernte. Dessen Organisation das Innen und Außen bestimmte, Wohlgestalt verlieh. Die wenigen Sätze bergen Schönheit, sie bedeuteten mir Glück, das doch so flüchtig schien, und ich wollte es berühren, fortwährend halten. Wie sehr ich den Architekten verehrt hatte, ihn, den Meister der Moderne, ein Leitstern, zu dem wir alle aufsahen. Hätte ich ahnen können, was geschehen sollte?

Früher oder später wusste ich, dass sich nicht jede Leere füllen lässt, so war ich damals gegangen. Ich verließ das Haus, das ich liebte, als Le Corbusier es hasste. Und dann hasste ich es, als er es zu lieben begann. Als er die weißen Wände bemalte. Die aggressiven, lauten Farben sind abscheulich, tosen wie die See, brüllen weithin. Die Malereien zerstören mein Werk, berauben mich der Würde. Nichts weniger hatte er gewollt.

Unsere Leben sind tragisch miteinander verwoben. Seins und meins und das des Mannes, an den ich mich lehnte.

Das Bunte, das Grelle, es lärmt noch heute in meinem Kopf, und manchmal denke ich, diese Geschichte wird nie ihr Ende finden.

Was alles hätte sein können.

Was war.

EINS

VOM SCHATTEN ZUM LICHT

To create, one must
first question everything.

Eileen Gray

KAPITEL 1

SEPTEMBER 1921

Paris. Rive Droite, Rive Gauche.

Les Halles bei Tagesanbruch. Gedränge auf den breit angelegten Straßen zwischen den Pavillons, dem Bauch der Stadt. Marktleute, Großhändler und Passanten konzertierten Tiraden brüsker Worte. Peitschenknallen. Lieferwagen bahnten sich unter nervösem Gehupe ihren Weg. Der Gestank nach Abgasen. *Commissionaires* schoben Karren aufgetürmter Pastinaken durch die Menge; Träger, dürre Jungen, wankten schwer bepackt mit Körben auf dem Rücken. Irgendwo die wehmütigen Töne eines Akkordeons; an der Ecke ein Paar, sich eng umschlungen im Takt wiegend, hin und her.

»Lust auf das ›Pharamond‹?« In Damias Stimme schwang stets Verruchtes, trieb all ihre Chansons in düstere Nischen, wo Leidenschaft und Verzweiflung eine Liaison miteinander eingingen. »Meine Seele verlangt nach Deftigem.«

Übernächtigt wand ich die Pelzstola um die Schultern, legte den Kopf in den Nacken und stieß letzte Züge meiner Gauloise in den Himmel hinauf. Er wirkte samtig, zum Fühlen nah. *Wie bloß hatte diese Frau erreicht, mich der elaborierten Einsamkeit zu entfremden, mir jenes Paris zu zeigen, das zeit meines Studiums erloschen schien?* Mit gereckten Armen drehte ich mich um die eigene Achse, einmal, zweimal. Genoss diese Atmosphäre, hier, im Morgengrauen, eine verdichtete Variation des Romans Émile Zolas. »Warum nicht?«, sagte ich.

Sie hauchte mir einen Kuss entgegen, stellte das linke Bein auf einen rostigen Poller und öffnete die Schnallen ihres Spangenschuhs. »Meine Füße schmerzen entsetzlich. Was zur Hölle habe ich getan?«

Ich lachte verhalten, dachte an die mondänen Etablissements, in denen wir den vergangenen Stunden entronnen waren, die zu lauten Orchesterklänge, in die wir uns hatten fallen lassen. Beobachtete sie. Das schwarze, hoch aufgeschlitzte Seidenkleid folgte jeder ihrer Bewegungen, schimmerte im Licht der Laternen wie das Gefieder einer Krähe, smaragdfarben, tiefblau. Es harmonierte mit ihrem dunklen Haar, den Locken; sie strich sie ständig aus der Stirn, ich mochte diese Geste. Damia war attraktiv, keine dreißig, über eine Dekade jünger als ich. Sie war anders, womöglich das Kostbarste, das je meine Nähe gesucht hatte, mit mir verschmolz, wenn ich es nur gewährte. Sie streifte den zweiten Schuh von der Ferse, entblößte im Beugen den hellhäutigen Schenkel. Die metallene Puderdose unter dem Strumpfband funkelte auf, und ich erfasste die Gravur, sie war mein. Ein Pulk hemdsärmeliger Arbeiter johlte. Klatschte.

Hinter dichten Wimpern verdrehte die Chansonnière die Augen, nach Jahren auf der Bühne war sie Anzüglichkeiten gewohnt, sie waren ihr zu einer eigenen Art Applaus geworden. Damia betörte Männer, zog sie mit Leichtigkeit in den Bann, ohne je einen von ihnen geliebt zu haben; ich wusste, sie würde es nicht tun, niemals. Mit unbändiger Verve schleuderte sie die Mary Janes in die Meute. »Hübsch, aber wertlos.«

Könnte ich mich meiner Ängste auf die gleiche Weise entheben, ich wäre eine glückliche Frau …

»Wie du sie doch täglich aufs Neue enttäuschst.« Chevalier, Guitry und wie sie alle hießen. Nichts als Aspiranten, wenig mehr als Staub.

»Wer sind die, wenn ich dich haben kann?« Besitzergreifend nahm sie meine Hand, zog mich auf zarten Strümpfen davon.

Weitere Karossen hielten vor den Toren, entluden beständig Nachtschwärmer, die sich dem Ruf ins Bett versagten. Die Markthallen waren damals der Ort der Stunde. Inbegriff dessen, was es bedeutete, jung zu sein, schön zu sein, am Puls der Zeit zu leben. Ob ich dieses Begehr für mich erhob, auf irgendeine Weise dazugehörte, dazugehören wollte, glich einem Fragen nach dem Augenblick, der einen Sekunde, die im nächsten Moment Erinnerung war.

Während des frühmorgendlichen Treibens fanden auf dem Areal verkörperte Schicksale zueinander; die Künstler, die Gangster, die Nutten und Stricher, die Boheme von Paris. Arm in Arm promenierte man durch die prachtvollen Gebäude, stieg über Berge von Kohlköpfen und Karotten hinweg, lief durch Schwaden exotischer Gewürze. Traf inmitten der Verkaufsstände auf lederbeschürzte Metzger, auf eine Abendgesellschaft in nicht mehr blütenweißen Hemden, welken Roben.

Die Umgebung von Les Halles prägten kleine Lokale wie das ›Pharamond‹, das ›Pied de Mouton‹ oder das ›Au Père Tranquil‹, sie boten eine herzhafte Zwiebelsuppe, das Frühstück der Standhaften. Wie oft hatten Damia und ich die Nächte seit dem Kriegsende in diesem *quartier* vergehen lassen? Wie oft war ich hier ihrer Anmut ein weiteres Mal erlegen? Ihrem Selbstbewusstsein, dem Eigensinn?

Catsy von der Rue Pigalle lehnte gegen den Türpfosten unserer Lieblingsbar, rauchte. Ihr Dekolleté umschmeichelte eine Federboa, wand sich an den üppigen Kurven entlang. »Da geht noch was, ihr zwei«, raunte sie.

»Ach, Liebes«, entgegnete Damia kühl. »In deiner Welt herrscht zu viel *ennui*.«

Die Räumlichkeiten waren überfüllt, zu eng, das Gewölbe drückte herab, schien in trägem Einklang mit der Nostalgie. Zwischen den bekannten gab es unaufhörlich fremde Gestalten zu sehen. Sie lungerten am Tresen, vor den schwülstig rot lackierten Wänden, hockten an den wenigen Tischen, auf Sperrholzkisten aus Übersee. Der Geruch von gedünstetem Lauch und überbackenem Gruyère lag in der Luft, ebenso Jazz, der unser Dasein täglich mehr umhüllte. Berauschte. Ich fühlte mich matt und doch auch nicht. Es war ein herrliches Durcheinander in meinem Hirn, es tobte, klagte, vibrierte, wollte ruhen.

»Ich hole die Suppen.« Ein schmaler Lichtstrahl, gleich einem gerichteten Scheinwerfer, streifte Damias Gesicht, die Iris ein elektrisierendes Grün. *La Joconde*. Das Leben verstand sie zu inszenieren. »Suchst du uns eine ruhige Ecke? Machst du das Unmögliche möglich?«

Ich nickte und schaute umher. Entdeckte Brancusi, Bryher und McAlmon, Djuna Barnes. An der gusseisernen Säule lehnte Romaine Brooks; ihre *amour fou*, Miss Barney, dürfte nur einen Katzensprung weit entfernt sein. Wir winkten einander. Die Malerin und ich hielten seit Ewigkeiten Freundschaft, Romaine war die Meisterin des Grau, eine Beschaffenheit aus Glas; sie und ich, wir dachten ähnlich. Wussten, in zerbrechlichen Zeiten sind Freundinnen bedeutender als Geliebte, ist die Distanz das Nähere. Schließlich fand ich eine ausgetretene Stufe auf der Treppe, die zum Privaten ins Obergeschoss führte, nahm Platz und ließ die Dinge um mich herum geschehen.

»Sie gestatten, Madame?« Vor mir balancierte ein gut aussehender Mann, Ende zwanzig ungefähr, eine dampfende Terrine auf einem Unterteller, mit der anderen Hand wies er neben mich, schickte sich zu setzen an. Neigte dabei den Kopf, lächelte. Charmant.

»Nur zu«, sagte ich, hängte meine Stola über die eichene Balustrade und rückte beiseite.

Sein schwarzes Haar wirkte so tadellos wie der gestärkte Kragen seines Hemdes, die Bügelfalte, die seine dunkelgraue Anzughose hinab verlief, die Two-Tones, die er trug. Das ganze Äußere eine Komposition. Dankend kam er meinem Angebot nach, unsere Schultern berührten sich. Er lagerte das Geschirr auf den Knien, und während er schweigsam aß, bemühte ich mich, ihm nicht im Weg zu sein. Welches Verhalten wäre schicklicher? Eine Weile betrachtete ich die Patina des Alters auf dem Holz; zahllose kleine Schrammen in der Oberfläche, die von der Abnutzung polierten Kanten. Spuren, die das Leben in besonderer Weise aufluden. Durchsuchte dann mit den Augen den Saal nach Damia, Konturen von Hüten und Mänteln, wogend, dahintreibend, erfasste sie im Gewirr mit einer Schriftstellerin ins Gespräch vertieft. Ich hatte ihren Namen vergessen, eine wortmächtige *femme fragile*, ausgesprochen elegant. Jene Art Frau, die Eindruck wie Parfum zerstäubte. Achtlosen Schwungs wurde ein Silberkühler auf der untersten Stufe zu unseren Füßen gestellt, er war beschlagen, Flasche und Gläser darin mit winzigen Tauperlen benetzt. Sie zerrannen alsbald.

In dem Intervall, als das Victrola zum wiederholten Male erstarb, schob der Mann die geleerte Terrine auf einen Mauervorsprung, fügte Löffel und Serviette bei. »Haben Sie den Champagner geordert?«, wandte er sich mir zu, den Hauch eines osteuropäischen Akzents im Unbefangenen. Polnisch? Rumänisch?

»Nein«, entgegnete ich.

Flüchtig rieb er sich das Kinn. »Wir sollten uns seiner annehmen, alles andere erschiene mir unhöflich.«

»Sie treiben Ihr Spiel mit mir.«

»Ich würde es nicht wagen, Madame. Nur kann ich kaum der Versuchung widerstehen.« Mit versierter Drehung entfernte er die Agraffe, den Korken, befüllte zwei Gläser, reichte mir eines. »Sie mögen doch Taittinger?«

»Diese Frage kann nicht ernst gemeint sein.«

Wir stießen miteinander an, ich spürte kaltes Wasser die Tresse meines Kleids betropfen.

»Der Auftakt eines herrlichen Tages.« Mit flacher Hand glättete er sein zurückgekämmtes Haar, und zwischen all den Gerüchen nahm ich die Andeutung von Brillantine wahr, assoziierte sie mit leuchtendem Gelb, Bergamotte vielleicht.

»Ich denke, meiner endet nun«, erwiderte ich, ein Gähnen unterdrückend, obwohl mich leichte Nervosität überkam, dachte ich an all die unerledigte Arbeit zu Hause, an das enervierende Schrillen des Fernsprechapparats, die Nachfragen, wann ich meine Aufträge auslieferte. Wann? Die Leute hatten falsche Vorstellungen vom Prozess des Lackierens, er war langwierig, schwierig, nötigte mir und meinen Kunden Geduld ab. Ich wünschte, solche Scharade ließe mich gleichgültig, und stieß einen Seufzer aus.

»Nichts für ungut«, kommentierte er meine Gedanken, als wollte er sie von ihrer Last befreien. »Nur die Überwindung von Schwierigkeiten kann einer Sache Bedeutung verleihen.«

»Ein vortreffliches Bonmot«, hörte ich mich antworten, kämpfte aber mit einer Reihe widersprüchlicher Gefühle. »Erlauben Sie mir die Anmerkung, die Bedeutung dürfte zügiger daherkommen. Derzeit gleicht jeder meiner Tage einem Roman, keiner Kurzgeschichte.«

»Ich habe nichts gegen gute Romane. Sie bergen Wendungen, enden oft überraschend.« Er leerte den Rest seines Glases in einem Zug, unsere Blicke hefteten sich Momente länger aneinander. Lebendige Augen, Neugier.

»Was lesen Sie gerade?«, kam ich seinem nächsten Satz wie auch der eigenen Verlegenheit zuvor.

Er zog ein dünnes, abgegriffenes Buch von Paul Valéry aus der Innentasche seines Jacketts. »*Eupalinos oder Der Architekt*. Sie kennen es?«

»Nein. Beurteile ich seinen Zustand, dürften Sie es jedoch lieben.« Interessiert blätterte ich zwischen den markierten, teils losen Seiten umher, überflog ein paar Zeilen. »Es ist in Dialogform verfasst.«

»Eine fantastische Art der Darstellung«, sagte er. »Der Autor hat der abendländischen Ästhetik eine Urszene erfunden.«

»Zweifelsohne eine Herausforderung.«

»Sie funktioniert. Sokrates und Phaidros sprechen über die Architektur, die Musik und den Vergleich der Künste.« Er schenkte uns Champagner nach und ließ die Flasche in den Kühler zurückgleiten, das Eis darin klirrte. »Wie schuf der Architekt aus einem unförmigen Haufen Steine eine Welt genauer Kräfte? Warum gibt es Häuser, die stumm sind, während andere reden oder sogar singen?«

»Gesang als Ideal des Gebauten? Eine angenehme Vorstellung.«

»Ich hätte es nicht gefälliger formulieren können.«

»Sie sind vom Fach, nehme ich an?«

»Vorletztes Jahr habe ich mein Studium an der ›École Spéciale d'Architecture‹ abgeschlossen.« Der Mann drehte sein Glas zwischen den schlanken Fingern, suchte vielleicht nach Worten, Sätzen; mir war, ein bestimmter Gedanke beschäftigte ihn.

»Und?«, widerstand ich meiner zutiefst verinnerlichten Zurückhaltung abermals. »Werden Sie nun Ihre Entwürfe zum Singen bringen?«

Er lachte heiser auf. »Ehrlich gesagt beabsichtige ich nicht, dem eigenen Bauen Gewicht zu verleihen.«

»Sondern?«

»Ich setze vielmehr auf meine Intuition und versuche die gewaltige Fülle unserer Zeit zu ordnen, zu bewerten und anderen zur Verfügung zu stellen.«

»Das klingt nach einer wahren Symphonie, nicht nach Gesang.«

»Erst einmal nach schlaflosen Nächten.«

Als wäre sie aus einem schummrigen Bühnenhintergrund hervorgetreten, stand Damia plötzlich vor uns. Die Fäuste gebieterisch in die Hüften gestemmt, versperrte sie die Sicht in den Raum, schaute von einem Glas zum anderen. »Die Suppe ist aus«, verkündete sie mokanten Tons. »Aber du scheinst dich bereits anderweitig zu amüsieren.«

»Möchtest du einen Schluck?«, bot ich ihr an, richtete mich auf, strich mein Kleid zurecht.

»Ein paar Leute von der Show wollen in die neue Bar des ›Ritz‹ hinüberfahren. Lass uns dort einen letzten Champagner trinken.«

»Ich begebe mich besser nach Hause«, erwiderte ich. »Die Arbeit wartet.«

Sie schnippte mit den Fingern, ungehalten, senkte die geschminkten Lider, ihre Makellosigkeit nicht im Ansatz gefährdend. »Komm schon, Eileen. Bloß einen Drink, sei nicht langweilig.«

Ich schüttelte den Kopf. Gestattete mir den schalen Bruchteil einer Sekunde, mich zu ärgern; Damias Launen wechselten allzu rasch, sobald ihr Wille keine Durchsetzung versprach. Entschlossen zog ich meine Pelzstola von der Balustrade und verabschiedete mich von dem Unbekannten. »Haben Sie Dank für die anregende Unterhaltung.«

Er erhob sich von der Stufe, deutete eine knappe, distinguierte Verbeugung an, eine Geste, die Frauen zu gefallen pflegte. »Meine Empfehlung, Miss …«

Wir nickten einander zu. Ich drängte durch die Massen, spürte kratzenden Tweed, Ellbogen, Knie, roch Schweiß, Geläster überall, und erneut gelangte ich zu der Erkenntnis: Alleinsein war mein Elixier. Nur in der Einsamkeit konnte ich Kräfte sammeln, voranschreiten. Den zahlreichen Vorhaben Sinn verleihen.

Vor der Tür schlug mir die Kühle des Morgens entgegen. Tief sog ich sie ein und machte mich auf den Weg in mein gewohntes Leben, meine Ungebundenheit. Gedankenversunken überquerte ich den

Pont Neuf, lief von einem Ufer zum anderen, die Rive Gauche ersehnend. Betrachtete die aufgehende Röte auf den gusseisernen Laternen, den Kähnen der Seine. Fern, sehr fern schwindender Dunst.

Paris, du Schöne.

Ich streifte am Quai Malaquais entlang, ließ die verschlossenen Holzläden der *bouquinistes* hinter mir, das zartgrüne Rascheln der Bäume in stählernen Korsetts. Tauchte schließlich in das Häusermeer ein, in jenes Arrondissement, dessen Rhythmus ich mir seit zwei Jahrzehnten gewahrer wurde, Tag um Tag, dessen Anblicke das Gefühl berührten. Sandsteinfassaden gesetzter Melancholie. Hoch aufragende Brandmauern, sich nach theatralischen Abenddämmerungen verzehrend. Flatternde Weißwäsche in Hinterhöfen. Der Jardin du Luxembourg. Und dann die Cafés, die den Franzosen die Welt bedeuteten; diese Gastlichkeit auf sämtlichen Boulevards, ein Kommen und Gehen ganz eigener Maxime, würde ich – als Irin – ihre Geheimnisse je ergründen? Nach ausgiebigem Umherschweifen durch das Viertel verlangsamte ich meine Schritte vor dem ›Deux Magots‹. Besah die Bistrottische, deren Beine im Sägemehl geflochtener Schneckenkörbe ruhten, die schlichten hellen Baumwolltücher, durchtränkt vom gestrigen *vin rouge*. Den Garçon, der sie mit routinierter Hand zu wechseln begann.

»*Bonjour,* Miss Gray«, rief er herüber. »Zu so früher Stunde unterwegs?«

Ich winkte ab. »Sie haben mich nicht gesehen, Arthur.«

»Sehr wohl.« Mit galanter Pose hielt er in der Drehung inne. »Werden Sie nachher vorbeischauen? Die ersten Austern sind eingetroffen.«

»Krustentieren habe ich abgeschworen«, erklärte ich im allmählichen Weitergehen. »Während eines Aufenthalts in Spanien war ich nach dem Genuss von Austern lebensbedrohlich an Typhus erkrankt.«

»*Les Espagnoles*«, betonte der Garçon seine Aussage nun mit der unbeugsamen Arroganz des Großstädters, zuckte die Schultern. »Wir in Paris verstehen uns auf die Zubereitung.«

Sein Selbstverständnis in den Ohren, passierte ich den schmalen Platz, ließ das ehrwürdige Gemäuer der Église Saint-Germain des Prés hinter mir, all die Tauben, die gurrten und ruckten, gurrten, und bewegte mich geradewegs der Rue Bonaparte entgegen. Dachte an jene qualvollen Wochen der Bettlägerigkeit, dem Tod so nah. Damals, es muss um 1904 gewesen sein, kam Mutter besorgt in die Stadt gereist und hatte mich, sobald ich Anzeichen der Genesung zeigte, zur Erholung nach Hyères im Süden Frankreichs gebracht. Der Ort, das älteste Winter-Seebad an der Küste, war mit seinen vornehmen, sich dicht aneinanderschmiegenden Häusern und den von Schatten spendenden Palmen gesäumten Alleen eine der wenigen Erinnerungen, derer ich mich gern entsann. Die in meine Gegenwart gehörten. Derlei Illusion machte das Herz nicht weniger schwer, doch die Traurigkeit blieb schwach umrissen, war nur ein Wort. Das endlos blaue Meer rauschte weiterhin durch meine Gedanken, wurde unablässig vom Zirpen der Zikaden begleitet, und wehte der Wind von den Hügeln der Provence herüber, verströmte er den würzigen Geruch von Rosmarin, den süßen Duft von Oleander.

Wie sehr ich die Spaziergänge am Strand vermisste.

KAPITEL 2

SEPTEMBER 1921

Paris. 21, rue Bonaparte.

Mein Appartement lag in der ersten Etage eines *hôtel particulier* des Marquis de Cyr, ein wohlproportionierter klassizistischer Bau aus dem achtzehnten Jahrhundert. Nachdem ich drei Jahre zur Miete gewohnt hatte und Paris zu meinem ständigen Aufenthaltsort erkor, beschloss ich es 1910 mit Mutters finanziellem Hintergrund zu kaufen. Schon länger hatte ich den Drang verspürt, all die mich umgebenden Scheußlichkeiten darin zu entfernen, eine Art Atelier einzurichten und möglichen Kunden meinen eigenen Stil zu präsentieren. Welchem Interessierten hätte ich die altmodischen *pâtisseries* unterhalb der Decken zumuten können? Die dunkelbraunen Tapeten, die sich von den Wänden schälten? Oder die reich verzierten Spiegel, aus denen nichts als ein Gestern hervorzukriechen schien?

Das dreigeschossige Gebäude verbarg sich hinter einer Mauer, deren Torpfosten von steinernen, mit Efeu berankten Vasen flankiert wurden. Die geräumige Unterkunft erreichte man über den geschwungenen Aufgang eines Treppenhauses. Meine Liebe galt den vier großen französischen Fenstern, von denen man auf den mit Kopfsteinen gepflasterten Innenhof hinunterschaute. Wie häufig ich schon hinter den halb geschlossenen Läden gestanden und die sich räkelnden Katzen auf der noch warmen Motorhaube meines Automobils beobachtet hatte. Oder die Spatzen, die unentwegt zwischen dichtem Blattwerk herumflogen. Bereits im Eingang roch ich die Ausdünstungen verschiedenster Lösemittel, Resultate meines Arbeitens zu Hause, das ich trotz Anmietung zweier Werkstätten zum Lackieren und Weben im *quartier* noch immer nicht aufgegeben hatte. Als ich die Wohnungstür öffnete, stach mir der Geruch beinahe beißend in die Nase, Schleifstaub wirbelte auf. Ich streifte die Schuhe von den Füßen, ließ die Pelzstola nachlässig zu Boden fallen und stieg über Dutzende Hölzer farbiger Proben hinweg. Schritt von Raum zu Raum, stieß die Läden zurück, die Flügel. Schatten der schmiedeeisernen Brüstungen zeichneten erste Bilder auf dem Boden, würden im Laufe des Tages stetig andere Gegenstände berühren; sie waren im Werden, nie im Sein, Schönheit allenthalben. UNSERE AUGEN SIND GESCHAFFEN, DIE FORMEN UNTER DEM LICHT ZU SEHEN: LICHTER UND SCHATTEN ENTHÜLLEN DIE FORMEN. Im Salon langte ich nach der Schachtel Gauloises auf dem Kaminsims, entzündete eine Zigarette. Lief in die Küche. Der Anblick ließ mich erschaudern, er kränkte meinen Ordnungssinn, aber was erwartete ich ohne Mädchen? Modeste hatte ihren Dienst im Frühjahr quittiert, Tranquille war vor einigen Wochen plötzlich verschwunden, wortlos, nicht eine hinterlassene Zeile auf Papier, kein Abschied. Mein ganzes Leben lang hatte ich befürchtet, Menschen zu vergrämen.

Es traf zu.

Die Kirchturmuhr schlug sechsmal, ein tiefes Dröhnen, darin Dringlichkeit. Der Zeitdruck lastete enorm auf mir, entfachte Facetten schlechten Gewissens. Sollte ich mich noch amüsieren gehen? War ich mit meinen dreiundvierzig Jahren nicht zu alt für derartige Eskapaden? Erschöpften sie mich, inspirierten sie mich, ich wusste es nicht. Wie gern hätte ich mir jetzt einen starken Kaffee servieren lassen, die alte Madame Berger, meine Köchin, war jedoch seit Monaten unpässlich. *Vagaries malicieuses*. Zwischen ungespültem Geschirr, geleerten Weinflaschen und übrig gebliebenen Croissants des gestrigen Morgens suchte ich ungeduldig in den Fächern des Buffets nach einer sauberen Porzellantasse. Brühte auf der einzig akzeptablen Herdplatte einen tiefschwarzen Mokka, Reminiszenz an die Tage in der Wüste Nordafrikas, ein Abenteuer mit Jackie. Wie es ihr wohl nach all der Zeit erging. Noch immer in meinem bestickten Abendkleid von Poiret setzte ich mich schließlich im Badezimmer seitlich an den Wannenrand, drehte das heiße Wasser auf, um die Luftfeuchtigkeit zu erhöhen; und während sich die dampfenden Schwaden langsam wie Nebelgeister ausbreiteten und mit klammen Händen nach mir langten, gab ich mich dem intensiven Geschmack gerösteter Kaffeebohnen hin, rauchte die Zigarette. Schloss kurz die Augen, sah ein sepiafarbenes Nichts, Flecken, in Auflösung begriffen. Ich musste die Müdigkeit vertreiben, wenigstens die nächste Lackschicht auf die unzähligen Quader der Paravents auftragen. Ich seufzte erneut; die Worte des Fremden stahlen sich in meinen Kopf, sie hallten nach, leise, schwollen an zu erzählter Melodie. Wurden Haltung. Warum? *Nur die Überwindung von Schwierigkeiten kann einer Sache Bedeutung verleihen …*

Die Arbeiten für das Appartement in der Rue de Lota hatte ich vor zwei Jahren voller Ehrsamkeit angenommen. Es war mein erster umfassender Auftrag, in dem ich nicht nur um einzelne Möbelstücke gebeten wurde, sondern mich als ganzheitliche Interieurkünstlerin beweisen durfte.

Das hing zum Teil mit dem Krieg zusammen. Er hatte Paris verändert und einen entsetzlichen Tribut gefordert. Anfangs mangelte es an Geld, nach entbehrungsreichen Jahren aber suchten alle Vergessen, und ein vorsichtiger Optimismus begann sich wie ein seidenes Tuch über die Wehmut der Stadt zu legen. Ich entsinne mich, Monate nach dem Waffenstillstand in tranceartigem Zustand durch die Straßen gelaufen zu sein, stieß noch an jeder Ecke auf Fragmente jener Gräuel. Die lichten Platanen auf den Boulevards, da man Brennholz benötigt hatte. Der Bombenkrater im nahegelegenen Jardin des Tuileries. Und die Berge angehäuften Schutts, als hätte jemand die Sprachlosigkeit zusammengekehrt, wollte sie entsorgen. Doch dann, ganz sachte, verdrängte die untergehende Sonne die Tristesse jener Bilder, färbte sie in ein abendliches Gold, ein atemberaubendes Spiel aus Licht und Schatten, Schatten und Licht. Es ließ uns hoffen. Ich spürte eine unverkennbare Regung. Auf der noch warmen Asche erfand sich *La Grande Dame* ein weiteres Mal, formte sich zu etwas Modernem, nie Geahntem. Einige der Stilrichtungen zeigten vor dem Krieg vages Erscheinen, nun jedoch entfalteten sie sich zu prächtiger Blüte. Verschiedenste Strömungen sollten die Variablen der bildenden wie auch angewandten Kunst in den kommenden Jahren zunehmend beeinflussen. Expressionisten, Dadaisten, Surrealisten und all die anderen *-isten* und *-ismen*. Nicht geglaubter Reichtum schwemmte die Metropole, beanspruchte Kultur, Wandel. In der Oberschicht wurde die Umgestaltung der eigenen vier Wände Gepflogenheit, das vergangene Jahrhundert musste weichen, die Biederkeit samt unnötigen Zierrats vergehen. Ein Gedanke, den ich seit Langem in den Herzen der Menschen hervorzurufen versuchte, der belächelt, gar verhöhnt wurde.

Scheiterte.

Und plötzlich entwickelte das Geschehen eine Eigendynamik, so geschwind, es versetzte selbst mich in Erstaunen. Die Welt drehte sich tatsächlich. Viele der Wohlhabenden engagierten für die illustren Einrichtungen ihrer Häuser und Appartements namhafte Künstler. Jean Dunand, Albert Rateau, Pierre Legrain – sie bildeten die neuen sogenannten *ensembliers*, gehörten in Fragen des Geschmacks zu den Tonangebenden. Und ich war auf einmal Teil der Riege, ein winziger Splitter im Funkelnden. Nach deprimierenden Zeiten der Unsichtbarkeit, des Herumstocherns im Gewölk, interessierte man sich für die von mir aufwendig gefertigten Lackarbeiten, das erglühende Orangerot meiner Wandschirme, das metaphysische Blau. Die Sessel, die Tische. Wie konnte das sein? Wir alle ließen das floral Geschwungene endgültig hinter uns, wandten uns einer kühneren Geometrie zu, dekadenteren Details. Inspirationen entstanden aus der Begeisterung für den Orient wie auch an allem Afrikanischem, den Aufführungen der *ballets russes*, der zeitgenössischen Malerei, der Lust an Bewegung, Geschwindigkeit, Reisen. Dem Sinn für erlesene Materialien wie Makassar, Onyx und Elfenbein.

Bedauerlicherweise gerieten die Ausführungen in der Rue de Lota zur Tortur, zerrten unerbittlich an den Nerven. Immerfort stattete mir die Auftraggeberin Madame Mathieu-Lévy, Besitzerin des stadtbekannten Modesalons Suzanne Talbot, Besuche ab, zitierte mich auf die Baustelle im äußersten Westen der Stadt. Unterbreitete weitere Wünsche, Anweisungen, wollte Veränderungen, Aufmerksamkeit, obwohl sie eingangs sämtlichen meiner Vorschläge enthusiastisch zugestimmt hatte. Seit Wochen bedrängte sie mich, Barhocker zu entwerfen.

Ich weigerte mich.

Die Situation grenzte an Absurdität. Wenn ich aber einige Jahre zurückdachte, hätte ich wissen müssen, worauf ich mich einließ. Jaques Doucet, einer der renommiertesten Modeschöpfer Frankreichs und Kunstsammler, war 1913 mein erster wichtiger Kunde gewesen. Bereits er hatte mich damals mit seinen exaltierten Ansprüchen an die Grenzen des Machbaren gedrängt. Doch Starrsinn trieb mich an, ich war nicht gewillt aufzugeben. Eher klammerte ich mich an so etwas wie Verzweiflung und versuchte, mein Arbeitspensum zu erhöhen, ein feineres Gespür für Menschen zu entwickeln, ihre Charaktere zu ergründen. Trotz Einfühlungsvermögens besaß ich wenig Geschick darin, es fiel mir nicht leicht.

Ich suchte meine Werkzeuge zusammen, kontrollierte im Gegenlicht sämtliche Schnittkanten der Pinsel; die breiten aus Frauen-, Katzen- oder Kaninchenhaar gefertigt, die flachen aus Achselhaar der Schiffsratten. Die Lackkunst übte eine ungeahnte Faszination auf mich aus, besagte Vollkommenheit, Reinheit. Mit ihr hatte ich zu Beginn des Jahrhunderts eine fremdartige Welt entdeckt, die mich bald in ihren Bann zog, Berufung werden sollte. Sie kam meiner eher schüchternen Persönlichkeit entgegen, meinem Dasein als Einzelgängerin. Es war eine abgeschiedene Tätigkeit, die ein stetes Ausprobieren erforderte. Mit Beharrlichkeit und Disziplin hatte ich die Technik erlernt, mithilfe des Künstlers Seizo Sougawara, einem asiatischen Meister, verfeinert.

Eigene Wege beschritten.

Der Lack, meist aus dem Harz von Bäumen gewonnen, war transparent und zäh, trocknete rasch. Nach japanischer Tradition trug man in festgelegter Reihenfolge mindestens zweiundzwanzig, oft mehr Schichten übereinander auf das Objekt. Jede einzelne von ihnen wurde poliert, um den Glanz zu erhöhen, mit dünner Seide oder Gaze überzogen, durch einen Leimanstrich aus Reisgummi rissfest gemacht. Ab der achtzehnten Schicht ließen sich den letzten Überzügen Farbpigmente in Pulverform beimengen, Intarsien einlegen. Das Abreiben mit einem Bimsstein erbrachte schließlich den geheimnisvollen, tiefen Schimmer. Jeder Arbeitsgang, jedes Material erforderte meine Konzentration, Fehler machten sich auf spiegelblanker Fläche unvermittelt bemerkbar. Eine Mühsal. Während des Lackierens sollte der Raum möglichst staubfrei und feucht sein. Sougawara, ein Mann immenser Weisheit und von Anbeginn Leitung meiner Werkstatt, hatte erzählt, dass die Lackhandwerker im alten Japan auf der Suche nach solchen idealen Bedingungen oft in Booten auf das offene Meer hinausfuhren. Angeregt von seinen Beschreibungen imitierte ich die Bedingungen im Badezimmer, bessere Ergebnisse zum Ziel.

Vor der Wanne mit den Klauenfüßen kniend, bearbeitete ich nun ein gutes Dutzend der rund vierhundertfünfzig Quader mit einer weiteren gräulichen Schicht Lack. Sie nahmen sich aus wie flache Ziegelsteine, trugen sinnbildlich nicht selten deren Gewicht. Recht bald würde ich sie im Vestibül Madame Mathieu-Lévys zu teils beweglichen Paravents vor den Wänden montieren lassen. Mit ruhiger Bewegung, annähernd mechanisch, strich ich den Pinsel über das Holz, versenkte mich meditativ in dem, was ich liebte, konnte. Entfloh so auf meine Weise der Gefahr gesellschaftlicher Einengung, der Lebensgewohnheiten, wie sie die Menschen ringsumher pflegten. Dachte an Damia, an die Fertigstellung der Rue de Lota. Fügte der zähen Masse einen Hauch Silberpigment hinzu, etwas Sabi. Dachte an so vieles. Würde mir dieser erste große Auftrag endlich jene Anerkennung bringen, nach der ich mich seit Jahren sehnte? Was bedeutete mir Wertschätzung? Und was Erfolg?

*

… Einige von uns malen Miniaturen, weben wundersame Stoffe. Andere, wie Kipling es ausdrückt, ›machen Dinge mit einem Stift‹. Aber keiner von uns – oder gibt es da wohl noch jemanden? – hat sich wie Miss Eileen Gray für Lack als Ausdrucksmittel entschieden …

Vogue, August 1917

… Wandverkleidungen und Möbel aus Lack verdrängen die alten Götter in Paris und London … Paris überflügelt allerdings noch die englische Hauptstadt, denn dort wohnt Miss Gray, unbestritten die Meisterin ihres schwierigen Fachs. Sie beherrscht als Erste auf ihrem Gebiet handwerkliches Geschick in bisher nicht erreichter Perfektion … Die Wände scheinen Skizzen der letzten Kubis-

tenausstellung; zumindest eines der Paneele könnte heißen ›Akt, die Treppe herabsteigend‹ …

Harper's Bazaar, September 1920

… das Faible für Lack, das im 17. Jahrhundert herrschte, ist heute erneut zu bemerken, und einige bedeutende Künstler haben die Materie zu ihrem ganz eigenen Ausdrucksmittel gemacht. Zu den bekanntesten von ihnen zählt Miss Gray …

London Times, März 1921

*

Dann schien alles getan. Ein letzter prüfender Blick. Die ätherische Sinnlichkeit, die ich zu modellieren versuchte, gewann allmählich an Aussehen, wenngleich ich meinen Ansprüchen niemals gerecht würde. Die Perfektionistin in mir machte mich zu einer harschen Kritikerin meiner selbst, vor deren Urteilen ich nur allzu gern davonlaufen und keinen Blick zurückwerfen wollte. Meine Hände brannten, ich arbeitete ohne Schutz, brauchte die Nähe zur Substanz, das Gleiten, das Suchen, Fühlen. Kleine rote Bläschen wanden sich wie Sternenregen die Gelenke entlang, fanden sich noch auf den Unterarmen. *Urushi-Kaburé*, die Lackkrankheit, sie plagte mich mal mehr, mal weniger. Minutenlang ließ ich mir Wasser über die Haut laufen, Kühles erbrachte Linderung. Hinter all den Vorgängen bedrängte mich immer vernehmbarer die Frage, ob dieser bedachtsamen, nur mit Ausdauer zu begegnenden Tätigkeit in rastlosen Zeiten wie diesen nichts Paradoxes anhing.

Ich wusch die Pinsel, reinigte Spatel und Messer mit einem in Öl getränkten Wattebausch. Rieb mir die schmerzenden Glieder, rauchte eine weitere Zigarette und ging ins Schlafzimmer hinüber. Bleierne Müdigkeit. Ich schloss die Läden, die Fenster, legte mich im Abendkleid auf das Bett, zu erschöpft, es auszuziehen. Betrachtete im Halbdunkel die Schatten an den Wänden. Muster, hellere wie dunkle. Sie tanzten.

Über den Schlaf.

Was erwarteten wir vom Schlaf? Von den Träumen? Sollten sie nicht unseren Kummer verdrängen, uns jene Ängste und Sorgen nehmen, die das Geschehen des Tages bestimmten?

Flüchteten wir nicht von einem Zustand in den anderen, vom Wachen zum Schlafen, vom Schlafen zum Wachen, um dem zu entgehen, was wir wussten? Nicht wussten?

Auf der Suche nach dem, was war, und dem, was sein könnte, geriet die Seele an Grenzen.

Wirklichkeit und Täuschung.

Wahrheit und Lüge.

MÄRZ 1885

Irland. Enniscorthy, Brownswood House.

Vollmond. Das Knarren war furchterregend, ich verspürte Angst, allein in dem großen Raum, dem riesigen alten Herrenhaus, in dem die Kälte umherwaberte und mich vom Schlafen abhielt. Immer wieder hörte ich ein Ächzen auf dem zugigen Flur vorüberwehen. Waren es tatsächlich die Gespenster, denen meine älteren Brüder James und Lonsdale so oft auf dem Dachboden hinterherjagten? *Sie kommen, dich zu holen, Eileen.* Oder war Vater aus Italien zurückgekehrt? Stimmte es vielleicht doch nicht, was ich die Dienstboten unten in der Küche hinter vorgehaltener Hand hatte reden hören? Hatte er Mutter nicht verlassen? Klopfenden Herzens schlug ich die Decke zurück, schlich auf Zehenspitzen zur Tür, lauschte. Spähte.

Nahm all meinen Mut zusammen, lief über die endlos langen Gänge, die Treppen hinauf, in den anderen Trakt, zu Mutters Schlafgemach. Ich war sechs Jahre alt, und ich wusste, dass ich sie nicht stören durfte, sie war traurig. Leise schob ich zwei Stühle vor die hohen Flügeltüren, rollte mich auf den Polstern zusammen, fuhr mit den Fingern über den rauen Stoff. Vor und zurück, es beruhigte mich. Ich fror, aber ich war nicht einsam. Mutter befand sich in der Nähe, sie schlief gleich hinter der Tür, und wenn sie aufwachte, würde sie herauskommen und mich fest in die Arme schließen. Vater hatte mich stets an sich gedrückt, dann nahm er mich auf seinen Schoß und las mir das Märchen vom Perlenbrunnen vor. Ich liebte die bunten Bilder des Buchs, die herumschwirrenden Elfen darin, all die Naturgeister, freundliche Wesen, die er eigenhändig gemalt hatte. Vater war ein Künstler, und wäre ich ein Junge, ich hätte werden wollen wie er.

In der Morgendämmerung weckte mich Ceallagh, das Hausmädchen, indem sie sanft meine Schulter rüttelte: »Was für ein unbequemes Lager. Sie müssen aufstehen, kleine Miss!«, befahl sie mit leiser, dennoch nachdrücklicher Stimme und setzte mich hoch. »Ihre Frau Mutter wird es nicht gutheißen, Sie hier vorzufinden.«

»Aber ich will sie trösten«, widersprach ich mit gesenktem Kopf, betrachtete meine blau geäderten Hände. Ihre Farbe ähnelte den Fischen im Seerosenteich, nah unter der Oberfläche, wenn das Sonnenlicht hineinfiel. Ich dachte an ihre blassen Mäuler, die unentwegt nach Luft schnappten. Die hässlich und schön waren.

»Ihre Frau Mutter benötigt keinen Trost. Sie verlangt allerhöchsten Respekt, seit sie das alleinige Familienoberhaupt ist. Als zukünftige Baroness muss sie Ihnen und Ihren vier Geschwistern Manieren beibringen und für Ihre Erziehung und Zukunft sorgen.«

»Ich will keine Prinzessin sein.«

»Sie werden einmal eine *Honourable* sein, kleine Miss. Eine Ehrwürdige, die sich zu benehmen weiß und niemandem Schande bereitet.«

Ihre Worte verstand ich kaum. Aber ich erahnte sie. Ich denke, in jenem Moment sah ich den weißen Tropfen zum ersten Mal, schloss ich die Lider, sah ich ihn leuchtend vor dunklem Hintergrund schweben, er hatte etwas Zähes, Klebriges an sich, war einfach da. Seine Bedeutung sollte sich mir erst Jahre später eröffnen. Ich allein trug für Mutters Kummer Verantwortung, kein Mensch außer mir konnte an Vaters Verschwinden schuld sein. Ich hatte meinen einzigen Freund vertrieben. Es war schlimm.

Und doch sollte alles noch schlimmer kommen.

SEPTEMBER 1921

Paris. 21, rue Bonaparte.

Als ich aus unruhigen Träumen erwachte, strichen die Erinnerungen weiterhin an mir vorüber, saß ich noch immer zwischen meinen Geschwistern an der langen Tafel im mit Eichenholz verkleideten Frühstückssalon. Fror. War umgeben von verrußten Ahnenporträts in wuchtigen Goldrahmen; Augen, überall Augen, missbilligend starrten sie auf mich herab, verfolgten mich. Mahlzeiten waren stets schweigend in *The House* eingenommen worden, ein quälendes Ritual. Mutter duldete keine Gespräche bei Tisch, und auch geraume Zeit nach der Trennung (ein Wort, das sie sich nie zu äußern gestattet hätte) interessierte sie nichts als Ethik und Moral; gesellschaftliche Werte, denen sie sich einst rebellisch zu widersetzen gewusst hatte. Inmitten dieser viktorianischen Wirren jedoch schienen diese Unveränderlichen ihre einzig Verbündeten. Gemeinsam mit ihnen hatte sie meine Kindheit unter einem *plumeau* der Überspanntheit, der Exzentrik zu ersticken gedroht. Gelang es mir auch in späteren Jahren mich von dieser Schwere zu befreien, ein Gefühl der Verlassenheit sollte sich tief in einem verborgenen Winkel meines Herzens einnisten, Ängstlichkeit und Selbstzweifel schüren.

Die Hausglocke ertönte. Ruckartig erhob ich mich, brauchte im schwachen Zwielicht einen Moment der Orientierung. Womöglich unangekündigte Klientel, diese Besuche in den eigenen vier Wänden, ich begann sie zu verabscheuen. Ich warf einen Blick in den Spiegel über der Kommode. Sah ein mit Fältchen überzogenes Gesicht, sich verbindende Linien, mehr als gestern, bleiche Lippen. Mit fahrigen Händen richtete ich mir das über die Schultern fallende Haar, flocht es grob. Zwei Schildpattkämme. Ging schwelenden Unbehagens zur Tür, schaute flüchtig auf die Standuhr in der Ecke der Halle, ich hatte Stunden auf dem Bett zugebracht.

»Es dauert Ewigkeiten, bis du mir öffnest«, empörte sich Damia, eine *cloche* tief ins Gesicht gezogen, die schmale Krempe ihren Argwohn überschattend. Tropfen geschliffenen Jetts funkelten auf. Divengleich trat sie ein. An der Leine den gezähmten Panther, den ihr vor Monaten ein Verehrer nach der Darbietung von *Le fou* in die Garderobe hatte bringen lassen; jenem Lied, bei dem sie über die Bühne rannte, sich zu Boden warf und das sie auf Knien singend beendete. »So beschäftigt, *ma chère?*«

Diese bittersüße Schwingung im Raum. Ich beherrschte mich, widerstand ihrer Provokation. Strich dem Tier über das nachtschwarze Fell, fühlte die geschmeidigen Muskeln, jeden Strang, als wäre es augenblicklich zum Sprung, zum Töten bereit. »Ich bin müde, Damia.«

Abfällig, während ich die Tatzen erhaben über das Parkett davonschreiten hörte, nahm sie mein zerknittertes Kleid in Augenschein. »Ein Zusammenhang mit diesem *beau* am Morgen mag kaum bestehen, oder?

»Ein zufälliges Aufeinandertreffen.«

»Du läufst niemandem aus Versehen über den Weg, einem Jüngling schon gar nicht.« Ein harscher, anfeindender Ton, ihre Gestalt siedend. »Welcher Art war eure Unterhaltung? Das Wetter? *Des choses vulgaires?* Sag nicht Nichtigkeiten.«

»Habe ich dir je gestanden, dich um deine Theatralik zu beneiden?«, versuchte ich das Kantige ihres Empfindens zu mildern, ihre getriebene Eifersucht, dieser niederste Instinkt unseres Seins, der schlagartig ein Zuviel darbot. Ich hatte keinen Zweifel, wusste, dass sie den Fremden im ›Pharamond‹ zur Sprache bringen würde. Aber sie war auch die letzte Person auf Erden, von der ich mich heute in Tausende Stücke zerreißen ließe. Ich berührte ihr Kinn, zart, die Narbe daran, als berührte ich fragile Schmetterlingsflügel. Küsste die Wange meiner Chansonnière, einer aus ärmsten Verhältnissen stammenden Gendarmentochter, die sich ihre Sichtbarkeit hart hatte erkämpfen müssen, jeden ihrer Auftritte mittlerweile zu choreografieren genoss. Spürte die weichen Härchen, die Haut, die nach Eleganz roch, nach Talkum. Sinnlichkeit. »Marisa Damia, wie gern wäre ich so *dramatique* und *tragique* wie du.«

»Ich begehre dich«, flüsterte sie heiser, Kehrtwende schillernder Launen. »Ich brauche dich.«

Die dunklen Vokale strichen an meiner Seele entlang. Zogen mich an, stießen mich ab. Ein Kräftemessen, ein Räuber. Aber ich wusste, mit diesen beiden Sätzen, dem einen wie dem anderen, war vorübergehend alles gut, waren die Wogen eine Weile geglättet. *Wie still ist die See?* »Warum sonst hätten wir einander in Paris begegnen sollen?«

Sie legte den Kopf in den Nacken, lachte gelöst, ein Perlmuttlachen, weiße Zähne dominierten die Momente. »Du umgibst mich mit der Stabilität, an der es mir mangelt.«

An manchen Tagen war ich Halt, an anderen ruhender Pol im unsteten Getriebe ihrer Existenz. Die Sonne, die alles erhellte. Ich setzte mich einem geschwinden Gefecht mit meinem Gewissen aus.

Es war seltsam, was ich fühlte und nicht sagte, und sagte, was ich nicht fühlte. Wie gern hätte ich Herz und Verstand in Einklang gebracht. Doch es widersprach meinem Naturell, über Emotionen wie Vertrauen oder Liebe zu reden, Gedanken tiefster Intimität zu offenbaren. Ein schier unlösbares Problem in mir, oder, wie ich in späteren Jahren sagen sollte, die Quadratur des Kreises.

Ich hatte Angst vor Verletzungen.

Angst vor dem Verlassen, dem Verlassenwerden.

Dem Versagen.

Angst.

Stattdessen berichtete ich von dem Haus in Samois-sur-Seine, ein Wochenenddomizil am Ufer des Flusses, das ich nach reiflicher Überlegung zu kaufen gedachte, das ich nach Aneignung einiger Kenntnisse möglicherweise ein wenig umbauen wollte. Erste Ideen, zu empfindsam, sie zu entbinden. Ich war häufig dort gewesen, hatte schon vor dem Krieg von etwas Eigenem an diesem Ort geträumt, am Wasser. Ich erwähnte Verschönerungen, schwärmte vom *laisser-faire*.

»Wir werden an den Sonntagen während stundenlanger Spaziergänge den Wald von Fontainebleau erkunden.«

»Den Bois haben wir inzwischen auch ausgiebig durchwandert. Ich meine dort jeden Baum, jede Wurzel zu kennen«, befand sie und bot mir tatkräftige Hilfe an. »Ich kann Eimer voller Schutt hinaustragen, Wände streichen, was immer du willst.«

»Wunderbar.« Ich wusste, es würde nie geschehen.

»Und dann werden wir Freunde einladen.«

»Mit einem Picknickkorb im Ruderboot auf die einsame Insel übersetzen.«

»Splitternackt in die Fluten springen.«

»Klingt verheißungsvoll.« Zärtlich biss sie mir in den Hals, küsste ihn in langer Gerade bis zum Ansatz meines Haars hinauf, biss. Küsste. Es schmerzte, und doch nicht genug.

»Aber sag«, meinte Damia später, als sie in den Bändern ihrer *cloche* nach der Nadel tastete, sie schließlich mit manierierter Geste aus dem Stoff hervorzog, »was machen wir kommenden Freitag? Lassen wir uns auf einen Drink bei Miss Barney blicken? Und fahren wir dann mit deinem Automobil über die Champs-Élysées, dem Mondschein entgegen?«

Sie erweckte den Anschein von Leidenschaft, von absoluter Hingabe, es war das, was ich an ihr liebte. Es war jenes allegorische Hindernis, das den gemeinsamen Träumen zunehmend die Sicht nahm.

Wurde höher, immer höher.

KAPITEL 3

MÄRZ 1895

London. South Kensington,

The Little Boltons …

Das Frühjahr hing lastend in einem Nebel, der fast alles Leben aufzulösen vermochte. Lief ich mit Thora, meiner drei Jahre älteren Schwester, über die Brücken, konnten wir die dahinfließende Themse kaum erkennen. Ab und an wanden sich gräulich braune Schaumkronen, gleich schmutzigen Sorbets, zitternd an den Ufern entlang. Nur wenige Tauben segelten durch den Wind. Die Tage vergingen, selbst die Statuen im Hyde Park schienen die steinernen Kragen ihrer Mäntel hochzuschlagen, kein Kind trieb lachend einen hölzernen Reifen voran. Die Luft war feucht, benetzte die Avenuen, tropfte die Markisen der Cafés hinab; dieses deprimierende Nass verfolgte uns nach Spaziergängen bis in die schwarz-weiß geflieste Eingangshalle unseres herrschaftlichen Stadthauses hinein.

Die Beine dicht an mich herangezogen, saß ich im Erker des gemeinsamen Mädchenzimmers, ein Buch neben mir liegend. Beschlug die Scheiben mit warmem Atem und schrieb *The world's mine oyster* darauf. Ein Wassertropfen rann meinen Finger entlang. Kalt wie Schnee. Dick wie Blut.

»Nietzsche?«, fragte Thora, während sie ihr dunkles, rot glänzendes Haar der abendlichen Routine mit einer Bürste unterzog.

»Shakespeare«, widerlegte ich abwesend, entsann mich entlang ihres gelangweilten Tons ungeahnt all der Gouvernanten, die gekommen und gegangen waren und uns heranwachsenden Kindern mit sporadischem Hausunterricht selten Bleibendes hatten vermitteln können. Sobald ich des Lesens mächtig war, ließ ich mich in andere Welten sinken, verschwand tief und tiefer zwischen dicht gesetzten Zeilen, aus denen ich kaum zurückkehrte. »Vielleicht solltest du dich eingehender mit den Klassikern beschäftigen.« Demonstrativ hielt ich meine ledergebundene Ausgabe in die Höhe. »Unsere Bibliothek birgt ungeahnte Schätze.«

»Also wirklich«, rügte sie meinen Vorschlag.

»Welche Büchse der Pandora habe ich nun wieder geöffnet?«

»Genau wie du besitze ich Grundkenntnisse in Französisch und Deutsch, kann etwas malen und zeichnen, musiziere, habe einschließlich *Der scharlachrote Buchstabe* sämtliche Trivialitäten unserer Dienerschaft gelesen.« Sie holte Luft, machte eine kunstvolle Pause. »Ich bin zum Heiraten bereit, Eileen. Ich brauche nichts mehr zu lernen.«

»Wo ist er?«

»Wenn ich das wüsste.« Thora betrat die Estrade, klopfte, um das Glück zu beschwören, dreimal auf die hölzerne Fensterbank und deutete mit diffuser Handbewegung ins Nichts. »Irgendwo dort draußen.«

Wir begannen zu lachen, schüttelten ungläubig die Köpfe. Gemeinsam mit Lonsdale war sie diejenige unter meinen Geschwistern, mit der mich mehr vereinte. Die mir etwas bedeutete, obwohl ihr Wesen so ganz anders war als meins. Mutters Vorstellungen näher. Formbarer, gehorsamer, weniger neugierig.

»Oh, Gott steh mir bei. Ich bin froh, dass uns Ethel nicht hören kann«, beteuerte Thora, während sie kurze Zeit später aus einer Kaskade von Rüschen des Unterrocks hervorstieg und sich an den Schließen ihres cremefarbenen Korsetts zu schaffen machte. »Hilfst du mir, Liebes?«

»Natürlich.« Routiniert, mit flinker Hand, löste ich die Schnüre, unzählige Häkchen. »Ich wünschte, ich müsste sie nicht einmal mehr *sehen*.«

»Ethel oder dieses grässliche Fischbein, in das wir uns zu zwängen haben?«

»In das wir uns samt Ansichten zu zwängen haben«, ergänzte ich, dachte an Gitterstäbe, die fest in ihrer Verankerung ruhten, nicht nachgaben, und befand: »Meinetwegen beides.«

»Eine Partie Cricket mit ihr hast du immer gewollt, glaub mir, auf dem Land würde dir die Gute fehlen.«

»Ethel ist eine Falschspielerin«, fasste ich meine Enttäuschung über unsere Schwester, von der mich zwölf Jahre trennten, zusammen. »In jeder Hinsicht.«

»Sei nicht sarkastisch, Eileen Moray Gray«, kritisierte sie meine Worte. »Das ist Mittelklasse.«

»Und wenn schon.« *Die Grenze zwischen einem Sinn für Anstand und Sarkasmus ist fließend.* Ich wandte mich wieder dem Fenster zu, schaute zwischen hölzernen Sprossen in den Vorgarten hinunter. Eine einsame Amsel sang ihr Lied in die Dämmerung hinaus, lauschte nach Antwort. Die akkurat geschnittenen Buchsbaumhecken wirkten in dem wattierten Licht noch statischer, als wäre William Morris soeben an ihnen vorbeigelaufen, hätte an die Leitsätze des *Arts and Crafts Movement* erinnert. Die Klarheit der Linien und Formen, eine Ästhetik, die in meinem Bewusstsein zu einer Meinung gedieh. Noch vor einer Weile machten mich die Straßenzüge mit ihren gleichförmigen Reihenhäusern schwindelig, hatte ich in ihnen doch nur das Triste, das Endlose gesehen. Je mehr ich aber in der Zeitschrift *The Studio* über die Bewegung las, desto weiter rückte das übertrieben viktorianische Ornament in den Hintergrund, gewannen Einfachheit und Ernsthaftigkeit in meinem Denken an Bedeutung. Mittlerweile fand ich Gefallen an der Großstadt, hier war ich unbeobachtet, konnte mich treiben lassen, in meine Zukunft hineinträumen.

Ein Mann kam bisher nicht darin vor.

Unsere Familie verbrachte den Winter seit jeher in London, um der Kälte auf dem irischen Landsitz zu entfliehen. Eine Tradition, der ich als Kind nur widerwillig nachkam, denn ich liebte *The House* mit seinen weitläufigen Wiesen, den seicht geschwungenen Hügeln, die ich während vieler einsamer Stunden mit einem ausrangierten Rollstuhl hinunterrauschte; liebte die sich windende Slaney, in die ich meine nackten Füße tauchte, wann immer ich mich nach Abkühlung sehnte. Ein Leben, das ich trotz erzieherischer Zucht für ein freies, ungebundenes Dasein gehalten hatte. Doch dieses altehrwürdige, mit Efeu berankte Herrenhaus, das mich später an die Romane Jane Austens denken ließ, gehörte der Erinnerung anheim. Allein die Gedanken an den ausgewogenen, schlichten Bau erfüllten mich mit Traurigkeit. Henry Tufnell Campbell, der überhebliche Ehemann Ethels, ließ es derzeit mit Mutters Zustimmung aufwendig sanieren. Er war es auch gewesen, der sie vor einigen Jahren hatte überreden können, endlich ihren Anspruch auf den schottischen Adelstitel ›Baroness Gray‹ anzumelden, das Erbe eines entfernten Onkels. Ich entsinne mich, damals als Zehnjährige in Vaters verlassenes Arbeitszimmer geschlichen zu sein, um die Schubladen seines gewaltigen Schreibtischs nach einem Blatt Papier sowie einem Stift zu durchsuchen. Vaters Geruch stieg noch immer klar und wunderbar aus jedem Fach, aus jeder Mappe hervor. Bourbon und Seife, süßlicher Tabak. Fein säuberlich setzte ich Buchstabe um Buchstabe auf den vergilbten Briefbogen eines italienischen Hotels, in dem er sich einmal aufgehalten haben musste, schrieb, dass ich ihn vermisste, dass ich mich niemals mit *Honourable* anreden lassen wolle. Es war ein Versprechen, ein Pakt mit mir selbst, kein Wunsch. Ich versteckte die gefaltete Nachricht unter einer losen Diele neben dem Herrentisch, schob den Perserteppich sorgfältig darüber. Dank meiner Fantasie sah ich die Botschaft noch heute so verborgen und wahr dort liegen. *Versprechen sind die süßesten Lügen.*

Henry war ein Geck, snobistisch, versessen. Selbstgefällig. Tagtäglich lief er mit einer Schar wichtig aussehender Architekten über unser Grundstück, die weißen, weit dahinleuchtenden Pläne unter dem Arm, und ließ *The House* in eine anmaßende Villa im Tudorstil umgestalten. Als weckte er Gewesenes; Giebelchen, Erker, schmiedeeiserne Wintergärten, Vordächer.

»Er baut unser Haus zu einem dünkelhaften Monstrum um, genauso gut könnte er es dem Erdboden gleichmachen«, flüsterte ich später am Abend, als Thora und ich zu Bett gegangen waren und das Petroleumlicht auf unseren Nachtkommoden gelöscht hatten. Stille. Dann eine Droschke, die sich mühsam ihren Weg über das Kopfsteinpflaster bahnte, klappernde Hufe, das Schnauben der Pferde in der Nacht.

Stille, Stille.

»Die Lokalpresse ist recht angetan«, schichtete Thora schließlich Zitate mehrerer Zeitungsartikel auf die Leere. Der Umbau entspreche dem Stil der Zeit, er sei makellos, ein Glanzstück, so die Zeilen, repräsentiere Wohlstand und Ansehen. »Ganz abwegig finde ich die Idee unseres Schwagers nicht.«

»Sein Tun bewirkt nichts als Verschandelung«, beharrte ich auf meinen Standpunkt, vernahm den Schmerz in der eigenen Stimme. »Warum kann man schöne Dinge nicht einfach belassen? Warum muss man vergangene Epochen auf unoriginelle, unschöpferische Weise imitieren? Wo bleibt das Neue?«

»Du meinst etwas wie den Eiffelturm?«

»Wie gern würde ich einmal von dort oben auf Paris hinunterschauen.«

Thora kam in ihrem hellen Nachtkleid aus Musselin durch die Dunkelheit herübergelaufen, schwebte womöglich. Kroch wie in alten Zeiten unter meine Steppdecke. Dicht drückte ich mich an sie, wärmte mich an ihrem Körper, wie ich es all die Jahre getan hatte. *Die Macht des Immersogehabten.*

»Viele Leute meinen, es sei die einzige Weise, die Konstruktion zu ertragen. Hunderte empörte Petitionen wurden verfasst, um ihn aus dem Stadtbild zu entfernen.«

»Die Leute haben seit jeher Probleme mit dem Andersartigen. Denk zurück an die Diskussionen um die ›Brompton Boilers‹ in den Fünfzigern, einen dreifachen Monsterkessel haben sie das Gebäude geschimpft«, erinnerte ich sie an einige Berichte, die vergilbt unter einem Stapel Büchern in der Bibliothek gelegen hatten. »Oder denk nur an unseren Besuch im ›South Kensington Museum‹ in der vergangenen Woche. Einige der Gänge ermatten vor Einsamkeit. Sammlungen werden gemieden, weil sie nicht in die Sehgewohnheiten der Engländer passen, sie weichen zu sehr von festgefahrenen Vorstellungen ab.«

»Dabei sollte es andersherum sein«, meinte sie. »Menschen sind merkwürdig.«

»Du sagst es. Wenn man doch die Kruste in so manchem Kopf zerbersten könnte, um ihn auf ein hoffentlich bewegendes Jahrhundert einzustimmen.«

Erneutes Schweigen.

Eine behagliche Wolke begann sich in meinem Hirn auszubreiten, mengte sich mit synkopischen Geräuschen eines endenden Tages; dem lauten Willen des Dienstmädchens, ihren Träumen zu begegnen – *le rêve americain*; der durchdringenden Zurückhaltung Mutters im Salon. Wie konnte aus einem einstigen Wildfang, der entgegen jegliche Etikette unverheiratet mit einem Abenteurer durchgebrannt war, derart Bitteres sprechen?

»Dir fehlt Vaters Gesellschaft, richtig?«

Ich gähnte, sah verschwommene Bilder gemeinsamer Reisen nach Deutschland, nach Österreich, Italien. Gleich seinen Aquarellen verliefen die Eindrücke wie Farben ineinander, schufen sich überlagernde Ebenen aus Melancholie und Pathos, Sentimentalem. »Am meisten vermisse ich seine lebensbejahende, fröhliche Art, sein Lachen.«

»Ewig wirst du nicht mit ihm auf Richard Wagners Spuren wandeln oder die Ruinen des Colosseums erklimmen«, insistierte Thora unerwartet. »Du kannst dich nicht zurücklehnen und tagein, tagaus die Sterne betrachten.«

»Das tue ich doch gar nicht, ich lese eine Menge.«

»Denk weiter, Eileen. An keinem einzigen jungen Mann uns bekannter Familien zeigst du Interesse. Mir scheint, du willst dich nicht verlieben, geschweige denn heiraten.« Sie rieb sich die Augen, sagte: »Als behäbige Jungfer wirst du enden, die Kranken und Siechenden pflegen.«

»Du klingst schon wie Mutter.« Mich bestürzte, wie sie die Worte aussprach. Wie sie Liebe, Ehe und Kindererziehung Glorie verlieh, ich sah sie nicht.

»Was hast du nur vor mit deinem Leben?«

Eine Frage, die ich mit meinen siebzehn Jahren vor mir herschob, die mich zunehmend beunruhigte, sobald ich über sie nachdachte. Die in meinem Kopf umherwogte wie aufgestörtes Wasser inmitten dichten Schilfgrases. Ich musste Enniscorthy entfliehen, eine Tatsache, doch vorerst alles, was ich wusste. Ich wollte nicht länger dazugehören, die zur Schau gestellten Attitüden meiner Verwandtschaft ertragen, den starren Vorstellungen von Anstand und Schicklichkeit entsprechen. Ich musste nach einem Ort suchen, an dem ich mich zu Hause fühlte, geborgen, an dem ich vollkommen ich sein konnte.

Das war das eine. Das andere waren meine Gefühle, über die ich noch nicht einmal mit Thora zu reden wagte. Ich konnte sie nicht vollständig begreifen.

Sie verwirrten mich.

SEPTEMBER 1921

Paris. 20, rue Jacob …

An späten Freitagnachmittagen war der Pariser Himmel angefüllt von lieblichen Klängen aus dem *temple de l'amitié* Natalie Clifford Barneys, ihrer selbst ernannten ›Académie des Femmes‹, das Pendant zur damals ausschließlich Männern vorbehaltenen ›Académie Francaise‹. Die unkonventionelle Bohemienne wohnte um die Ecke, wenige Meter von meinem Appartement entfernt. Ihren literarischen Salon umrankten ebenso viele Gerüchte wie den von Gertrude Stein in der Rue de Fleurus. Ich kannte die charismatischen Amerikanerinnen seit Langem, ohne ihre Leidenschaften und Lustbarkeiten je intensiver geteilt zu haben; ab und an jedoch trafen wir einander, redeten über *la poésie pure*, atmeten Inspiration.

Ich denke, wir alle wollten in jenen Zeiten die Muse küssen, von der Muse geküsst werden. Gemeinsam mit den jungen Buchhändlerinnen Adrienne Monnier und Sylvia Beach, die ihre Geschäfte mittlerweile beide in der Rue de l'Odéon betrieben, bildeten sie links der Seine ein weibliches Zentrum, das mit dem Ende des Krieges die kulturelle Landschaft der Stadt zu verändern begonnen hatte. Der Stimmungswandel war deutlich zu spüren. Frauen, die sich in den vergangenen Jahren aufopferungsvoll um Verwundete gekümmert und den Platz ihrer Männer eingenommen hatten, waren nicht bereit, die erworbene Eigenständigkeit wieder aufzugeben. Warum auch? Machtvoll drängten sie weiterhin in die Privilegien, in die Berufe, gründeten Verlage, Druckereien. Schrieben. Amerikanischen

Bürgern schienen diese Entwicklungen wie ein Magnet, ein Sehnsuchtsort; und tatsächlich kamen mittlerweile täglich Scharen über den Ozean herbeigepilgert, mehr und mehr, als hätte sie eine gewaltige Welle erfasst und in die Häfen der Alten Welt gespült. Sie entflohen den Verboten, den Unterdrückungen des ungeliebten Vaterlandes. Insbesondere die Prohibition, *the noble experiment*, wirkte auf viele Kreative eher wie ein unehrenhafter Versuch, Verbrechen und Korruption in den Staaten einzudämmen. Unzählige Künstlerinnen kolonisierten unser Viertel, es versprach Aufregung. All die Frauen besaßen etwas Fortschrittliches, Progressives, jede auf eigene Weise, sie bereicherten die Left Bank mit mutigen Ideen. Dabei war Paris ihnen in seiner Einstellung gegenüber keineswegs liberaler als Amerika oder auch England, Ausländerinnen aber wurden hier ungehindert der Ruhe überlassen. Paris ließ uns die Individualität, unser Leben; der Grund, warum auch ich einst gekommen und nie wieder gegangen war.

»Ich weiß nicht, warum du es schaffst, mich heute zu diesem zweifelhaften Vergnügen zu überreden«, äußerte ich meine Bedenken, während ich den Schal unter dem Revers des dunklen Jacketts zurechtrückte. *Das ›Ja‹ sagen ist einfacher als das ›Nein‹ sagen.* »Ich sollte meiner Arbeit nachgehen.«

»Man sollte sich stets ein wenig mehr vom Leben nehmen, als es enthalten mag«, zitierte Damia Miss Barneys Worte, hakte sich unter und zog mich weiter zu der Kutscheneinfahrt des jahrhundertealten, baufälligen Stadthauses, in dessen hinterem Teil unsere Gastgeberin wohnte. »Wenn ich mir vorstelle, dass einst die Mätresse von Louis XIV hier logiert hat …«

»Die Barney hätte sie mit Haut und Haaren verschlungen.«

»Einzig mögliche Antwort.«

Sie ignorierte gesellschaftliche Tabus. Verstand sich beispiellos auf Affären und Verhältnisse, zu zweit, zu dritt. Betörte, um Herzen zu brechen; liebte, weil sie begehrte, obgleich Männern ein ausschließlich geistiges Interesse galt. Natalie bekannte sich in Paris ungehemmt ihrer lesbischen Lebensweise, eine Tatsache, die es in den Staaten und anderwärts weiterhin zu verheimlichen galt, die fortwährend unter Strafe stand. *Möglicherweise ist jenes Stillschweigen das letzte Stück Irin in mir …*

Unser Lachen hallte am Gemäuer hinauf. Nah am Fenster der Räume über dem Torbogen bewegte sich ein Vorhang, sicher Berthe, das treue Dienstmädchen Natalies. Die Klänge gerieten lauter, je näher wir dem Innenhof kamen. Hinter einem rostigen Gatter, vor Blicken verborgen, lag der wild wuchernde Garten, darin die Nachbildung eines dorischen Tempels. Der Salon war *talk of the town*, ein ständiger Skandal. Die Amazone empfing Menschen jeglicher Couleur. Alte Opulenz traf auf vergnügungssüchtiges neues Geld, auf Künstler. Ansichten kühner Literaten mengten sich unter die Stimmen gewogener Philosophen. Dadaisten und Surrealisten diskutierten mit den Anhängern Prousts; Natalie verzehrte sich nach den Schriften des Autors, gedachte noch immer seinem Prix Goncourt. Andere machten weiterhin *L'écriture automatique*, das automatische Schreiben Bretons und Soupaults zum Thema. Man geriet in Kontroversen, als zöge es einen zwischen magnetischen Feldern umher, ein Wollen, ein Nichtwollen, dazwischen Spannung. Würden diese ungefilterten Denkströme die Literatur verändern?

Bouquets langstieliger Callas. Unter freiem Himmel drängte alles an Tabletts auf Eis getürmter Seeigel und Sorbets vorüber. Blondinen zupften in fließenden Togen an den Saiten ihrer Harfen, harrten zuweilen in traumversunkener Pose. Klänge der Sirenen, sapphische Idylle.

Einige Räume des Appartements wurden von einem Schimmer des Gartens durchflutet, als wohnte das Außen im Innen. Ich schritt allein durch die abgestandene Luft des Erdgeschosses. Sah die beiden geometrisch gewebten Wollteppiche an der Wand hängen, die Natalie vor Jahren bei mir gekauft hatte; erste abstrakte Versuche, Anklänge des Kubismus in einem subtilen Spiel von Linien und Flächen wiederzugeben. Fremdlinge zwischen Dutzenden blinden Spiegeln, orientalisch gemusterten Samtkissen wie auch einem Piano, das sich entlang der Schrägkante warf und von Vergangenem kündete, der verlorenen Zeit. Im Esszimmer ließ ich mir von einem livrierten Butler ein Glas Chablis einschenken, trank einen großen Schluck, ihn kühl die Kehle hinunterrinnen zu spüren tat gut. Auf dem Tisch in der Mitte des Raumes fraß eine mit Strass besetzte Schildkröte inmitten von Bergen glasierten Schokoladenkuchens an einem Gurkensandwich. Gedankenverloren beobachtete ich den ledrigen Kiefer, das stete Auf und Ab vor dreieckig Geschnittenem. Hörte Dolly Wilde, die Nichte Oscars, mit gerümpfter Nase monologisieren: »*Dieses Haus ist so muffig und feucht, man könnte Austern unter den Stühlen züchten.*« Hörte flüchtige Bekannte aus dem Umfeld der Rue de l'Odéon im Gespräch: »*Proust und Joyce an einer Tafel? Welch gewagte Hypothese.*«

Überall Frauen, mit denen ich ein ganzes Jahr lang die chauvinistischen Launen des Krieges durchlebt hatte, bevor ich eine Weile nach London entfloh. Während unzähliger Krankentransporte fuhren wir schwer verletzte Soldaten von den Pariser Bahnhöfen in die behelfsmäßig eingerichteten Lazarette. Blut, Wundbrand, Leiden. Tote, deren Seelen zu Tausenden über uns schwebten, womöglich immer schweben würden. Mit jedem einzelnen von ihnen war ein Teil von mir gestorben. Gerieten solche dumpfen, verstörenden Bilder je ins Vergessen? Sollten sie das überhaupt?

»Miss Gray, mein verirrter Engel.« Natalie Barney hauchte mir mehrere Küsse auf die Wangen, drehte sich in weißer Seidenrobe einer Clique Damen zu und rief: »Sie alle müssen wissen, unsere Freundin ist die Alchemistin des Holzes.«

Ein handverlesener Kreis von Monokeln, Lorgnetten und elfenbeinernen Zigarettenhaltern heftete sich auf mich, musterte mich. Erklärte mich Sentenzen lang zum Mittelpunkt, der zu sein ich nie gemocht hatte. Ich war der Satellit, der Himmelsbegleiter, der seine Umlaufbahnen selbst bestimmte; das Nähere, das Weitere.

»Nachdem ich die Rue de Lota gesehen habe, möchte ich meinen, Ihr Tun besitzt die Schönheit eines Gedichts«, ergriff Lily de Gramont, die Herzogin von Clermont-Tonnerre, das Wort. »Ich gedenke einen umfassenden Artikel über Ihr Werk herauszugeben.«

»Ich fühle mich geehrt, Lily. *Merci.*«

»Wo stellen Sie aus?«, fragte ein Paar, in androgyne Nadelstreifen gekleidet, kurz geschnittenes Haar. Moderne Versionen der Odette de Crécy. »Haben Sie Geschäftsräume, eine Galerie, die wir aufsuchen können?«

»Ich nutze die eigene Wohnung zur Präsentation.«

Romaine Brooks, die für ihre Leinwände genauso wie für ihre Garderobe die Farben Schwarz und Grau bevorzugte, löste sich aus dem Schatten der düsteren Tapete und raunte dicht an meinem Ohr: »Hoffentlich erwähnt unsere einflussreiche Publizistin nicht deinen Lotus-Tisch mit den grünen Quasten. Du wärst *passé*, Süße.«

»Meine Jugendsünden kann ich allein verlachen«, kommentierte ich ihr liebenswürdiges Gespött. Ich hatte mich damals von Jaques Doucet überreden lassen, einen Lacktisch für sein orientalisches Kabinett mit vier wollenen Kordeln und Bernsteinkugeln an den Ecken zu versehen. Abgeleitete Verpflichtungen, Verlust meiner Unabhängigkeit, ein Fehler. »Scheußliche Dinger, es war sein Geschmack, nicht meiner.«

»Halte dich an das Aperçu meiner Scheidung.«

»Man sollte niemandes Sklave sein, außer der der eigenen Zahnbürste«, wiederholte ich die so wichtige Textstelle ihres Lebens. »Kein Tag, an dem ich nicht an diese Worte denke.«

»Achte auf dich«, sagte sie. »Du wirst verehrt, das bedeutet Gefahr.« Romaine nickte mir zu, entschwand hinter dem hauchdünnen Schleier ihrer Geliebten, ein Gewebe durchdrungenen Unglücks. Die Gute, sie versank darin. *Du kannst niemanden aus dem Abgrund ziehen, doch du kannst oben stehen und warten.*

Ich rauchte, ich trank. Schaute. Die Dämmerung senkte sich herab, gab die buttrige Blässe eines zunehmenden Mondes frei, einen Stern. Fackeln entlang des Weges wurden entfacht. Gabrielle Bloch, eine kraftvolle Persönlichkeit mit dunklem, glatt aus der Stirn gekämmtem Haar, stand in einiger Entfernung am Geländer des Tempels, die Hände wie stets in den Taschen ihres maßgeschneiderten Hosenanzugs vergraben. Über sie hatte ich Damia kennengelernt. Zwischen all den Nereiden, Nymphen und schillernden Schemen wirkte die Intellektuelle an jenem Tag schüchtern, fast scheu. Ein Trugschluss, Gabrielle wusste sich zu verkaufen. Doch hatten ihre mandelförmigen Augen damals, 1912, als wir beide gemeinsam mit Thora New York bereisten, bereits diesen traurigen, wehmütigen Ausdruck gehabt? Noch während ich gedanklich die endlosen Fluchten der Stadt durchlief, aus dem Nichts kommend ein Schatten. Damia trat in einen Kegel aus Feuerschein, erklomm die wenigen Stufen zu ihr hinauf, katzengleich. Die beiden Frauen diskutierten, gestikulierten; besprachen möglicherweise Damias erste Rolle in Gabrielles Stummfilm *Le lys de la vie*. Der jähe Geruch verfaulender Lilien in meiner Nase, ganz plötzlich, als stünde ich an einem Grab, warum. Woher. Die beiden glitten nach Minuten des Redens seicht hinüber in ein Werben, ein Verführen, ein gegenseitiges Berühren. Küssten plötzlich einander enthemmt, schamlos. Was will ich sehen, was nicht; ich konnte den Blick nicht abwenden, ich sollte. Ich war wie betäubt, ich hatte kein Recht auf dieses Gefühl, einen fast körperlichen Schmerz. Am Himmel leuchtete der Stern, funkelte immer heller und klarer gleich einem reinen Kristall. Ich wusste, er würde bald verlöschen. Das Licht, es war sein leises Vergehen, sein Ringen mit dem Tod. Eine versiegende Schönheit.

Niemand gehörte niemandem, vielleicht aber gehörte auch jeder jedem.

Ich sehnte mich nach frischer Luft, nach Gedanken in der Einsamkeit. Ich ging. Vor der Kutscheneinfahrt lehnte ich mich gegen den Torpfosten, entzündete eine weitere Gauloise, inhalierte den Rauch, tief, mit geschlossenen Lidern. Vernahm irgendwann nicht mehr Beengung, nur noch die Mattigkeit des herannahenden Pariser Herbstes, das Geräusch der Blätter im Wind, samtiges Rot, Braun. Farben des Verfalls, des Schwindens, dahinter das Versprechen eines Neubeginns. Wie viel Symbolik verträgt das Selbst. Dann nahende Schritte, die sich behutsam in das Klangbild wanden.

»Ist es wahr, was man sich erzählt? Findet die Harmonie allen Bauens hinter diesen Mauern Vollkommenheit?«

Ich erkannte die Stimme, noch im Leisen sonor. Lächelte, öffnete nicht die Augen. »Die Quintessenz griechischer Kultur«, antwortete ich. »Was machen Sie hier?«

»Nun, ich denke, ich versuche einer Sache Bedeutung zu verleihen.«

»Gibt es Schwierigkeiten?«

»Ja.«

»Und?« Ich guckte ihn an, derselbe Anzug, die akkurate Bügelfalte. Ein leichter Bartschatten, der seiner Aufmachung entgegenstand, doch komplettierte. Ein Kontrapunkt; ein Kunstgriff, der Ästhetik dirigierte. *Erst die Vereinigung mit dem Unperfekten, dem Überraschenden vervollständigt das Vorhandene.* »Können Sie diese überwinden?«

»Heute eher nicht«, bedauerte er, rückte die abgegriffene Aktentasche zurecht. »Ein guter Freund wohnt hier im Vorderhaus unter dem Dach. Ich wollte ihm ein paar meiner Ideen unterbreiten, aber es scheint, er empfängt niemanden mehr.«

»Das tut mir leid.«

Er trat einige Meter zurück, betrachtete eine Weile die moosbewachsene Fassade. »Komfortabel kann man das hier kaum nennen, oder?«

»Als Architekt mögen Sie eine andere Auffassung haben, in einem Künstlerviertel wie diesem tröstet man sich durchaus mit Charme über Bagatellen wie Feuchtigkeit hinweg.« Ich stieß den letzten Zug meiner Zigarette aus, ohne den Blick von ihm zu nehmen. »Und manchmal auch mit Alkohol.«

»Ich meine, Le Corbusier in seiner Kammer dort oben Ähnliches gesagt hören zu haben«, äußerte er mit nachdenklich gespielter Miene, nickte.

Kurz straffte ich mich innerlich. *In diesem Haus wohnt Charles-Édouard Jeanneret-Gris, jener Mann, der sich neuerdings Le Corbusier nennt?*

»Er mag auf den ersten Blick wie ein Kauz wirken«, deutete er meine wohl offenkundige Verwunderung. »Zuweilen ungesellig, aber eigentlich ist er ein feiner Kerl.«

»Ich wusste nicht, dass wir in unmittelbarer Nachbarschaft leben«, tat ich die Worte ab.

»Er beschäftigt sich intensiv mit seiner Karriere, verfolgt unter anderem den Plan, sich als Industriearchitekt zu etablieren. Stahlbeton, solche Sachen. Derzeit lassen sich nur wenige Möglichkeiten an, ihn zu Gesicht zu bekommen.«

»Schon plagt mich mein Gewissen.«

»Auch das Pflichtgefühl benötigt Auszeiten.«

»Damit es mich tags darauf umso heftiger erfasst?«

»Kunst und Muße bedingen einander.«

Er war sprachgewandt, ausdrucksstark, anders als ich. »Sie haben auf alles eine Antwort.«

»Ich hege den Verdacht, Sie auch.«

»Ich wäre ein besserer Mensch.«

»Lassen Sie mich die These wagen, dass ein guter Auftakt am Morgen die Ergänzung des Ausklangs am Abend benötigt«, band er an unsere Begegnung im ›Pharamond‹ an, schenkte mir ein sympathisches Lachen. »*Alors,* Lust auf ein Glas Champagner im ›Deux Magots‹?«

»Das Beste, was heute passieren kann.« Die Wirklichkeiten hinter meinem Rücken abstreifend, als wären sie beliebig, womöglich nicht geschehen, flanierten wir gelassen die Straße entlang, schwiegen, weil wir es konnten. Weil Ungesagtes auch Gesagtes war. Lichtgelbe Rechtecke fielen sanft aus geöffneten Fenstern heraus, streckten sich, lang, länger, begleiteten unseren Weg. Erst als wir die Rue de L' Abbaye kreuzten, fragte ich: »Wie heißen Sie überhaupt, Fremder?«

Tage, die alles veränderten, begannen wie alle anderen.

SEPTEMBER 1921

Paris. 9, rue de Lota …

Am darauffolgenden Mittwoch traf ich mich zur Mittagsstunde mit Jean Badovici im 16. Arrondissement. Er hatte mich gebeten, das Appartement in der Rue de Lota besichtigen zu dürfen.

*

Vom ersten Moment an habe er gewusst, wer ich sei, schließlich könne man einiges über mich lesen, außerdem verkehre er in Kreisen ganz Frankreichs, in denen man über meine außergewöhnlichen Entwürfe sprach, über die Perfektion der Umsetzung.

»Nicht nur Sie sind von einem *charmed circle* umgeben, Miss Gray«, hatte der Neunundzwanzigjährige in seiner zuvorkommenden Art gesagt, während Arthur uns am äußeren Ende der Terrasse, abseits allen Trubels, eine Flasche Taittinger servierte, ein Schälchen salzigen Gebäcks hinzustellte. »Ich bin voller Kontakte, und ich sammle Wissen, das ich ordne. Erwähnte ich das nicht?«

Ich fühlte mich geschmeichelt und irritiert. Die wenigen Artikel, die von meinem Schaffen zeugten, konnte ich mit ihnen tatsächlich über die Grenzen der Stadt hinaus Bekanntheit erlangt haben? War ich wirklich in so vieler Munde? Noch immer begleitete Illusion die Vorstellung.

»Wenn Sie nicht bauen wollen, welche Pläne beschäftigen Sie konkret?«

»Ich werde die Welt verändern«, verkündete Monsieur Badovici in ernstem Ton, dem rumänischen Akzent, der wie ein marmorner Stein über hiesige Konsonanten rieb. Schien zu glauben, was er sagte. »Ich werde kritisch über die moderne Architektur, aber auch über die Kunst schreiben, alles, was mich interessiert, was herausragend ist. Insbesondere in Paris, Holland und Deutschland setzt die Avantgarde zu großen Taten an, es geschieht erstaunlich Aufregendes. All das gehört in eine gut aufgemachte Fachzeitschrift. Ich werde sie gründen.«

»Sie sind einer der ehrgeizigsten Menschen, die mir je begegnet sind.«

»Und ich werde Sie nicht enttäuschen.« Er trank einen Schluck Champagner, schaute ins Weite. Das flackernde Kerzenlicht spiegelte sich in seinen Pupillen, ein Leuchten, Glanz. »Derzeit suche ich in der Stadt einen Verleger, ich gebe zu, Hürden nehmen zu müssen.« Flüchtig dachte ich an die eigenen Anfänge zurück, an die unselige Suche nach einem passenden Leben, in dem das Finanzielle Nebensache war, sagte gleichwohl: »Selbst in der Welthauptstadt der Kultur regiert das Geld.«

»Die Kosten sind das weitaus kleinere Problem«, erklärte er. »Eher können Außenstehende den Wandel noch nicht wahrnehmen, meine

Vorhaben also nicht endgültig beurteilen. Alles, was ich zu publizieren gedenke, steckt in Kinderschuhen. Auf den Reißbrettern der Architekten sehe ich brillante Ideen entstehen, momentan mangelt es jedoch an Umsetzung.« UNSERE ZEIT BILDET TÄGLICH IHREN STIL. ER IST DA, VOR UNSEREN AUGEN. VOR AUGEN, DIE NICHT SEHEN.

»Weil mutige Auftraggeber fehlen«, wusste ich leise hinzuzufügen; eine bittere Kette der Erfahrung. Selbstzweifel, Aufgabe, Depression. »Die Furcht vor Neuem.«

Er nickte abwesend, als horchte er Momente lang wie zur Bestätigung in sich hinein. »Aber ich weiß, Miss Gray«, unterbrach er plötzlich die eigenen Gedanken, »wir befinden uns am Beginn einer grandiosen Sache.« EIN GROSSES ZEITALTER IST ANGEBROCHEN. EIN NEUER GEIST IST IN DER WELT.

»Sie machen mich neugierig.« Hoffend, Weiteres zu erfahren, fragte ich: »Worauf wollen Sie hinaus?«

»Auf das Manifest *Après le Cubisme.*« Badovici griff nach meinem zu Boden geglittenen Seidenschal, legte ihn mir sorgsam über den Unterarm. »Le Corbusier hat es mit seinem Freund Ozenfant verfasst. Ich nehme an, Sie kennen einige Texte Le Corbusiers?«

Ob ich sie kannte? Ich las ausnahmslos sämtliche seiner Veröffentlichungen. Ich verehrte sie.

In der von ihm und dem Maler Amedée Ozenfant im vergangenen Jahr gegründeten Zeitschrift *L'Esprit Nouveau* konnte ich seinen Ideen bis ins kleinste Detail nacheilen; sie schienen dem Schweizer regelrecht durchs Hirn zu jagen, ein rastloses Skizzieren, Schreiben, Denken. Umdenken. Da Le Corbusier in seinen ersten Pariser Tagen um 1917 – wie die meisten Architekten nach dem Krieg – nur wenige Bauaufträge erhalten hatte, begann er sich vermehrt der zeitgenössischen Malerei zu widmen, analysierte wie einst Picasso und Braque erschöpfend den Kubismus, trieb ihn auf eigene Weise voran, die Überwindung zum Ziel. In schneller Sequenz entstanden Ölbilder; Stillleben mit rationalem Aufbau, klaren Formen, die dekorative Effekte vermieden. Dem Resultat folgte das Programm. Für die Ausstellung *Après le Cubisme* verfassten die Freunde 1920 das Manifest einer neuen Kunst, dem Purismus, dessen Prinzipien Le Corbusier in seine zukünftigen architektonischen Entwürfe einfließen lassen wollte.

»Ich bin keine Verfechterin von Theorien«, bekannte ich. »Dennoch gefällt mir das oft Nachdrückliche seiner Gedanken, das Visionäre.«

»Ist die Ablehnung einer Theorie nicht bereits eine eigene Theorie?«

Eine Herausforderung. »Ich denke, diese Annahmen können nicht alle Anforderungen des Lebens erfüllen«, entgegnete ich ausweichend. »Aber Le Corbusier bietet meiner Kreativität verschiedenste Anreize, ganz bestimmt.«

»Gedulden Sie sich einen Moment, Miss Gray.« Monsieur Badovici erhob sein Glas, stieß mit mir an. »Sobald sich dieses Genie endgültig im Bauen beweisen darf, werde ich derjenige sein, der mit entsprechenden Artikeln nach außen zu lenken weiß. Die Menschheit wird Kopf stehen.«

Ich lächelte vor mich hin, beeindruckt. Er war voller Elan, empfand zutiefst, schien tatsächlich die Welt aus den Angeln heben zu wollen. »Haben Sie bereits einen Namen für Ihre Zeitschrift?«

»*L'Architecture Vivante*«, sagte er, und ich erinnere mich noch genau an seinen Blick in jenem Moment, intensiv, betörend, als liefe ich mit weit ausgestreckten Armen einem hellen Licht entgegen. »Gefällt er Ihnen?«

Lebendige Architektur. Ich sollte noch viel von ihr hören, dieser Mutter aller Künste. Sie war dynamisch, spannungsgeladen, ein Faszinosum. Sie sollte mein Leben bereichern, mir Höhenflüge bescheren, mein ganzes Dasein auf ein einzigartiges großes Etwas zuspitzen, von dem ich nie zu träumen gewagt hätte. Die lebendige Architektur sollte aber auch mein Schicksal werden, mich gepeinigten Schmerzes und Leids erwachen lassen, mich Morgen für Morgen bis ans Ende meiner Tage verfolgen. Doch an jenem Punkt waren wir noch lang nicht angelangt. Noch war ich die Frau, die in einem Pariser Café saß, Champagner trank und den enthusiastischen Vorhaben eines jungen Mannes lauschte.

Noch war alles gut.

*

Madame Mathieu-Levy verbrachte einige Tage in der späten Sommerfrische Deauvilles. Monsieur Badovici konnte das Appartement in aller Ruhe begehen, während ich mit zwei Tischlern erste Details zur Anbringung der Wandverkleidung im Vestibül besprach. Ein kompliziertes Unterfangen, da das System der gemaserten Quader mit Hilfe dünner Stangen von der Wand gelöst werden und in frei stehende, bewegliche Wandschirme übergehen sollte. Ich gedachte damit die Optik des Eingangsbereichs zu erweitern wie auch den Dienstboteneingang zu kaschieren. Weil ich nicht mit dem Zeichnen technischer Pläne vertraut war, würde ich den Handwerkern zur Veranschaulichung ein Modell aus Pappe oder Papier bauen müssen. Ich hatte noch vieles zu erlernen. Nachdem ich die beiden Männer verabschiedet hatte, ging ich klopfenden Herzens in den Salon hinüber, hörte die eigenen Absätze nervös über den noch blanken Estrich hallen. *Warum nur ist mir die Meinung des Architekten wichtig?*

Er stand vor dem schimmernden Wandbehang, machte sich beflissen Notizen, sah mit diesem Augenfältchenlächeln auf, als ich eintrat. »Ich bin beeindruckt, Miss Gray.« Er schlug die Seiten seines schmalen Ringblocks zusammen und deutete auf die Wandpaneele ringsumher. Gedämpfte Farben, geschwungene Linien aus silbernem Matt. Schließlich fühlte er besonnenen Strichs über die lackierten Oberflächen, die Intarsien. »Sie besitzen Gespür für Raum, für Proportionen und Harmonie. Es ist wesentlich imposanter, als ich dachte. Die schwarz-weißen Reproduktionen in den Magazinen stellen nur einen schwachen Abglanz Ihres ausgeklügelten Farbkanons dar.« ZWISCHEN WERK UND MENSCH IST HARMONIE: DIES IST DIE HAUPTSACHE.

»Ich musste eine zweite Haut schaffen, um die Stuckverzierungen zu verdecken«, erklärte ich lakonisch, versuchte eigenartigerweise meine Freude zu verbergen. »Aber natürlich galt es, dem Mobiliar auch einen atmosphärischen Hintergrund zu bieten.«

Ich führte Monsieur Badovici durch die Zimmer, überprüfte im Geiste zum wiederholten Mal mein Bestreben, ausgewogene Übergänge geschaffen zu haben, mehrere Sinne anzusprechen. Sehen, Fühlen. Wohlbefinden. Noch immer wies das Appartement den Charakter einer Baustelle auf, Fragmente überall, er übersah sie geflissentlich. Interessierte sich für das Strenge, das Skulpturale meiner Entwürfe, für die Wollteppiche mit den sich kreuzenden Linien, Quadraten, merkte stetig Besonderheiten an.

»Ihre Formensprache ist gleichauf mit denen unserer Kollegen wie Robert Mallet-Stevens und Pierre Chareau.«

Unserer Kollegen. Das Interieur vermengte sich mittlerweile mit persönlichen Accessoires der Hausdame; Parfumflakons, Kämme. Herumliegende Pelzmäntel, die das Bett hinunterflossen, sich wie Fächer auftaten.

Im Boudoir deutete ich angetan auf eine schlanke ägyptische Statuette, um deren Lacksockel sich eine Perlenkette wand. »Eine Szenerie, die ich gern mit meiner Plattenkamera festgehalten hätte«, sagte ich aus einem Impuls heraus, formte mit Daumen und Zeigefingern einen Bildausschnitt, fokussierte.

»Gibt es irgendetwas, das Sie nicht beherrschen?« Der Rumäne bedachte mich eines aufmerksamen Seitenblickes, ich drehte mich herum und seine Augen wanderten über mein Gesicht, als suchten sie nach Tiefgründigerem.

Ich spürte Wärme in mir aufsteigen. »Häuser bauen«, versuchte ich meiner Befangenheit zu entkommen.

»So schwierig ist es nicht«, entgegnete er leichthin. »Haben Sie Ambitionen?«

»Keineswegs.« Entschieden verneinte ich das Undenkbare, erzählte von meiner Absicht, in Samois ein, zwei Mauern zu durchbrechen. Dass mir für ein Mehr das Wissen fehle, der Mut. »Ein gesamtes Haus könnte ich nicht planen. Ich habe kein derartiges Studium absolviert.«

»Sollten Sie das denn?« Übergangslos, nicht in Erwartung einer Antwort, sagte er: »Meiner Erkenntnis nach sind Frauen in den technischen Fächern im Nachteil.«

»Wenn Sie denken, Frauen seien beschränkter, täuschen Sie sich«, entgegnete ich, Entsetzen wie Ungläubigkeit in der Stimme. »Bitte sagen Sie, dass Sie nicht der Garde angehören, die uns weiterhin den Stempel des zweidimensionalen Denkens aufdrückt.«

»Du liebe Güte, Miss Gray, ich habe mich missverständlich ausgedrückt.« Beschwichtigend hob er die Hände. »Meine ehemaligen Kommilitoninnen sind brillante Köpfe, voller Ideen. Diese Frauen haben alles richtig gemacht, wenn nicht besser. Es sind die Männer, die Probleme bereiten, sie beanspruchen die Architektur für sich.«

DREI MAHNUNGEN AN DIE HERREN ARCHITEKTEN.

»Ich hörte, dass nur wenige Frauen an Institutionen wie der ›École des Beaux Arts‹ vorstellig werden«, bändigte ich meine aufgewallten Gefühle.

»Eine Handvoll pro Semester nimmt an den Aufnahmeprüfungen teil«, bestätigte er. »Die meisten Bewerberinnen werden von den

Professoren nicht einmal hierfür zugelassen. Es ist verrückt, in der heutigen Zeit geradezu eine Schande.«

Wieso findet die Welt nicht ihr rechtes Maß? Wann endlich entscheiden unbekehrbare, den Traditionen verhaftete Herren nicht weiter über das Schicksal von uns Frauen?

Zurück im Salon schaltete Monsieur Badovici das Licht der afrikanisch anmutenden Stehlampe ein, betrachtete das Sofa ›Pirogue‹, eine Art *lit-de-bateau*, das auf zwölf Füßen ruhte, die Enden elegant auslaufend. »Und in diesem luxuriösen Boot hält sie also Audienz, die Dame des Hauses. Ein solches Objekt hat die Welt noch nicht gesehen, oder?«

»Die Form ist den traditionellen Kanus in Polynesien nachempfunden.« Ich richtete die weichen, goldgewirkten Kissen. »Meine Auftraggeberin verlangt Extravaganz, und hier kann sie sich in der gleichen hingebungsvollen Pose präsentieren wie die Tänzerin Ida Rubinstein in der *Shéhérazade*.«

»Die *ballets russes* mit ihren exotischen Darbietungen, den Federn, dem Pomp«, wusste er leise zu ergänzen, berührte wiederholt den Lack, die Außenschale, deren verschiedene Brauntöne ich lang poliert hatte, um den Effekt von Schildpatt zu erzeugen. »Sie sind genau, besitzen Erfindungsreichtum.«

»Im Westen benötigen wir ein Repertoire neuer Formen, und durch die Verschmelzung mit Elementen anderer Kulturen lässt sich das Vokabular auf unendliche Weise bereichern.«

»Trotzdem werden sich die Dinge ändern, sie werden schlichter, unterwerfen sich neuen Prozessen.«

Wir vertieften unsere Gespräche. Dieser junge Mann besaß ein verblüffendes, geradezu überwältigendes Geschick an Begeisterungsfähigkeit. Ich fühlte, was er sagte, was er dachte; waren es nicht die eigenen Gedanken, die er mir vergegenwärtigte, in großer Vielfalt von Bedeutung und Zusammenhang spiegelte? Nach einer guten

Stunde schickten wir uns zu gehen an, ich wollte Evelyn Wyld, mit der ich gemeinsam die Weberei in der Rue Visconti betrieb, einige gewirkte Garnproben übergeben.

Im Diffusen des Vestibüls, zwischen Stapeln geschichteter Quader, zog Monsieur Badovici seinen Mantel über, rückte den Stetson zurecht. Begutachtete abermals die ersten provisorisch angebrachten Elemente an den Wänden, schwenkte die Scharniere. »Angewandte Geometrie. Zweidimensional, doch raumübergreifend«, lobte er mein Konzept, hob sogleich die Augenbraue. »Und hier ist der flächige Ausdruck doch angebracht, oder?«

En tous cas, wir lachten. ALLES ANDERE WÄRE ZUFALL, ABWEICHEN VOM NORMALEN, WILLKÜR. DIE GEOMETRIE IST DIE SPRACHE DES MENSCHEN.

»Mit dieser Art Paravent haben Sie ein architektonisches Möbelstück erschaffen«, sagte er zum Abschied in der Tür stehend. »Sie überschreiten Alltägliches, Sie werden Furore machen.«

»Meinen Sie?«

»Vertrauen Sie meinem Urteil, Miss Gray. Sie sind eine Frau unschätzbaren Talents.« Mit knapper Verbeugung drückte er mir sein zerlesenes Buch von Valéry in die Hand. Lief die Treppen hinunter, ich hörte ihm nach. Dann waren die Schritte verhallt.

Über das Objekt.

Paravent. Das Wort entspringt dem italienischen *paravento,* bedeutet ›gegen den Wind‹. Die beweglichen, oft mehrteiligen Wände schützen vor Luftzügen; vielmehr aber mochte ich sie, weil ihre Gestalt von meinem Gedanken geleitet war, Nuancen der Intimität zu schaffen, von Nähe und Distanz. Sie verwehrten unliebsame Einblicke, wussten zu trennen. Privates von Öffentlichem, Helles von Dunklem. Ein Paravent war Transparenz und Geheimnis zugleich.

»Die Vorliebe entspricht deinem Charakter«, hatte Gabrielle Bloch eines Nachmittags 1913 abgeklärt gesagt, während wir gemeinsam durch den Pariser ›Salon des Artistes Décorateurs‹ gelaufen waren, meiner ersten Ausstellung überhaupt, auf der ich den vierteiligen Entwurf ›Le destin‹ präsentierte, das Schicksal. Als hätte sie mir ins Innerste schauen, die Attribute meines Ichs entnehmen können. »Ein wenig versteckt, ein wenig abseits, du bist die Person hinter einem solchen Objekt.«

*

Möglicherweise entsprachen die Arbeiten tatsächlich meinem ruhigen Wesen, meiner Schüchternheit. Das Buch in den Händen, lehnte ich mich an die geschlossene Eingangstür, schaute in der Halle umher. Ersann die fertigen Wände, deren Verkleidung sich wellte, brach, zu einer plastischen, abstrakten Skulptur wurde. Dachte an Badovicis Worte, die Architektur. Ich ließ meine Wandschirme Revue passieren. Die ersten beiden, die ich vor mehr als zehn Jahren erschaffen hatte, sie waren figürlicher Motive, zeigten nackte Gestalten, Berge, Lotusblüten. Der dritte hingegen, der Wandschirm ›Le destin‹, den Doucet bereits vor der Fertigstellung für sich beanspruchte, wies zwar auf der einen Seite noch Herkömmliches auf, die Rückseite jedoch offenbarte bereits klare Linien, grafisch, modern. Etwas Altes, etwas Neues. Wie hatte Badovici gesagt? Die ›Brick-Screens‹, meine Gebilde aus unendlich vielen Quadern, seien kein Bruch mit dem Lackhandwerk, sie seien ein Weitergehen, ein Vorschein dessen, was alles in mir stecke. So, wie ich mir im harten Selbststudium die Lacktechnik angeeignet und nahezu bis zur Perfektion vorangetrieben hatte, wollte ich jetzt den Raum erobern. Etwas anderes machen als andere.

Besser werden.

Viele Stunden später, nachdem sie einen weiteren ihrer unzähligen Auftritte beendet hatte, chauffierte ich Damia in meinem Roadster durch das nächtliche Paris, die glühenden Augen des Panthers im Rücken. Damia. Das Du in mir, das Dein im Mein; wenngleich der Zauber unseres Anfangs längst vorüber schien. Sie und ich hatten Champagner getrunken, uns in der Garderobe geliebt, weil niemand niemandem gehörte, vielleicht aber auch jeder jedem. Und nun verlangte es mich nach Rausch, nach Geschwindigkeit, stetig drückte ich noch ein wenig mehr auf das Gaspedal. Das unablässige Heulen des Motors wie eine Schwingung in meinem Kopf. Dieses Leuchten danach, diese Euphorie. Es gab nichts anderes als das Jetzt, kein Gestern und kein Morgen. Ich wollte unverfälschtes Glück erleben, spüren, wie sich die Welt über mich erhob, schwebte. Mich fortzog, wohin auch immer. Unsere Schals flatterten im Wind. In raschem Tempo ließen wir die flackernden Lichter all der Variétes und Cafés und *bal musettes* hinter uns, die fein gesponnenen Netze ihrer Spektakel, ausgeworfen uns zu fangen. Die Luft ein gewaltiger Wirbel. Als wir unter der hoch aufragenden Konstruktion des Eiffelturms hindurchfuhren, durch das schlagende Herz der Metropole, tastete ich nach dem *Eupalinos* unter meiner Bluse, dachte, das Leben in dieser Stadt sei einzigartig. Was hatte es mir alles geboten? Was würde es mir bieten? Auch wenn ich nicht wusste, was mich erwartete, in jenem Moment schien mir alles möglich.

1900

Enniscorthy. Paris.

Die Welt erlag stiller Seltsamkeit. Als habe die Zukunft einen Fluch ausgesprochen, sie auf Ewigkeiten verdammt. Vater, den ich so gern besser gekannt hätte, war in der Schweiz einem Schlaganfall erlegen. So viele Worte, die ich ihm nicht mehr hatte sagen können, all unser Lachen, das stimmlos verklang. In meinem Herzen klaffte eine Wunde, schmerzhaft, quälend. Wurde gestoßen von politischen Ereignissen, die Großbritannien zunehmend verschatteten. Die täglichen Meldungen über den neu entflammten Burenkrieg hielten Familien aller sozialen Klassen in Atem; auch mein Bruder Lonsdale war nach Südafrika berufen worden. Er ging wie ein Held, entschlossen und tapfer; eine verfluchte Moral. Ich betete, weinte. Hoffte auf seine baldige Heimkehr. Es mutete kindisch an, nahezu albern, ich entsann mich jedoch meiner Märchen, türmte Stapel an Büchern; vergewisserte mich all der guten Ausgänge. Las und las. Versank in *Der Zauberer von Oz*, Ethel hatte ihn mir von einer Reise nach London mitgebracht. *Beachtet den Mann hinter dem Vorhang nicht!* So oft ich den Satz des Magiers darin auch gedeutet hatte, meine Aufmerksamkeit weit entfernt von Logik und Verstand zu lenken versuchte, es gelang mir selten. Aber war er nicht nur ein lächerliches Männlein, das in einer Koje an der Kurbel drehte und die Illusion des Mächtigen zu erzeugen versuchte? Ich hoffte weiter, spürte, meinem Bruder konnte nichts geschehen. Dann, inmitten tiefer Nacht, riss jemand den gewichtigen Vorhang beiseite, bestahl uns der Augenwischerei, enthüllte das entsetzliche Grauen. Auch Lonsdale war tot. Einem nüchternen Telegramm entnahmen wir, er sei an vergiftetem Wasser gestorben. Innerhalb kürzester Zeit hatte ich zwei geliebte Menschen verloren.

Wie konnte das möglich sein?

In den folgenden Wochen und Monaten, nachdem wir beide zu Grabe getragen hatten, lief ich wie betäubt durchs Leben, ein Labyrinth dunkler Gänge. Litt unter Schlafstörungen, Ängsten, versteckte mich wie der Löwe auf den Seiten des Zauberers vor allem Außen. Stellte mir beständig die letzten Augenblicke meiner beiden vor. Vater, Lonsdale. Lonsdale, Vater. Waren sie traurig gewesen? Einsam? Und was geschah mit ihren Seelen? Meine Gefühle gerieten in einen sich stetig tiefer windenden Strudel aus Getrübtem, Haltlosem, selbst Mutter trug Sorge, ich könnte mir Schlimmes antun.

An einem windigen Vormittag Ende Juni, als die Sonne kaum durch die rasch dahinziehenden Wolken zu dringen vermochte und das stumpfe Licht wie eine geronnene Masse vor meinen Fenstern innehielt, trat sie zur Tür herein. Sah mich regungslos auf dem Bett liegen, die Zimmerdecke anblickend, all die Risse im Putz, die abblätternde Farbe. Die Zeit nahm sich früher oder später, was ihr gehörte. Eine Tatsache, das Gesetz der Unvergänglichkeit.

»Es ist an der Zeit aufzustehen, Eileen«, gemahnte sie mich, während das Dienstmädchen die Flügel öffnete, um das Stickige, das allzu Erstarrte entweichen zu lassen. »Du solltest dich zurück in die Gesellschaft begeben, Bekanntschaften schließen. Niemand aber lächelt eine junge Dame an, die sich der Schwermut verschrieben hat.«

Lächeln um des Verlassens willen.

Mutter lehnte eine oval gerahmte Miniatur meines Vaters, die ich nie zuvor gesehen hatte, an die Habseligkeiten auf dem Nachttisch. Schob den Überwurf fort und setzte sich in ihrem steifen, hochgeschlossenen Kleid mit den weißen Manschetten an meine Seite, legte die knöchernen Hände übereinander. Das Rascheln des dunklen Tafts verstummte. Minutenlang sprachen wir keine Worte, wir schwiegen sie. Vernahmen gemeinsam die lärmenden Echos des Vergangenen. Der Geruch frischer Grassoden strömte herein, Moos. Ich konnte nur mutmaßen, wie tief ihr Schmerz saß, wie fest er sich seit der Trennung verankert haben musste. Nun der plötzliche Tod des Mannes, den sie einst geliebt hatte, des Sohnes, den sie ewig lieben würde. Man sagte, Geschichte wiederhole sich nicht, sie erfolge in Reimen. Das Verlassenwerden schien eine Konstante endloser Verse.

Das Unerwartete aber geschah. Es traf mich mit der Wucht eines Wunders. Um dem Kummer zu entkommen, schlug Mutter mir während einer Landpartie in unserem Fiaker eine Reise vor, sie würde gern mit mir die Weltausstellung in Paris erkunden. »Ich will es endlich einmal mit eigenen Augen sehen, dieses ungeheuerliche Konstrukt, das die halbe Welt den Turm zu Babel nennt.« Ihre kühlen Finger berührten meine Wange, eine liebevolle, fast zärtliche Geste einer verschlossenen Frau. Fraglos der Versuch, kein zweites Kind zu verlieren. »Du begleitest mich doch?«

Ich konnte mich der Leere hingeben, sie täglich lastender auf mich sinken lassen. Ich konnte mich aber auch mit aller Macht gegen sie auflehnen. In jenem Moment kam mir ein Trauerschwan in den Sinn, schwarz und schön begann er mit seinen kräftigen Schwingen zu schlagen, verließ den ruhigen See, neue Ufer zu suchen.

*

Die Begebenheiten liegen zu weit im Gewesenen, als dass ich würde sagen können, welches Ereignis, welche Stunde, welche Worte sich zuerst in mein Innerstes gruben. Im Nachhinein denke ich, die Stadt geliebt zu haben, noch bevor ich das erste Mal den Kanal überquerte. Das ersehnte zwanzigste Jahrhundert begann für mich jetzt. Die traurige Zeit verblasste schwerlich, doch wir schauten nach vorn. In den ersten Augusttagen nahm die Zukunft Gestalt an, und dies war der Ort, an dem sie für mich sichtbar wurde, ein Auftakt. An nahezu jeder Ecke geriet ich ins Staunen. Mich beeindruckte die weitläufige Anlage des Haussmannschen Straßennetzes, die in Schichten erbauten Wohnhäuser, als hätte man sie gleich einer Torte Etage um Etage gebacken. Die eleganten Geschäfte auf den Boulevards, breite Straßen, die sich unermüdlichen Treibens ringsumher wie pulsierende Lebensadern ausnahmen. Allerorten farbige Lithografien an den Fassaden, die Theaterstücke und Konzerte bewarben. Claudine Polaire, Sarah Bernhardt, Loïe Fuller. Das Leben war sorgloser und lebhafter als in London. Mutter und ich liefen tagelang über die *Exposition universelle de 1900*, deren Ausstellungsfläche sich über eine enorme Fläche im Zentrum erstreckte. Beeindruckt erkundeten wir mit unseren Programmheften die Pavillons verschiedener Länder, betrachteten die neuesten Erfindungen, das Kino, die optischen Künste. Bewunderten das Grand und das Petit Palais, den gerade eingeweihten Pont Alexandre III, die Métro. An der Place des Invalides kauften wir uns roséfarbene Zuckerwatte an dünnen Holzstäben, sie schmeckte nach Erdbeeren, war klebrig und herrlich süß. Mutter schien wie ausgewechselt, fast erkannte ich sie nicht. War das jenes aufgelegte Geschöpf, nach dem sich Vater einst verzehrt hatte?

»Was meinst du«, sagte sie und deutete auf das *trottoir roulant*, das den Platz mit dem Champ de Mars verband, »schickt es sich für eine Frau meines Alters, solch rollenden Gehsteig zu gebrauchen?«

Vergnüglich rafften wir die bodenlangen Röcke, stützten einander und gesellten uns zu der regen Menge auf dem Laufband. Die Elektrische auf dem Hochbahnsteig neben uns sirrte. Unzählige Mauersegler kreisten mit akrobatischem Manöver und hinreißendem Getöse über unsere Köpfe hinweg, glichen während des gemächlichen Vorankommens den vielfältigen Eindrücken, die mir seit Tagen im Hirn umherschwirrten. Schimmernde Glasobjekte von Lalique und Gallé, Möbelentwürfe von Mackintosh und Majorelle. Die Plakate von Eugène Grasset, niemand vermochte den *Art Nouveau* graziler zu Papier zu bringen, den Formen virtuoser Schwung zu verleihen. Die moderne Kunst, sie nahm mich gefangen, ich wollte ihre Geheimnisse ergründen.

»Ich möchte mich an der ›Slade‹ bewerben«, erklärte ich Mutter schließlich gefügigen Lächelns, um sie sogleich auf meiner Seite zu wissen.

»Die Schule genießt hohes Ansehen in unseren Kreisen«, ging sie wohlwollend auf mich ein, während erste Häuser Strukturen des Eiffelturms freigaben, versteckten. Freigaben.

»Lässt du mich gehen? Bitte, Mutter.«

Sie richtete meinen übergroßen Hut, nach links, nach rechts, rückte vielleicht abschließend die Kindheit ihrer Jüngsten zurecht, zog zwischen den Fingern die hellen Straußenfedern entlang. »Immerhin erhieltest du dort den letzten Schliff.«

Schliff. Ein ungelenker Begriff, bedeutete er doch, einem Charakter die Ecken und Kanten zu nehmen, ihn einer stupiden Belanglosigkeit gleichzumachen. »Mein Interesse gilt der Kunst, nicht der Ehe«, sagte ich in einem Anflug von Starrsinn und Widerwillen. Als wollte ich mich vor all den Fehlern bewahren, die sie begangen hatte. Als versuchte ich ihr Gegenteil zu sein.

Verständnislos sah sie mich an, die Augen stahlgrau. Ein Blick, den ich kannte, immer kennen würde, Gedanken dahinter versperrt. »Du bist von Myriaden an Verehrern umgeben, Eileen. Kein Nachmittag in den vergangenen Wochen, an dem kein junger Mann im Wintergarten zum Tee erschien.«

»Weil du sie einlädst.« Heiratskandidaten, abgegriffene Schablonen Henrys mit untadeligen Manieren, zogen in meiner Erinnerung vorüber; diese Stunden waren Verkupplungsversuche unerträglicher Tradition, Balz. Die Anmaßung einer Frau, die meinte, ihrer Tochter bis in den letzten Winkel des Herzens blicken zu können, in Wahrheit jedoch wenig über sie wusste, sie kaum verstand. »Der Richtige wird kommen. Es gilt viele Frösche im Leben zu küssen.« Sie nickte mir zu, dieses bestimmte Nicken, steif, endgültig, Zeichen eines beendeten Gesprächs.

Keinen einzigen von ihnen wollte ich küssen, keinen, eher schmiss ich sie gegen die Wand. Das aber war eine andere Geschichte.

Als die glutrote Sonne langsam hinter dem Pariser Häusermeer versank, als kehrte sie in ihr warmes, weiches Nest zurück, stahl ich mich aus Mutters Obhut davon und flanierte ein letztes Mal vor unserer Abreise zur Île de la Cité. Wie ich es genoss. An dem spitz zulaufenden Ende der Insel, unterhalb der Pont Neuf, befand sich ein kleiner Park voller prächtiger Kastanienbäume, sie trugen erste hellgrüne Früchte, weiche Stacheln, sanft. Ich stieg die Treppen hinunter, stieg womöglich in ein Gemälde Sisleys hinein. Nahm auf einer Holzbank Platz, betrachtete die vorbeiströmende Seine, einen Spatz. Die Angler. Mit langen, zusammengesetzten Rohrstangen fingen sie winzige Fische, die sie *goujons* nannten und gleich hier am Ufer in einer riesigen Eisenpfanne brieten. Das aromatische Fleisch roch köstlich, nach Salzigem, nach einem einfachen, freien Leben, und am liebsten hätte ich mich zu den wettergegerbten Männern gesellt, die Fische, wie sie, samt Gräten mit bloßen Händen gegessen. In der Ferne das monotone Rattern der Eisenbahn, ein Pfiff, ein weiterer. Ich las einen wohlgeformten, mit glänzenden Einschlüssen versehenen Kieselstein vom Boden auf, wandt ihn zwischen den Händen, schloss kurz die Augen. Warf ihn mit einem einzigen Wunsch zwischen die gräulichen Stromschnellen.

Ich würde heimkehren.

KAPITEL 4

DEZEMBER 1901

London. Bloomsbury,
›Slade School of Fine Arts‹ …

Brunelleschi, Borromini, Michelangelo.

»Ich kann die alten Meister nicht mehr sehen«, flüsterte ich meinen beiden Freundinnen hinter der Staffelei stehend zu, legte die Tuben beiseite und wischte die Farbspuren an den Händen, eine Klaviatur langmütiger Töne, in meinen grauen Kittel. »Verbringen wir den Mittag in Soho?«

Jessie Gavin zwinkerte mir verschwörerisch zu, während sie ihr fließendes dunkelbraunes Haar, einen Pinsel zwischen die Zähne geklemmt, zu einem Knoten aufsteckte. Aber auch die zurückhaltendere Kathleen Bruce wollte der allzu gesitteten, strengen Atmosphäre der ›Slade‹ entkommen. Wir waren von Beginn an ein Dreiergestirn gewesen, ein Triumvirat, hatten uns in gemeinsamen Haltungen gefunden, die Schule gewählt, um dem Einfluss unserer Elternhäuser zu entkommen, eine gewisse Selbstständigkeit zu erlangen. Die Entscheidung versprach Abenteuer, Aufbruch, natürlich auch Splitter der Furchtsamkeit, obwohl ich in unserem Stadthaus in Kensington Quartier bezogen hatte, die Fesseln nicht gänzlich gelöst waren. Das Studium der Künste galt jungen Damen der *upper class* damals als achtbarer Zeitvertreib, bevor sie der Vermählung entgegensahen. Dies erklärte den hohen Frauenanteil; zwischen einhundertachtundsechzig Studentinnen erklommen lediglich sechzig Männer tagtäglich die Stufen des halbrunden Vorbaus. Es erklärte andererseits Mutters sofortige Einwilligung, ihren Stolz, ihr Ziel, mich bald in den Armen meines Gatten zu wähnen. Mehr als ein Jahr war seit der Reise nach Paris vergangen. Ich verspürte weiterhin nicht das Bedürfnis zu heiraten, mich irgendeiner Art zu binden, nicht im Geringsten. Warum auch? Wir alle flirteten während der Pausen miteinander, knüpften zarte Bande, festere; gleichwohl reichte meine Zuneigung nie, um daraus ein Zusammenleben zu machen. Mein Freiheitsdrang war derart ausgeprägt, dass ich mir im Gegensatz zu Thora schlicht nicht vorstellen konnte, ein Abhängigkeitsverhältnis gegen ein anderes einzutauschen.

»Wer nicht auf seine Weise denkt, denkt überhaupt nicht«, pflegte Jessie Oscar Wilde zu zitieren. Wenn wir abends in ihrer Unterkunft heimlich eine Flasche Rotwein geleert hatten, um das Lebensgefühl der Boheme in uns aufkommen zu lassen, drückte sie es deutlicher aus: »Schau sie dir an, diese ganzen ertrunkenen Ratten dort draußen. In meinem Leben werde ich keinen von ihnen zum Mann nehmen.«

Kathleen, in den Resten tradierter Ansichten verstrickt, schlug die Hände kopfscheu vors Gesicht. Jessie und ich dagegen lachten über die Aphorismen, ihre mehr oder weniger galant formulierten Worte, aus denen Wahrheit sprach. Hinter denen ich weitere, tiefschürfendere Zeilen zu sehen meinte. Sie aber nicht lesen konnte.

Zu Anfang hatte uns das Kopieren der Gipsabdrücke in der großen Halle begeistert. Inmitten vielfältigster Impressionen erlernten wir den Umgang mit grundlegenden Maltechniken, schulten das Auge für Proportionen; doch die wiederkehrenden Abläufe langweilten uns zunehmend, wurden ein Müssen, ein Sollen, kein Wollen. Allen Studenten oblag dennoch die Pflicht, die Zeichenkurse nach antikem Vorbild abzuschließen, endlosen Litaneien der Lehrer zu folgen, von denen die meisten der Auffassung Ruskins und den Präraffaeliten anhingen. Aus diesem Grund trieben wir uns immer häufiger in Soho herum. Der Distrikt mit seinen engen Gassen, den kleinen Galerien, dicht an dicht, war damals der Mittelpunkt der Londoner Kunstwelt. Schmelztiegel flirrenden Geschehens, es rumorte. Oft standen wir mit unseren in Papier gewickelten Sandwiches vor den Schaufenstern, betrachteten die Gemälde, gewaltige Experimentierfelder in leuchtenden Farben, über die sich wie Chimären die eigene Spiegelung legte. Ein Bild, so unvollständig und verzerrt wie die eigene Zukunft.

»Hier findet man das Unbekannte, hier treffen Leute aus verschiedenen Klassen aufeinander«, rief ich beeindruckt.

Mehr denn je wollte ich verstaubten Konventionen entsagen, dem Starrsinn der Welt. Was konnten mir das aristokratische Chelsea, Belgravia oder Bloomsbury bieten, wenn sich andernorts die Unbändigkeit finden ließ?

Während eines besonders frostigen Tages, als wir unsere wollenen Schals bis über die Nasenspitzen hinaufgezogen hatten, wagte ich im Square Garden Sohos sogar, einen Fremden um eine Zigarette zu bitten, die ich rauchte, nicht mochte. Doch galt es nicht, gleich Anna Karenina, Madame Bovary oder irgendeiner tragischen Person der Literaturgeschichte zu sein, um dem Leben einen Sinn zu entringen? Um sich nur einen Moment lang wahrhaftig und frei zu fühlen?

»Du bist verrückt.« Kathleen betrachte mein Tun mit zager Befangenheit.

Ich stieß den Rauch aus, hustete, brachte mit erstickender Stimme hervor: »Mein ganzes Leben lang bin ich von Ängsten geplagt, weil in meiner Familie der Wahnsinn herrscht.«

»Wirklich?« Ehrfürchtig, beinahe bewundernd, trat sie einen Schritt zurück. »Was für ein romantisches Wesen du bist.«

Jessie gab sich der Mimik mitleidigen Spotts, schaute zu mir herüber. »Was machen wir nur mit der Kleinen, Eileen? Ohne uns wäre sie heillos verloren in der großen weiten Welt.« Dann musterte sie mich eindringlicher, lang. »Eigentlich aber hat sie recht, da ist dieser unbestimmte Blick, dieser ewig abwesende Zug in wässrigen Augen.«

Bedächtig ließ ich mir von ihr die Zigarette aus der Hand nehmen, Dunst ins Gesicht hauchen. Mir war seit einiger Zeit, als könnte Jessie die geheimsten Dinge auf dem Grund meiner Seele berühren, sie wie ein großes glänzendes Etwas betasten, erforschen. Sie sollte.

Mein Interesse an der ›Slade‹ nahm weiterhin ab, klaffte in Diskrepanzen. Die Schule war rückwärtsgewandt, ohne Inspiration. Die Kurse besuchte ich beständig seltener, konzentrierte mich auf Museen, Kunstsammlungen. Manchmal begleiteten mich meine beiden Freundinnen, ab und an leisteten mir Gerald Kelly, Wyndham Lewis oder Spencer Gore Gesellschaft. Im Zeichnen waren sie talentierter als ich, und im Unterschied zu mir sollten sie in späteren Jahren ausnahmslos Karriere in dem Metier machen. Häufig lief ich auch allein die Fluchten des ›Victoria und Albert Museums‹ in der Nähe meines Wohnhauses entlang. Knapp zwei Jahre zuvor hatte Königin Victoria die Umbenennung des früheren ›South Kensington Museums‹ nach ihrem und dem Namen ihres Mannes befohlen und den Grundstein für eine Erweiterung gelegt. Waren die Abteilungen nicht wegen Bauarbeiten gesperrt, versank ich in den Gemälden Whistlers, der einst den *Peacock Room* geschaffen hatte, eine Komposition aus Malerei und Raumausstattung, sichtbare Musik. Versank in den dekorativen Künsten, den Lackarbeiten aus Asien. Schalen, Gefäße, ganze Wandschirme gemäßigter Farben, Schwarz, Braun und Rot, in denen sich die Dunkelheit in Hunderten Schichten abgelagert zu haben schien. Licht und kein Licht, Schein und Sein.

An vielen Tagen, winters in der Dämmerung, verließ ich das Haus erst kurz vor der Schließzeit, wurde von den Aufsehern am Portal mit freundlichen Worten verabschiedet: »Welcher Kunst galt heute Ihre Faszination, Miss Gray?«

Welcher? Es hatte geschneit, die ersten Flocken der Saison. Meine Schritte knirschten auf dem zarten Weiß, ich mochte das Geräusch. Drehte mich in einiger Entfernung noch einmal um, sah das neue Gebäude in den Himmel hinaufwachsen. Wie einen kostbaren Stein hatte man es in Gerüste gehüllt, deren aufragende Konstruktion sich vor der untergehenden Sonne wie scharfkantige Scherenschnitte ausnahm. Etwas Eigenes darstellte.

Noch immer wusste ich nicht, was ich bis zur Vollendung lernen wollte, was meinem Leben Richtung gab. Ich war dreiundzwanzig Jahre alt. Die Zeit verstrich, rann fort und fort. Während ich den Cromwell Place überquerte, regte sich eine Stimme in mir, leise, nur mehr ein Wispern; formte sich im Laufe meines Weges über die Old Brompton Road zu etwas Betontem, bestärkte mich, Unmöglichkeiten gegen Möglichkeiten einzutauschen. London, so viel stand fest, würde mir nichts weiter bieten können. Einer Frau, wie ich es war, hielt diese Stadt keinen Platz bereit.

JANUAR 1922

Paris. 21, rue Bonaparte.

Gabrielle Bloch, sie nannte sich nun Gab Sorère, schritt bedächtig um den ›Serpent-Chair‹ im Salon herum, die Hände wie stets in den Taschen ihres streng geschnittenen Hosenanzugs verborgen. Beäugte den Sessel, verengte die Augen zu Schlitzen, weitete sie schlagartig. Als drehte sie einen ihrer experimentellen Filme; Verlängerung, Verkürzung, Lichteffekte. Befühlte flüchtig den lachsfarbenen Stoff, glänzende Atlasbindung. Ich entzündete eine Gauloise, lehnte mich an den Pilaster des Kamins und beobachtete das Schauspiel der betuchten Bankierstochter, die den Luxus liebte, sapphische Wesen der Bühne begehrte. Die Shows der legendären Tänzerin Loïe Fuller, mit der sie acht Jahre zusammengelebt hatte, begleitete sie weiterhin, obwohl die Beziehung lang der Vergangenheit angehörte. Gab war eine Frau der Tat, hatte sich stets genommen, was sie wollte, hielt sich selbst die Treue. Niemandem sonst.

»Schlangen«, sagte sie trocken, die Lippen ein dünner Strich. »Symbol des Weiblichen, der List.«

Die golden gelackten Kobras wanden sich verführerisch zu halbrunden Sessellehnen; ihre schlanken Körper hatte ich mit erdachten Hieroglyphen, Kreisen und gestreckten Spiralen, Schuppen gleich, versehen. Die Reptilien schienen die strahlenförmig gesteppten Polster zu umschmeicheln, als wollten sie das kostbare Innere einer Muschel liebkosen.

»Deinen ›Mermaid-Chair‹, den du Damia gewidmet hast, in Ehren, er ist gut. Aber das hier, verflucht noch eins, das ist Erotik.« Sie zog die Augenbraue hinauf, emotionalste Geste vieler Jahre, die ich sie kannte. »Visionen der Träume.«

Ungerührt stieß ich den Rauch unter den altmodischen Kronleuchter, den ich, wie auch die Stuckleisten ringsumher, nie hatte entfernen lassen. »Auftragsarbeit für Madame Mathieu-Lévy«, erklärte ich lakonisch. »Eine Art Thron einer ägyptischen Göttin, in der Hoffnung, Howard Carter wird einmal Ähnliches aus seinen Grabungsstätten zutage fördern. Gestern habe ich letzte Nähte setzen lassen.« Während ich die Worte aussprach, spürte ich, dass sie sich in meinem Kopf nicht fügten, sich seltsam sperrten. Diese Schlangen, die dem Möbelstück seinen Namen gaben, waren innovativ, doch nichts radikal Modernes. Als hätte sich der Entwurf zeit seines langen Entstehens überholt, schien er einer Zwischenwelt zu entspringen. Ebenso wie meine Gedanken musste er sich häuten; musste sich alles häuten. *Sich alter Schichten erlösen.*

»Mir ist nicht klar, Eileen, in welche Richtung du strebst.«

»Was meinst du?«, fragte ich, noch mit der Vorstellung meiner Metapher beschäftigt.

Sie setzte sich in den Sessel, schlug die Beine übereinander, der ganze Körper gespannt. Eine Pose wie ein Mann; ihr ganzer Habitus männlich. »Als wir uns vor vielen Jahren begegnet sind, du und ich, da begann sich die Stadt sachte von der alten Mätresse zu einer jüngeren Halbweltdame zu wandeln. Seit Kriegsende wird sie täglich eine faszinierendere, klügere Frau. Unser gemeinsamer Zirkel und die Salons haben Paris zu einer selbstbewussten Schönheit heranreifen lassen.«

Paris ist eine Frau, fasste ich im Stillen für mich zusammen, dachte, welch schöner Satz, Erinnerung. Drückte währenddessen meine Zigarette in den Aschenbecher auf dem Beistelltisch. »Ja, wir haben uns eine Menge Freiheiten erarbeitet.«

»Wir haben sie uns hart erkämpft«, korrigierte mich Gab, wies generöser Handbewegung in den Raum. »Wir haben traditionelle Privilegien der Männer an uns genommen. Das Recht auf Entfaltung, der Gebrauch von persönlicher Macht. Nur so konntest du deine Kunst gestalten, und nur so konnte sie von Frauen gekauft werden. Sie waren die ersten, deren Interesse du erregt hast.«

Meine Aufmerksamkeit schwand, Gesagtes wurden weicher, spülte sich inmitten glatt gewaschener Kieselsteine an einen imaginären Meeressaum. Rauschte. Ich sah mich auf ein bizarr geformtes Stück Treibholz zugehen, näher, noch näher, die Maserung wie mit einer Lupe betrachten. Linien in Schwüngen, in Wellen, verwirbelnd.

»Freiheit«, zog sie mich aus fernem Gestade heran, »Freiheit bedeutet nichts anderes als Freiheit von Männern. Wir alle fragen uns, was treibst du dich mit diesem jungen Rumänen herum? *Aller et retour?*«

Ein Hin, ein Her. Sie war nicht die Erste, die mich nach Jean Badovici befragte, und ich verstand weder Anspielung noch Aufregung.

»Wer alles maßt sich an, etwas über mein Leben wissen zu wollen? Ich verabscheue derlei Vertraulichkeiten.« Unterdrückte einen Anflug von Wut.

»Bryher macht sich Sorgen.« Sie verzog keine Miene.

»Bryher? Ausgerechnet Bryher, die sich ihr Leben auf experimentelle Weise wie einen Befreiungsschlag von der Seele zu schreiben vermochte? *Two Selves*. Ich lachte ob der Lüge Gabs, der Heuchelei, hinter der ich eine Absicht vermutete. »Sie ist im vergangenen Jahr die Ehe mit Robert McAlmon eingegangen.«

»Eine Scheinehe.«

»Wenn doch alle Menschen heiraten dürften, wen sie wollen«, seufzte ich, dachte an Hilda Doolittle, die Frau, die Bryher liebte. »Die Welt wäre eine weitaus friedlichere.«

»Du sagst es.«Ihre Durchdringlichkeit traf mein Herz. »Also gut. Ich habe ein, zwei Gläser Wein mit ihm im ›Deux Magots‹ getrunken«, ging ich schließlich auf sie ein. »Er ist an meiner Arbeit interessiert. Ein gebildeter Mann, ein Architekt, der zu erzählen weiß.« Badovici war intelligent, belesen, von wacher Neugier; allzu Persönliches jedoch hielt er zurück. Er wusste vieles von mir, ich hingegen wusste wenig über ihn. Redete er genau genommen nicht weitaus mehr über Le Corbusier als über die eigene Person? Über die Mitglieder der De Stijl-Bewegung? Das Bauhaus, eine in der deutschen Provinz gegründete Kunstschule, die großen Auftrieb erfuhr?

»Gemeinsame Pläne?«

»Ich bitte dich, Gab.«

»Nun, ich bin froh. Aus gewissem Grund erscheint er mir suspekt.«

»Warum?«

»Männer folgen ihrem Instinkt. Sie erschießen, was sich dem eigenen Verstand entzieht.«

»Das heißt?«

»Sie spüren dem Löwen nach, nicht dem Fuchs.«

Ich hatte eigenständig ferne Länder bereist. Ich gehörte zu den ersten Automobilistinnen. Ich war im Heißluftballon die englischen Küsten entlanggefahren, hatte in einem Doppeldecker den Hafen Marseilles überflogen, doch Gab allein wäre fähig, mich in schwammigen Aussagen zu ertränken. »Möglicherweise sollte dir McAlmon derzeit fragwürdiger erscheinen«, versuchte ich der Situation eine Wendung zu geben. Seit Wochen zog er Nacht und Nebels durch die Bars des Viertels, oftmals stark alkoholisiert, und forderte uns alle eindringlich zum Subskribieren des neuen Romans von James Joyce auf. Sylvia Beach gedachte den *Ulysses* in Kürze über ihren Buchladen ›Shakespeare and Company‹ herauszugeben; ein Projekt mit unterschiedlichsten Bekümmernissen, das von der Zensur der Worte bis zum ausschweifenden Charakter des Autors langte.

»Harmloses Schriftstellergehabe. Meines Erachtens möchte er Syl einen Gefallen erweisen«, sagte sie. »Hast du unterschrieben?«

»Nachdem ich die Auszüge in der *Little Review* gelesen habe, kam ich nicht umhin.« Ich griff nach einer weiteren Zigarette und deutete auf das Heft. »Meine Neugier auf ein Mehr lässt sich kaum bändigen.«

»Wessen nicht?« Sie stand auf, durchschritt den Salon, blieb vor dem Bücherregal stehen, besah die Reihen. »Der gute alte Henry James. Niemand vermag andere beim Denken besser zu belauschen.«

»Die unerfüllte Liebe eleganter zu beschreiben?«

»*Touché*.« Sie strich über gebundene Rücken hinweg, ein Geräusch wie Regen am frühen Morgen, vernahm den Staub auf der Fingerspitze. »Meinst du nicht ein Mädchen einstellen zu müssen, wie jeder kultivierte Haushalt in Paris?«

»Personal ist schwer zu bekommen.«

»Du kannst es schwerlich halten, Eileen. Dein gewohntes Problem.« Wieder betrachtete sie mich intensiv, als habe sie Wichtiges mitzuteilen, ließ den Blick durch den Raum schweifen, schüttelte fast unmerklich den Kopf. »Ich lasse dir drüben in der Weberei einen Aushang fertigen.«

»Ich danke.«

»Vielleicht solltest du einen Plan erarbeiten, wie du deine Werke gefälliger präsentiertest. Dieses Appartement scheint mir äußerstenfalls engen Freunden ein Ort.«

Später, als Gab lang gegangen war und die triste Dunkelheit des Januars zu den Fenstern hereinzufließen begann, schenkte ich mir ein Glas Sancerre ein, kurbelte das Victrola an. Dann setzte ich mich in den Schlangenstuhl, lauschte den Klängen Chopins, eine Nocturne. Im Kamin prasselte das Feuer, strahlte eine anheimelnde Wärme aus. Kleinste Funken sprühten auf, verglühten. Versunken betrachtete ich den Stapel Zeitschriften in der Ecke, obenauf *L'Esprit Nouveau*. Ich widmete mich meinen Launen, den guten, den weniger guten. Sinnierte. An manchen Tagen hasste ich Ratschläge, so wohlwollend sie sein mochten. Wie ich zu leben hatte, zu lieben. Sie drohten meine Persönlichkeit zu verraten, ein Verrat, an dem ich alleinige Schuld trug. Ich war keine Kämpfernatur. Dieses Ziehen und Zerren, das Sein, das Nichtsein, es lag mir keinesfalls im Blut. Zu häufig hatte ich mich von Wünschen anderer einnehmen lassen, hatte mich deren Erwartungen gefügt. Dabei wollte ich einfach nur herausfinden, was in meinem Kopf vorging, was ich dachte. Ich wollte wissen, was ich wirklich suchte. Was ich fürchtete.

Wie oft noch?

KAPITEL 5

OKTOBER 1902

Paris. Saint-Germain-des Prés,
›Académie Julian‹ …

Stimmengewirr, anschwellend, verebbend, gleich einer nicht enden wollenden Meeresbrandung. Dann ein durchkreuzendes Händeklatschen. Respektvolle Stille, wenngleich gezählte Momente. Ich stand unweit der geöffneten Ateliertür; betrachtete die mit dicken Farbschichten verschmierten Wände ringsumher, sich überlagernde Rahmen, darin klaffende Leere abgehängter Skizzen. Es war heiß, die Luft stickig. Eine Reihe männlicher Aktmodelle durchmaß den Saal bis zur Mitte, einer nach dem anderen sprangen sie die Stufen des Podests hinauf, stellten sich geraume Zeit in Positur, verließen es zur rückwärtigen Seite. Sonnenstrahlen fielen schräg durch die lichte Dachverglasung hoch über unseren Köpfen, streiften die annähernd nackten Körper, beleuchteten Muskeln, Sehnen, Eigenheiten ihrer Statur. Das Modell der Woche wurde gewählt.

»Der Nächste«, rief der Professor in die aufwallende Unruhe; diese gemischten Aktklassen waren selbst in Paris ein Novum, verhießen elektrisierende Spannung zwischen den Geschlechtern.

Ein weiterer junger Mann erklomm die Bühne, Konturen wie gemeißelt, die helle Haut ungewöhnlich ebenmäßig, wie einem Gedanken der Renaissance entnommen. Er drehte sich um die eigene Achse, verharrte. Für die Darstellung des Inkarnats, dem Farbton des Fleisches, benötigte ich Weiß, einen Hauch Rot, Siena, Ocker.

Sicher etwas Blau. Prüfend fuhr ich mit den Augen über seine ausgewogenen Proportionen, die Höhen, Senken, genoss den Anblick. Er war schön.

»Hermione«, rief Kathleen mich mit dem Namen, den sie mir aus unerfindlichen Gründen während unserer ersten Tage in Paris gegeben hatte. Beschämt, kaum aufschauend, bedeutete sie mir, auf den Gang hinauszukommen.

»Was ist denn?«

Ein Pulk Studenten drängte vorbei, diffuse Wolken von Lärm, Lachen. Im Vergleich zur strengen, nüchternen ›Slade‹ kam das Getöse an dieser Akademie einer kulturellen Revolution gleich.

»Du starrst dermaßen ungerührt auf die unbekleideten Herren«, flüsterte sie.

»Wie sonst soll ich das Aktzeichnen am lebenden Modell erlernen«, antwortete ich trocken. »Diese Männer sind Kunst. Im Übrigen tragen sie Leibwäsche.«

»Ist es dennoch nicht zu tollkühn? Niemand in London würde sich solchem Wagnis aussetzen.«

»Liebes, die Insel samt all ihrer Langweiligkeiten liegt hinter uns. Warum nur entgeistert dich stets das Unkonventionelle?«

Paris. Die emotionale Berührung mit der Stadt war mir tief im Gedächtnis geblieben. Fortwährend hatte ich an den Stein im Flussbett der Seine denken müssen, an meinen daran ankernden Wunsch, meine Rückkehr. Jessie und Kathleen konnte ich leichter Worte für meine Pläne gewinnen, Mutter hingegen zu überzeugen bedurfte es eine Menge Ausdauer und Beredsamkeit. Endlich aber gab sie mir 1902 ihre Einwilligung, auf den Kontinent übersiedeln zu dürfen, nicht ohne mir Dutzende Versprechen abzunehmen. Ich hatte fast vierundzwanzig Jahre gebraucht, um mich aus den engen Fesseln meiner Heimat zu lösen, den einen bedeutsamen Schritt vom Schatten ins Licht zu gehen. Meine beiden Freundinnen und ich bezogen eine einfache, karg möblierte Pension in der Rue Joseph Bara, einer Gasse nahe dem Boulevard du Montparnasse. Zuerst schrieben wir uns an der ›Académie Colarossi‹ in der Rue de la Grande-Chaumière ein, jener Kunstschule, die sich vor allem unter ausländischen Studenten großer Beliebtheit erfreute. Erneut wählten wir die üblichen Zeichenkurse, das Malen, die Bildhauerei, die dekorative Komposition. Tatsächlich änderte sich anfangs wenig durch den Wechsel nach Frankreich, auch hatte ich weiterhin keine Ahnung, wohin ich strebte, doch ich befand mich nun inmitten der wundervollsten Metropole, einer aufregenden Stadt, einem Abenteuer; es war eine andere Art von keine Ahnung haben.

In den Wochen nach dem Umzug erweckten wir drei auf unseren immer gleichen Wegen zwischen Unterkunft und Akademie gewiss einen unbeholfenen Eindruck; die Kleidung zu formell, zu akkurat, die großen Zeichenmappen wie zum Schutz unter den Arm geklemmt. Keine von uns sprach fließend Französisch, die Betonung hölzern, nicht melodisch, nicht weich. So blieben wir tatsächlich vorerst unter uns, galten jedoch bald im Viertel als *les trois jolies anglaises*.

»Ihr Engländerinnen strahlt den Anschein klösterlich erzogener Schlichtheit aus«, sagte eines Nachmittags ein vorlauter Bursche, während wir unentschlossen vor dem ›Café du Dôme‹ herumstanden, einem damals noch schäbigen kleinen Lokal, das Künstlern wie Neugierigen ein Anziehungspunkt war. Mehrmals bereits hatte er uns auf der Straße ermunternd gegrüßt. Er zog sein *beret* vom Kopf, das brünette Haar durcheinander, erging sich in einer übersteigerten Verbeugung.

»Und denk doch, wenn es so nicht wäre«, gab ich mit aufmüpfig gerecktem Kinn zurück.

»Schon besser«, befand er, lachte. »Das Heil lässt sich nur im Ungehorsam finden. Warum kommt ihr nicht zu uns an die ›Julian‹ in der Rue du Dragon? Bei uns geht es weniger gezügelt zu. Zwar ist der Tumult oft ohrenbetäubend, und an manchen Tagen lässt sich im Gedränge kaum ein Platz für die eigene Staffelei finden, aber wir sind die Boheme, die Zukunft.«

Sein Gesagtes schwebte aufwärts in den Himmel, trieb mit herbstlich ziehenden Wolken davon, leuchtete noch am Horizont. Wenig später folgten wir seinem Ruf, erblühten. Unser Tun geriet täglich wagemutiger, die Fluchten länger, was es brauchte in der Nacht. Immer tiefer sog es uns in die kaleidoskopischen Geschicke der Stadt, mir war, als würde ich auf ein Karussell aufspringen, den Wandel in stetig schnelleren Drehungen wahrnehmen. Eine Rhapsodie tönender Farben, bunt, sehr bunt, Sensationen in meinem Hirn, ich liebte es. Während vieler Flaschen billigen Rotweins pflegten wir mit verschiedensten Leuten ungezwungenen Kontakt, diskutierten über Schopenhauer, Nietzsche und manchmal auch Colette. Öffneten uns gegenseitig die Augen für Berauschendes, Frivoles. Geriet ich an die Grenzen meiner Sprache, erdachte ich Wörter, kombinierte, verkehrte; eine Angewohnheit, die ich zeitlebens nicht wieder ablegen sollte. Bekannte wurden Freunde, wurden auch Verehrer, die sich mehr erhofften; einen Tag, eine Woche lang hoffen durften. Es war ein Ausprobieren, ein Zurücklassen. Versuchung und Versuch. *Nichts erlischt so nüchtern wie die Erwartung.*

»Ich wünschte, das Leben ließe sich als Buch an, Hermione«, sagte Kathleen eines freien Sonntags. Verträumt. Sie lag auf der Récamiere in meinem Studio, schaute mir beim Waschen der Seidenstrümpfe im Emaillebecken zu. »Wir könnten zu den letzten Seiten vorblättern, einfach um zu sehen, dass alles gut ausgeht. Dass alles wird, wie wir es uns ersehnen.«

Ich verstaute das Soda im Regal, spannte eine Leine quer im Zimmer, begann mit Holzklammern die Wäsche anzuhängen. »Nein«, erwiderte ich nach einer Weile des Überlegens. »Das wäre keine gute

Idee.« Ich wollte nicht fortlaufen vor der eigenen Geschichte, dem Leitmotiv meiner selbst. Lieber las ich mich Seite um Seite neuen Kapiteln entgegen, nur so konnte ich sie abschließen.

Ich ließ mich auf Seelen ein, die sich am Rande des Daseins bewegten, spürte in ihrer Gegenwart die eigenen Zweifel weniger stark. Aleister Crowley, dessen Finger Ringe mit Halbedelsteinen zierten, der im Übersinnlichen dilettierte und mir Gedichte schrieb. Wyndham Lewis, der oft ganze Wochen verloren ging. Oder Paul Léautaud, dessen Nasenflügel bebten, wenn er sprach, der Katzen und Hunde zu sehr liebte, um einen Menschen lieben zu können.

Verbrachte ich meine Ferien nicht gemeinsam mit der Familie in der Normandie, trat ich die beschwerliche Reise zurück nach Irland an, ganz Pflicht folgsamer Töchter. Trost waren mir lediglich die Landschaften, die saftig grünen Wiesen, deren Weite, aus Zugfenstern blickend, Endlosigkeit versprach. Mutter trieb mich in die Arme weiterer Heiratskandidaten. Tage falschen Lächelns. Als ich Henry Savage Landor im Park auf dem geharkten Kies gegenübersaß, ein weltläufiger Entdecker, der mich ernsthafter Gefühle zu umwerben schien, wusste ich nicht, ob er dazu weiterhin fähig wäre, hätte er die Gedanken in meinem Kopf sehen können, die Geschehen am hintersten Ende des Tages. Die zwei Leben, die ich führte. All die möglichen Bräutigame mochten freundlich sein, standesgemäß, ehelichen würde ich keinen von ihnen. Sie wären Lüge. Schließlich fasste ich mir ein Herz, formulierte meinen Entschluss klar. Endgültig.

»Im besten Fall wird deine Unabhängigkeit für despektierlich gehalten«, meinte Mutter, diese Elegie aus Verbittertem und Enttäuschung in der Stimme, während sie im Wintergarten mit einer zierlichen Kanne zwischen Palmwedeln umherstreifte, seltene Orchideen goss. »Das Bedürfnis nach Einsamkeit erachtet man als exzentrisch. Es ist nicht unwesentlich, was die Leute von dir denken.«

»Die Meinung anderer ist mir gleichgültig.« Vorurteile dieser Art fürchtete ich nicht. Ohne jemals lautstark aufbegehrt zu haben, ertastete ich weiterhin eigenes Terrain. Es war noch immer gleich dem Betreten des Holzstegs in der Slaney nahe der Windung, an der die vom Wind gekämmten Zweige einer Silberpappel ins Wasser hingen. Der Steg knarrte im Gebälk, schien mit jedem meiner Schritte zu ächzen, zu wanken, er war Hunderte Jahre alt, sicher morsch, doch ich hatte ihm nie misstraut, würde es nicht tun. Ein Fallen bedeutete keinen Untergang, Fallen bedeutete Aufstehen. Vorangehen. Die Entscheidung meiner Eigenständigkeit, der Wille einer freien Existenz sollte das Verhältnis zu Mutter auf ewig belasten. Reue wäre ein heuchlerischer Begriff, der falsche.

Kathleen nahm sich selbstgerecht zurück, ging früh zu Bett, weil sie das gemeinsame Umherziehen mittlerweile als wildes *derangement* empfand. Keine Enttäuschung, keine Überraschung, nur der Gedanke, ihre deprimierende Trostlosigkeit nicht anzunehmen. Indessen wurden Jessie und ich täglich engere Freundinnen.

Eines lauen Herbstabends im Oktober waren wir zum Schachspielen im Café unten an der Ecke verabredet, sie wollte mich abholen. Schließlich, gegen sechs, klopfte es an der Tür. Welch ein Schock, in jenem Augenblick nicht Jessie dort stehen zu sehen, es war ein Unbekannter, ein großer, fremdländisch anmutender Mann in beigefarbenen Kordhosen und einer Norfolk-Jacke.

»Wer zum Teufel sind Sie?«

»Ich führe dich in Lokale, die du nur in männlicher Begleitung betreten darfst«, sagte er mit beredter Überzeugung, ein Mundwinkel zuckte.

Ich beäugte ihn, eine seltsame Erscheinung. »Jessie?«, fragte ich vorsichtig, zog ihr im nächsten Moment die schwarze Perücke vom Kopf, den Schnurrbart von der Oberlippe.

Wir verstießen die Grenzen der Schicklichkeit, tanzten durch verruchteste Etablissements, gerierten uns wie ein Paar, wie Mann und Frau. Niemand dort draußen in Paris enttarnte die Verkleidung meiner Freundin, die sich nun Jackie oder Jack nannte. Ich entsinne mich, herrlichen Spaß mit ihr, ihrem Alter Ego gehabt zu haben. Und dann, in jener Nacht, die meinem Leben eine Wendung versetzen sollte, suchten wir eine Bar unter den Arkaden des ›Palais Royal‹ auf, in die wir nie zuvor gegangen waren. Kaum hatte Jackie in gewohnter Aufmachung die samtenen Portieren am Eingang geteilt, stimmte das Orchester die spanische Nationalhymne an, hielt sie für einen Landsmann. Wir tranken schweren Rotwein, schimmernd wie Granat. Ließen uns in anzügliche Rauschschwaden fallen, in denen Damen der *demi-monde* mit Reizen paradierten, umeinander herumschweiften, giggelten. Rhythmisch bewegten wir uns im Takt der Musik, wiegten uns gleich ihnen Hüfte an Hüfte, eng umschlungen.

Inmitten der dicht gedrängten Atmosphäre, gesättigt von Schweiß und Hitze und all den Konjunktiven des Lebens – *hätte! könnte! würde!* –, raunte Jackie mir ins Ohr: »Kluge Menschen denken zu viel, Eileen.«

Ich sah sie an, erstaunt, und doch sagte sie solche Sachen, und sie formte mit den Lippen stumme Worte, drei, vier an der Zahl, oder die ganze Mythologie ihres Lebens, wer weiß. Sie zu lesen, ich vermochte es nicht.

Später, als letzte Akkorde in leeren Gläsern verklungen waren, liefen wir Hand in Hand durch milde Dunkelheit an den Ufern der Seine entlang. Alles Sein rauschte in meinem Blut, beruhigte sich nur allmählich. Ich betrachtete die Boote, sie seufzten, schliefen im Schwarz. Platanen streckten uns ihre Äste entgegen, knorrig und schwer, als wollten sie Jackie und mich berühren, festhalten gar.

»Hast du bemerkt, dass unsere Kleine Gefühle für dich zu hegen scheint?«, fragte sie mit leiser Stimme.

»Nein«, gab ich zu. Atmete beklommen aus, weil mein Kopf stetig mit anderen Dingen beschäftigt war. Weil ich eigenen Gefühlen kaum vertraute, mein Herz so unerfahren war. Ich hatte Kathleen überhört, nichts verstanden; schleichende Schuld stieg in mir auf.

»Sie ist durchdrungen von dir, deinen Ideen ...« Jackies Worte gerieten transparenter, beinahe tonlos, als sollte ich nicht jedes erfahren. »... deinem Lachen, deinen Bewegungen.«

Schweigend schritten wir voran. Ich wusste nicht, was ich denken sollte. Ich war so verwirrt, wollte nichts fühlen und fühlte doch alles, tief. Im nachtgelben Schein einer Gaslaterne blieben wir stehen, verharrten, dem Schwirren winzigster Käferflügel zu lauschen.

Ein Surren, ein Flattern, Rascheln, Schwingen. »Die Stadt ist voller Wunder«, flüsterte ich, drückte ihre Hand fest.

»Voller *weiblicher* Wunder«, entgegnete sie, und ihr feines Gesicht wirkte verletzlich und entschieden zugleich. »Paris ist eine Frau.«

Zum ersten Mal verspürte ich Angst, Jackie zu verlieren, bevor ich die Möglichkeit hatte, sie zu haben. Ich liebte alles an ihr.

Wie alt musste ich werden, das zu begreifen.

FEBRUAR 1922

Paris. 21, rue Bonaparte.

... Miss Grays Ehrgeiz ist es, den gesamten Raum zu gestalten, von den Vorhängen, den Wandbehängen, den Teppichen und Stoffen bis zu den Beleuchtungskörpern, um so ein Ganzes zu schaffen, das die Schönheit eines Gedichts besitzt ... In manchen Räumen der Rue de Lota sind große Flächen mit einem neuartigen Material bedeckt, das eine Verbindung aus Schiefer und Lack zu sein scheint; weiße und schwarze Streifen gemahnen an Planetenbahnen oder die Flügel eines Flugzeuges, mit dem sie durch geometrische Linien verbunden sind ...

Lily de Gramont in: Feuillets d'Art, Februar 1922

*

Anfang des Monats erschien der nach langen Mühen angekündigte *Ulysses,* ein Ereignis, das ganz Paris in Aufruhr versetzte; kein Bewohner unseres *quartiers,* der nicht einen Blick auf die gebundene Schamlosigkeit, diese griechischblaue Ausgabe, eine von zweien, in der Auslage der Rue de l'Odéon geworfen hatte. Die Inhalte waren vielen anstößig, mir verhießen sie experimentelle Prosa, Kunst; ihrer Zeit weit, weit voraus. Erfahrungsgemäß verstörte Menschen das Andere, das Neue. Beinahe war ich gewillt, Joyce, meinen irischen Landsmann, als Leidensgenossen zu betrachten. Hatte man nicht auch mein Werk harter Etappe abgelehnt? *Die düsteren Entwürfe Miss Grays sind Resultat einer vertanen Ehe. Trauerspiel unglücklichen Frauendaseins.* Die Literatur, die Architektur, die Innendekoration, ihnen allen lag das Musische zugrunde, sie trennten lediglich Nuancen, feinste Nähte, kaum sichtbar. Ich konnte Joyces Schmerz ertasten.

Wieder einmal zeigte sich meinem geistigen Auge das Elend als mächtiger weißer Tropfen vor dunklem Hintergrund, zäh.

Nur wenige Tage später, überaus unerwartet, erschien der Artikel meiner Freundin Lily, der ›Roten Herzogin‹, wie wir sie des entschlossenen Charakters wegen während des Krieges genannt hatten. Schon damals hatte sie meinen Werdegang aufmerksam verfolgt. Ich las ihre feinfühligen Worte wieder und wieder, kostete jede Silbe wie Süßes; sie waren Balsam auf meiner ewig zweifelnden Seele, wahre Lyrik. Ich würde Innenräume schaffen, die unserer Lebensweise entsprachen, Wünsche und Empfindungen berücksichtigten. Ein Blick in hinterste Winkel meines Herzens, ich fühlte mich gesehen. Noch spät am Abend, kurz vor elf, saß ich im Atelier, klemmte ein Blatt Papier in die Walze der Corona und übernahm die Zeilen. Ich benötigte Durchschläge für die Presse, für mögliche Kunden, fragte mich nach der Anzahl. Sechzehn. Gerade war ich positiver Stimmung, noch gestern hatte ich mir wieder einmal jegliches Talent abgesprochen, Unzulänglichkeit verspürt, ich hasste mich für dieses Erniedern. Fast ein Ritual. Warum genügte ich den eigenen Ansprüchen nicht, benötigte Bestätigung wie Nahrung? Dann zog ich den letzten Bogen aus der Maschine hervor, in meinen Ohren weiterhin das Knallen. Überall im Zimmer verteilten sich aufgeschlagene Zeitschriften und Bücher. Auf dem Tisch vor mir Skizzen, Risse; Versuche, dem Haus in Samois-sur-Seine verändertes Gepräge zu verleihen, irgendein Detail, die abgetane Anmut missfiel mir zunehmend. Seit Tagen studierte ich die Schweizer Bauten Le Corbusiers, beschäftigte mich intensiver mit seiner Architektur. Die wenigen Häuser, die er geschaffen hatte, waren ein Kanon stetig klarer werdender Formen, die Entwicklung interessant. Sie kreierten Atmosphäre, die ich nicht greifen konnte, ich wollte sie verstehen. Wie entstand Raum. Im schmalen Gelb der Stehlampe zeichnete ich raschen Grafitstrichs Linien auf das Papier, geometrische Strukturen, kantig, gerundet, verwarf sie nach einer Weile ernüchtert. Doch ich wusste, derlei Abbild gestattete mir zurückzutreten, zu atmen, Verständnis zu entwickeln für das, was noch nicht war und doch zu werden begann. Draußen herrschsüchtige Kälte. Fröstelnd schlang ich mir die wollene Stola um die Schultern, entzündete im Halbdunkel das erloschene Kaminfeuer, schürte mit dem Haken die züngelnden Flammen. Zurück an den Studien schenkte ich mir ein weiteres Glas Weißwein ein. Im glutwarmen Schein wirkte er bernsteinfarben, sammelte und brach das Licht prismatisch, fast zu gefällig. Langsam drehte ich den langstieligen Kelch zwischen den Fingern, besah ihn von allen Seiten. Hässlichkeit, dachte ich, war leichter zu betrachten als Schönheit, als Harmonie; sie war minder eitel, wollte nicht fortwährend hinterfragt und bewundert werden. *Wie definiert sich Schönheit? Ist sie tatsächlich gegenständlichen Charakters, mit Worten zu umschreiben, greifbar, oder vielmehr eine Geisteshaltung, die Wahrnehmung des Menschen? Was löst in uns das Empfinden von Schönheit aus?* Der Fernsprechapparat schrillte, ich schaute auf, als könnte ich ihn strengen Blickes zum Schweigen bringen. Damia würde bis weit in die Nacht hinein auf der Bühne stehen; singen, tanzen, sich künstlich schmachtend dem Publikum darreichen. Der Apparat schrillte endlos, verstummte. Stille. Mein Kopf aber kam nicht zur Ruhe, zu viele Fragen bedrängten mich. Sollte ich neben Lackwerkstatt und Weberei tatsächlich Räumlichkeiten für eine Galerie in Betracht ziehen? Gabrielles Forderungen nachkommen, das Risiko wagen? Ich wäre nicht die Erste, die ein Geschäft für Innenraumgestaltung eröffnete. Poiret hatte Anfang der Zehnerjahre den Auftakt gegeben. Kurz danach, 1912, hatte Francis Jourdain die ›Ateliers Modernes‹ gegründet, Louis Süe und André Mare führten seit wenigen Jahren die ›Compagnie des Arts Français‹. Auch Ruhlmann, Dufrène und Dunand, mein größter Konkurrent, verkauften ihre Möbel in Galerien. Im englischsprachigen Raum wusste ich um einige Frauen, die sich auf dem Gebiet einen Namen gemacht hatten; Elsie de Wolfe oder auch Syrie Maugham, die Gattin Somersets, galten als gefragte Persönlichkeiten. Doch in Frankreich waren wir weiterhin die Ausnahme im Metier; einen solchen Laden in einer von Männern dominierten Welt zu eröffnen, wäre zweifellos ein kühnes Unterfangen.

Gedankenversunken schaute ich hinaus. Die Sterne am Himmel, sie wirkten kandiert, frostüberzogen, schimmerten verhalten durch die halb geöffneten Vorhänge. Ich schob den Samt beiseite. Schneehauben auf dem Hydranten, den Aschetonnen. Der von stämmigen Rappen gezogene Tankwagen arbeitete sich langsam durch die Straße, pumpte die Senkgruben leer. Hinter dem Karren stieg der Dampf warmer Pferdeleiber in das Mondlicht hinauf. Verfing sich im Zylinder des Kutschers. Ein Gemälde wie von Braque. Stumpfe Farben zerrten unwirklich an der Dunkelheit, verschwanden im Fahlschwarz der Nacht. Ich rauchte. Lauschte. Entfernt das Wehklagen eines Tors in rostigen Angeln, sobald der Wind dagegenschlug. Ein tiefes, grollendes Geräusch gleich nahenden Wellen während eines Gewitters. Paris schien plötzlich voll immenser Widerwärtigkeiten. Kalt, abweisend. Etwas bewegte sich im reglosen Nichts, ein Schemen eilte über den Hof. Die Hausglocke schellte, und nach kurzem Zögern betätigte ich den elektrischen Türsummer.

Monsieur Badovici kam, gegürteten Mantels und mit einer Pelzmütze bekleidet, mehrere Stufen auf einmal nehmend heraufgelaufen. Begrüßte mich mit vorsichtigen Worten. »Ich sah Licht in den Fenstern. Hoffentlich erachten Sie mich nicht als aufdringlichen Gast zu solch fortgeschrittener Stunde. Sofort ginge ich wieder, falls ...«

»Ganz und gar nicht«, unterbrach ich ihn, zu schnell, erschrak über die eigene Raschheit. Einen Impuls aus Befangenheit unterdrückend, bat ich ihn herein, in das Arbeitszimmer, klaubte augenblicklich ein paar der Zeitschriften auf. »Sie entschuldigen das Durcheinander.«

»Welches Durcheinander?« Er schaute mich an, lächelte auf diese besondere Weise, lehnte seine verschlissene Aktentasche gegen ein Stuhlbein. »Ich bewohne noch immer gemeinsam mit einem Freund eine winzige Mansarde hinter dem Jardin du Luxembourg. Er ist Journalist, und wir beide ergehen uns in Geistesblitzen, aber auch in Unordnung. Als würden sich unsere Philosophien und Architekturen miteinander verbünden und zu wankenden Stapeln auftürmen.«

Ein Detail. »Wissen Sie, dass ich so gut wie nichts Persönliches über Sie weiß?«, entfuhr es mir.

»Ich weiß, dass ich nichts weiß, sagte schon Cicero. Geflügelte

Worte antiken Ursprungs«, entgegnete er. »Und da schließt sich der Kreis. Ich hatte gehofft, Sie eines Morgens wieder einmal im ›Pharamond‹ anzutreffen, mit Ihnen auf der Treppe über die Baukunst zu reden, über den *Eupalinos*. Über uns. Genau wie Le Corbusier sind Sie jedoch nie zugegen.«

»Ich arbeite an mehreren Projekten, mir fehlt die Zeit«, bedauerte ich. »Es ist wirklich viel, zudem habe ich wichtige Entscheidungen zu treffen.« In groben Zügen, drei, vier Sätzen, erläuterte ich meine Gedanken. »Ich gestehe, nicht die Entschlussfreudigste zu sein.«

Er nickte verständnisvoll, neigte den Kopf. »Ich wette, Sie haben heute noch nichts Vernünftiges gegessen. Was halten Sie davon, wenn ich Ihnen eine Zwiebelsuppe *À la Les Halles* bereite? Währenddessen erzählen Sie mir Weiteres.«

»Jetzt?«, fragte ich offensichtlicher Verwirrung.

»Auch wenn ich am Herd stehe, bin ich ein aufmerksamer Zuhörer, Miss Gray.« Er zog die Mütze vom Kopf, entledigte sich des Mantels.

»Ich habe kaum Zutaten zu bieten«, erklärte ich die Abwesenheit Madame Bergers, meiner Köchin. »Im Gegensatz zu Ihnen mangelt es mir an Talent im Haushalt.«

»In der Speisekammer wird es sicher Mehl, Salz und Brühe geben. Alles andere lassen Sie meine Sorge sein.« Er deutete auf seine Tasche, ein Augenzwinkern. »Wo ist die Küche? Und wenn ich Sie um ein kühles Glas Wein bitten darf?«

Ich saß auf der Fensterbank, den metallenen Griff im Rücken, die Beine überschlagen, redete, staunte nicht über das Warum, das Weshalb, nahm es an. Mit flinken Bewegungen eroberte sich Monsieur Badovici jenen Raum, den ich am meisten mied. Die Küche, sie bedeutete mir nichts, war Ort des Personals. Inmitten ungespülten Geschirrs erhitzte er Olivenöl und Butter in einem gusseisernen

Kochtopf, schnitt rote Zwiebeln, nicht weiße, weil diese der Schlüssel perfekter Suppen seien. Sie garten. Ich verabscheute Essensgerüche im eigenen Appartement, doch heute waren sie angenehm, verströmten Gefühle meines Lieblingslokals, das Übernächtigte, das Hungrige, Erregende, und ich erzählte von den Umbauten. Meinen Bedenken.

»Je intensiver ich mich der Baukunst widme, umso geheimnisvoller gerät sie.« Badovici goss unter ständigem Rühren einen Schuss Weißwein in die heißen Schwaden, füllte auch unsere Gläser erneut, stieß mit mir an. »Architektur ist hingebungsvolle Poesie, und Poesie kann nur gelingen, wenn die Grammatik vollkommen ist. Bauen und Schreiben weisen gemeinsame Sprache auf.«

Die Suppe köchelte. Während er ein paar Baguettescheiben des Vormittags mit Öl bestrich und halbierte Knoblauchzehen darüberrieb, erfuhr ich von den Gelegenheitsarbeiten, denen er zusammen mit seinem Freund Zervos nachging, um über die Runden und zum Durchbruch zu gelangen. Ein Dickkopf sei der Rumäne, einer, der sich den Vorstellungen seiner Eltern zu widersetzen gewusst habe. Wer studierte in Deutschland, wenn Paris den Takt vorgab? Erfuhr auch von Le Corbusier, der demnächst ein Büro in der Rue d'Astorg eröffnen wolle, ein großer Schritt.

»Wie steht es um seine Auftragslage?«

»Momentan erstellt er eine bemerkenswerte Auswahl avantgardistischer Gemälde für Raoul La Roche, einen Schweizer Kunstsammler. Das Ereignis wird eine Schwelle markieren.« DIE BAUKUNST LÄSST DIE PALÄSTE FALLEN. DIES ALS ZEICHEN DER ZEIT.

Als seine Kreation samt Brot in die Terrinen gefüllt war und mit würzigem Käse im Ofen überbackte, wusste ich, dass Le Corbusier am diesjährigen ›Salon d'Automne‹ teilnahm. »Präsenz ist alles, Miss Gray. Suchen Sie nach geeigneten Räumen. Dies ist mein Rat, eröffnen Sie eine Galerie, zeigen Sie sich ebenfalls auf den Ausstellungen. Sie sind talentiert. Kein Mann dort draußen kann Ihrer Begabung etwas anhaben.«

Wir gingen ins Arbeitzimmer hinüber. Der Architekt schaute sich meine Zeichnungen an, wohlwollende Kommentare, die Stimme tiefer Resonanz, voller Vertrauen. Dann deckte er nebenan den Tisch, suchte Geschirr und Besteck in verschiedenen Schränken zusammen, als wäre es seine Aufgabe, nicht meine, entzündete gedrechselte Stabkerzen. Wie er sich im Fremden bewegte, wie selbstverständlich darin zurechtkam. Er hatte etwas Irritierendes an sich; nicht die Dreistigkeit eines jungen attraktiven Mannes, es waren die tadellos verinnerlichten Manieren, die er leichthin zu jonglieren wusste.

»Nehmen Sie Platz, genießen Sie den Abend.« Er servierte die Terrinen, gab sich der Sache mit diebischer Freude hin. »Es wird Ihnen gefallen.«

Die Tafel zwischen uns ließ Glas und Silber aufblitzen. Schatten flirrten über den hellen Damast gleich Vaters gezeichneten Geistern, deren freundliches Lachen ich einst geliebt hatte und plötzlich wiedererkannte. Die Suppe schmeckte köstlich, besser als alles, was ich je gegessen hatte. Wie war das möglich? In jenen Momenten seiner Anwesenheit erschien mir das Leben angenehm, herrlich unkompliziert. Ich verdrängte Damias Gesicht, die Bilder, die sich darüberlegten.

Wir verloren uns in Gemeinsamkeiten, in Vorstellungen und Zitaten. Unsere Gespräche gerieten stetig wertvoller, ließen mich die eigenen Ansichten reflektieren. Was sollte ich wagen? Welcher Kritik setzte ich mich aus? Und hatte ich die Kraft, ihr standzuhalten? Tiefe Wunden heilten langsam. Keineswegs wollte ich Dramen des Vergangenen heraufbeschwören, der Schrei in meinem Herzen aber war noch immer nicht verstummt. *Warum scheint die Erinnerung an manchen Tagen lebendiger als man selbst?*

Ich sagte lediglich: »Nach wie vor liebe ich die Farbe Schwarz, manchmal jedoch meine ich, die Franzosen lehnen Dunkles generell ab.«

»Dann haben die Franzosen keine Ahnung«, erwiderte er ohne ein Zögern. »Das Dunkle ist Ebenmaß.«

»Für mich ist das Dunkle Poesie, es ist Leidenschaft und Tragik zugleich. Denken Sie an eine mondlose Nacht.« Ich befühlte die eigenen Worte, sie waren weich und ehrlich, traten aus dem Innersten hervor.

»Wir teilen die Gewogenheit ästhetischer Gedanken.« Monsieur Badovici lehnte sich zurück, sah mir in die Augen, als suchte er darin nach Antworten, die er längst zu haben schien. »Sie beeindrucken mich von Tag zu Tag mehr, Miss Gray.«

MAI 1922

Paris. 21, rue Bonaparte …

De re aedificatoria. Nach der berühmten Definition Leon Battista Albertis war Schönheit eine bestimmte gesetzmäßige Übereinstimmung aller Teile, ein Hinzufügen oder Hinwegnehmen zerstörte die Harmonie.

Die Erkenntnis, Hunderte Jahre alt, ließ sich universellen Charakters anwenden. Sie barg erstaunliche Modernität, eröffnete mir Welten. Ich schloss den Buchdeckel über die Seiten der Baukunst, strich mit beiden Händen über das Leder, die Prägung. Betrachtete noch einmal die Zeichnungen vor mir auf dem Arbeitstisch. Badovicis Notizen auf jedem Blatt, dort oben in der Ecke ein paar Zahlenfolgen, unterteilte Strecken, länger, kürzer, göttlich. Der Goldene Schnitt.

*

Der Architekt hatte mir letzte Ermunterung gegeben, die Räumlichkeiten in der Rue du Faubourg Saint-Honoré anzumieten. »Im Arrondissement de l'Élysée zentralisiert sich das Geschäftsleben, die Gegend ist bei Galeristen äußerst gefragt. Dieses Objekt ist ein seltener Glücksfall.«

Ich mochte, dass er an mich glaubte, dass er das Beste aus mir hervorzuholen versuchte, haderte dennoch. »Wirkt das Ganze nicht zu gediegen, zu altmodisch?«, fragte ich, als wir eines Montagmorgens Anfang April auf der gegenüberliegenden Straßenseite standen und das Haus in Augenschein nahmen.

»Wagen Sie den Umbau, trauen Sie sich«, meinte er gelassen, steckte die Hände in die Hosentaschen, während Automobile an uns vorüberfuhren, Zeitungsjungen neueste Meldungen himmelwärts schrien, Hunde bellten. Die Symphonie der Großstadt. »Samois haben wir gemeinsam bewältigt. Ich werde Ihre Ideen weiterhin fachmännisch begleiten.«

Ich scheute nicht die Kosten; Mutters Tod vor drei Jahren hatte mir ein immenses Erbe beschert, zeit meines Lebens würde ich das Geld nicht ausgeben können. Mich hemmten die Mühen. Nach einigen Tagen des Überdenkens griff ich zu, unterschrieb den Vertrag, es fühlte sich richtig an. Obwohl ich noch immer mit der Arbeit in der Rue de Lota beschäftigt war, hatte ich beschlossen, meinen Wirkungskreis zu erweitern. Ich brauchte Aufgaben, Herausforderung. Ziele.

Hinter einer klassischen Fassade der Jahrhundertwende hätte kaum jemand die Verkaufsräume moderner Möbel vermutet. Mit Hilfe Jean Badovicis realisierte ich eine innovative Ladenfront, die sich von den darüber befindlichen traditionellen Sandsteinreliefs und Brüstungen abhob, Alt und Neu trennte.

»Konfrontieren Sie die Stucklöwen mit Ihrer Geometrie, Miss Gray. Zeigen Sie der Stadt, was Avantgarde sein kann.«

»Dass Sie solch großes Vertrauen in mich setzen.«

»Und wie gerne.«

Seinem Ansporn zu folgen war leicht, verspürte ich doch in seiner Gegenwart so etwas wie Beseeltheit, ein intensives, ein fremdartiges Gefühl. Ich konzentrierte mich auf die Farben Schwarz und Weiß. In das vorhandene Mauerwerk ließ ich große, kaum unterteilte Glasschaufenster einsetzen, sie vereinnahmten fast die gesamte Breite des Hauses. Die dunklen Türen erhielten drei weiße, mit einem Lochmuster aus Quadraten durchbrochene Lackpaneele. Über der Erdgeschosszone würde ich schon bald in glänzenden Lettern den Namen der Galerie anbringen lassen: ›Jean Désert‹. Auch im Innenbereich gedachte ich mittels ausgesuchter Details meinen Stil zu präsentieren. Ich ließ sämtlichen Zierrat und Einbauten entfernen, konzipierte eine zeitgemäße, ins Untergeschoss führende Treppe. Sie bestand aus drei Betonblöcken, die ich beidseitig mit fünfteiligen Wandschirmen flankierte. Das weithin leuchtende Schwarz, mit Intarsien aus Schiefer in der Art eines neoplastizistischen Gemäldes, bildete einen kühnen Kontrast zu den hell gestrichenen Wänden. Im rückwärtigen Teil der Galerie befand sich ein kleiner Raum, der Gab Sorère als Büro dienen sollte. Sie hatte sich bereit erklärt, die Galerie gegen finanzielle Beteiligung zu leiten. Ihr Geschäftssinn war der ausgeprägtere, zudem brachte sie der Umgang mit der verwöhnten, exaltierten Klientel nicht aus der Fasson. Mir hingegen mangelte es an Diplomatie, an Verbindlichkeit, mancher Tage war mir der Kontakt mit Menschen geradezu verhasst.

*

Dieser Vormittag wollte nicht vergehen. Die Unruhe in den eigenen vier Wänden machte mich nervös. Ballungen von Klängen. Als stimmte sich ein Orchester auf ein Konzert ein; die Instrumente zögernd durcheinander, vage, bruchstückhafte Akkorde, durchzogen von Melodiefragmenten. Disharmonie.

Gab telefonierte im Salon nebenan lautstark mit Loïe Fuller. Madame Berger, den Mopp in der Hand, wischte von Raum zu Raum, beschwerte sich unentwegt über die Hausarbeit, die sie verrichtete, sie sei Köchin, keine Aufwartung. Straßenlärm, die Freundin, das Geräusch des blechernen Eimers, wenn jemand dagegen trat. Ich seufzte. Hätte am liebsten die Ohren vor der Welt verschlossen. Ich versuchte, mich auf die Gestaltung der Visitenkarten der Galerie wie auch des Empfangs zu fokussieren. Schon bald würden die Entwürfe in Druck gehen müssen, sollten sie die Kundschaft rechtzeitig erreichen.

Die hohe Flügeltür wurde schwungvoll aufgerissen. Gab trat ein, rauchend. »Probleme haben die anderen«, sagte sie, rückte das schwarze Jackett energisch zurecht. Ich wusste, die Probleme hatte in jenem Augenblick sie.

Schweigsam skizzierte ich die markanten Buchstaben, eine Art Schablonenschrift, schraffierte den Hintergrund. Trank einen Schluck Kaffee, er war kalt. Bitter.

Sie blickte mir über die Schulter, las den Text. »Vernissage am 16. Mai. Zwischen halb drei und sechs am Nachmittag. Gute Zeit.«

»Ich denke, die Stunden sind angemessen.«

»Du wirst anwesend sein müssen, Eileen.« Mit durchdringendem Blick sah sie mich an. »Die Sache werde ich nicht allein bestreiten, sie wird Aufsehen in Paris erregen.«

»Ich werde die Gäste begrüßen«, versprach ich, erschauderte im gleichen Moment, dachte ich an den Trubel. Diese Zerrissenheit zwischen Einsamkeit und Erfolg. Es war mir nicht gegeben, mit der lärmenden, nach Beifall heischenden Konkurrenz in Wettstreit zu treten.

»Mir ist bewusst, du schaust mit einer gewissen Verachtung auf die Reichen und Schönen. Trotzdem solltest du deinen Lebensstil überdenken, dich häufiger in die Gesellschaft begeben. Gestalter und ihre wohlhabende Kundschaft verbindet nicht mehr nur ein gemeinsames Interesse, sie verkehren auch in denselben Kreisen.«

»Eine neuerliche Tendenz, die ich ablehne.«

»Du erzielst bessere Verkäufe. Alle anderen machen es genauso, nimm die Chanel.«

»Ausgerechnet«, rief ich aus. »Es käme mir nicht in den Sinn.«

Achtlos schnippte Gab die Zigarette in den Kamin, die Glut zwischen verkohlten Holscheiten wie ein glimmendes Mahnmal. »Coco Chanel erscheint nicht auf jeder Party, weiß aber um den Umgang mit den richtigen Leuten. Sie diniert mit ihnen, *en privé*, und ist Stadtgespräch.«

»Ich bin froh, sie alle nicht weiter in meiner Wohnung empfangen zu müssen«, entgegnete ich. »Nun werde ich kaum beginnen, mich mit ihnen zum Essen zu treffen.« Was hätte ich ihnen zu sagen? Schlagartig drängte eine Einladung Guillaume Apollinaires in meine Erinnerung. Ich hatte damals, im Sommer 1918, in letzter Sekunde eine Erkältung vorgetäuscht und abgesagt, um ihm nicht begegnen zu müssen. Worüber sollte ich mich mit einem Dichter unterhalten, dessen wehmütige Worte sich wie eine Melodie in unsere Herzen stahlen? Der mit Poesie auch nach seinem Ableben die Zeit noch immer zum Erliegen brachte?

Gab ließ sich auf das Sofa fallen, der legere Hosenanzug den Schwung des Körpers aufnehmend, wie dahingeflossen. Meinem geistigen Auge zeigte sich Becky Sharp in *Vanity Fair.*

»›Jean Désert‹, der Name gefällt mir nicht«, monierte sie meine Wahl, als hätte ich darum gebeten, sich der Deutungshoheit zu ermächtigen. »*Wüste. Verlassen.* Siehst du dich als Einsiedlerin in der bourgeoisen Welt der Dekoration, als einsame Prophetin gar? Oder willst du einfach auf einen dadaistischen Spaß hinaus?«

Die Hausglocke ertönte, es war ein schüchternes, nahezu verzagtes Klingeln. Ich kam nicht zu Wort, erwähnte nicht, dass das Männliche Vertrauen erwecken sollte, dass das Austauschen der Geschlechterrollen ein Spiel der Ironie barg. Dachte an Jean, Jean Badovici, ein Name, so präsent in meinem Kopf. Gab redete über Blumen und Champagner und Ausschmückung. *Zierwerk*. Und ich erhob mich, ging langsamer Schritte zum Dinett, besah die Flaschen, durch die sich ein Sonnenstrahl stahl, das topasfarbene Leuchten. Scotch, Bourbon, Rum. Wahllos schenkte ich mir irgendeine der Flüssigkeiten in ein Glas, trank. Verscheuchte Gedanken an Jean, an Damia. Ein innerer Monolog, häufig ein sich im Kreis drehender Schwall an Worten, unbefriedigend.

Ich wollte mich in Luft auflösen.

Oder eine andere werden.

*

Die Möbel, die ich in der Galerie auszustellen gedachte, sollten sich grundlegend von früheren Entwürfen abheben. Sie waren mir inzwischen zu individualistisch, ich assoziierte mit ihnen nichts als Reichtum, Frivolität. Gegen die eigenen aus seltenen und kostbaren Materialien gefertigten Objekte entwickelte ich eine regelrechte Abneigung. Selbst meine einstige Begeisterung für Oberflächeneffekte legte ich mir zur Last. Hatte nicht schon Adolf Loos in seiner 1913 ins Französische übertragenen Schrift *Ornament und Verbrechen* behauptet, die Dekoration sei in der modernen Welt weitgehend überflüssig?

Badovici erwähnte während eines unserer vielen Gespräche, die Ansichten des österreichischen Architekten beeinflussten auch das Denken Le Corbusiers. »Er meint, je kultivierter die Leute sind, desto stärker tritt die Dekoration in den Hintergrund«, fasste er die

Worte des Freundes im ›Deux Magots‹ zusammen. »Ein Luxusgegenstand ist mit Sorgfalt gefertigt und von großer Klarheit, und in seiner Schlichtheit zeigt sich das Können dessen, der ihn hergestellt hat.«

»Ich teile die Erkenntnis«, hatte ich geantwortet und war über die Sätze ins Grübeln geraten. Mit geschlossenen Lidern ließ ich einige meiner Entwürfe Revue passieren, nahm Momente lang kein Geschehen wahr. Am liebsten hätte ich mich der Vergangenheit entledigt, hätte sie gern wie ein liebloses Kleidungsstück abgestreift, vergessen. Ich wollte leben, ohne zurückzuschauen, das jedoch käme einer Lüge gleich. Die Vergangenheit war ein Ort voller Schatten, manchmal aber zwang sie mich zurückzukehren, zu betrachten, was war.

Was hätte sein können.

Ich begann, nach klareren Formen und kostengünstigeren Materialien zu suchen, lenkte die Aufmerksamkeit auf naturbelassene Oberflächen mit schlichter Ästhetik wie beinernen Griffen. Wandte der abgenutzten, elitären Kultur den Rücken. Ich ließ mich fortan von den Ideen Lissitzkys, Tatlins und Rodtschentkos anregen.

»Mein Bestreben ist es, leichte Möbel zu entwerfen, die für den Alltagsgebrauch produziert werden können, für die Massen«, hatte ich enthusiastisch verkündet. »Objekte, von denen ich glaube, sie verändern das gesellschaftliche Leben.«

Lächelnd zündete sich Badovici eine Zigarette an, musterte mich eine Weile. »Der russische Konstruktivismus hat Sie fest im Griff, Miss Gray.«

»Ich denke schon. Dank Ihnen, Ihrer Weitsicht und den Themen, die Sie an mich herantragen. Im Vergleich zu den Entwürfen anderer Kollegen möchte ich dennoch das Künstlerische dem Funktionalen nicht unterordnen, ich möchte beides miteinander verschmelzen.«

»Welch interessanter Aspekt.«

*

Nach mehrfachem Klopfen stand Madame Berger in der Tür, schreckte mich aus den Gedanken. »Hier steht ein junges Ding für Sie.«

»Ein junges Ding?« Befremdet sah ich die Köchin an, stellte das geleerte Glas auf den Kaminsims. Ich erwartete niemanden.

»Eine Kleine vom Land, wie mir scheint.«

»Bitten Sie den Besuch herein.«

Ein kräftig gebautes Mädchen, keine zwanzig Jahre alt, bekleidet mit einem dunkelgrünen Cape und einem Stoffbündel im Arm, betrat den Raum, knickste. »*Bonjour,* Madame«, brachte sie mit befangener Stimme hervor, drehte sich Gab auf dem Sofa zu. »*Bonjour,* Monsieur.«

»So lasse ich mir das Leben gefallen.« Gab lachte laut auf, stützte den Kopf in die Hände und betrachtete die Kleine.

Sie erkannte ihren Fehler, errötete, schaute zu Boden. »Verzeihung. Ich meine ...«

Madame Berger, hinter ihr stehend, verdrehte die Augen.

»Nun, meine Liebe?« Ihre Scheu bewegte mein Herz. Wie musste sie sich fühlen inmitten dieser ungewohnten Umgebung, dem andersgearteten Mobiliar, den Damen in eleganten Hosenanzügen, seidenen Blusen? »Wie heißt du und was führt dich zu uns?«

»Mein Name ist Louise Dany.« Ein weiteres Mal erging sie sich eines hastigen Knicks. »Meine Tante arbeitet bei Ihnen in der Weberei. Ich komme auf die Stelle.«

»Der Aushang für die Haushälterin«, warf Gab ein, langte nach der Dose schokolierter Dragees auf dem Tisch neben dem Sofa. Schüttelte sie laut, und lauter, bevor sie hineingriff.

»Richtig.« Ich entsann mich ihres Vorhabens, trat einen Schritt an die Bewerberin heran. »Kannst du kochen?«

»Nein.«

»Kannst du backen?«

Das Mädchen schüttelte den Kopf.

»Weißt du, wie man eine Wohnung in Ordnung hält?«

Es folgte ein Zucken der Schultern. »Nein, aber ich bin geschickt mit Nadel und Faden. Und ich lerne recht flink.«

Irgendetwas an der Situation gefiel mir, vielleicht der Mut, oder das Unbekümmerte. Ich taxierte ihr Aussehen; die dunklen Locken, die das Gesicht rahmten, auf die noch kindlich runden Wangen fielen. Den offensichtlich selbst genähten Umhang, im Bemühen der Stadt zu genügen. Das mit Ripsband umwundene Stück Gepäck, in dem sich wahrscheinlich nichts als Hoffnung finden ließe. *Sie könnte meine Tochter sein. Das Kind, das ich nie würde haben werden.*

Vertrauenserweckend fasste ich ihren Unterarm, fragte freundlichen Tons: »Was hältst du von einem Versuch, Louise?«

Ich ließ den Hausmeister ein ausrangiertes Feldbett und eine Kommode vom Dachboden holen. Mit einem Satz gestärkten weißen Leinens quartierte ich sie in der ungenutzten Kammer neben der Küche ein. Ich folgte meiner Intuition, meinem Bauchgefühl. Aus einem mir nicht ersichtlichen Grund war ich der festen Überzeugung, die Gegebenheiten fügten sich zugunsten aller, *peu à peu*. In jenem Moment ahnte ich nicht, dass diese unerfahrene junge Frau mir bis ans Ende meines Lebens treuen Pflichtbewusstseins zur Seite stehen würde. Tatsächlich sollten wir in späteren Jahren, wann immer der Welt kein Weiterdrehen möglich schien, sogar so etwas wie eine verschworene Gemeinschaft bilden.

AUGUST 1922

Paris. 217, rue du Faubourg Saint-Honoré

… Lackarbeiten sind in Paris keine Modeerscheinung, sondern eine Passion. Die seit Jahren stattfindenden Ausstellungen dekorativer

Kunst haben einen wahren Schönheitskult ausgelöst, und selbst wenn das eigene Heim lediglich aus einer Stadtwohnung besteht, wird auf die Auswahl eines jeden Gegenstands viel Zeit und Sorgfalt verwendet … Eine englische, in Paris lebende Künstlerin fertigt dunkel lackiertes Holz von großer Anmut und dekoriert den Lack mit zart eingravierten Zeichnungen … Sie schafft Möbel, mit denen es sich höchst bequem leben ließe … Sie führt einen eigens für ihre Arbeiten eingerichteten Laden in der 217, Rue du Faubourg St-Honoré und stellt dort Mobiliar zusammen mit ihren handgewebten Teppichen aus ungefärbter Wolle auf einem Parkettboden aus. Die Wirkung ist ebenso beeindruckend wie originell.

Daily Mail, Juni 1922

… Diese eigengeprägte und originelle Künstlerin scheut sich nicht vor modernen Formen, und ihre bemerkenswerten Wandschirme haben bestechende Farben, die sie dem Studium der alten Lackkünstler verdankt. …

The New York Herald, Juni 1922

… Möbel in bizarrer Form und Manier … Eileen Gray besitzt ein außerordentlich gutes Auge und einen Sinn für Details und Kunst. In der Galerie Jean Désert begegnet man noch nie Gesehenem, noch nie Gehörtem … Allein der Griff des Eingangs, der seine Aufgabe, die Tür zu öffnen, mit geradezu übernatürlicher Perfektion erfüllt … Es gibt Stühle mit ungewöhnlichen Umrissen zum Sitzen, Tische mit fantastischem Gehabe, Diwane, Lampen und Wandschirme in verblüffend neuen Formen …

Chicago Tribune, Juli 1922

… Die Lackarbeiten von Miss Eileen Gray und M. Jean Dunand sind etwas ganz Besonderes …

The Times, August 1922

*

Wenige Wochen nach der Eröffnung stand ich am Schaufenster der Galerie, die Arme vor dem Körper verschränkt, beobachtete jähe Windböen, die das Sonnenlicht himmelwärts hinter dichte graue Wolken zurückdrängten. Der Pariser Sommer lieferte sich einen ersten sinnlosen Zwist mit fallenden Kalenderblättern. Kein Kunde setzte bei dieser Witterung einen Fuß über die Schwelle; die Straße, sie war menschenleer, von ein paar finster dreinblickenden Zeitungsjungen abgesehen. Gab hatte sich den Vormittag wiederholt freigenommen. Ich übernahm jener Stunden die Schicht, wusste aber, ich würde eine Aushilfe einstellen müssen. Es konnte so nicht weitergehen; Mademoiselle Laroussilhe aus der Textilwerkstatt zeigte sich an der Tätigkeit interessiert. Louise, die ihr scheues Wesen zu lockern begann, betraute ich mit ersten simplen Botengängen. Schickte sie unweit meines Appartements zwischen den Werkstätten in der Rue Visconti und der Rue Guénégaud herum, eine Erleichterung. Gemächlich ließ ich meinen Blick durch die Ausstellung schweifen. Vernahm den sauberen Geruch von Bohnerwachs, frisch verarbeitetem Holz, Lack. Der Raum strahlte Ruhe aus, war tatsächlich Eintauchen in Andersartigkeit. Dann, aus dem Nichts, vor meinem geistigen Auge der gebeizte Lehnstuhl von Gerrit Rietveld. Ich hatte in der niederländischen Zeitschrift *De Stijl* über ihn und seine Mitstreiter gelesen, mochte, genau wie Monsieur Badovici, die geometrisch-abstrakten Formen der 1917 gegründeten Künstlervereinigung. Die Klarheit. Plötzlich ein Gedanke. *Flächen, schwarz und weiß, sie fügen sich zu einer Skulptur, greifen ineinander, platzieren sich neu. Flächen, Gleichgewicht trotz Asymmetrie. Bergahorn und Ebenholz. Ein Tisch, eine Teekanne.* Gedachtes schwebte, war allzu flüchtig, verlor sich. Ideen kamen und gingen. Ein Aufleuchten, Verglühen. Das Zebrafell machte sich hervorragend in dem Arrangement dunkler Möbel, der Straußeneilampe, der zahlreichen Teppiche, die wie zufällig auf dem Boden herumlagen, über eine flache Mauer drapiert waren. Die ungefärbte Wolle wurde uns aus der Auvergne geliefert, und Evelyn Wyld experimentierte derzeit mit dezenten Tönen in Grau und Braun. Die kleineren Webarbeiten fanden erfreulichen Absatz, der ›Footit‹ zum Preis von einhundertfünfzig Franc hatte sich bereits mehrfach verkauft. Doch trotz fulminanter Kritiken und begeisterter Zeitungsberichte blieben die Zahlen hinter meinen Erwartungen zurück. Es stimmte mich unruhig, obgleich ich nicht auf kommerziellen Erfolg angewiesen war.

»Machen Sie sich keine Sorgen, das ist nichts Ungewöhnliches«, tröstete mich Badovici, der mir an diesem Morgen Gesellschaft leistete. »Eine eindrucksvolle Klientel baut sich nur allmählich auf.«

Der Kundenliste gehörte bereits das amerikanische Mäzenatenpaar Gerald und Sara Murphy an, der Vicomte Charles de Noailles oder auch die Comtesse de Behague. James Joyce solle sich eines Nachmittags gemeinsam mit seiner Frau Nora nach einem Schreibtisch erkundigt haben. Sie sei ein aparte Schönheit, eloquent, während er kaum den Mund aufbekomme.

»Ich dachte, er redet nicht.«

»Doch, doch, er spricht. Wobei ich wirklich nicht weiß, was er hier zu suchen hatte.« Gab war wenig angetan von dem verschwenderischen Lebensstil des Literaten, in Paris verbreiteten sich scharfzüngige Gerüchte rasch. »Es heißt, er lasse aus Geldmangel überall anschreiben. Du hättest ihn sehen sollen in seinem schäbigen Mantel, den verschmutzten weißen Stoffschuhen. Aber Abend für Abend pflegt er mit der Familie im ›Michaud‹ Austern zu schlürfen. Ich habe es mit eigenen Augen gesehen.«

»Ein kostspieliges Vergnügen«, antwortete ich. »Wie viele Kinder hat er überhaupt?«

»Zwei, vielleicht zwanzig, wen interessiert das schon.«

Einige Aufträge aus England und Holland trafen ein. Ich schlug das Kassenbuch auf, trug die Croissants, die ich vorhin besorgt hatte, in der Zeile unter den Ausgaben ein, hakte die monatliche Zahlung über 1300 Franc an meinen Lackmeister Sougawara ab. Kontrollierte die roten Vermerke der Scheckzahlungen, die schwarzen der Bareinnahmen. Eine erste Bilanz wollte ich nach einem Jahr ziehen.

Während Badovici laut pfeifend im rückwärtigen Bereich der Galerie einen Kaffee für uns kochte, arrangierte ich zwei Tassen und eine Lackdose auf einem flachen Beistelltisch zu einem Stillleben, schob einen zierlichen Sessel hinzu.

Ich hatte mir vorgenommen, mein Werk in Szene zu setzen, es mit der Plattenkamera zu dokumentieren. Andere mochten ihre Arbeiten in Artikeln oder theoretischen Schriften mit Worten umschreiben. Ich entschied mich für die ruhige, stille Version der Darstellung, sie lag mir mehr.

»Ihre Kompositionen lassen die Aufnahmen weder kühl noch leblos erscheinen, obwohl Menschen nie zu sehen sind.« Badovici hatte vor Tagen der Pappschachtel auf dem Arbeitstisch in der Rue Bonaparte mehrere Glasnegative entnommen, sie kritischen Blickes ins Gegenlicht gehalten.

»Ich versuche so zu fotografieren, dass der Betrachter den Menschen noch zu fühlen meint, als wäre er dem Bild soeben erst entschwunden.« Galt es nicht, Geschichten zu ersinnen? Geheimnisse um Gegenstände zu ranken? Hätte mir damals jemand gesagt, ich nähme mit dieser Idee die Bildlichkeit des einundzwanzigsten Jahrhunderts vorweg, ich hätte ihn sicher ungläubig verlacht.

Halb verdeckt hinter dem Möbelstück kniete ich auf dem Parkett, suchte die richtige Einstellung, als ich einen Schatten bemerkte und aufsah. Vor dem Schaufenster stand ein Mann größerer Statur, eine Aktentasche unter dem Arm. Schützte trotz Huts die Augen hinter einer kreisrunden dunklen Brille, guckte wissbegierig in den

Raum. Trat zwei, drei Schritte zurück, beäugte die Fassade, dann die in den Boden eingelassenen Platten aus blauem Glas, schob vorsichtig den Schuh hinüber, trat mit ganzem Gewicht hinauf, federte, prüfte womöglich die Statik. Ich empfand Stolz für jenes Detail, die Ausführung war recht kompliziert gewesen. Das transparente Material brachte nicht nur Helligkeit ins Untergeschoss, es gab auch vorbeieilenden Passanten eine Ahnung davon, was sich in der Tiefe verbarg. Der Mann trug einen schwarzen Anzug, der schmale Schnitt die hagere Gestalt betonend. Die Hosenbeine wie Röhren eines technischen Apparats. Dünn, drahtig.

Le Corbusier.

Mir war, als ob ich etwas sähe, das sich nicht ins Zentrum meines Bewusstseins rücken ließ, eine unerwartete Wahrheit.

Ich bewunderte ihn, sein Tun. Mein Herz begann stärker zu schlagen, er sah mich nicht. Ich hörte Badovici im Hintergrund mit dem Geschirr hantieren, noch immer pfeifen, irgendein Lied, das ich kannte, der Name war mir entfallen. *The Sheik of Araby?*

»Zucker, Miss Gray?«, rief er laut herüber.

»Nein, danke.«

Ich rührte mich nicht. Dort draußen stand ein Mann, der aufgrund seiner propagierten Texte bereits jetzt als führender Denker moderner Architektur und Gestaltungsweisen gehandelt wurde. Er war begnadeten Talents. Was hätte ich ihm, von dem ich alles las, Erzähltes aufsog, zu sagen? Was, wenn er nun zur Galerie hereinkäme? Unwahrscheinlich, dass er je von meiner Person, meiner Arbeit, gehört haben könnte. Mehrmaliges Hupen, ein vorüberfahrendes Gefährt, noch eins. Schrilles Fahrradklingeln. Im nächsten Moment wurde die Tür geöffnet. Ich zuckte zusammen, erhob mich.

»*Bonjour,* Madame.« Der Briefträger tippte mit flüchtiger Bewegung zwei Finger an die Kappe, händigte mir einen Umschlag aus. »Ist heute was Wichtiges.«

Badovici erschien mit einem Tablett, darauf der dampfende Kaffee, das Gebäck, sah mich aus dunkelbraunen, fast schwarzen Augen erwartungsvoll an.

Ich griff nach einem metallenen Brieföffner, zog das Schreiben hervor. Las. Überflog die Zeilen ein weiteres Mal.

»Ich habe eine Einladung erhalten«, sagte ich.

»Welcher Art?« Er stellte die Tassen auf den Tisch.

Es folgte eine Pause, in der ich Luft holte, mich sammelte, ich war doch überrascht. »Ich werde am Herbstsalon teilnehmen.«

»Sie haben es geschafft, Miss Gray. Sie gehören zu den Besten.« Der Architekt fiel mir spontan um den Hals, wahrte keinerlei respektvolle Distanz, wie er es sonst zu tun pflegte. Drehte mich durch den Raum, wieder und wieder. »Es lohnt sich, keiner bekannten Strömung zu folgen. Sie sind ein Genie.«

Das war ich nicht. Doch ich fühlte mich leicht, befreit; dachte, es könnte mein Leben retten, wenigstens einige Momente lang. *Nur die Überwindung von Schwierigkeiten kann einer Sache Bedeutung verleihen.*

Ich blickte zum Schaufenster, Le Corbusier war verschwunden, welch seltsamer Spuk; vielleicht hatte er nie dort gestanden. Die Eingangstür öffnete sich mit mächtigem Stoß, ein kühler Luftzug wehte herein. Damia betrat das Geschäft. Ihr Gang langsam, sicher, die linke Hand leger in der Hosentasche, die andere das elfenbeinerne Mundstück einer Zigarette haltend.

Ich spürte Ernüchterung, gleich einem Kind, das man bei einer Dummheit erwischt hatte. Rasch löste ich mich aus der Umarmung Badovicis, sagte: »Wie schön, dich zu sehen, ich habe wunderbare Neuigkeiten.« Noch immer wusste der junge Mann nicht um meine Beziehung zu der Chansonnière, um meine Gesinnung, warum auch. Ich strich gelöstes Haar aus der Stirn und bewegte mich einen Schritt auf sie zu. Gesichtszüge wie gezeichnet. Die Augen mit wenig Mascara betont, diese langen geschwungenen Wimpern, darüber die zu einer eleganten Linie gezupften Brauen. Das Lippenrot. Ich liebte sie.

Schon immer war ich einen Schritt vor und zwei zurückgegangen.

KAPITEL 6

OKTOBER 1905
London. South Kensington,
The Little Boltons …

Alle glücklichen Familien gleichen einander, jede unglückliche Familie ist auf ihre eigene Weise unglücklich.

Tolstois Worte waren die ersten, die mir im Kopf umhergingen, nachdem ich das Telegramm zu Boden hatte sinken lassen. Schmerz bohrte sich in meine Schläfen, ich benötigte frische Luft. Zog mir den Mantel über, ließ die Zeilen einfach hinter mir und lief hinüber in den Jardin du Luxembourg. Lange Sonnenstrahlen umwarben letzte Oktobertage, färbten den Herbst in ein flammendes Rot, ein zimtiges Orange, tauchten die schnurgeraden Alleen des Parks in prächtige Farben aus Tausendundeiner Nacht. Der Geruch verblühender Astern, das Knirschen des Kieses unter den Schuhen, Weg um Weg. Ich beobachtete spielende Kinder, die Tauben auf den steinernen Armen des tanzenden Fauns. Das Karussell, dem Rilke wenig später eines seiner glanzvollsten Gedichte gewidmet hatte; es drehte sich verhaltener, sollte bald ruhen. Vor dem Kasperletheater kaufte ich eine Tüte Bonbons, nahm noch einmal auf einem der rostigen Stühle Platz und lachte, sobald die Puppen einander hauten. Wie oft hatte ich gemeinsam mit Jackie hier gesessen, während die Blätter wuchsen und fielen und wuchsen. Hatte ihr Gesicht betrachtet, die Tränen, die ihr die Wangen hinunterrannen, weil alles so vollkommen war. Die Puppen mit ihrem Zank, das Lachen, die Bäume, kahl oder nicht.

Zusammensein.

Ich würde Paris verlassen. Folgsam sollte ich in mein altes Leben zurückkehren. Mutter rief.

»Das kann nicht sein«, sagte Jackie in meinem Appartement, auf den Kissen liegend, sie sprach erregt. Rauchte. Blies den Qualm in die Spitzendecken, die wir über mein Bettgestell gehängt hatten. »Du musst aufbegehren, irgendetwas machen.«

»Ich darf nicht alle Brücken nach Irland abbrechen«, erklärte ich geduldig. »Ich bin ledig. Mit meinen siebenundzwanzig Jahren gelte ich als Jungfer, und die übernimmt in der Familie die Pflicht, sich der erkrankten Eltern anzunehmen. In diesem Fall meiner Mutter.«

»Was hat sie? Ist es etwas Ernsthaftes?«

»Ich kann es dem Telegramm nicht entnehmen.«

»Ihr habt Dienstboten.«

»Die Tradition gewährt mir keine Ausflüchte.«

Sie nickte. Wir tranken Wein, viel zu viel, und die Nacht senkte sich sanften Mondlichts auf unsere hellhäutigen Körper. Das Blasse, Schöne. Dann liebten wir uns. Es schmerzte, ich wusste, dieses Mal war es ein Abschied für immer, Endgültigkeit, sobald ich die Tür hinter mir zugeschlagen hatte. Er hieß René Raoul-Duval, sie waren miteinander verheiratet.

*

Die zwei folgenden Jahre, die ich in London verbrachte, sollten mein Leben von Grund auf verändern. Der Winter in der englischen Hauptstadt war nie leicht zu ertragen gewesen, und anfangs schien er mich all meiner Sinne berauben zu wollen. Mutter kämpfte mit den Folgen einer schweren Pneumonie. Sie habe keine nennenswerte Temperatur mehr und würde sich erholen, versicherten mir die Ärzte. Doch sie ergab sich einer anklagenden Empfindlichkeit, die mir fremd an ihr war, aufreibend. Zudem fielen Massen an Schnee, dann eisiger Regen, die Straßen waren trüb, gefährlich, unwegsam.

Ich hatte meine Studien an der ›Slade‹ sporadisch wieder aufgenommen, pendelte zwischen Krankheit, Staffelei und manchmal auch dem Museum, in der Hoffnung, mich nicht vollständig in der Rolle der Pflegenden einfinden zu müssen.

»Du führst in Paris ein bescheidenes Leben, so alltäglich und schlicht«, sagte Mutter mit leidender Stimme, hustete. »Setz dich zu mir, mein Kind.« Sie klopfte neben sich auf die Laken.

Ich rückte den Sessel nah an die aufgetürmten Kissen heran, nahm im rötlich gedämpften Licht zugezogener Vorhänge die Hand, die sich mir entgegenstreckte, kalt, knochiger denn je. Die Haut Pergament. Dachte an Mutters exaltierten Auftritt in der Pension der Rue Joseph Bara, die braven Mienen meiner Freundinnen, das Mitspielen. *Wenn du wüsstest, wer ich wirklich bin.* Ich seufzte, träufelte bitter riechende Medizin auf einen Löffel, verabreichte sie ihr.

»Die Bescheidenheit ist, was ich möchte.« Ich beobachtete die dünnen Lippen, das Schlucken entlang der Kehle.

»Überleg es dir noch einmal, mein Kind.« In ihren Augen flackerte schwach die unerschütterliche, schwierige Frau auf, die mich zu kennen meinte. Sie kannte mich noch immer nicht. »Es ist nicht zu spät.«

Sie hatte meinen Respekt, natürlich. Was ich an ihr jedoch weniger ertragen konnte, drang mir in jenem Moment zurück ins Bewusstsein. Ihr Mangel an Einfühlungsvermögen, ihre Scheinheiligkeit, das übertriebene Verständnis für Ethik und Moral. Möglicherweise sprach sie über das Heiraten, das Kinderkriegen, meine Wiederkehr nach England. Das aristokratische Leben. Ich war diese Diskussion entsetzlich leid.

Ich erinnere mich, jenen frühen Nachmittags das Stadthaus fluchtartig verlassen zu haben. Wie in alten Zeiten hatte ich mir den Wollschal von damals umgewunden, kaufte ein Sandwich und lief durch die nassschwarzen Gassen Sohos, glasige Schneewehen in jedem Winkel. Die Galerien im Viertel hatten sich vervielfacht. Kunst, wohin ich schaute. Doch mir wurde stetig klarer: Weder im Zeichnen noch im Malen würde ich es zur Meisterschaft bringen. Die Beschäftigung war geistlos, beschränkt, führte zu nichts. Mein Gefühl sagte mir, ich sollte mich an etwas Konkreterem versuchen, Nützliches schaffen. In der Dean Street, eine Straße zwischen Chinatown und Oxford Street, in der sich unzählige Handwerksbetriebe niedergelassen hatten, entdeckte ich eher zufällig weit hinten auf der linken Seite ein Eckhaus. Ich hätte umkehren sollen, aus unerfindlichen Gründen jedoch zog mich das Gebäude, ganz in rotem Backstein gehalten, magisch an. Davorstehend betrachtete ich das messingglänzende Schild einer Firma, die Reparatur und Restaurierung von Wandschirmen, Objekten und Möbeln aus Lack offerierte. Ich war wie elektrisiert, traute meinen Augen kaum. Entschlossen wie nie betrat ich den Laden, stellte mich vor, und man führte mich tatsächlich in die hell erleuchteten Werkstätten ins obere Geschoss hinauf. Als sammelte sich Licht in meinem Herzen. Stundenlang durfte ich den Männern beim Verrichten ihrer Arbeit zusehen. Schleifen, polieren, lackieren.

Schließlich nahm ich all meinen Mut zusammen und fragte Mr. Charles, den Leiter, einen grauhaarigen Mann in einem ebenso grauen Kittel: »Ich nehme nicht an, dass ich bei Ihnen lernen darf?«

»Fangen Sie gleich Montag an, Miss.«

Man sollte niemals nach dem Glück Ausschau halten. Es begegnete einem auf dem Weg, doch stets in entgegengesetzter Richtung.

Manchmal erkannte ich es.

Die Tätigkeit faszinierte mich. Als ich zwei Jahre später, nach Mutters Genesung, endlich auf den Kontinent zurückkehrte, hatte ich nicht nur erste Fertigkeiten, sondern auch den Namen Seizo Sougawaras im Gepäck. Sobald ich Paris erreichte, nahm ich mit dem Künstler Kontakt auf. Ich benötigte einen Lehrmeister. Die japanische Lacktechnik, ich wollte sie mir in all ihren Facetten aneignen.

Die Beste werden.

OKTOBER 1922

Paris. Champs-Élysées,
›Salon d'Automne‹ …

»Bereit, Miss Gray?«

Ich atmete noch einmal tief durch, warf einen letzten prüfenden Blick in den Spiegel, rückte das Jackett meines flanellgrauen Zweireihers zurecht, den Kragen der Bluse. Dann strich ich über die Fotografie, die ich hinter den Rahmen geklemmt hatte, über die pausbäckige Kleine meiner Schwester Thora. Es grenzte an Wunder, dass sie vor drei Jahren doch noch ein Kind gebar, ein so zartgliedriges Wesen, niemand mehr hatte dieses späte Glück erwartet. Wie ich Prunella liebte. Darunter das Profil Damias, die Konturen einer ungebrochenen Schönheit, ich berührte die mit Tinte geschriebenen Worte auf dem Papier.

Mon air aimable.

»Ja«, rief ich Monsieur Badovici entgegen.

In der Halle bot er mir seinen Arm, ganz Gentleman in jenem Anzug, von dem ich mittlerweile wusste, dass er sich ihn je nach Anlass mit seinem Freund Zervos teilte, und geleitete mich zu meinem Automobil im Hof. Das Wetter versprach einen klaren und milden Tag, hoch oben in der Luft flog eine Schar Wildgänse Richtung Süden. Ich startete den Motor, streifte die ledernen Handschuhe über. Waren meine Entscheidungen die richtigen? Hatte ich mit den Möbeln eine gute Wahl getroffen?

Der ›Salon d'Automne‹ auf der prächtig angelegten Magistrale galt als großes Ereignis. Wie der im Frühjahr stattfindende ›Salon des Indépendants‹ konnte er auf eine langjährige Tradition zurückblicken. Doch während sich die Ausstellung der Unabhängigen auf Malerei und Plastik beschränkte, gewährte der Herbstsalon auch der Architektur, der Musik, der Literatur und dem Dekorativen Raum. Er stand ausländischen Künstlern wie mir offen. In den stoffbespannten Sälen hatten schon die Bilder von Matisse und Cézanne gehangen, hier war der Begriff *Fauvismus* geprägt worden. Hier umwehte uns Kunst, Geschichte.

In einem dunkel gekleideten Menschengewoge ließen wir uns durch die Räume treiben, standen schließlich vor meinem Stand. Ich hatte einen Wandschirm aus Tropenholz und schwarzem Lack aufstellen lassen, eine Kommode, zwei Teppiche und mehrere Wandbehänge komplettierten das Bild. Zwischen all den pompösen Aufmachungen wirkte das Arrangement bescheiden, niemand beachtete die Sachen. Die Leute, sie zogen vorüber.

»Ist es zu schlicht?«, fragte ich und schaute verunsichert umher. Überstieg die flache Absperrung, rückte den Paravent wenige Zentimeter zurecht. »Dem Pavillon für den Aero-Club kann ich wohl kaum etwas entgegensetzen.«

»Vergleichen Sie sich heute nicht mit Mallet-Stevens«, riet Badovici. »Solches Gegenüberstellen ist gefährlich. Sie repräsentieren einen anderen Schwerpunkt.«

Ich rüttelte an eigenen Gewissheiten. Alles hatte sich so nah angefühlt, so deutlich, und nun konnte ich es nicht greifen. Ich sah nicht die guten Kritiken der letzten Wochen, das Negative überwog. Was hatte ich mir von dem Ganzen versprochen? Dieses ständige Auf und Ab meiner Gefühle war zermürbend. Ich atmete seufzend aus.

Flüchtig berührte Badovici meine Hand. »Das Warten auf Erfolg mag schmerzhaft sein, dennoch hilft es, sich zu reflektieren, sich weiterzuentwickeln.«

»Sie brauchen mich nicht zu trösten.«

»Aber die kleine Aufmunterung eines Freundes nehmen Sie doch entgegen?« Jungenhaft legte er den Kopf zur Seite, blickte mich mit großen Augen an.

Mir gelang ein offenes Lächeln. »Ich wollte nicht unhöflich klingen, bitte entschuldigen Sie.«

»Ich weiß um Ihre Bitternis.« Er breitete die Arme aus. »Schauen Sie mich an, Miss Gray. Ich bin der Mann, der noch immer keinen Verleger finden konnte.«

Wie recht er hatte, ich schämte mich meiner Gram, wie konnte ich mich einem jungen Mann gegenüber so gehen lassen. Hatte man mich nicht bereits als Kind gelehrt, niemals in Selbstmitleid zu verfallen?

Badovici führte mich die Gänge entlang, häufig blieben wir stehen, diskutierten und sezierten Gesehenes. Nicht vieles nahm mich ein, die Fäulnis lahmer Vergangenheit hing weiterhin in der Luft. Nach allem, was ich über die De Stijl-Bewegung gelesen hatte, blieb das wahrhaft Innovative hinter meinen Erwartungen zurück. Begleitet von jammernder Kammermusik und Tugendhaftigkeit, tranken wir gegen Mittag in einem provisorisch errichteten Café ein Glas Champagner, aßen durchfeuchtete Gurkensandwiches.

»Ich könnte schwören, im ›Ritz‹ kriegen sie das besser hin.« Ungefällig betrachtete Badovici das angebissene Stück Brot in seiner Hand, das wässrige Hellgrün. »Es schmeckt kaum besser als ein Taschentuch.«

Erheitert betrachtete ich seine Miene, lehnte mich in die Polster. »Der Salon ist eine ziemliche Enttäuschung, oder?«

»Sie benötigen das Kontrastprogramm.« Er schlug mir vor, als Nächstes Le Corbusiers Aufbauten einen Besuch abzustatten. »Corbu zeigt ein gewaltiges Diorama, das wir uns nicht entgehen lassen sollten.«

»Unbedingt.« Ich war voller Neugier. Zwischen all den Bohemiens, Künstlern und Zaungästen wähnte ich mich sicher, in der Menge würde ich den charismatischen Architekten nicht antreffen, keinesfalls wollte ich ihm persönlich begegnen. Einiger Tage war es schwer genug, mir selbst gegenüberzutreten. *Diese unbegründeten Ängste vor Menschen, vor Geistern, sie lassen mich nicht los.* »Gehen wir.«

Die Darbietung erregte immenses Aufsehen, es herrschte Gedränge. Zeitungsreporter, Kameraleute von Wochenschauen, jeder wollte den überdimensionierten Schaukasten sehen, eine zeitgenössische, moderne Stadt für drei Millionen Einwohner mit Geschäftsvierteln und gläsernen Hochhäusern über kreuzförmigem Grundriss. *La ville contemporaine*. Utopie, verstörend und genial zugleich. Niemals hätte ich in solcher Umgebung wohnen können, wo blieb die Menschlichkeit, wo die Seele, das Herz.

»Paris ließe sich auf ähnliche Weise umbauen.« Badovici wirkte fasziniert, deutete auf die Plankonzepte an den Wänden, dramatisch und punktuell beleuchtet. Ich betrachtete sie, betrachtete die Menge, lachend, höhnend, begeistert. Le Corbusier polarisierte, es schien eine Art Hassliebe zwischen ihm und der Öffentlichkeit.

»Ich denke, die Mehrheit hat die radikale Umgestaltung Haussmanns noch nicht verkraftet«, meinte ich augenzwinkernd.

»Wer liebte sie damals nicht, die Ansammlung dürftiger Baracken, den Geruch nach Ziegenstall.«

Ich mochte seine treffsichere Ironie, den zurückhaltenden Verstand, hinter dem ich einen unerschöpflichen Vorrat an Fantasie vermutete. »Mancherorts laufen die Ziegen noch immer durch die Straßen und recken die Hälse wie Sommerfrischler.«

»Sie haben stets das letzte Wort, nicht wahr?«

»Ich weiß.«

Ich verließ das Diorama, ging ein paar Schritte allein voran, betrat einen ruhigeren Ort der Präsentation. Beugte mich über das große weiße Gipsmodell einer *maison Citrohan,* eine Wohnzelle aus Beton, deren Name absichtlich an Automobilbau erinnerte. Interessiert studierte ich den lang gestreckten, an den Schmalseiten offenen Quader und die Stahlbetonstützen, sogenannte *pilotis;* der Korpus enthielt einen zweigeschossigen Wohnraum nach dem Muster vieler Pariser Künstlerateliers, davor ein Garten. Der Entwurf ließ sich beliebig vervielfältigen. Modul für Modul. Ich war beeindruckt, sicher, es hier tatsächlich mit einem realistischen Stück Zukunft zu tun zu haben.

»Die Bezeichnung illustriert die These. Standardisierung *par excellence*«, hörte ich eine fremde Stimme dicht hinter mir sagen. »Das Haus ist eine Wohnmaschine.«

»Ist es das?« Der Begriff stieß mich ab, *Wohnmaschine,* ich fand keinen Sinn darin. Gefurchter Stirn drehte ich mich herum, und da stand er. Der schwarze Anzug, die schwarze Brille, stechende Augen. Den Kopf ruckartig bewegend. Er sah aus wie ein Rabe, *un corbeau,* ein kluger, rationell denkender Vogel. »*Bonjour,* Monsieur Le Corbusier.«

»Nur Le Corbusier«, gab er zurück, verneigte sich knapp, in der Manier des Rumänen. Dann diese Unbefangenheit, meine Finger an seine Lippen zu führen, charmant. »Und Sie sind?«

Ich stellte mich vor, mein Blick hielt seinen. Ein Vakuum der Wahrnehmung. Er war raumgreifend, im wahrsten Sinne des Wortes, alles um uns herum verschwamm, reduzierte das Wir auf sein Ich.

Ich zwang mich, meine Gedanken zu fokussieren. »Eine brillante Idee«, enthob ich mich der Aura des Mannes, der nur wenige Jahre jünger als ich sein mochte, und deutete auf das Modell.

»Eine aufgetauchte Erinnerung nach einem Mittagessen.« Er zuckte die Achseln, die Miene Beiläufigkeit. »Sie überfiel mich, so plötzlich, ich hatte sie auf die Rückseite einer Speisekarte skizzieren müssen.«

»Der Schlüssel zum Städtebau.« Monsieur Badovici gesellte sich hinzu. *Und so begannen sich unsere drei Leben ineinander zu verweben. Erste Fäden aus Lügen, Verrat und Neid wanden sich in jenem Moment sachte um unser gemeinsames Schicksal. Hätte ich ahnen können, was geschehen sollte, ich wäre davongelaufen. Doch da war nichts, kein Zeichen, nicht leiseste Andeutung.* »Ich habe dir von Miss Gray erzählt.«

»Bado, mein lieber Freund.« Le Corbusier klopfte ihm auf die Schulter. »Gut, dich anzutreffen. Ich nähere mich den letzten Zeilen meines Manuskripts. Deine Formulierungskünste werden gebraucht. Du siehst es dir demnächst doch einmal an?«

»Selbstverständlich.« Badovici schien sich innerlich aufzurichten, sein Gesicht ausdrucksvoll, ein lichtes Strahlen.

»Lass dich kommende Woche in der Rue d'Astorg blicken, Vetter Pierre und ich haben das Büro endlich *salonfähig* gemacht.« Er betonte das Wort, als stünde es in Anführungszeichen, offenbarte ein Repertoire an Abscheu. Er lachte. Befühlte sein Jackett, zog Stift und Streichholzschachtel hervor, notierte rasch ein paar Zahlen. »Meine Durchwahl. Und bring doch deine Bekanntschaft mit.«

»Sehr gern.«

»Meine Empfehlung, Madame.« Flüchtig nickte er mir zu, verschwand. Die Intensität seiner Bewegungen, ich dachte an ein mechanisches Spielzeug, das aufgezogen über den Boden ruckte, schurrte.

»Das Ganze kommt ins Rollen, wie ich es vorausgesagt habe.« Monsieur Badovici strich über das abgenutzte Stück Pappe in seiner Hand, ließ es in seine Hosentasche gleiten. »La Roche hat beauftragt, und das Buch, Miss Gray, das wird ebenfalls eine große Sache.«

»Wovon handelt es?«

»Es sind hauptsächlich die gesammelten Werke seiner Zeitschrift. Er beabsichtigt mit der Veröffentlichung ein breiteres Publikum anzusprechen.«

»Und der Titel?«

»*Kommende Baukunst.*«

»Als ob ich es nicht gewusst hätte.«

Badovici betrachtete mich intensiven Blickes, um uns herum der Trubel. Ein gleißend weißer Blitz, die Welt erstarrte, der Geruch nach Magnesium. Ein Weiterdrehen. »Dieser Zweireiher kleidet Sie fantastisch, Sie wirken auf mich wie eine Nonkonformistin. Habe ich je durchklingen lassen, welch attraktive Frau Sie sind?«

Noch spät am Abend, allein in meinem Arbeitszimmer, brachte ich zwei Gedanken zu Papier. Zügigen Strichs zeichnete ich einen Teetisch; wie von selbst verschachtelten sich die Flächen ineinander, wurden Gebilde. Abstrakt, anders, vielleicht besonders. Ich schraffierte einige Rechtecke, legte Schatten um Helles. Schwarz und Weiß imitierten Bergahorn und Elfenbein. In großen Lettern schrieb ich *table en sycamore et chêne* darunter. Gleich morgen früh wollte ich den Tischler um eine erste Ausführung in preiswerterem Eichenholz bitten. Der zweite Gedanke ließ sich komplizierter an, er war abermals Schweben, Gefühl. *Die transatlantische Überfahrt mit dem Ozeandampfer. Das Stampfen der Maschinen, Meeresrauschen, Möwen. Die salzige Luft. Der gebeizte Lehnstuhl des Niederländers.* Ich schenkte mir ein Glas Wein ein. Lauschte den Resten des Abends, seine Dunkelheit wie ein Obsidian. Rauchte. Dann griff ich zum Stift, zeichnete in wenigen Minuten eine Art Deckchair. Er berührte Rietvelds streng geometrische Konstruktion, doch ich milderte das Kantige, indem ich eine gepolsterte Sitzfläche und ein weiches Kopfteil konzipierte. Der Rahmen sollte mit sichtbaren Schrauben zusammengehalten werden, ich dachte an etwas leicht Zerlegbares. Ich besah den Entwurf mit kritischem Auge: ehrliche Linien, Eleganz und Bequemlichkeit zugleich. Eine warme Woge der Zufriedenheit durchströmte meinen Körper. Die Worte Badovicis kamen mir in den Sinn, wie oft erhielt ich Komplimente, wann hatte man mich je eine Nonkonformistin genannt.

Louise klopfte an, knickste nach dem Eintreten. »Haben Sie noch einen Wunsch, Miss?«

»Nein«, sagte ich, drückte die Zigarette in den Aschenbecher.

»Miss?«

»Ja, Louise?«

»Danke schön, dass ich hier sein darf.«

Ich lächelte, nickte. Das Mädchen konnte nicht zwischen *oeuf à la coque et mouillettes* und *oeufs bénédictine* unterscheiden, ängstigte sich vor Elektrizität, vor dem Fernsprechapparat, war eigensinnig – doch eine liebenswerte Person. »Gute Nacht.«

Sie schloss leise die Tür.

Mancher Tage mochte mich das Leben, wenigstens ein bisschen.

DEZEMBER 1922
Paris. 29, rue d'Astorg.
›Atelier Le Corbusier‹.

Fragte man mich, welches Le Corbusiers charakteristischste Geste sei, ich würde sagen, die Kopfhaltung; die plötzliche Bewegung, hierhin, dorthin, die ihn alles überblicken ließ. Seinen graugrünen Augen, deren Farbe entfernt an die Glasur chinesischer Keramiken erinnerte, entging nichts. War er in Gedanken, wirkten sie blasser, zuweilen müde. Doch es war die Müdigkeit eines Mannes, der damals gemeinsam mit seinem Vetter härter als andere um den Erfolg kämpfen musste, den Grund sollte ich erst später erfahren. Le Corbusier oblag die kreative Oberhand; der weniger charismatische, gleichwohl äußerst sympathische Pierre Jeanneret hingegen leitete das Büro, ein unschätzbarer Kompagnon. Die Art beider ließ mich an meine Zusammenarbeit mit Seizo Sougawara denken, auch wir ergänzten einander. Während ich für den Lebensunterhalt des Japaners sorgte, hatte er mich neben der Lacktechnik vieles andere seiner Kultur gelehrt. Von der Philosophie der Dinge, der Ästhetik. Der Betrachtung der Schönheit.

Zunächst hatte ich mit mir gehadert. Schließlich jedoch war ich Badovicis Bitten gefolgt und nahm die vage, vor Wochen im Herbstsalon ausgesprochene Einladung Le Corbusiers an. »Nun gut, aber ich bleibe ich wirklich nur kurze Zeit. Sie wissen, ich habe mich um die Auslieferungen in der Galerie zu kümmern«, versuchte ich mein Unbehagen zu rechtfertigen. Ich hatte Le Corbusier nicht einschätzen können, sein Charakter barg unterschiedlichste Attribute, die sich meinem Hirn allzu leuchtender Farbe präsentierten, in ihrer Anordnung kein Verstehen ergaben. Mochte ich ihn, mochte ich ihn nicht.

»Sie werden sich keineswegs langweilen«, versprach Monsieur Badovici. »Er besitzt ein enzyklopädisches Wissen.«

Mit mulmigem Gefühl betrat ich das Haus in der Rue d'Astorg, in dem auch der Kunsthändler Kahnweiler seine Geschäfte unter geändertem Namen wiedereröffnet hatte, der ›Galerie Simon‹, vielleicht ein gutes Omen. Wir waren kaum die letzten Stufen emporgestiegen, hatten gerade die Eingangstür erreicht, da entdeckte Le Corbusier bereits die zartgrüne Kette um meinen Hals.

»Ich liebe die Jade«, bekundete er leichthin und hauchte mir einen Kuss auf den Handrücken. »Der Ton steht Ihnen ausgezeichnet, Mademoiselle Gray.«

»Der Stein hat etwas Reizvolles, nicht wahr?« Ich befühlte den Schmuck, erzählte, er sei das Geschenk eines asiatischen Mitarbeiters. »Wir fragten uns, ob jemand außer ihm und mir in Europa an diesem nebligen Klumpen Gefallen finden könnte. Aber sehen Sie nicht auch dieses träge, stumpfe Licht in seinem tiefsten Inneren? Als wäre dort die Luft von Jahrhunderten umschlossen.«

Er musterte mich geradezu andächtig, schob sein Brille die Stirn hinauf. »Gewissermaßen«, sagte er langsam. »Als ob sich in dieser gedrängten Trübnis Essenzen weit zurückreichender Zivilisationen abgelagert hätten.«

Badovici lachte. »Ihr zwei habt euch gefunden.«

»Wer könnte den Ansichten einer solch kultivierten Dame nicht erliegen?«

Ich verteufelte die eigenen Vorurteile, das Bunte, Laute in meinem Kopf, wie ich mich getäuscht hatte. Le Corbusier führte uns durch das Atelier, es roch nach frisch verarbeitetem Putz. Lichte Räumlichkeiten, weiß, der übliche Stuck, er hasste ihn ebenso wie ich. Mittig unter auskragenden Industrielampen standen die Zeichentische, darauf Winkelmesser, Lineale, Modelle. An den Wänden ringsumher Werkpläne, Zeichnungen. Hunderte Skizzen. Bücher, wohin ich blickte. Auf der Fensterbank sieben formschöne Kammmuscheln, ein Stück Treibholz; sie waren streng geometrisch aneinandergereiht. Ebenso die Steine entlang der Fußleiste, grau, von Linien durchwoben.

»Das Gedicht vom rechten Winkel«, sagte er leise, die Stimme fast zärtlich, er berührte seinen Meeresfund mit den Fingerspitzen. Ich dachte an einen sensiblen, vereinsamten *poète*, einen Homme de Lettres.

Wie nur kam er auf solche Gedanken.

Badovici und ich schauten öfter vorbei, zunächst Minuten, dann länger. Wann immer wir jener Tage das Büro aufsuchten, erfuhr ich Anerkennung. Anfängliches Alltagsgespräch wich tieferem Thema, wurde Diskussion; trotz meiner Zurückhaltung positionierte ich meine Meinung. Ich fühlte mich ermutigt in diesem Kosmos völlig eigenen Ausdrucks. Ich überraschte mich selbst. Le Corbusier war ein aufmerksamer Zuhörer, hatte aber auch meine offensichtliche Bewunderung für ihn registriert. Alle Menschen seines nahen Umfelds erlagen dem assoziativen, losgelösten, ungestümen und doch so geordneten und systematischen Denken des Architekten. Den sinnlichen Ideen, die er aus dem Nichts zu greifen schien. Schon immer hatte mich beschäftigt, wie der Ursprung eines Gedankens an Kraft gewann; er kam auf, sei er noch so abstrakt, konnte uns Schwingen verleihen, davontragen. Sich festsetzen, weiterfliegen. Dieser Mann war ein Genie, er sah sich auch als solches, und nun schienen die Dinge tatsächlich für ihn anzulaufen.

Eines späten Freitagnachmittags, als der Schnee sich wie eine helle, dichte Daunendecke über die Stadt zu legen begann, wollten Le Corbusier, Jeanneret und Badovici die Fahnen des Manuskripts besprechen.

Mit mächtigem Geräusch ließ der Architekt einen Stapel Papiere auf die Tischplatte fallen. »Die Vorlagen rufen bei meinen Druckern in Tours Entrüstung hervor«, frohlockte er. »Sie halten mich für verrückt.«

»Wer nicht?« Badovici entzündete eine Zigarette, stieß den Rauch unter die Lampen, begann die Seiten zu sichten. »Beurteile ich den Schriftsatz, müssen die Jungs wahrliches Handwerk beweisen. Vielleicht haben sie tatsächlich recht, Corbu.«

»Du Grünschnabel.«

»Bei Gott, du bist der Beste!«, rief er aus. »Sie werden dir alles durchgehen lassen.«

»Ich bin bereit. Gehen wir aufs Ganze, mein guter Jean.«

Während die beiden fortfuhren, sich der gegenseitigen Begeisterung und des Könnens zu versichern, setzte ich den Hut auf, zog meinen Mantel über. Mit einem Mal wähnte ich meine Anwesenheit als unpassend. Als störte ich eine Freundschaft, eine Beziehung besonderer Intensität, ohnehin hatte ich nur kurz bleiben wollen.

Le Corbusier wandte sich mir zu. »Bleiben Sie, Mademoiselle Gray. Ich treibe niemanden in das Unwetter hinaus, eine Dame schon gar nicht. Schauen Sie sich gern in Ruhe nebenan um.« Mit wohlwollender Geste schwenkte er den Arm durch den Raum. »Dass wir hier keine Seidenkissen besticken, wissen Sie. Wir erproben die Maschinenästhetik, es wird Ihnen gefallen.« DAS HAUS IST EINE MASCHINE ZUM WOHNEN. BÄDER, SONNE, HEISSES UND KALTES WASSER, TEMPERATUR, DIE MAN NACH BELIEBEN EINSTELLEN KANN, AUFBEWAHRUNG DER SPEISEN, HYGIENE, SCHÖNHEIT DURCH GUTE PROPORTIONEN. EIN SESSEL IST EINE MASCHINE ZUM SITZEN …

Ich zögerte. Es war anmaßend, wie er in jenem Moment mit mir redete, und doch verspürte ich eine seltsame Vertraulichkeit, ein Hineingezogensein in seine Welt.

»Nun gut«, meinte ich schließlich. Genau genommen war ich neugierig, ich wollte mich nur allzu gern in die Gedanken des Architekten fallen lassen, für mich allein die Entstehungsprozesse vieler Ideen erfahren. Die sonoren Stimmen in den Ohren, betrachtete ich Strich um Strich laufende Projekte. Versank in den Entwürfen im südfranzösischen Vaucresson, dem Atelier und Wohnhaus für seinen Freund Ozenfant, dem Haus La Roche. Es war wie ein ausgiebiger architektonischer Spaziergang, viele Perspektiven, weiß, kubisch, modern. Ich verstand nicht alles, ich trieb und glitt, meine Blicke verfolgten, verloren sich, ohne unterschieden zu haben. Aber ich nahm die Energie darin wahr. Zwischen den Plänen hingen Fotografien von Dampfschiffen, Flugzeugen, Automobilen; eine verblasste Aufnahme war mit einer Reißzwecke am Türrahmen befestigt, zeigte Le Corbusier, einen scheußlichen Strickpullover tragend, vor einem

Voisin. Dann, unter mehreren Schichten Papier, Akte mit Männern und Frauen, Frauen und Frauen, aufreizende Posen, weit gespreizte Beine, wollüstig, lüstern. Sie waren nervöser Linie, erregter Farbe. Verwischt durch Rotwein, getrocknete Flecken wellten die Blätter. Dem angedeuteten Hintergrund nach mussten sie Pariser Bordellbesuchen zugrunde liegen. Inspiration für Le Corbusier. Plötzlich fühlte ich mich wie eine Voyeurin, die Bilder waren ganz sicher nicht meinen Augen bestimmt. Welcher Vorstellung erging er sich wohl wirklich zum Thema Frauen? Die drei Freunde lachten nebenan, feixten. Sachte schob ich die Zeichnungen unter den Stapel zurück, studierte die Möbelskizzen. Die Bugholzstühle und Polstersessel waren antiquiert, bestätigten das letzte Jahrhundert, wirkten inmitten der puristischen Häuser verquer, geradezu lächerlich fremd.

Warum?

*

Der ›Salon d'Automne‹ hatte nicht nur Le Corbusier eine Menge Aufmerksamkeit beschert. Auch ich erhielt weiterhin positive Resonanz; stolz machte mich jedoch die Tatsache, in den Fokus der De Stijl-Leute geraten zu sein. Im vergangenen Monat baten sie mich, einer Gruppenausstellung französischer Interieurkünstler in Amsterdam einen meiner neuesten Entwürfe zukommen zu lassen. Unter Hochdruck ließ ich den Deckchair, den ›fauteuil transatlantique‹, bei meinem Tischler fertigen, und obwohl das Modell lediglich ein Prototyp war, mich noch nicht endgültig zufriedenstellte, sandte ich ihn zusammen mit einem Lackwandschirm und einem schlichten, gerahmten Spiegel in die Niederlande.

»Diese quirlige Bande ist das Zuträglichste, was Ihrer Karriere passieren kann, Miss Gray«, hatte Badovici gemeint und mich erneut mit überschwänglicher Freude umarmt, als er von der Nachricht erfuhr. »Sie sind auf Augenhöhe mit den führenden Avantgardisten.«

»Streithähne sind das«, lachte ich und strich mir das Haar aus der Stirn. »Ständig formieren sie sich neu.«

»Deswegen sind sie gut. Reibereien setzen ungeahnte Kräfte frei, sie kämpfen für eine nie dagewesene Formensprache.«

Badovici war es auch, der mir riet, den schwarz-weißen Teetisch der Öffentlichkeit zu präsentieren, schließlich sehe er aus wie ein dreidimensionales Gemälde Piet Mondrians, eines Vertreters De Stijls.

Aber ich lehnte entschieden ab. »Der Tisch soll vorerst in meinem Appartement seinen Platz haben und gemeinsam mit mir auf seinen Auftritt warten. Der richtige Zeitpunkt wird kommen.«

»Das tut er immer, irgendwann.« Badovici lächelte geheimnisvoll, als ließe sich in den Tiefen seiner Grübchen mehr erahnen.

Der Architekt Jan Wils, ein Mitglied der Gruppe, mit dem ich seit einigen Wochen in brieflichem Kontakt stand, wollte mir baldmöglichst Informationen nach Paris schicken. Ich brannte darauf, Ergebnisse zu erfahren, und wann immer ich die Tür zu meinem Appartement aufschloss, fragte ich Louise zuerst nach eingegangener Post. An manchen Tagen erschien mir das Warten wie ein verschwommenes Etwas, ein Makel.

*

Nachdem ich sämtliche Pläne im Atelier betrachtet hatte, gesellte ich mich wieder zu den Männern hinüber. Ich schaute zum Fenster hinaus. Lautloses Weiß. Ein Kohlehändler schob einen Karren mit lumpigen Säcken voller *boulets* durch das Schneegestöber, kreuzte Spurrillen vorübergefahrener Automobile. Bilder meiner Kindheit stiegen in mir auf, flimmerten wie ein unscharfer Film an mir vorüber. Die elektrisch beleuchteten Eispaläste, die langen glitzernden Korridore darin. Die labyrinthische Angst des Sich-Verirrens. Neben mir im Regal ein Lippenstift, an der Hülle verschmiertes Zinnober, zu rot; wem er wohl gehörte? Mit überschlagenen Beinen setzte ich mich an die Längsseite des Tisches. Die drei Architekten debattierten weiterhin eifrig. Wertvorstellungen, Sprache, Illustration. Sie hatten ihre Jacketts über die Stuhllehnen gehängt, die Hemdsärmel gekrempelt. Ich ließ mir Feuer geben, beobachtete die Glut meiner Zigarette, das sich krümmende, herunterbrennende Papier, wie es knisterte. Ich hörte zu. Monsieur Jeanneret schenkte mir ein Glas Wein ein, er schmeckte süß, nach Honig, ich fand ihn abscheulich, trank ihn trotzdem. Le Corbusier und Badovici gingen hitzköpfig miteinander um, laut, ein Wort gab das andere. Dann lachten sie. Die Stimme des Raben erhob sich mit Leichtigkeit über den Lärm. Sie beide verband die Leidenschaft für die Sache, für ein perfektes Ergebnis.

»Wenn ihr Kerle jedem eurer Instinkte folgtet«, meinte Jeanneret irgendwann kopfschüttelnd, »ihr wärt wilde Tiere.«

Ich war eine Frau. Ich schwieg.

Und lernte.

KAPITEL 7

DEZEMBER 1922

Paris. 21, rue Bonaparte.

Amsterdam, den 9. Dezember 1922

Sehr geehrte Miss Gray,

ich habe Ihrem Wunsch entsprochen und auf der Ausstellung nach dem Rechten gesehen. Der Aufbau war gelungen. Einzelheiten entnehmen Sie dem Katalog und der von mir angefertigten Zeichnung Ihres Stands.
Insgesamt fand ich die Ausstellung französischer Möbel traurig, und ich bedaure, dass Ihre Stücke zwischen all den Monstrositäten verloren wirkten. Sie sind zu fein und maßvoll, um bemerkt zu werden.

Hochachtungsvoll,
Jan Wils

KAPITEL 8

MÄRZ 1923

Samois-sur-Seine. Rue du Bas,
Ecke Quai de la République.

Mittlerweile verbrachte ich viele meiner Wochenenden in Samois. Der lang gestreckte, sich an das linke Ufer der Seine schmiegende Ort lag vor den Toren von Paris. Kaum größer als ein Dorf, bot er mir einen Platz der Ruhe, einen Fluchtpunkt. Hier konnte ich mich entspannen, den Beschwerlichkeiten des Alltags entkommen, denken. Schlug ich nach einer gut einstündigen Fahrt die Tür des Automobils hinter mir zu, betrat ich eine andere Welt. Ich atmete.

Das zweigeschossige Eckhaus stand am Quai, war unaufgeregter Einfachheit, nichts Besonderes, vielleicht mochte ich es gerade wegen seiner Schlichtheit. Mit Monsieur Badovicis Wissen hatte ich die Fassade ein wenig verändern lassen, den Balkon verbreitert, aber darauf geachtet, dass die Glyzinie, die das Gebäude im Sommer wie ein wolkiges Gebilde umrankte, keine Beschädigung erlitt. Eine umgebaute Scheune im hinteren Bereich nutzte ich nun als Garage. In dem weitläufigen Garten wuchsen Erlen, Lorbeersträucher, wilde Blaubeerbüsche und Erdbeeren. Efeu erklomm die Bäume, die Zaunpfähle, machte selbst vor dem Pfad nicht halt, der sich bis zu der Bank am Ende des Grundstücks Richtung Fluss hinunterwand. Er schützte vor den neugierigen Blicken Flanierender, der Angler, die auf ihren Booten vorbeifuhren. Vögel sangen unentwegt. Abends, wenn ich durch das dichte Gewirr der Blätter spähte, sah ich gegenüber auf der schmalen, zu meinem Grundstück gehörenden Insel eine Gruppe weißstämmiger Birken, sie schimmerten vor der Dunkelheit verhalten, fast surreal. Wenn es regnete und man drinnen in Wolldecken gehüllt vor dem Kamin saß und dem Knistern des Feuers lauschte, sammelte sich Wasser in einer rostigen Badewanne mit Klauenfüßen, die wahrscheinlich seit Ewigkeiten unter dem Holzapfelbaum stand und immer stehen würde.

Das Haus verfügte über einen geräumigen Salon, ein Raucherzimmer und mehrere Schlafgelegenheiten für Gäste. Ich hatte sie selbst in unterschiedlichen gedämpften Tönen gestrichen und mit spanischen Möbeln eingerichtet. Das schönste aber war das Atelier unter dem Dach, einige der Ziegel wurden durch ein Glasfenster ersetzt. Direkt darunter stand ein riesiger Refektoriumstisch, er diente mir als Arbeitsfläche und war mit unzähligen stecknadelkopfgroßen Löchern der Holzwürmer durchbohrt. Mir gefiel das fahlere Winterlicht, das sich in den Raum hineinzustehlen schien. Die Blätter, die im Herbst die glatten Flächen hinunterglitten. Nun jedoch begann der Frühling, die Glyzinie trug erste zarte Knospen, und der Fluss erwachte aus seinem trägen Dasein, zog kräftigere Äste mit der Strömung davon.

»Ich bin froh, dass wir allein sind«, sagte Damia, während sie einen Louis-Vuitton-Koffer die Treppe zum Eingang hinauftrug. Sie drehte sich auf den hohen Absätzen herum, hauchte mir einen Kuss entgegen. »Kein Fernsprechapparat, keine Besuche. Nur du und ich.«

Und meine Arbeit. Manchmal beherbergte ich Gesellschaft, und es hatte mir Freude bereitet. Jackie Raoul-Duval war im August da gewesen, dann Kate Weatherby, ebenfalls eine Freundin vergangener Zeiten, Evelyn Wyld natürlich. Wir ruderten gemeinsam zur Insel hinüber, picknickten dort; anderer Tage hatte ich einfach ein großes lackiertes Holzbrett auf den Gartentisch gelegt und einen Imbiss unter den im Wind rauschenden Bäumen serviert. Häufig unterhielten wir uns bis tief in den Abend hinein, bis die Motten aus dem Wald herbeiflatterten, das gelb flackernde Kerzenlicht begierig umkreisten; bis die Mücken uns vertrieben. Doch ich überließ meine Gäste auch gern sich selbst, verbrachte die Stunden oben im Atelier, zeichnete, vernahm ihre Nähe aus der Ferne. Eine Tatsächlichkeit, die mir im Gegensatz zu Damia möglich schien, die mich glücklich stimmte.

Ich folgte ihr mit meiner Ledertasche voller Skizzen, in der anderen Hand einen Weidenkorb mit Käse, Baguette und Wein, die gute Louise hatte ihn liebevoll hergerichtet, bevor sie ein Wochenende in ihr Heimatdorf zurückfuhr. Als ich die Diele betrat, überkam mich eine Welle der Erinnerungen, sie erfasste mein Herz, wurde Melancholie. Kurz schloss ich die Lider. Der Geruch von Staub, von vertrockneten Magnolienblüten in den Vasen. Das Gefühl, die Blätter mit Kinderhand zwischen den Fingern zerrieben zu haben. *The House.* Diese stetig wiederkehrende Leere, weil irgendetwas fehlte. Vater und Mutter waren tot, meine Brüder waren tot; der Abstand, den ich so sehr gebraucht hatte, der Weg, den ich gehen musste. Was ist Endgültigkeit. Wir hatten alle Zeit der Welt, entsetzliche Fehler zu begehen, sie wiedergutzumachen, irgendwann jedoch war die Chance vertan. Aus einem Impuls heraus wollte ich hinauslaufen, meinen Emotionen nacheilen und in dem nahe gelegenen Laden der alten Madame Dubois Ansichtskarten kaufen, ihnen schreiben.

Vater.

Mutter.

Lonsdale.

James.

In meinem Kopf die Worte, die ich ihnen noch hätte mitteilen wollen. Was ich sah, was ich fühlte. Dieser tiefe Schmerz des Verlusts, der nie in Augenblicken der Freude aufging, so oft ich mich auch an Schönes erinnerte. *Ein Druckverband auf einer hässlichen Wunde.*

»Welch abgestandene Luft.« Damia rümpfte die Nase. »Es stinkt entsetzlich.« Sie riss die Fenster auf, entsorgte die zarten Zweige kopfüber in einem Blecheimer, blassrosa und braun. Als ertränkte sie Katzenjunge. »Wir sollten uns abgewöhnen, diesen Unsinn vor der Abreise stehen zu lassen. Es bringt kein Glück.«

Ich überhörte ihr Reden, stieg die knarzenden Holzstufen in das obere Geschoss hinauf und setzte mich an den Tisch. Verharrte einen Moment lang in der Stille, der Kühle, der hereinsickernden Dämmerung. Wie gern wäre ich jetzt einige Augenblicke lang für mich allein, dachte ich und schob den Wunsch in der nächsten Sekunde beiseite. Flacher Hand strich ich über den feinen Holzspan, stieß ihn mit mehreren Atemzügen davon. Die Häufchen der Holzwürmer glichen Goldstaub; diese Tiere hatten ganze Arbeit geleistet. Ich lächelte. Packte mein Zeichenmaterial aus, die Stifte, Pläne. Am liebsten hätte ich mich jetzt in die Entwürfe vertieft.

»Eileen, wo zum Teufel ist das Anmachholz?«, rief Damia ungeduldig. »Nichts ist vorbereitet.«

»Ich eile.« Seufzend lief ich hinunter, ich wusste, ihre Laune würde sich nicht bessern, wenn ich sie warten ließ.

»Es ist verdammt kalt. Vielleicht hätten wir das Wochenende in der Stadt bleiben sollen.« Demonstrativ schlang sie den langen Wollschal ein weiteres Mal um ihren Hals, verschränkte die Arme vor dem Körper.

»Es wird gleich warm sein.« Fast schon mechanisch nahm ich die Schachtel mit den Zündhölzern vom Kaminsims, verteilte zerknülltes Zeitungspapier und Anmachholz, entfachte das Feuer. Die Flammen loderten, zischten, griffen über. Die längst hinfällige Schlagzeile von *Le Monde* verging, die Unabhängigkeitserklärung Irlands. James war damals um den Kampf nicht müde geworden, verteidigte seine Vorstellung von Freiheit, von Frieden; er hatte uns zwei Jahre vor dem Beschluss verlassen. Eine Spätfolge des Krieges. *Krieg.* Ein

Geschehen, von dem es hieß, es könnte nicht passieren, doch dann war es über uns gekommen, brachte für immer Veränderung.

»Ich würde gern eine heiße Suppe essen. Ob noch Dosen in der Kammer stehen?«

»Nein«, sagte ich, nachdem ich die Regale der Vorräte durchgesehen hatte. Ölige Sardinen, Bohnen, ein Sack Kartoffeln. Ich zog mir den Mantel, den ich gerade erst abgelegt hatte, wieder über und schlug den Kragen auf. »Ich werde nebenan bei Madame Dubois welche holen.«

Damia schaute zur Küchentür heraus. »Ich liebe dich.«

Ich hätte ihr sagen müssen, dass ich sie ebenfalls liebte, dass mir nichts auf der Welt wichtiger war als sie. Ich sagte: »Ich bin gleich zurück.«

Die Tür fiel hinter mir ins Schloss. Ich ging wenige Schritte durch das Rosé des Abends. Die Seine säuselte. Seichter Dunst wallte umher. Ein Mann rasierte einem anderen den Bart, immer wieder tauchte er das rostige Schermesser auf der Quaimauer in eine Schale dunklen Wassers. Daneben drei Mädchen mit in Schleifen gebundenen Zöpfen, die bemüht schienen, nicht aus ihren Kleidern herauszuwachsen, solange sie ›Himmel und Hölle‹ spielten. Ich betrachtete das Haus, das sich vertrauensvoll an meins zu lehnen vermochte. Man hatte es mir zum Kauf angeboten. Ich würde über eine Ausweitung nachdenken, die Lackwerkstatt in Paris geriet zu klein. Sougawara, Inagaki und all die anderen Angestellten arbeiteten zusammengedrängt, die Aufträge florierten, ich würde weitere Leute einstellen müssen. Hier stünde ihnen ein großzügiges Areal zur Verfügung, bessere Konditionen. Dort drüben in der Straße vertrieb ein lichtgelbes, weit geöffnetes Fenster den Dämmer, ein virtuos einstudierter Satz von Chopin drang hervor, die Melodie, ich erkannte sie sofort, sie rief nach meiner Seele.

Ich kaufte zwei Dosen Tomatensuppe und vier Ansichtskarten

gleichen Motivs, darauf der Quai, mein Haus, das kleine Restaurant ›Au bon pêcheur‹, in dem Monsieur Pathey hervorragenden Sauternes ausschenkte, auf der Terrasse eine ausgelassene Gesellschaft. Es war jenes Motiv, das ich Mutter einst mit Strichmännchen und einer scherzhaften Anmerkung versehen geschickt hatte. *Glücklicherweise sind all diese Leute imaginär …*

Spät in der Nacht, nachdem wir all unseren Empfindungen in wehrloser Schwäche erlegen waren, begriffen hatten, schliefen wir miteinander. Damias weicher, geschmeidiger Körper war, was ich in jenem Moment wollte. Das Fühlen, Tasten, Begehren. Staunen ob des Seins. Danach diese schwere Leere in den Gliedern, im Kopf. Ich schmeckte Blut auf der Zunge. Sie lag in meinem Arm, ich ging ihr mit einer Hand durchs Haar. Der Feuerschein erleuchtete unsere verschlungenen Glieder, die helle Haut. Gerüche. Ihr Herzschlag beruhigte sich langsam, wurde gleichmäßig. Manchmal krachte ein Holzscheit in die Glut. Draußen war die Welt kalt und ablehnend; ich zog die Federbetten über uns, als könnten sie uns beschützen.

»Schwör mir, dass du mich niemals verlassen wirst, Eileen«, flüsterte sie.

»Ich schwöre.« Spürte leises Verhauchen. Jene Bekenntnisse nach dem Verlangen, die am darauffolgenden Morgen lediglich ein bleichsüchtiges Echo der Nacht widerhallten. Was war mir lieb, was teuer. Ich küsste ihren Hals. Damia fiel in einen Traum. Sie war schön.

Als wir vorhin zu Bett gegangen waren, bat sie mich, unsere Liebe offener zu leben. Ein Wunsch. »Vor wem versteckst du dich? Wovor hast du Angst?«

Abermals hatte ich mit Schweigen geantwortet. Soufflierte irgendwann der Finsternis entgegen: »Lass uns still daliegen, das ist das Leben.«

Meine Gedanken schweiften umher. Ich dachte an Jackie, ganz

plötzlich, an ihren Mann, unseren gemeinsamen Aufenthalt in Nordafrika vor nunmehr zwanzig Jahren, die Zeit, die Zeit. Biskra. Die Oase Kairouans, die traditionellen Tänze, denen wir beiwohnten. Zweimal hatten wir uns damals in der Wüste verirrt, mussten die Dunkelheit unter freiem Himmel verbringen; eine Seltsamkeit im Orientierungslosen trotz funkelnder Sterne ringsumher, Kilometer um Kilometer. Ein vermeintlich letztes Mal hatten wir uns in jenen Wochen geliebt, dann noch einmal. Es war die Heimlichkeit, die mich lockte, die Lust. Wir konnten nicht voneinander lassen, noch lange nicht. Ich erinnere mich, dass die beiden ständig um Macht stritten, Kämpfe, die auf eine oder andere Weise an mir zerrten. Wie groß die Welt sein konnte, und zugleich so klein. Ich reiste früher ab. Jackie im vergangenen Sommer als Witwe wiedergesehen zu haben, barg eine weitere Dimension der Traurigkeit.

Früh am Morgen erwachte ich von dem perlgrauen Licht, das in schmalen Streifen durch die Balkonfenster drang. Momente lang lauschte ich den Geräuschen des Hauses, seinem Seufzen und Stöhnen. Als erzählte es mir seine Geschichten. Damia schlief fest. Ich streifte mir die Wollsocken über, die Strickjacke. Unter der Asche glomm müdes Orange, leise schürte ich die Glut, um die Geliebte nicht zu wecken, legte Holz nach. Im Bad spritzte ich mir kaltes Wasser ins Gesicht. Mit einer Tasse dampfenden Kaffees schlich ich schließlich ins Atelier hinauf. Und dachte.

Ich hatte Mitte Februar die Einladung erhalten, ein ganzes Zimmer im ›XIV. Salon des Artistes Décorateurs‹ zeigen zu dürfen. Noch nie hatte ich eine so umfangreiche Ausstellung bestritten, die Aufforderung zur Teilnahme erfüllte mich mit Anspannung und Vorfreude. Die mir zugewiesene Fläche betrug etwa vier mal sechs Meter. Ich griff zum Grafitstift und zeichnete ein proportioniertes Rechteck auf ein weißes Blatt Papier, betrachtete es länger, bis die

Striche vor meinen Augen verschwammen, ein Eigenleben entwickelten, ich konnte hineintauchen, zusehen, was geschah. *Diese geheimnisvolle Leere, die wir Raum nennen, die etwas in uns zum Schwingen bringt.* Seitlich am Rand skizzierte ich kubische Formen, geometrische und abstrakte Arabesken, gewagte Linien. Die Form von Licht. Ich wollte eine dramatische Wirkung erzielen. Nach einer Weile, als ich den Milchmann die Kannen auf den Steinstufen abstellen hörte, war mir klar, dass ich meinem bewährten Konzept folgen würde. Seit jeher hatte ich eine Vorliebe für eine Kombination aus Wohn- und Schlafraum; ein Ort, an dem es sich ruhen ließ, an dem man aber auch Briefe schreiben oder ein Buch lesen konnte. In meinem eigenen Schlafzimmer in der Rue Bonaparte standen Bücherregale, ein kleiner Schreibtisch sowie zwei bequeme gepolsterte Stühle. Auch für Madame Mathieu-Lévy hatte ich in der Rue de Lota eine ähnliche Einrichtung entworfen. Ich würde auf der Ausstellung einen Mehrzweckraum zeigen, mit einem Sofa, das man als Bett nutzen konnte, und einem Schreib- oder Arbeitstisch. Gleich Montagmorgen wollte ich in Paris einen Maurer engagieren, der mir ein paar Stufen auf dem Gelände baute, eine Wand einzog. Spontan schrieb ich in großen Druckbuchstaben *Hall 1922* unter die Skizze, um dem vergangenen Jahr und seinen Ereignissen Ausdruck zu verleihen, es hatte viel Gutes darin gelegen. Zufrieden stellte ich mich ans Fenster, erblickte zartes Grün in den Baumwipfeln, ein Meisenpaar, das zwischen den Zweigen umherflog. Weit entfernt, vor den ersten Ausläufern des Waldes, ein dunkelroter schwingender Vorhang, er wehte dort im Wind, als gäbe er mir ein Zeichen. Ich schritt zurück zu meinen Ideen, durchstrich den Namen mehrmals, schrieb direkt darunter *Schlafzimmer-Boudoir für Monte-Carlo,* er erschien mir aufregender, abenteuerlich.

Irgendwann hörte ich Damia die knarzenden Stufen heraufkommen. Ihre dunklen Locken waren durcheinander, wie gern ich sie so sah, ein bisschen ungestüm, matt zugleich. Sie trug meinen seidenen Morgenmantel von Paquin mit den Stickereien, das Stoffband nachlässig um die Taille gegürtet.

»*Bonjour*«, sagte sie und gähnte.

»Du Langschläferin.« Kurz ging ich in die Küche hinunter, eine weitere Tasse schwarzen Kaffees zu holen. Ich reichte sie ihr.

»Danke.« Sie setzte sich auf den Stuhl vor dem wuchtigen Tisch, zog die Knie dicht an den Körper heran und begutachtete mein Werk. »Dass du in der Frühe kreativ sein kannst.« Sie war ein Nachtmensch, natürlich war sie das.

»Es ist bereits nach zehn Uhr.«

Damia trank einen Schluck und verzog das Gesicht. »Der ist verdammt stark.«

»So magst du ihn eigentlich.«

»Hast du keine Milch im Haus?«

»Die Flaschen stehen noch vor der Tür.«

Achtlos stellte sie die Tasse auf meine Skizzen. Dunkle Tropfen rannen auf das Papier. Ein Schmerz. Sie schlang fröstelnd die Arme um die Schultern, die chinesischen Motive des Mantels veränderten mit jeder Regung ihr Aussehen; ich dachte an ein Kaleidoskop, das man geschüttelt hatte. Diese farbig glitzernden Steinchen in immer neuer Formation, als Kind hatte ich sie geliebt, diese Vielfalt, ein nie enden wollendes Spiel.

Sie deutete erhobenen Kinns auf das Blatt. »Warum ausgerechnet Monte Carlo?«

»Damit das Ganze etwas exotischer klingt«, antwortete ich lächelnd. »*Hall* fand ich dann doch recht langweilig, und Monte Carlo ist gerade der letzte Schrei.«

Damia nickte, blieb stumm.

»Was ist?«, fragte ich. »Du wirkst missmutig.«

Sie betrachtete ihre gepflegten Hände, die rot glänzenden Nägel, ein Venezianischrot, so attraktiv, mit dem Finger fuhr sie über einen Ring, musterte auch ihn intensiv. Dann erhob sie sich, nicht schnell, nicht langsam, irgendeine Bewegung dazwischen. »Ich sollte erst einmal duschen gehen.«

»Warte.«

»Lass mich.«

Der Raum war lärmende Stille. Ich hörte Damia die quietschenden Wasserhähne aufdrehen, das rhythmische Klopfen in den Rohren. Als würgte sich das Unheil durch einen viel zu engen Schlund.

Nach einer guten Stunde stand sie in einem eleganten grauen Flanellkostüm vor mir, ich hatte es nie gesehen, das Make-up makellos. Sie legte ein Cape um. Partikel ihres Puders flirrten durch die Luft, ein verführerischer Duft, ein trügerisches Lockmittel. »Chauffierst du mich zur Bahnstation?«, fragte sie mit kühler Miene, die Augen seekalt. »Oder wie komme ich sonst von hier fort?«

»Was ist in dich gefahren, dass du dich plötzlich so benimmst?« Ich verstand ihre sprunghaften Launen nicht, sie wechselten mit dem Wetter, mit den Gezeiten, dem Ticken ihrer Taschenuhr. Wie konnten wenige Stunden, Minuten nur, solch gegensätzliche Meinungen in einem Menschen hervorrufen?

»Als ob du es nicht wüsstest.«

»Nein.« Ich schüttelte heftig den Kopf. »Letzte Nacht haben wir einander geschworen, uns nie zu verlassen. Ich habe keine Ahnung, was dich zu diesem Verhalten führt.«

»Ich habe den Eindruck, nur noch eine Fußnote in deinem Leben zu sein«, sagte sie.

»Was in Gottes Namen habe ich dir getan, Damia?« Ich war ratlos, bemerkte, wie sich meine Kehle zuschnürte.

»Deine Arbeit, du findest keine Zeit mehr für mich. Was ist mit gemeinsamem Ausschlafen, den Spaziergängen? Wo ist die Gefährtin geblieben, mit der ich den Rest meines Lebens verbringen wollte?«

Ich hörte sie tief ausatmen, dann blickte sie mich geradewegs an. »Du hast es geschafft, mich in die Arme einer anderen zu treiben.«

Diese bittersüßen Spitzen, wie sie nur Frauen zu Gebote standen. »Gab«, formte ich tonlos mit den Lippen.

Sie hüllte sich in Schweigen. Gab Sorère. Jener Momente wurde mir klar, dass meine beiden langjährigen Freundinnen mehr miteinander verband als ein intensiver Kuss, oder zwei. Das Karussell drehte sich weiter, von einer Szene zur nächsten, schneller, immer schneller. Ich sollte aufbegehren, mich erheben. Tat nichts von alledem. Seltsam betäubt zog ich meinen Mantel über. Als hätte ich aufgehört zu existieren. Ich fuhr Damia durch lange, leicht neblige Kurven zur Station, im Ohr das *finale* einer Oper, deutsch. Wagner. Es war ein Abschied ohne große Worte, ohne Umarmung.

»Wir sehen uns in der Stadt.«

»Wenn du meinst.«

»Ich bedaure, was geschieht.«

»Wir beide sollten das.«

Ich wandte das Gesicht ab, schaute mich nicht noch einmal um, als Damia dem Automobil entstieg. *Ich verlasse dich. Du hast mich längst verlassen.* Ihre Schritte verhallten auf dem Asphalt, ich hörte den nahenden Zug, das Rattern und Stampfen, Ruß und Rauch. Auf mir lastete eine tonnenschwere Schuld. In meiner Brust ein Druck, hohl, darin Luft massiv wie Blei. Ich fragte mich, ob ich Damia wirklich vertrieben hatte. Ich hätte mir sagen können, dass sie ihre Untreue rechtfertigte. Dass ihre Entscheidung nicht mit meinem Verhalten zusammenhing. Dass Menschen im Rampenlicht auf vielerlei Art verstanden, ihre wahre Natur zu verbergen, auch vor sich selbst. Doch meine Antwort stellte sich gegen mich, als wäre ich von einem fremden Willen mitgerissen worden. Ich allein trug die Verantwortung für die Misere. Damals, als Vater gegangen war, hatte sich alles ganz ähnlich angefühlt.

Und dann sah ich ihn wieder, diesen mächtigen weißen Tropfen vor dunklem Hintergrund, überaus zäh.

MÄRZ 1923

Paris. 21, rue Bonaparte.

In stilleren Momenten vermisste ich sie ein wenig lauter.

Diese Sache löste Unsicherheit in mir aus, ein fremdartiges Alleinsein. Doch um nichts auf der Welt wäre ich auf Damia zugegangen, keine Unterwerfung. Ich konnte ihre Worte nicht vergessen, den Gleichklang ihrer Stimme, mit der sie sich die eigene Absolution erteilt hatte. Bewusstseinsschichten begannen sich wie feinstes Sedimentgestein zu überlagern. Gekränkter Stolz. Die nicht gut laufenden Geschäfte der Galerie. Der unterschwellige Ärger mit Gab, die ich brauchte, der ich auswich. Kunden, die nicht zahlten. Die Suche nach Erfolg, Erfüllung.

Die Vorbereitungen für die Ausstellung hatten mich in Anspruch genommen. Es war schwierig gewesen, einen Maler zu finden, zwei Tage vor der Eröffnung ergriffen Monsieur Badovici und ich die Initiative. Gemeinsam legten wir Hand an und strichen die Wände in einem strahlenden Weiß. Er konnte sogar einen alten Lieferwagen organisieren und die Möbel mit seinem Mitbewohner Christian Zervos aus der Galerie auf das Gelände transportieren. Ich mochte den jungen Mann mit den ebenmäßigen Gesichtszügen, kantig modelliert gleich seiner Intelligenz. Wie Badovici war er voller Respekt mir gegenüber. Wähnten sich die beiden unbeobachtet, unterhielten sie sich in einem elaborierten Code zweier Freunde, eigen und unverständlich, als gehörten sie einer anderen Generation an. Bis tief in die Nacht hinein halfen sie mir, die Fläche im Pavillon Marsan nach meinen Vorstellungen zu gestalten. Gegen drei Uhr hatte ich der Bettcouch einen letzten Schliff gegeben, sie mit einer rehfarbenen Felldecke drapiert, mit Kissen, die Teppiche ›Tarabos‹ und ›Héliopolis‹ auf dem Boden zurechtgerückt.

Zervos ließ sich rücklings in die Polster fallen, stöhnte theatralisch auf. »Meine Tage an der ›Sorbonne‹ waren weniger anstrengend.«

»An dieser Stelle also gerät die Philosophie an ihre Grenzen.« Badovici fuhr sich durch das glänzende Haar, zwinkerte mir belustigt zu.

»Zumindest weiß ich nun, was den Begriff *la mort* ins Wörterbuch und in Umlauf brachte.«

Ich trat mehrere Schritte zurück und betrachte mein Werk, als schaute ich durch den Sucher meiner Kamera; eine Komposition aus harmonischen Tönen, etwas Blau und Braun, Dunkelrot. Die Farbe Schwarz dominierte. Kurz dachte ich an Erotik, an Sinnesfreuden, eine lasterhafte Höhle, das weibliche Boudoir galt als Ursprung solcher Fantasien.

Auch ich war erschöpft, doch ich verspürte eine gewisse Zufriedenheit, ich würde auf Resonanz stoßen, ich war mir ungewöhnlich sicher. Hinter dem Sofa hing ein Lackpaneel in geometrischer Anmutung, gleich denen in der Rue de Lota. Beidseitig hatte ich Blockwandschirme aufstellen lassen, dass eine Art Alkoven zum Entspannen und Lesen entstand. Zur Möblierung gehörten außerdem ein Schreibtisch, ein niedriger Beistelltisch, mehrere Ledersessel, eine Bank aus Zebranoholz.

»Jede einzelne Ihrer Lampen ist ein Kunstwerk, Miss Gray«, sagte Badovici.

»Es kostete mich viele Stunden, sie alle aufeinander abzustimmen.« Die Hängelampe bestand aus mattgolden lackiertem Holz, die runde Deckenlampe aus ineinandergeschobenen zylindrischen Schirmen. »Ich denke, die dort hinten mit dem blauen Glas werde ich in meinen Salon hängen. Ich mag sie wirklich gern.«

»Sie alle hätten einen Platz in Ihrem Appartement verdient«, meinte er anerkennend. »Wer besitzt schon so großartige Räumlichkeiten wie Sie?«

Ich sah ihn an und lachte.

»Was?«, fragte er erstaunt. »Habe ich etwas Falsches gesagt?«

»Sie haben Wandfarbe auf der Wange.« Ich reichte ihm ein Taschentuch mit meinen eingestickten Initialen. »Als kämen Sie aus der Welt der Angemalten. Sie scheinen ein gutes Medium zum Auftragen von Kosmetika.«

»Nie könnte ich diese Kostbarkeit benutzen«, überging er meinen Scherz, drückte den gebügelten, sorgfältig gefalteten Stoff an die Brust, an die Lippen. Steckte ihn geflissentlich in die eigene Jacketttasche, ohne den Blick von mir zu wenden, es irritierte mich den Bruchteil einer Sekunde. »Lassen Sie mich zusammenfassen, dass der Raum trotz kostbarer Materialien nüchtern und streng wirkt. Die Form sämtlicher Gegenstände wird von der Funktion diktiert, die sie erfüllen.«

Tatsächlich hatte ich versucht, noch die kleinste Einzelheit rigoros dem großen Ganzen unterzuordnen. »Alle Elemente, die nicht im Gesamtkonzept standen, mussten ausnahmslos weichen.«

»Konsequent.« Badovici öffnete ein metallenes Etui, bot mir eine Zigarette an, ich ließ mir dankbar Feuer geben. »Sie haben die eigene Sprache weiterhin verfeinert, sie ist linearer noch als in der Rue de Lota.«

Ich inhalierte den Rauch, stieß ihn genüsslich aus, wenigstens jenes Projekt stand kurz vor der Fertigstellung, *mes nerfs*, meinte schließlich: »Keine Kundin, die mir einen Stil vorgab. Ich musste nicht ein einziges Zugeständnis machen. Das hier bin wirklich ich.«

»Wer würde sich ohne Vorgaben nicht heillos in die moderne Welt stürzen, den eigenen Ansichten Gewicht verleihen?« Er lächelte auf diese spezielle Weise, die hell und schnell in ihm war, mehr über ihn aussagte. Mir hinter das Herz schaute.

An seine Mimik in jenem Moment erinnere ich mich noch heute genau.

Dann kam das schlechte Wetter. Wenige Tage nach der Ausstellungseröffnung lief ich gegen Mittag unruhig im Salon meiner Wohnung umher, begab mich fortwährend zu dem Fenster, das den schönsten Blick auf den Hof bot. Das Kopfsteinpflaster war pechschwarz, glänzte. Es regnete Tag und Nacht, ununterbrochen. Es regnete auf die Dächer, auf die Straßen, und die Rinnsale flossen in andauernden Strömen die Gossen entlang. Das Wasser schien irgendwann zu nass, wie ein dunkles Geschöpf, das sich an die Strebepfeiler der Kirchen, an die Kupferrinnen zu klammern vermochte, Bäume hinabrann. Tauben weinten. Die Leute saßen mit Wintermänteln in den Cafés, und setzte ich mich Augenblicke lang in ihre Nähe, einen Kaffee zu trinken, hörte ich sie über den Regen reden, über Politik und Regen, über Literatur und Regen, das Leben und Regen. Erkältungen. Regen.

Die Welt, sie war ein Tränental.

Noch immer hatte ich keine Kritiken erhalten. Als rottete sich die Meute hinter meinem Rücken zusammen, um mich jäh mit Worten zu erdolchen. Nachdem ich sämtliche Gänge des Pavillons durchlaufen hatte, wusste ich, dass meinem gewagten Boudoir nicht im Geringsten etwas mit den anderen auf der Ausstellung gezeigten Einrichtungen gemein war.

»Mir ist, als regierten in diesem Land weiterhin die Nachfahren der großen Könige«, hatte ich zu Monsieur Badovici gesagt, worauf er mir traurigen Blickes beipflichtete.

»Einfallsreichtum ist gerade nicht das hervorstechendste Merkmal französischer Möbelgestalter. Auch mir erscheint es wie eine hermaphroditische Zwischenwelt«, sagte er. »Schlimm, dass sogar die Architektur unter dieser Entwicklung leidet.«

Holland war uns mittlerweile um Längen voraus, während Paris sich weiterhin in seinem avantgardistischen Ansehen der letzten Jahre suhlte. Die Stadt ergab sich einem lebendigen Diskurs, immer neue Zeitschriften und Bücher zum Thema tauchten auf, die Welt schaute wie gebannt auf die Entwicklungen im Zentrum der Kultur. Doch unter näherer Betrachtung spalteten sich auch die modern gesinnten Architekten in zwei Gruppen: die radikalen Modernen rund um Le Corbusier, die von der akademischen Kritik abfällig *Nudisten* genannt wurden, und die traditionalistischen Modernen, die einen strukturellen Klassizismus vertraten.

»Als säßen wir auf einer Schaukel.« Badovici verzog gequält die Mundwinkel. »Ein ewiges Hin und Her zwischen Altem und Neuem.«

»Willkommen in der neuen Unübersichtlichkeit.« Zwischen Avantgarde und *has been*. Wie recht er hatte.

Ich strich mit den Fingern über die Falten des Vorhangs, schob ihn ein weiteres Stück beiseite, rauchte nervös, die Aschenbecher quollen über. Mein Haut brannte, obwohl ich seit Wochen nicht mit Lack in Berührung gekommen war. *Wie viele Leute in diesem Moment wohl am Fenster stehen, inmitten der Tristesse Ausschau nach ihrer Liebe halten?*

Louise trat mit einem Tablett ein. Sie trug ein dunkles Dienstbotenkleid mit weißer gestärkter Schürze. »Ich habe Ihnen einen Salat angerichtet, Miss.«

»Vielen Dank, Louise. Das ist sehr freundlich.«

Sie arrangierte Teller und Besteck auf dem Tisch, stellte Essig, Öl und einen Brotkorb mit geschnittenem Baguette daneben. Salz und Pfeffer. »Ich hätte Ihnen so gern Haggis zubereitet.«

»Warum?«, fragte ich entgeistert.

»Weil ich Ihnen etwas Gutes tun möchte, Miss«, sagte sie leise und strich eine Stoffserviette glatt. »Sie sind Irin, und bestimmt vermissen Sie das Essen Ihrer Heimat.«

»Das Gericht ist schottischer Herkunft, Louise.« Ich lächelte. »Aber wäre ich Schottin, würde ich Haggis trotzdem nicht vermissen.«

»Ich bin froh.« Sie verzog das Gesicht. »Die Zutatenliste klingt schrecklich eklig.«

Ich stimmte ihr zu – wer mochte schon Schafsmagen, Lunge, Leber, Zunge –, betrachtete die junge Frau, ihr aufgestecktes Haar, die sorgfältig um die rundliche Taille gebundene Schürze. »Du bist sehr hübsch angezogen. Hast du dir deine Sachen selbst gefertigt?«

»Ja, Miss. In meiner Freizeit.« Sie knickste. »Tante meinte, ein Dienstmädchen benötigt gute Umgangsformen und adrette Kleidung. Ich habe mir alle Mühe gegeben, die Biesen waren recht schwierig zu nähen.«

Ich nickte anerkennend. »Ich muss zugeben, ich wäre nicht in der Lage, ein solches Stück herzustellen.«

»Danke schön.« Ihr Körper nahm eine aufrechte, stolze Haltung an. »Ich könnte es Ihnen beibringen.«

»Vielleicht komme ich auf dein Angebot zurück«, sagte ich höflich. »Vermisst du denn etwas, hier in Paris, Louise?«

»Nein, ich bin gerne in der großen Stadt, bei Ihnen. Dies ist ein schöner Arbeitsplatz.« Wie genügsam das Mädchen war, wie schüchtern und bescheiden sie das Leben beschritt. Nach Balance suchte, taumelte, strauchelte, doch immerfort das Gleichgewicht hielt, das bedeutete Jugend. Was sie noch alles vor sich hatte. Beide hingen wir Momente lang unseren Gedanken nach, der Regen lief die Glasscheiben hinab, eine Lache bildete sich auf der Fensterbank. Ich dachte an jene heißen Sommer, die einem bis zwanzig, fünfundzwanzig endlos vorkamen, die irgendwann immer schneller vergingen, sich in die unfassbare Wirklichkeit einscherten. Träume auflösten.

»Warst du schon einmal so richtig verliebt, Louise?«

»Nein, Miss.« Sie errötete und schaute verlegen zu Boden. Dann sagte sie: »Es wird den ganzen Monat regnen.«

»Möglicherweise auch nicht.«

AUGUST 1923

Paris. 21, rue Bonaparte …

… Das Zimmer für Monte Carlo von Madame Gray ist mit seinen Lampen – Schmetterlingspuppen gleich – aus Pergament und Packpapier einfach verrückt. Es ist das Kabinett von Caligaris Tochter in all seinen Grauen. …

L'Intransigeant, Mai 1923

… Ein großes Lob für das Monte Carlo-Zimmer, das ein freimütiges und kraftvolles Konzept aufweist. …

Ere Nouvelle, Mai 1923

… das zauberhafte coucher-boudoir für die Cote d'Azur (und für Märchen) von Mlle. Eileen Gray, die das richtige Gespür dafür besitzt, uns nicht Dinge zu zeigen, die wir bereits gesehen haben. …

Journal, Mai 1923

… Nach wie vor findet man bei M. Pierre Legrain und Miss Eileen Gray bedauerliche Experimente mit diesem beunruhigenden Kubismus, dennoch ist das Zimmer Letzterer in all seiner Exzentrik von einer merkwürdigen Harmonie. …

Beaux Arts, Juni 1923

… zu unserer Überraschung aber gab es auch etwas erfrischend Neues. Ein Zimmer von Mlle. Gray berührt uns viel mehr und

zeigt ein ausgewogenes Verhältnis zwischen ›Suchen‹ und ›Finden‹. Die Verwandtschaft mit De Stijl ist augenfällig, weniger orthodox und weniger puristisch: Die französischen Tugenden blieben nicht unbeachtet und es scheint etwas weiblich Kapriziöses durch. Das Werk kündet eine von der Louis-Manier befreite Epoche an, selbst in Frankreich. …

Bouwkundig Weekblad, Juli 1923

… Die Wandleuchter sind von verstörendem Aussehen. Trotzdem empfehlen wir unseren Lesern, einen Blick auf das merkwürdige Zimmer von Madame Eileen Gray zu werfen. Es ist bizarr und ungewöhnlich, aber es strahlt Atmosphäre aus, und seine Harmonie und Extravaganz lassen sich nicht leugnen. Es zeugt von Talent und Feingefühl. …

Art et Décoration, August 1923

*

Der August verhieß Hitze. Staub. Er sank aus den Schatten verrußter Schornsteine herab, legte sich auf menschenleere Boulevards, auf die verschlossenen Rollläden vieler Geschäfte, auf meine Galerie. Im Jardin du Luxembourg trieben nur wenige Kinder ihre Boote mit einem Stöckchen durch das Bassin, selbst die Tennisdamen in ihren leuchtenden Dressen, sie spielten verhaltener, schienen besiegt. Das Leben erging sich dieser Wochen in Langsamkeit, ein klassischer Pariser Sommer. Die Gesellschaft reiste traditionell ans Meer, als hätte es den Krieg nie gegeben, traf sich in Biarritz und Deauville, flanierte unter sandfarbenen Schirmen der Gemächlichkeit entgegen.

Ich klappte die Mappe mit den Kritiken zusammen, die Artikel hatte ich oft genug gelesen, mich wieder und wieder erniedrigt. Ich hatte den Eindruck, verlacht zu werden. Das Geschriebene erlebte ich als ein Konzert niederträchtiger Beschimpfungen. Das Negative wusste die angenehmen Zeilen zu verdrängen, warum nur reagierte das Hirn auf Qual. Die Franzosen ließen sich weiterhin durch das Dunkle, Geheimnisvolle aus der Fassung bringen. Enttäuscht, dass es mir das Herz zu brechen drohte, verstaute ich die Mappe unter den anderen im Regal, schaute auf die Armbanduhr. Um eins war ich mit Monsieur Badovici zum Mittagessen im ›Café de Flore‹ verabredet. Später wollten wir gemeinsam das Büro von Le Corbusier und Jeanneret aufsuchen, die beiden hatten uns eingeladen, mit ihnen neueste Tendenzen der Architektur zu diskutieren. Ich streifte das cremefarbene Kleid über, das Louise mit einer schlichten Knopfleiste aufgewertet hatte, zog die Ledersandalen an, betrachtete mich im Spiegel. Vor wenigen Tagen war ich fünfundvierzig Jahre alt geworden; ich sah eine Frau mittleren Alters, nicht mehr jung, noch nicht alt. Doch nicht mehr attraktiv. Erstes Grau wob sich unter mein Haar, ich sollte es wieder einmal mit Henna färben; wenig Make-up, wo waren meine Kosmetika? Ich hatte sie länger nicht benutzt. Was war aus mir geworden. Ich mochte mich kaum anschauen. *Die Tochter Caligaris.*

Wie ich mich hasste.

Und wie mir die Welt jenes Gefühl zurückschleuderte.

Mit tiefem Seufzer nahm ich den Strohhut vom Spiegel, darunter die Fotografien von Prunella und Damia. Ich drehte das Porträt herum, es fiel aus dem Rahmen, zu Boden, ich hob es nicht auf. Damia hatte erzählt, der Fotograf habe sie damals nach der Aufnahme zu küssen versucht, ungestüm, sie gab ihm eine Ohrfeige, und er war rücklings ins Buffet des Filmstudios gestürzt. Ich liebte das Bild, ein festgehaltener Augenblick, Ewigkeit. Dahinter im nächsten Moment das Drama, der zornige Mann, Damias Lachen, die auf den Fliesen liegenden Sandwiches, das zerbrochene Geschirr und die Entscheidung, das Richtige getan zu haben, wer war sie denn. All das bedeutete Damia. Die Erinnerung, die sie mir schenkte. Ich starrte minutenlang auf die Leere, dorthin, wo das Bild gehangen hatte, auf den blinden Fleck im Silbernen, Spuren vergangener Jahrzehnte. Seit vielen Wochen hatte ich sie nicht gesehen. Ein stiller Kampf zwischen ihr und mir, Versagen und Hilflosigkeit. Schmerz. Ich wünschte, sie wäre endlich aus meinem Kopf. Die Liebe hallte nach.

Ich setzte den Hut auf, richtete das Zierband, verließ rasch das Haus. Als flüchtete ich vor mir oder den Schatten, die mich seit meiner frühen Kindheit jagten. Die gelegentlich dunkler waren. Größer.

Auf dem Boulevard Saint-Germain sah ich in der Ferne Djuna Barnes die Straße entlanglaufen. Hoch über ihr der Teil des Himmels, der nie erzählt worden war. Der lange Seidenschal wehte ihr nach wie ein Gerücht, sie wusste das Gerede um die eigene Person zu streuen. Djuna war vielleicht das größte Literaturrätsel in ganz Paris, eine der wenigen, die sich der Gesellschaft von James Joyce rühmten. Auf der Left Bank gehörte sie zu jenen Frauen, die sich mit immenser Selbstüberzeugung und Schlagfertigkeit ins Leben fallen ließen, was würde ich um ihre spitze Zunge geben. Scharf, schnell, wahrheitsliebend.

Monsieur Badovici winkte mir von der Terrasse des Cafés zu und erhob sich, sobald ich die Stufen betrat. Eine geschmeidige Gestalt, leger gekleidet in hellen Leinenhosen und Stoffschuhen, die Jackettärmel gekrempelt. Er hauchte mir zwei Küsse auf die Wangen, berührte meine Unterarme. »Wie schön, Sie wiederzusehen.«

Seine glatt rasierte Haut roch angenehm, ein dezentes Parfum, das der Hitze die Stirn bot, Sandelholz. Elegant gefärbtes Braun. Im Augenwinkel bemerkte ich die amerikanische Journalistin Janet Flanner und ihre Freundin Solita, die vergangenen Jahres gemeinsam ein Zimmer im beengten Hotel in der Rue Bonaparte bezogen hatten. Janet war durchgebrannt, der Ehe entflohen, in der Stadt ihre Leidenschaft zu leben. Dem Romantischen zu begegnen.

Badovici und ich bestellten Kaviar mit Blinis und eine *salade mesclun*.

Die Hitze unter der Markise staute sich. Ich nahm den Hut ab, schüttelte mein Haar auf. »Ich war mir nicht sicher, ob auch hier die Vergangenheit mittlerweile wieder Einzug gehalten hat.«

»Zigarette?« Badovici verzog keine Miene, hielt mir das gefüllte Etui entgegen.

»Ein Schelm, wer Böses dabei denkt.« Ich mochte unsere Wortspielereien, die Andeutungen, die er stets aufzugreifen wusste.

Das ›Rotonde‹ hatte vor wenigen Wochen seinen weiblichen Gästen untersagt, auf der Terrasse zu rauchen und ohne Hut zu erscheinen. Natürlich boykottierten alle englischsprachigen Bewohnerinnen unseres *quartiers* das Lokal und frequentierten stattdessen das ›Dôme‹ gegenüber oder das kürzlich eröffnete ›Le Jockey‹. Die Sache war unerhört, ein Skandal. Wir lebten der Welt hier an diesem Ort ein freieres, ein anderes Leben vor, tatsächlich aber kamen Frauen mit eigenen Ansprüchen auch in Frankreich nur bedingt voran. Das Land war noch immer nicht an einer Einführung der Wahlrechte für Französinnen interessiert. Seit 1914 wurde in der Nationalversammlung regelmäßig über das weibliche Schicksal abgestimmt, doch die konservativen Herren zeigten beständiges Unverständnis. Ihrer Ansicht waren Frauenhände dazu da geküsst zu werden, nicht um Stimmzettel in Urnen einzuwerfen. Ein Satz, der damals durch die Presse ging, von Suffragetten an jeder Litfaßsäule plakatiert wurde. Ein Geschwür, eine eiternde Wunde, vor sich hinfaulend.

»Die Welt gehört weiterhin Männern, die uns Frauen mit rückständigen Ansichten im Haus zu halten suchen.«

»Das achtzehnte Jahrhundert hat offensichtlich reichlich Hauben produziert, unter die Sie alle zu kommen haben.«

»Welch schrecklich überholter Gedanke.« Ich reckte das Kinn, stieß den Rauch aus. *Das Verheiratetsein*. Plötzlich die Stimme Mutters in den Ohren, dünn und brüchig. Wie sie mir wohl in diesem Augenblick aus meinem vermeintlichen Versagen einen Strick gedreht hätte.

»Malcolm Cowley und ich sind auf Ihrer Seite. Haben Sie gehört, dass er verhaftet wurde? Er hat dem Besitzer der ›Rotonde‹ einen ordentlichen Fausthieb versetzt.«

Er brachte mich zum Lachen. Ich mochte mich, wenn ich lachte.

Eine Pause entstand. Scharen an Singvögeln flogen über die Dächer der Kirche hinweg, hin und zurück. Ich hörte Janet mit kräftiger und doch so sanfter Stimme über Hemingway reden, ein junger Autor, der sein erstes Buch bei der ›Contact Editions‹ veröffentlicht hatte. Als Nächstes wehten Worte über Ezra Pound heran. *Über Zeitgenossen*. Wie zufällig sprach sie von Menschen, die etwas bewegten, an der Revolution des Modernen beteiligt waren. Solita nickte fortwährend, und einen Moment lang wünschte ich, ich wäre sie. So verliebt, so unbedingt aufrichtig und authentisch.

Unser Essen wurde serviert, ein kleines Kunstwerk auf dem Teller, schwarz glänzende Perlen an hellem Teig. Noch immer lag mir der aktuelle Artikel über mein Boudoir im Magen. *Verstörendes Aussehen*. »Ich weiß mit dieser Kritik nichts anzufangen«, bekundete ich, während ich die Stoffserviette aufschlug und auf meinem Schoß platzierte. »Ist die Installation nun besonders. Oder ist sie scheußlich?« Genau genommen erwarte ich keine Antwort auf meine Fragen, sie waren rhetorischer Natur, ich hatte sie mir jedoch Hunderte Male selbst gestellt, sie in meinem Kopf umhergewunden, als hinge mein Leben davon ab.

»Denken Sie nicht darüber nach, etwas Besonderes zu erschaffen, machen Sie einfach weiter, fahren Sie auf Ihre Weise fort«, antwortete Badovici ruhig. »Lassen Sie andere die Entscheidung treffen. Menschen werden es lieben oder hassen, und während die dort draußen diskutieren, das ›Ja‹, das ›Nein‹, wird Ihr Werk von ganz allein zu etwas Besonderem.«

*

Tatsächlich nannten Kritiker meinen Namen mittlerweile mit denen der besten Gestalter Frankreichs, das vielfache Lob der Zeitungen verhalf mir zu stetig größerem öffentlichem Ansehen. Möglicherweise konnte ich das zu jenem Zeitpunkt nicht recht begreifen, vielleicht wollte ich es auch nicht wahrhaben; mein Intellekt spielte mir allzu häufig einen Streich. Ich konzentrierte mich auf die Anerkennung einiger Architekten, sie waren mir wichtig. Pierre Chareau hatte mir während der Ausstellung große Bewunderung für meinen Beitrag ausgesprochen, eine Achtung, die auf Gegenseitigkeit beruhte, ich mochte seine Arbeiten. Wie ich hatte Chareau keine Ausbildung in der angewandten Kunst absolviert, er hatte anfangs ebenfalls Möbel für einen elitären Kundenkreis entworfen und sich irgendwann entschlossen, den Reichen den Rücken zu kehren. Unser beider Interesse galt dem Objekt, das sich in Serie vervielfältigen ließ, für die Massen produzierbar war.

»Ich vertrete die Meinung«, hatte er mir während der Ausstellung zwischen Hockern und Sesseln mit schwülstig geschnitzten Löwentatzen gesagt, »ein Tisch sollte am besten von einem Architekten entworfen werden.«

Eine pragmatische Vorgehensweise, der ich nur zustimmen konnte, wenngleich ich dieser Gemeinschaft auch nicht angehörte. Ich wusste, er meinte die Klarheit der Linie.

Ich erinnere mich ebenfalls noch gut an die Worte Francis Jourdains, der mich eines Abends anrief, als ich gerade zu Bett gehen wollte: »Man kann ein Zimmer höchst luxuriös einrichten, indem man es leer räumt, statt es zu möblieren. Ein gelungener Entwurf, Miss Gray.«

Ich schluckte, zu nervös, etwas Sinnvolles zu erwidern. »Danke schön«, war alles, was ich hervorbrachte. Wie ich mich im Nachhinein ob meiner Einfältigkeit genierte.

»Ich bin auf Ihre zukünftige Entwicklung gespannt.«

Mit einem metallischen Klicken hatte er eingehängt, und ich ließ den Hörer in der Hand einfach sinken, stand ein paar Minuten bewegungslos in der Dunkelheit. Wallen, weit entfernt. Wie der Ozean in windstiller Nacht, der sich behäbig von der einen Seite der Welt auf die andere wälzte, hin und her, dann ein Ton gleich einem Punkt. Nichts.

Waren seine Worte wahr gewesen?

*

Die Luft über dem Asphalt flirrte, der Himmel tiefdunkelblau, eine einzelne Schwalbe; vielleicht machte sie den Sommer. Auf dem Weg in die Rue d'Astorg erzählte Badovici, Le Corbusier und sein Vetter seien vorübergehend zahlungsunfähig. Die finanziellen Probleme der letzten Jahre schienen die beiden eingeholt zu haben. Mir stockte Momente lang der Atem, wann waren unsere Vorräte an Optimismus aufgebraucht, ich war erschrocken.

»Paris ist ein Kampf, und das in der Welt der Ideen«, sagte Badovici, während er mir die schwere Tür des Hauseingangs aufhielt und wir in die marmorne Kühle traten.

»Seltsam, gerade jetzt, wo er seinen internationalen Ruf begründet.« Eine Zeit voller Risiken, kraftraubender Unwägbarkeiten. Woran sollten wir noch glauben? Auf was unsere Hoffnung setzen? Ich fragte den Kritiker nicht, was all das für seine Zukunft bedeutete, in welcher Intensität es sein Herz bekümmerte. Ich ahnte es. EINEN EINZIGEN BERUF GIBT ES, FÜR DEN DER FORTSCHRITT NICHT ZWINGEND IST, IN DEM TRÄGHEIT HERRSCHT, IN DEM MAN SICH AUF DAS GESTERN BERUFT: DIE ARCHITEKTUR. ÜBERALL SONST DRÄNGT DIE UNGEDULD ZUM MORGEN UND FÜHRT ZU IRGENDEINER LÖSUNG: WER NICHT VORWÄRTSKOMMT, MACHT BANKROTT. NUR IN DER ARCHITEKTUR MACHT MAN NIEMALS BANKROTT. EIN PRIVILEGIERTES HANDWERK. LEIDER! Ich konnte Le Corbusiers Worte herbeten, wie häufig hatte ich sie in *L'Esprit Nouveau* gelesen, in seinem Manuskript. Sie waren Realität geworden, hatten das eigene Denken eingeholt.

Schatten gebaren Schatten.

»Sie wissen nicht, ob sie überleben, die geschäftliche Lage ist wirklich kritisch.« Auf dem ersten Treppenabsatz bat mich Badovici stehen zu bleiben, dicht vor mir legte er den Finger an seine Lippen. »Dies sind vertrauliche Informationen. Versprechen Sie mir, nichts zu erwähnen.«

Ich nickte nachdenklich. »Versprochen«, sagte ich. Roch das Bohnerwachs, die Farbe frischer Kunstwerke. Hinter der angelehnten Tür Kahnweilers Gespräche; André Masson, Klee, Breker. Verkaufszahlen, hoch, höher. Dann berührten Badovicis Finger meinen Mund, flüchtig, als wäre es nicht geschehen.

Etwas war anders.

»Ich hörte, Kollege Mallet-Stevens hat Ihnen eine Zusammenarbeit angeboten.« Le Corbusiers Stimme klang beiläufig, er schob die Brille die Stirn hinauf, beugte sich auf dem Reißbrett dicht über einen Grundriss. Betastete mit den Augen die Räume, als suchte er in ihnen Vorlieben, Sehnsüchte und Begierden, die Form werden wollten. Er zog einen Strich, einen einzigen, und ich gewann den Eindruck, er habe plötzlich ein inneres Bild, das dem Gebäude Veränderung gab, sich zu ganz Neuem ordnete. Eine kostbare Sekunde der Eingebung. Kritisch überprüfte er sein Tun.

Verstand und Gefühl.

»Das ist richtig, ja.« Ich rauchte, lehnte mich an die Fensterbank, betrachtete auf dem Tisch den hochgetürmten Stapel seines Buchs *Kommende Baukunst*. In der Perspektive der Deckenstuck, stilisierte Rankenornamente, ich malte im Geiste ihren Schwung nach. Die Gesetzmäßigkeiten des Absurden.

»Der Kulissengestalter ist nicht sonderlich begabt, zumindest aber zeigt er ein gewisses Verständnis für Eisenbeton.« Er richtete seinen Blick auf mich, wirkte noch hagerer als sonst, abgespannt. »Den meisten Architekten ist das Material nach wie vor fremd. Diese Tölpel denken, dass man wohl Tunnel, Talsperren und Fabrikanlagen damit errichten kann, nicht jedoch ernsthafte künstlerische Werke.«

»Ich weiß tatsächlich auch nur von einigen Filmsets, für deren Aufbauten er verantwortlich zeichnet«, warf Badovici ein, während er sein zerknittertes Baumwolljackett auszog und an einen Nagel in der Wand hängte. Kurz bemerkte ich eine steile Falte auf seiner Stirn, Besorgnis oder Zweifel, ich wusste es nicht. »Dennoch hat er den Zuschlag für die Villa Noailles in Hyères bekommen, skurril.«

Schlagartig verlor Le Corbusier die Beherrschung, richtete sich auf und wischte Lagen dünnster Skizzen vom Tisch. Alles im Raum wurde weiß, ein Rauschen. »Die Pariser Intellektuellenszene ist ein defätistischer Haufen, zu nichts nutze. Wie konnte der Comte mich ablehnen? Mein Entwurf ist perfekt.«

»Der von Mies van der Rohe war ebenfalls gut, Corbu«, gab Jeanneret mit beschwichtigender Stimme zu bedenken. Er war fast einen ganzen Kopf kleiner als sein Vetter, schaute kurz zu ihm hinauf. Ging dann in die Hocke, ich bemerkte den schmalen Schweißfleck entlang der Wirbelsäule auf seinem weißen Hemd, und kommentarlos begann Jeanneret das wüste Durcheinander zu sortieren. Als kennte er die Ausbrüche seines Verwandten.

»Wer sind die, wenn man mich haben kann.«

»Manchmal geht es nach Nasenspitze.«

»Selbst die ist bei mir vorn.«

Ich enthielt mich dem Disput. Robert Mallet-Stevens war ich während mehrerer Ausstellungen begegnet, auf denen wir beide unser Interieur präsentierten. Wir verfolgten seit geraumer Zeit einen ähnlichen Stil. Nachdem er nun mein Boudoir gesehen hatte, fragte er mich spontan, ob ich nicht an einer Kooperation interessiert sei.

»Es gibt ringsum so wenig gutes, modernes Zeug«, meinte der dandyhaft gekleidete Mittdreißiger blendender Laune. Ein eitler Mann, wenngleich er einen das Gegenteil glauben machen wollte. »Was meinen Sie? Haben Sie Lust, Miss Gray?«

Ich war überrascht, fühlte mich geschmeichelt, betrachtete seine auf Hochglanz polierten Schuhspitzen. Als läse ich meine Zukunft in dem Lackleder. Doch schon im nächsten Moment lehnte ich hoch erhobenen Kopfes dankend ab. Ich war noch nicht so weit, mit jemand anderem zusammenzuarbeiten. Mein Instinkt sagte mir, dass ich gerade erst begann, das zu machen, was ich wollte, *wirklich wollte*, und ich musste es allein machen. Mit dem Entschluss hatte ich meinen Kollegen brüskiert, er fand, es sei eine Ehre, mit ihm eine Gemeinschaft einzugehen. Doch trotz der Zurückweisung, die er mich von jenem Augenblick viele Jahre lang spüren lassen sollte, bat er mich um einige Möbelstücke für die Villa Noailles, deren Einrichtung er bereits plante.

Ich verlor im Büro kein weiteres Wort über die Unterhaltung mit Mallet-Stevens, ich hielt Le Corbusier für zu aufgebracht. Ich erwähnte auch nicht, mittlerweile mit einigen Leuten von De Stijl in regem Austausch zu stehen. Wils, Oud, Bijvoet oder van Ravesteyn, der mir vergangenen Monats jenen wunderbaren Artikel im *Bouwkundig Weekblad* geschrieben hatte, eigens nach Paris anreiste, meine Galerie zu sehen, mit mir die holländische Bewegung diskutierte. Sie alle waren großartige Menschen, dachten fortschrittlich. Wie gern würde ich auch Gerrit Rietveld kennenlernen, jener gelernte Tischler, der mit seiner experimentellen Herangehensweise einigen meiner Entwürfe Inspiration gab, mich weitere Ideen durchdenken ließ. Gerade, so hatte man mir zugetragen, besuche er Abendkurse, um sich architektonisches Wissen anzueignen.

»Nehmen Sie sich ein Buch, gute Frau«, durchbrach Le Corbusier meine Gedanken und deutete mit gehaltloser Geste auf den Stapel. »Schauen Sie sich an, wie moderne Architektur wirklich funktioniert.«

Badovici hielt ihm ein aufgeschlagenes Exemplar entgegen. »Du wirst Miss Gray eine Widmung doch nicht vorenthalten?«

»Wie könnte ich«, sagte er in gewohnter Höflichkeit, lächelte. Er glättete seinen Gesichtsausdruck ebenso schnell wie seine Manieren, eine Taktik, die ich noch häufig zu sehen bekommen sollte. Ich vermochte seine Erregbarkeit nachzufühlen, er stand unter enormem Druck. Mit einer kraftvollen, geschwungenen Unterschrift signierte der Meister die leere Seite. Ich beobachtete die nassschwarze Tinte, die langsam in das Papier sickerte, trocknete. Mir gehörte.

Natürlich hatte ich das Werk längst in meinem Bücherregal stehen, hatte jede Zeile gelesen, Bilder, Stimmungen, Formen, Zeichen und Vergleiche in mich aufgenommen. Seine Eindrücke waren zutiefst leidenschaftlich.

So leidenschaftlich ein rational denkender Mann sein konnte.

AUGUST 1923

Paris. … Île de la Cité.

Die Nacht war sternenklar, der Mond schien gleich einem hell leuchtenden Opal vom Himmel herab. Die Zeit der Perseiden, der Laurentiustränen. Monsieur Badovici und ich hatten im ›Prunier‹ diniert. Er wählte Austern und *crabe mexicaine*, ich verspürte weiterhin Abneigung gegen Krustentiere, entschied mich für einen Salat. Dazu tranken wir einige Gläser herrlich kühlen Sancerres.

»Haben Sie vielen Dank für diese Einladung, Miss Gray«, sagte er vor den Türen des Fischrestaurants, steckte die Hände in die Hosentaschen. »Ich hoffe, mich bald erkenntlich zeigen zu können.«

»Ich bitte Sie«, erwiderte ich mit einem Hauch des Unbehagens in der Stimme. Ich hielt es für selbstverständlich, die Rechnungen des jungen Mannes zu begleichen. Zwar schrieb er Artikel für Zeitschriften, hatte gerade ein Buch über den französischen Architekten Charles Plumet veröffentlicht, doch ging er auch fortwährend seinen Gelegenheitsarbeiten nach.

Wir unterhielten uns noch eine Weile, gerieten beständig in neue Themen, während die Leute auf dem Trottoir wohlwollend oder verächtlich um uns herumliefen, uns umringten und wir doch völlig allein blieben. Die Taxis hielten. Fuhren vorüber. Wir fanden kein Ende.

Schließlich fragte er, ob er meinen Heimweg auf die andere Seite der Stadt bis zur Rue Bonaparte begleiten dürfe. »Wir haben längst nicht alles besprochen«, meinte er und zog eine Augenbraue hinauf. »Und ein gemeinsamer Spaziergang mit Ihnen in dieser milden Luft wäre wunderbar.«

Er bot mir seinen Arm. Wir redeten unentwegt, über die Architektur, die Faszination für Ozeandampfer, ihre lang gezogenen Horizontalen, die Farbe Weiß, Bullaugen, Reling und Deckterrassen. Nie zuvor war ich jemandem begegnet, der so vor Leben sprühte, mit seiner positiven Art mitriss; er schien unablässig zu denken, schnell, klug und ungewöhnlich, und wahrscheinlich träumte er auf ähnliche Weise. Immer wieder blieben wir stehen, durchstreiften den Jardin des Tuileries, balancierten mit weit ausgebreiteten Armen auf den flachen Rasenkanten, den höheren Bruchsteinmauern. Lachten. Schauten durch den Arc du Carrousel über die dunklen Schemen an den Lichtern der Concorde vorbei, die seicht dahintänzelnden Punkte bis zum Arc de Triomphe hinauf. Schließlich drehten wir uns um und bestaunten die schwarzen Umrisse des Louvre. Ein stilles Bild von gelassener Größe. In der Ferne das Geräusch der Springbrunnen, eine Abfolge perlender Töne, weich, irgendwann Melodie. Ein Igel raschelte durch das Laub.

»Ich kann nicht glauben, dass diese zwei Bögen und die Porta Sempione in Mailand wirklich eine Gerade ergeben«, flüsterte ich und schlang meinen leichten Sommermantel um den Körper.

»Dann haben Sie sich entweder nicht ausreichend mit Napoleon beschäftigt …«, neckte er mich.

»Oder?«, ging ich auf sein Spiel ein.

»… oder aber Sie sind noch nicht hinter das Geheimnis der Welt gekommen«, entgegnete er leise.

»Ich dachte, es gäbe mehrere.«

»Ein besonderes.«

»Welches?«

»Finden Sie es heraus, Miss Gray.«

An gleichartigen Häusern flanierten wir die Straßen Richtung Île de la Cité entlang. Ich erzählte, dass ich das zweite Haus in Samois kaufen würde, um Sougawara und den anderen bessere Arbeitsverhältnisse bieten zu können. Dachte kurz an Damia, da war kein Schmerz, keine Sehnsucht, nur Erinnerung. Das Lösen unserer Einheit. Die Nomenklatur einstiger Liebe, was blieb.

Ein Page in Livree schob einen Holzkarren, gefüllt mit aneinanderklirrenden Flaschen, dem ›Hôtel des artistes‹ entgegen.

»Warten Sie einen Moment, Miss Gray.« Badovici lief über das Kopfsteinpflaster zu dem Bediensteten hinüber, als liefe er über Hunderte Katzenköpfe hinweg, grau und schwarz lagen sie da, sich reckend, streckend, empörend. Er gestikulierte minutenlang, betastete die Brusttaschen seines Jacketts und holte einen Geldschein hervor, einen zweiten. Im schwachen Licht der Laterne hielt er schließlich triumphierend eine Flasche Champagner in die Höhe. »Ich habe ihn bestochen«, rief er mir entgegen, frohlockte.

»Sie intriganter Mensch.«

»Wie rasch Sie mich zu durchschauen wussten.«

Wir setzten uns auf jene Holzbank am spitz zulaufenden Ende der Insel, auf der ich mir vor mehr als zwanzig Jahren geschworen hatte, nach Paris zurückzukehren. Der Park sah noch genauso aus wie damals, die Kastanienbäume waren größer, mächtiger, doch ich erkannte das Gefüge, stieg abermals in ein Gemälde Sisleys hinein. Ich berichtete von den Fischern, die ich so gern beobachtet hatte, den gebratenen *goujons*. Dem wohlgeformten Stein, den ich in die Seine geworfen, die Hoffnung, die ich damit verbunden hatte.

»Dieses Gefühl, noch alles vor sich zu haben, alles schaffen zu können«, sagte ich, während Monsieur Badovici den Champagner öffnete. Nach mehreren Augenblicken fügte ich verhalten an: »Sie sind so viel jünger als ich.«

»Was bedeutet das schon.«

Gegenüber der matte Glanz der Rive Gauche. Das Schweigen der Bauten, die Gelassenheit, diese Selbstverständlichkeit.

Hoch oben ein weiterer Meteorstrom, wie Magie. Die Ungeduld des Tages hatten wir weit hinter uns gelassen, vielleicht existierte sie nicht. Es war schön. Ich empfand Freundschaft, es gab kein Darstellen zwischen ihm und mir, nur Sein. Wir tranken aus der Flasche, ich spürte den Alkohol im Blut, streckte die Beine aus, legte den Kopf in den Nacken.

»Worum geht es wohl wirklich im Leben?«

»Ich denke, es gibt durchaus einige Ansätze«, sagte er, und ich hörte ihn einen weiteren großen Schluck nehmen.

»Nennen Sie mir einen.«

»Größtmögliche Harmonie.« Nach kurzem Überlegen fügte er hinzu: »Wahrscheinlich aber lässt sie sich nur in Gedichten finden, alle anderen bleiben auf ewiger Suche.«

»Ist die Wirklichkeit das gesuchte Ziel?«

»Was würden Sie sagen, Miss Gray?« Er reichte mir die Flasche, der Champagner schäumte in meinem Mund. Wie lange ich derartige Torheit nicht begangen hatte.

»Zumindest behaupte ich, dass mich der Surrealismus nicht besticht. Er erfindet, ohne zu ergründen«, antwortete ich. »Ein Bügeleisen Gitarre spielen zu lassen, heißt erfinden, nicht ergründen.«

»Vielleicht entfacht das Feuer der Kunst nur zwischen der Realität der Dinge und der Vorstellung«, erweiterte Badovici meine Gedanken. »Und wie sehr sich diese Worte auf das Architektonische übertragen lassen.«

Stille.

Die Sekunden verstrichen. Es gab so vieles, das ich hätte sagen wollen, sagen müssen, doch der Moment erschien zu kostbar.

Ich sah, wie sich die Körperhaltung des Rumänen plötzlich spannte, er atmete schwer aus. »Ich habe einen Verleger gefunden, meine Ideen werden konkret.«

»Das ist fantastisch.« Wir standen auf, umarmten uns immenser Freude, die Wangen dicht an dicht. Dann griff ich seine Hände, sie waren kühl. »Das ist großartig, mein Lieber. Warum haben Sie es mir nicht eher erzählt?«

»Ich wollte die passende Atmosphäre abwarten.« Er deutete in die Dunkelheit, in die Vielfalt schwarzer Schablonen, die sich überlagerten, unendliche Farben erschufen. Wie viele Namen sie wohl hatten. »All das ringsumher habe ich gebraucht.«

Wir unterhielten uns eine Weile über seine Projekte, die Artikel, die er zu veröffentlichen gedachte. Den Verleger Morancé, der an ihn glaubte. Zervos, der ihm mit seinem Wissen zur Seite stand. Schon in Kürze sollte eine Ausgabe erfolgen, er habe ausreichend Material über die Aktivitäten im Land, die Nachbarländer, Holland, Deutschland, Belgien, Russland, die Vereinigten Staaten. Die ganze Welt. Er klang so enthusiastisch, so voller Pläne. Ich hörte die Druckerpresse regelrecht anlaufen.

»Darf ich Sie um einen Gefallen bitten, Miss Gray?«, fragte er.

»Selbstverständlich.«

»Ich hätte Sie gern ab und an in der Redaktion, wollen Sie mir die Ehre erweisen?«

Ich war erstaunt, mein Herz jedoch begann sich weit zu öffnen. »*Avec plaisir*«, sagte ich. »Aber weshalb?«

»Weil Sie großartig sind und enormes Gespür für Tendenzen besitzen.« Er führte meine Fingerspitzen an seinen Mund, ich vernahm seinen Atem, seine Lippen. »Sie sollten sich intensiver mit der praktischen Architektur auseinandersetzen, mit kleineren Umbauten.«

Die Zuneigung in seiner Stimme war berauschend. »Und es ist Ihnen ernst?«

»Ja, natürlich. Ihr Talent scheint mir einzigartig.«

»Außer den Arbeiten in Samois wüsste ich nicht, woran ich mich sonst versuchen sollte.«

»Nun, da gilt es natürlich zuerst eine Menge Theorie zu erlernen. Ich erläutere sie Ihnen, versorge Sie auch gern mit entsprechender Literatur«, sagte Badovici und neigte den Kopf in jener jungenhaften, für ihn so typischen Angewohnheit, die mir gefiel. »Zudem habe ich das Angebot von Freunden erhalten, ein Privathaus in Vézelay zu renovieren. Ich kann es nach eigenen Vorstellungen gestalten. Helfen Sie mir.«

»Eines der schönsten Dörfer Frankreichs«, meinte ich zu wissen. Vor meinem geistigen Auge entstanden sich aneinanderklammernde Bauten, Schutz suchend, gebend. Grobes Mauerwerk. Im nächsten Moment aus dem Nichts Brontës *Sturmhöhe*, die verzehrende Liebe zwischen Cathy und Heathcliff. Warum? »Ein Wallfahrtsort.«

»Einige Häuser sind recht verfallen, ein interessanter Aspekt. Wie für uns gemacht.« Er schilderte mir Details, die Straßen, die Leute. Sprach von den streunenden Katzen, die auf den staubigen Stufen der Kathedrale in der Sonne lagen, dösten. Schaute mich an. »Man könnte dort eine Art Künstlerkolonie errichten. Anbauten, Umbauten, Neubauten. In Vézelay ließen sich völlig innovative architektonische Ideen entwickeln.«

Sein Ehrgeiz und seine Visionen wirkten so beruhigend wie elektrisierend auf mich. »Ich mag den Gedanken«, sagte ich langsam.

Auf seinen Lippen ein Lächeln der Erleichterung, glitt seicht über in gelöstes Lachen. Er zog eine Postkarte mit der Ansicht des Dorfes aus der Innentasche seines Jacketts hervor und reichte sie mir. Sie war zerknickt, ich erkannte nur wenig, Felder. Helle und dunklere, wie gekämmt, darüber die Stadt. Sie erinnerte mich an etwas aus meiner Kindheit, plötzlich der Geruch frisch gemähten Grases, Heublumen.

»*Alors*, ergreifen wir die Chance? Investieren wir ebenfalls?«

»Ja«, willigte ich ohne Zögern ein. Ich spürte keinen Zweifel, nur Sehnsucht. Ich war bereits ein großes Stück meines Lebens gegangen, ich wusste, ich entschied in jenem Moment das Richtige. Alles war Schweben, war Glück. Ich entsinne mich eines Hochgefühls, das meinen Körper zu zerbersten drohte, eine enorme Kraft, die mir laut zurief, ich sollte wagen, vorankommen, gewinnen.

Wird man bereuen, was man tut?

Oder bereuen, was man nicht getan hat?

Wir bewegten uns durch die Nacht, hoch über uns fortwährend die Perseiden. Im Innenhof der Rue Bonaparte verabschiedeten wir uns voneinander.

»Sie sind eine Bereicherung in meinem Leben«, sagte ich abschließend. »Ich bin froh, Ihre Bekanntschaft gemacht haben zu dürfen.«

»Mir geht Joseph Conrad durch den Kopf«, entgegnete Badovici, die Stimme nur mehr ein Flüstern.

Ich sah ihn fragend an, verstand nicht.

» … und dennoch treffen eine Frau wie Sie und ein Mann wie ich auf Erden nicht oft zusammen«, zitierte er den Schriftsteller. »Schlafen Sie wohl, Miss Gray.«

Er verbeugte sich knapp, schien zu warten, bis die Eingangstür hinter mir ins Schloss gefallen war. Im weit geschwungenen Treppenaufgang lehnte ich mich mit seinen Worten an die Wand, hielt im Dunklen ihre Schönheit. Sie würden sich verflüchtigen, schon bald. Doch sie galten mir. Ich verharrte regungslos. Hörte seine Schritte, die sich über das Pflaster entfernten, verklangen.

In diesem Augenblick schlugen wir in unserer Geschichte die Seite um, ein weiteres Kapitel begann.

Weil Gedanken morgens um vier die fragilsten sind.

KAPITEL 9

OKTOBER 1923

Paris. … 27, rue de Fleurus.

Vor einigen Tagen war ich in der Abenddämmerung im Jardin du Luxembourg umhergelaufen, das Denken gewähren zu lassen, Inspiration zu sammeln. Ich lauschte den Gesprächen Vorübergehender, ihrem Lachen. Betrachtete im Teich die schillernden Federn der Enten. Seerosenkissen, sie schliefen. Die Sonne warf letzte lange Strahlen über die Kieswege, selbst die flach am Boden liegenden Blätter zeichneten Schatten bizarrer Bilder. Im Gegenlicht erkannte ich die auffallende Silhouette zweier kleiner Frauen; die eine von kräftiger Statur mit einem dichten Knäuel auf dem gebieterischen Kopf. Die andere dünn wie ein Stück Schnur, eine geometrisch geschnittene Frisur, sie erinnerte mich an Jeanne d'Arc auf den Gemälden von Albert Lynch. Fortwährend schleuderten sie ihrem Basket Stöckchen zu, und der Pudel tollte freudig über das Gras, umkreiste das Paar. Sie alle drei wirkten auf ganz eigene Weise zufrieden.

Gertrude Stein kannte ich seit meinen Pariser Anfängen, ihre Gefährtin Alice Toklas zog einige Jahre nach meinem Eintreffen in die Rue de Fleurus, es muss gegen 1908 gewesen sein, wenige Monate bevor ich meine Werkstätten eröffnete. Damals hatten wir beide uns ausgiebig über die Seine unterhalten, die wochenlang über die Ufer getreten war, über die grauen Farben der Stadt, die es in ihrer kalifornischen Heimat nicht gegeben zu haben schien.

Sie luden mich zum Tee in ihr Appartement ein. »Beehren Sie uns, wann immer Sie möchten, Miss Gray«, hatte Gertrude mit ihrer samtig tiefen Stimme, die mich schon immer beeindruckte, gesagt. »Die Gescheiten sind uns jederzeit willkommen.«

Ein Ausschlagen wäre unhöflich gewesen. Wenngleich ich mich hin und wieder tatsächlich gern in Gesellschaft interessanter und kreativer Menschen befand, wählte ich doch nicht den *jour fixe* ihres literarischen Salons, den Samstagnachmittag, ich stattete ihnen unter der Woche einen Besuch ab. Ich umging somit die isolierende Sitzordnung, auch wenn ich nicht verheiratet war und mich frei im Raum bewegte, mochte ich die Vorschriften für Ehefrauen keineswegs. Miss Toklas hatte die strikte Anweisung, sie in der Zimmerecke hinter dem Teewagen zu unterhalten, während die Hausherrin mit den Ehemännern vor dem Kamin Konversation betrieb.

Ihre Wohnung war für viele der faszinierendste Ort in Paris. Der Salon glich einem der besten Säle eines Museums, sämtliche Wände waren mit den Meisterwerken der Moderne behängt; ich entdeckte immer anderes, Matisse, Derain, Gauguin, Cézanne, etwas von Juan Gris, von Marie Laurencin, die mir am Herzen lag. Besonders bemerkenswert fand ich ein Porträt Miss Steins von Picasso, der lange Jahre Teil ihres gesellschaftlichen Kreises gewesen war und häufig an ihrem Salon teilgenommen hatte. Das Bild vereinte verschiedenste dunkle Grau- und Brauntöne, und ich denke noch heute, ihr unbestimmter Blick darauf war die eigentliche Erfindung des Kubismus.

Wir aßen die selbst gebackenen, kräftig mit Puderzucker bestäubten Plätzchen von Miss Toklas, tranken Tee, Lapsang Souchong, rauchig und geheimnisvoll, und irgendwann boten sie mir ihr *eau de vie* an, das sie aus Pflaumen, Mirabellen oder wilden Himbeeren destillierten und in herrlichen Kristallkaraffen servierten. Die farblose Flüssigkeit schmeckte tatsächlich nach den Früchten, aus denen sie gemacht wurde, und brannte, sobald sie die Zunge benetzte.

Während das Kaminfeuer knisterte und eine behagliche Wärme ausstrahlte, redeten wir über Proust, den Miss Stein schätzte, über Joyce, den sie für überschätzt hielt.

»Ich glaube, der Grund, weshalb ich wichtig bin, ist, dass ich alles weiß«, behauptete sie und strich mit den Händen über das grob gewirkte Kleid, das mich an eine norditalienische Bauersfrau denken ließ. »Der Literatur möchte ich jetzt und hier sagen, Wörter tun, was sie wollen.«

Miss Toklas nickte. Sie stickte an dem Kragen eines winzigen weißen Baumwollleibchens, die Nadel bewegte sich unablässig zwischen ihren flinken Fingern. Pflichtbewusst sah sie auf. »Noch einen Schnaps, meine Lieben? *Quetsche, mirabelle? Framboise?*«

Miss Stein winkte ab, ihr energisches Gesicht nahm einen milden Ausdruck an. »Gewiss werden Sie von dem jungen Hemingway gehört haben, Miss Gray.«

»Natürlich«, erwiderte ich. »Sylvia Beach versorgt uns alle bestens mit neuesten Ereignissen.«

»Nie wieder werde ich einen Fuß über die Schwelle von ›Shakespeare and Company‹ setzen, aber das ist eine andere Geschichte.« Sie lachte laut auf, und mit der durchdringenden Tiefe ihrer Stimme wusste sie stets gute Laune zu verbreiten. Wenn sie lachte, lachten alle im Raum, es war ansteckend, weitaus mehr als ein Signal. »Ich habe das Talent unter meine Fittiche genommen. Noch vor wenigen Tagen sagte ich ihm, dass einige seiner Texte *inaccrochable* sind, aber nun ist dieser Reporter eine Weile mit seiner Frau nach Chicago zurückgegangen, sie kommt in Kürze nieder.«

Miss Toklas hielt das Leibchen hoch. »Gertrude wird Patentante.«

»Ich biete diesem kleinen Kerl Schutz, ich werde ihn auf Rosen betten. Rosen, Alice, hörst du?«

»Woher weißt du, dass es ein Junge wird?«, fragte diese liebenswürdig.

»Ich weiß es eben.« Aus dem römischen Profil heraus wandte sich Miss Stein mir zu, und einen Augenblick lang wirkte sie wie das Bild der Kamee, die ihre Brust zierte. »Ich sagte Hemingway, Ihr Schreiben gleicht dem Bild eines Malers, das niemand kaufen wird. Sie müssen die Kunst des Weglassens erlernen. Sie dürfen nichts schreiben, was *inaccrochable* ist.«

»Ich nehme an«, meinte ich, »das Weggelassene verstärkt die Geschichte. Genau wie in meinem Bereich bringt es die Leute dazu, mehr zu fühlen, als sie verstehen.«

»Ganz genau, Miss Gray.«

»Es ist ein weiter Weg.« Ich sprach aus Erfahrung, dachte kurz an den bevorstehenden ›Salon d'Automne‹, an die Kritiken, die ich erneut würde über mich ergehen lassen müssen. Wie oft noch, warum tat ich mir das an. Möglicherweise war der Weg das Ziel, vergeudete Zeit wollte ich es nicht nennen, doch Wege gabelten sich, und manchmal fühlte ich mich auseinandergerissen, aufgespalten gleich einem Scheit Holz. Das Denken war mir Freund und Feind zugleich. Dann, wenn meine Ängste in irrationale Wut umschlugen.

»Ich hoffe, Hadley bürdet ihm nicht zu viele Pflichten mit dem Kind auf, bei dieser Generation weiß man nie.« Miss Stein erhob sich schwerfällig aus dem grünen samtbezogenen Sessel, die Sitzfläche verschlissen. Eine Wolke Kiefernhaarwasser wehte umher. Fast zärtlicher Geste schloss sie die Knöpfe ihrer Weste. *Tender buttons.* »Es wäre ein Rückschritt für seine Karriere.«

»Ein Kind ist stets ein Schritt in die Zukunft.« Ich leerte mein Glas, der Schnaps rann heiß die Kehle hinunter.

»Ich bin modern, und Sie sind es auch. Wir beide sind unserer Zeit ein paar Schritte voraus. Aber wie lange haben wir gebraucht, um mit unserer einzigartigen Kunst, unserem abenteuerlichen und ungewöhnlichen Leben das zu erreichen?«

Es war interessant, welche Eindrücke ich in ihr hervorrief. Wie *sie* meine Geschichte erzählte.

»Zurück geht nicht, das wäre falsch, ganz töricht«, stimmte Miss Toklas ein.

»Ach, Alice. Wenn doch alle so dächten wie ich.«

Miss Toklas schaute ihrer Lebensgefährtin nach, bis sie den Raum verlassen hatte. »Gertrude ist ein verantwortungsbewusster, allerdings kein versierter Chauffeur«, raunte sie. »Alles kann die Gute, nur nicht zurücksetzen, nirgends, in keinem Lebensbereich. Sie meint immer, sie sei wie die französische Armee. Rückzug komme nicht infrage.«

Ich lachte. Wie viele Anekdoten ich schon über Miss Stein und *Aunt Pauline*, ihren alten Lieferwagen, gehörte hatte.

Welche Denkanstöße die ruhige Miss Toklas auch sonst zu geben wusste. Als sammelte sie Gesagtes hinter ihrem Teewagen und holte es in passenden Momenten aus einer Schachtel hervor. Über Frauen, Ehefrauen, Freundinnen, oder wie wir unsere Partnerinnen sonst zu nennen pflegten. Über unsere Freiheit, wen wir liebten, nicht liebten.

Was all das einigen Männern bedeutete.

Robert McAlmon hatte Adrienne Monnier vor ein paar Wochen in einem Taxi zu küssen versucht, sie reagierte nicht mit höflicher Ermahnung, sie traktierte ihn mit kräftigem Biss in die Lippe. Ezra Pound soll einen ähnlichen Vorstoß bei Bryher gewagt haben. Frauen, die Männer zurückwiesen, mussten mehr denn je mit unangenehmen Konsequenzen rechnen. Großspuriger Art setzten Männer unseren Ruf herab, betrachteten so die exzentrische, selbstbewusste Nancy Cunard als Nymphomanin, als Freiwild. Bezeichneten die literarische Karriere Djuna Barnes' als übertrieben. Dahinter gekränkter Stolz, die maskuline Angst, der unbedingte Selbsterhaltungstrieb. Sie mieden das Offensichtliche, suchten nicht wie wir nach Antworten, die sich manchmal nur in der Vergangenheit finden ließen; sie schauten nicht zurück. Suchten das Licht.

»Im täglichen Umgang miteinander haben wir noch vieles zu lernen«, sagte Miss Toklas am Ende eines jeden Gesprächs und zog die Worte, als wollte sie noch etwas hinzufügen, doch wieder einmal widmete sie sich schlicht der Handarbeit, in Schweigen gehüllt.

Ich dachte an die Lieben meines Lebens, wie unterschiedlich sie gewesen waren, die eine, der andere. Bilder Damias tauchten vor meinem inneren Auge auf, verfärbten sich sepiafarben wie eine Fotografie, schmolzen zu hellem, elegantem Braun. Ich vernahm den Geruch von Sandelholz. Süßlich. Holzig und erdig.

Die Diskussion um das Weglassen beschäftigte mich noch, als ich die Stufen des Treppenhauses hinunterstieg, abseits der Boulevards die Straßen entlanglief und mich der Abend fest umschloss. Die Laternen warfen, einem Rhythmus folgend, seichtgelbe Lichtkreise, erzeugten dämmrige Winkel. Schatten. Gewisper von Schuhen, ersterbend. Und irgendwann der Anschein, die Stadt sei lautlos in sich versunken und das Dunkel von einer unvergänglichen Stille umwölkt.

OKTOBER 1923

Paris. 21, rue Bonaparte.

Ich tastete nach dem Wecker neben dem Bett, drei Uhr. Ich schaltete die Nachttischlampe ein, schlug mein Notizbuch auf, blätterte durch die Seiten, die Lackrezepturen, wie erschaffe ich Grün, ein Blau. Die Zweifel, die Vorhaben. Die Sätze, die ich sagen wollte, nicht konnte, nicht sollte. Dann griff ich nach dem Füllfederhalter und schraubte ihn mit langsamer Drehung aus dem Gewinde.

Nichts ist natürlicher als die Überraschung und nichts beständiger als das Unerwartete.

OKTOBER 1923

Paris. 21, rue Bonaparte.

Mit den Fingerspitzen richtete ich die Skizzen parallel zur Tischkante aus, schaute zum Kalender an der Wand. Der vergangene Monat war nicht abgerissen, zeigte altes Geschehen. Ende September hatte ich Monsieur Badovici sieben Tage lang nicht gesehen, seltsamerweise waren sie mir wie eine Ewigkeit vorgekommen.

Er war nach Deutschland gefahren, nach Weimar, um die umstrittene Ausstellung des Bauhauses zu besichtigen, Kontakte mit dem Direktor Walter Gropius und verschiedenen Meistern der Werkstätten zu knüpfen. Die redaktionelle Arbeit an *L'Architecture Vivante* nahm ihn in Anspruch, er ging nun häufiger auf Reisen. Badovici hatte seinem Verleger Albert Morancé versichert, aus dem Blatt die profilierteste Zeitschrift ihres Genres in Europa zu machen, und ich wusste, mit seiner Kenntnis und seiner kreativen Herangehensweise würde er der Debatte um Architektur und moderne Formgebung einen entscheidenden Antrieb geben. Viele Künstler hatten ihre Zusage gegeben, eigene Artikel beizusteuern; im Gegenzug schrieb er Gastbeiträge für andere Zeitschriften wie die holländische *Wendingen*, *L'Esprit Nouveau*. In seinem Büro, der Dachwohnung in der Avenue Denfert Rochereau, umgab ihn die Unterstützung brillanter Köpfe, Zervos, Le Corbusier und Jeanneret, Ozenfant. Der Maler Fernand Léger gehörte seit Kurzem ebenfalls zu der Runde, seine beredte, klare Art gefiel mir, mit ihm vermochte ich mich stundenlang über Kunst zu unterhalten. Ich lernte viel von ihm über seine *période mécanique*, gerade drehte er einen Experimentalfilm.

»Vielleicht wollen Sie sich meine Ideen einmal ansehen, bevor ich sie dem Licht der Öffentlichkeit präsentiere?«, hatte er vorgeschlagen und mir seine Visitenkarte überreicht. »Suchen Sie mich gern in meinem Atelier auf, Miss Gray. Wir beide betrachten die Dinge von gleicher Seite.«

Ich schenkte ihm ein offenes Lächeln. »Das sagt mir ausgerechnet ein Mann, der zur Akzeptanz des Kubismus beigetragen hat.«

»Ich verstehe.« Er befühlte seine tiefdunklen dichten Brauen, den Schnurrbart, und ich entnahm seinem Gesicht, dass er meinen Spaß verstand. »Reden wir also vom Plural.«

Sein Angebot nahm ich mit Freude entgegen. Wie Léger stieg ich in Bilder hinein, ein Vorgang, der mit Konzentration und Meditation zu tun hatte, ein bedachtsames Hineinschauen in das eigene Innerste, jedoch nicht mit leerem, sondern mit vollem Bewusstsein. Als erreichte man mit jener Denkkraft eine andere Ebene des Wahrnehmens.

Auch ich war in die Vorbereitungen für das Magazin involviert und half nach Kräften. Redigierte Texte, besah Bildmaterial. Die Themenwahl stand unzählige Male zur Diskussion. Immer wieder fragte Badovici nach meiner Meinung, und ich fühlte mich nützlich und verstanden. Er vermittelte mir voller Hingabe, ich sei wichtig. Besonders.

*

Mitte Oktober hatte Léonce Rosenberg, ein einflussreicher Kunsthändler, in seiner Pariser ›Galerie de L'Effort Moderne‹ eine vierwöchige Ausstellung eröffnet, die er ausschließlich der holländischen Architektur widmete. An einem windigen, späten Nachmittag waren Monsieur Badovici und ich in die Rue de la Baume auf der Rive Droite hinübergefahren. Ich wollte mir unbedingt einen eigenen Eindruck verschaffen, verspürte Aufregung.

»Rosenberg hat mehrere Jahre lang mit Leuten von De Stijl über den Bau eines Hauses und einer Galerie auf Basis eines gemeinsamen Entwurfs aller Mitglieder in Verhandlungen gestanden«, wusste der Kritiker zu erzählen. »Ein ehrgeiziges Projekt, ich bedaure, dass es gescheitert ist.«

Ich stimmte ihm zu, ein paar Details hatte ich bereits von Theo van Doesburg erhalten. »Aber ist es nicht wundervoll, dass er nun diese Schau organisiert hat, um die französische Öffentlichkeit mit De Stijl bekannt zu machen?«, sagte ich, während ich das Automobil vor dem Privathaus des Kunsthändlers zum Halten brachte und die Handbremse zog.

»Licht am Ende des Tunnels.« Mit athletischem Schwung sprang Badovici über den Wagenschlag, lief um das Fahrzeug herum, um mir galant zu öffnen.

Es war ein gleißend helles Licht, das wir zu sehen bekamen, ein Leuchten. Die Ausstellung war vom ersten Tag an erfolgreich gewesen, und auch ich konnte meine Begeisterung nicht verbergen. Wir standen vor einer Art von architektonischem Glaubensbekenntnis der heterogenen Gruppe, die sich hier in vielfältiger Einheit präsentierte. Zu den Exponaten zählten Zeichnungen und Modelle von van Eesteren und van Doesburg, ein Modell für ein Juweliergeschäft von Rietveld, Entwürfe von Huszar. Oud zeigte seine Pläne für eine Fabrik in Purmerend und Wils seine Innenausstattung für ein Frauenwohnheim in Den Haag.

»Alle Formen sind mechanisch oder funktional, sie zeigen den Gegenstand an sich, keine Ornamente«, wiederholte ich eine der Maximen der Bewegung.

»Dahinter der Wunsch, die Kunst von den Zwängen der Tradition zu lösen«, sagte Badovici. »Die unablässige Suche nach Wahrheit.«

»Es entspricht exakt meinen Vorstellungen. Ich bewundere diese Leute.«

Badovici lächelte. »Und sie alle sind mit Ihren Arbeiten vertraut und bewundern Sie, Miss Gray.«

Ich war wie berauscht. Als wir die Räumlichkeiten verließen, drehte ich mich noch einmal herum, betrachtete abschließend den Außenseiter, das Modell eines gläsernen Wolkenkratzers von Mies van der Rohe, schlicht, genial. Es ragte hoch unter die Holzdecke, darüber das Stimmengewirr staunender Menschen.

Vor der Tür hatte ich Badovici um eine Zigarette gebeten. Ich lehnte mich an den schmiedeeisernen Gartenzaun und rauchte. Dachte. Er betrachtete mich eine Weile, fuhr sich mehrmals mit den Fingern durch das schwarz glänzende Haar, schien irgendwann amüsiert. Ich kannte sein Augenfältchenlächeln mittlerweile gut.

»Diese befreiende Wirkung ist unglaublich.« In hohem Bogen warf ich den Rest meiner Zigarette in den Rinnstein, sah sie verglimmen, davonwehen.

»*Sie* sind unglaublich.« Möglicherweise war ich tatsächlich eine Nonkonformistin.

Qui sait?

*

Ich holte die Skizzen wieder ein Stück näher an mich heran, als könnte ich nicht von ihnen lassen, blätterte noch einmal durch die erste Ausgabe von *L'Architecture Vivante*. Sie war gelungen, war schon während des Entstehens fast eine Art Handbuch für mich geworden. Die Resonanz der Öffentlichkeit hätte kaum besser ausfallen können. Badovici hatte sich entschlossen, den Entwurf einer *petite maison* von Adolf Loos zum Thema zu machen. Darin versuchte der Österreicher ein Problem zu lösen, das ihn seit Jahren beschäftigte, die Erschaffung des reinen Raums. Mittlerweile gestand ich mir ein, dass ich bei meinen Räumen, die ich zu Beginn meiner Karriere gestaltete, die architektonischen Aspekte nicht ausreichend berücksichtigt hatte. Doch wollte ich Szenerien von größerer Harmonie kreieren, musste ich mich näher mit solchen Entwürfen befassen. Ich nutzte sein Haus als Vorlage, veränderte nur die Ostfassade, weil sie mir nicht gefiel, doch sogleich geriet der Gesamtplan aus dem Gleichgewicht. Ich zeichnete alles ein weiteres Mal und übernahm schließlich nur noch die Terrasse des Originals, die Anordnung der Schlafzimmer und des Bads. Die Verbindung der Räume untereinander bereitete mir erhebliche Schwierigkeiten. Ich hielt das Papier ins Gegenlicht, betrachtete es intensiv, schaute auch auf die Skizzen für Samois und Vézelay. Ich lernte, und ich hatte Freude daran. Ich spürte Fortschritte.

Es klopfte an der Tür. Louise trat mit einem Zettel in der Hand ein. »Ich habe alles erledigt, was Sie mir aufgetragen haben, Miss«, erklärte sie. »Ich habe die Einkäufe erledigt, habe die Wollkämme in der Weberei abgegeben und in der Galerie Staub gewischt.«

»Du bist sehr fleißig.« Ich bedankte mich. »War Mademoiselle Sorère zugegen?«

»Ja, Miss.«

»Und wer noch?«

Betroffen drehte sie die Notizen zwischen den Fingern umher. »Das möchte ich nicht sagen, Miss.«

Ich seufzte. »Das musst du auch nicht.«

Das Mädchen war ein stilles Wasser, hinter ihrer Schüchternheit, der sie sich mehr und mehr zu entledigen wusste, vermutete ich eine zartgliedrige Stärke. Sie erinnerte mich so sehr an mich selbst vor vielen Jahren.

Mein Blick schweifte durch den Raum. Ich dachte an die roten Zahlen in den Kassenbüchern, die behäbige Klientel, die nicht gewillt schien, meinen veränderten, schlichteren Wegen zu folgen, und die Waren wieder und wieder umtauschte. Nicht zahlte. Gedankenverloren, ohne die Worte zu ermessen, meinte ich: »Irgendwann werde ich die Löhne der Angestellten nicht mehr begleichen können.«

Erschrocken sah sie mich an. »Das geht nicht, Miss. Dann werde ich die Summen eben für Sie eintreiben.«

Ich lächelte, beruhigte sie. Sagte: »Das traust du dir zu?«

»Aber ja, ich kann äußerst beharrlich sein.« Sie wirkte entschlossen, zum Kämpfen bereit. »*J'ai mangé du pain blanc, mais aussi du pain noir.*«

Wie recht sie mit ihrer Erkenntnis hatte, das Leben barg gute und schlechte Zeiten, manchmal auch ungerechte.

»Gutes Betragen ist mir absolut wichtig, Louise.« Streng hob ich den Zeigefinger.

»Das weiß ich doch.«

»Dann wagen wir das Unternehmen.« Ich holte tief Luft. »Mach dich auf ein wenig Gegenwind gefasst. Man wird dir nicht immer freundlich begegnen.«

Sie winkte ab, als gehörten Aufgaben dieser Art zu ihren täglichen Arbeiten. Hinter ihrer Fassade schien sich ein unerschütterlicher Gerechtigkeitssinn zu verstecken – wie wenig ich sie kannte. Plötzlich hafteten sich die Augen des Mädchens starr auf einen Sessel aus dem Schloss Versailles, das einzige antike Möbel, das je in meinem Appartement stand. »Sie haben das wertvolle Stück grau angemalt.«

»Und? Gefällt es dir?«, fragte ich und betrachtete den leeren Farbeimer, der noch immer auf dem Zeitungspapier neben den Löwentatzen stand, die eingetrockneten Pinsel.

»Warum haben Sie das gemacht, Miss?«, fragte sie ungläubig.

»Eine Protesthaltung.« Um in Frankreich zu gefallen, erklärte ich ihr meine Enttäuschung, brauchte es die luxuriöse Halle der ›Galerie Lafayette‹ und alles, was mit Louis-XVI-Füßen zu tun hat.

Ihr Gesicht wirkte ernst, sie nickte. Ich konnte förmlich sehen, wie sich ihr Verstand durch das Hirn wand. »Wir beide lassen uns nichts gefallen, Miss.«

KAPITEL 10

JANUAR 1924
Paris. 11, rue Guénégaud.

Am späten Sonntagvormittag des sechsten Januars suchte ich Seizo Sougawara in der Lackwerkstatt auf. Ich durchmaß die nicht geheizte Halle, das geometrische Muster, das die Sonne durch die hohen Fenster auf den Boden warf. Die Absätze meiner Schuhe hallten durch die Leere. Partikel einer würzigen Bouillon verdichteten sich, je mehr ich mich dem Meister näherte. Allein saß er in der hinteren Ecke des Raumes, dort hatte er weißes Papier an den Glasscheiben befestigt, das die hellen Lichtstrahlen satt in sich aufsaugte; es wirkte wie eine Fläche weichen, frisch gefallenen Schnees. Ich liebte dieses Papier. Befühlte ich es, spürte ich seine Geschmeidigkeit, das Sanfte, Samtene, als striche man über ein Laubblatt, das länger auf feuchtem Waldboden gelegen hatte. Beim Falten und Zusammenlegen erzeugte es keinerlei Geräusch. Die Zartheit des weißen Schattens, in dem Sougawara selbstvergessen an einer kleinen Figur feilte, strahlte eine beruhigende Atmosphäre aus. Auch wenn er mich im Laufe unserer gemeinsamen Jahre viele Eigenheiten seiner Kultur gelehrt hatte, lernte ich doch fortwährend dazu, lauschte seinen Worten immer wieder fasziniert. Er besaß einen ausgeprägten Sinn für die Bräuche seines Landes und reflektierte in einzigartiger Weise die Spannung zwischen Alt und Neu, Ost und West. Philosophierte über die Abneigung gegen Funkelndes. Die Bedeutung hinter dem japanischen Wort *nare*, dem Abgegriffensein von Gegenständen. Dunkelheit. Gedämpftes Licht. Genau wie ich war er auf der Suche nach Schönheit, nach Sinn und Sinnlichkeit.

»Etwas Brühe?« Der Japaner erhob sich, ich hatte ihn nie anders gesehen, das Hemd, schwarz und weit, die Ärmel gekrempelt, die patinierte Leinenhose. Er schenkte aus einer Kanne dampfende Flüssigkeit in eine dunkle Lackschale, ein kaum hörbarer Ton, wortlose Musik. Er reichte mir das Gefäß. Mit beiden Händen umfasste ich es, wurde mir der lebendigen Wärme und der Schwere des Inhalts gewahr, auf eine Weise, die Keramikware nicht hervorzurufen vermochte. Ich betrachtete den feinen Dunst, der sich am Rand niederschlug, und noch bevor ich die Schale an die Lippen führte, wusste ich, wie die Brühe schmeckte.

Wir besprachen die Entwicklungen in Samois. Der Umzug würde alle Mitarbeiter entlasten, das Haus bot nicht nur bessere Arbeitsbedingungen, es gab auch vorteilhafte Möglichkeiten der Unterkunft. Trotzdem wollte ich die Pariser Räumlichkeiten nicht aufgeben, noch nicht.

»Hinter unserem Rücken munkelt man im Dorf bereits von *den Chinesen*.« Sougawara lächelte, die Mimik ein Buch voller Geheimnisse.

»Das Fremde, das Andere«, meinte ich. »Die Einwohner werden sich an Sie gewöhnen.«

»Denke ich an das schöne Gebäude mit seinem Lichteinfall, an das Leuchten der Natur, ist mein Herz besänftigt.«

Wie sehr ich diesen Mann für seine ruhige Art bewunderte. Er wirkte stets ausgeglichen, schien in unbedingter Balance. Sougawara, ging es mir durch den Kopf, war ein großes Vorbild für mich.

Er führte mich zu einem Regal am anderen Ende der Halle, hob ein Laken an und zeigte mir die hölzernen Skulpturen, die er in letzter Zeit gefertigt hatte, kunstvolle Schnitzereien, Fabelwesen, lackiert, gebeizt, der japanischen Tradition folgend. Still, vertraulich, ohne dass wir redeten, ertastete ich mit den Augen die grazilen Formen, Zartheiten.

Ich erzählte, alle Werbung kurbelte den Verkauf in der Galerie nicht an. So hatte ich entschieden, neben eigenen Entwürfen anderen Künstlern die Gelegenheit zu geben, Werke auszustellen. Chana Orloff hatte bereits eine kleine Anzahl Holzschnitte präsentiert, Marie Laurencin Gemälde. Selbst Ossip Zadkine wollte meiner Einladung folgen, seine kompakten Bildhauereien in den Räumen zu zeigen. »Möchten Sie Ihre Kunstwerke nicht ebenfalls einer breiteren Öffentlichkeit bei ›Jean Désert‹ zugänglich machen?«, fragte ich den Japaner. »Ich denke, sie würden Anklang finden.«

Sougawara verbeugte sich. »Welche Ehre Sie mir erweisen.«

Als ich mich am Nachmittag zu gehen anschickte, überreichte er mir ein kleines, aus Brokatstoff genähtes Säckchen, es schimmerte grünlich, gelblich, blau, je nach Bewegung. Er hatte es sorgfältig mit einem Bändchen verschnürt. Darin eine glänzend rot lackierte Figur gleich einer Kugel, gefertigt aus Pappmaché.

»Der Daruma ist einer der beliebtesten Glücksbringer in Japan«, erklärte er mir. »Er gilt als Helfer bei der Erfüllung Ihrer Wünsche. Sie sollten ein Auge der Figur ausmalen und sie an einen Ort stellen, an dem Sie möglichst oft vorbeikommen. Hat sich Ihr Wunsch erfüllt, malen Sie das zweite Auge aus.«

»Ein wunderbares Ritual.« Ergriffen ließ ich das Objekt zwischen den Fingern umhergleiten, mochte Sougawaras speziellen Pinselstrich, den ich unter Hunderten erkennen würde, diese leichten, beabsichtigten Unregelmäßigkeiten. Das Vollkommene im Unvollkommenen. »Und wozu dient das Gewicht im Inneren?«

»Der Daruma kann so nicht umfallen. Er macht Mut, sich immer wieder aufzurichten«, sagte er. »Mögen Ihre tiefsten Gedanken wahr werden, Miss Gray.«

Ich bedankte mich und warf einen weiteren Blick auf meine Armbanduhr, es war wirklich Zeit, meinen nächsten Termin einzuhalten. Wenige Minuten später saß ich im Taxi, das ›Michaud‹ zum Ziel. Monsieur Badovici feierte heute in dem luxuriösen Restaurant seinen einunddreißigsten Geburtstag, die Kosten hatte ich ihm vorgestreckt. Ich gehörte zu vielen Gästen, die er empfing, einige hatte ich noch nie gesehen. Obwohl ich mich in der Gesellschaft Fremder nie völlig ungezwungen fühlte, meine Unzulänglichkeit dominierte, empfand ich mich als Teil der Menge, ich verstellte mich nicht. Die Menschen, die mich umgaben, wirkten sympathisch, schienen jene zu sein, die ich kennenlernen wollte. Noch bevor ich mir den Mantel hatte abnehmen lassen, schenkte ich Badovici meinen Glücksbringer mitsamt den Worten Sougawaras, die mir bestimmt gewesen waren.

»Es bedeutet mir die Welt.« Er küsste die Figur flüchtig, küsste mich. Dann ließ er sie in der Tasche seines Jacketts verschwinden. Ich sollte sie lange Zeit nicht wiedersehen, und doch sollte sie mich verfolgen.

Ich war unbesonnen. Ich kann nicht sagen, aus welchem Grund ich das damals getan habe, warum ich das Glück so leichtfertig aus den Händen gab. In jenem Augenblick habe ich mir nichts dabei gedacht, der Gedanke des Bereuens lag mir fern. Könnte ich mich noch einmal entscheiden, könnte ich die Zeit anhalten, von vorn beginnen, ich würde diesen Fehler gewiss nicht erneut begehen.

Doch man kommt niemals durch dieselbe Tür zurück.

MAI 1924

Paris. 21, rue Bonaparte.

Welche Seele würde zögern, das Weltall auf den Kopf zu stellen, um ein wenig mehr sie selbst zu sein. Ich unterstrich die Zeilen Valérys, dann schlug ich das schmale Buch zu und widmete mich wieder dem Holzmodell auf meinem Arbeitstisch, einem Haus mit kleiner Fabrik. Ich hielt es in die Höhe, drehte, wandte, betrachtete es von allen Seiten. Das schlichte, aus geometrischen Körpern zusammengesetzte Gebilde besaß einen Schornstein, ein Eingangstor, war eine interessante Mischung aus Architektur und Bildhauerei. Ich verglich es mit einigen neben mir liegenden Abbildungen der Entwürfe des Malers Kasimir Malewitsch, er nutzte seine konstruktivistischen *Architektona* als Formstudien. Unser Modelle ähnelten einander. Badovici hatte mich angeregt, solcherlei Experimente zu betreiben, sie zu erforschen, um meinen Konflikt zwischen Idee und materieller Gestalt zu lösen. »Die Harmonie Ihrer Werke beruht nicht auf wissenschaftlichen Gesetzmäßigkeiten, sie leitet sich weiterhin von einer lyrischen Kraft her.«

»Insgesamt aber ergibt es eine systematische Einheit«, hatte ich erwidert, denn gerade hatte ich begonnen, meinem Gefühl zu vertrauen. »Um etwas zu schaffen, muss man zuerst alles infrage stellen.«

Er setzte sich an die Längsseite meines Arbeitstischs, schob die *Transatlantic Review* von Ford Madox Ford beiseite und zückte seinen Notizblock. »Gute Sätze muss ich sofort vermerken.«

»Sie wissen meine Gedanken zu kolorieren.« Ich beobachtete ihn beim Schreiben, die feingliedrigen Finger, die nie harte Arbeit hatten verrichten müssen. Betrachtete sein Schriftbild, das Ebenmaß ausgewogener Buchstaben, rechtwinklig, präzise, wie wohl nur Architekten es beherrschten.

Kurz ließ er den Stift sinken, strich sich eine Strähne aus der Stirn. »Lassen Sie mich Le Corbusier zitieren, der meint, dass wir danach streben sollten, Natur, Gebäude und Menschen in einer höheren Einheit zusammenzubringen.«

Ich nickte, dachte an *la ville contemporaine*. Fügte sich der Satz in diese Stadt? Fehlten seinem Entwurf nicht jene Orte und Bereiche, an denen soziale Aktivität stattfinden oder sich doch zumindest entwickeln könnte? Wo früher ein Markt gewesen wäre, befand sich bei Le Corbusier das Verkehrszentrum, sämtliche Erholungsmöglichkeiten gingen im Großen unter, glichen den Verlust einer gemeinschaftlichen Sphäre nicht aus. Nach einer Weile des Überlegens, es war ganz ruhig im Raum, formulierte ich meine Worte laut: »Ich wünsche mir die Architektur als eine Symphonie, in der alle Formen des inneren Lebens Ausdruck finden.«

Ich orientierte mich an Le Corbusiers Ideen wie an den Vorstellungen der De-Stijl-Leute. Und trotzdem tastete ich mich weiterhin voran, wollte nicht einfach kopieren, sondern in der kritischen Auseinandersetzung mit Vorhandenem einen eigenen Stil entwickeln. Ich suchte, um die Grundlage einer neuen Ästhetik zu schaffen.

Um ein wenig mehr ich selbst zu sein.

Die ersten Monate des Jahres 1924 waren recht bewegende gewesen, ein Zeichen, dass die Welt am Horizont nicht endete. Die Schifffahrtsgesellschaften führten die dritte Touristenklasse ein, Reisen über den Atlantik wurden erheblich preiswerter. Künstler, Studenten und Tausende Hasardeure strömten in die Stadt. Paris gerierte sich täglich turbulenter. Bunter. Anstrengender. Schien in einem heillosen Wirbel aus Sprachen und Tatendrang zu rotieren.

Damia hatte eines Vormittags Anfang März während meiner Abwesenheit all ihre Habseligkeiten aus meinem Appartement holen lassen. Ein Schlussstrich, jene Endgültigkeit, die schon viel eher hätte erfolgen müssen. Nach längerem Grübeln erkannte ich, dass wir irgendwann eine Linie aus Rauch zwischen uns gezogen hatten. Diese Linie war dünner geworden, brach sich, aber Anfang und Ende fanden einander stets erneut, verschlangen sich, schnürten sich zu einem Knoten. Doch nie verbunden genug. Das ewige Suchen und Trennen war in meinen Augen das Bild einer Kapriole ohne Richtung. Uns fehlte das gemeinsame Ziel. Damia lebte nun in einer festen Partnerschaft mit Gab, frei und offen, wie sie es immer von mir gefordert hatte, wie ich es ihr nicht hatte geben können, und es machte das angespannte Arbeitsverhältnis in der Galerie nicht leichter. Mir blieb ein Foto von ihr, die Erinnerung.

Louise, *la bonne*, trieb tatsächlich das Geld bei säumigen Kunden ein, sie beehrte die Herrschaften in ihrem Zuhause und beharrte auf Schecks, was mir spätestens darauffolgenden Tags am Telefon wütende Beschwerden einbrachte. Das Mädchen sei eine impertinente Person ohne Betragen, wisse nicht um Taktgefühl. In solchen Momenten dachte ich an das Kissen mit der Heiligenstickerei auf ihrem Bett, an Josef und Maria, die Krippe mit dem Heu, die Tiere, die sich darüber beugten, fraßen. Ich dachte an all das Gute in ihrem Wesen. Wir lachten beide herzlich, sobald der Apparat zu schellen begann, doch eigentlich war es eine traurige Reaktion auf schlecht laufende Geschäfte. Ein weiterer Euphemismus meiner Karriere.

Evelyn Wyld hatte beschlossen, fortan Teppiche selbst zu gestalten und enger mit der Amerikanerin Eyre de Lanux zusammenzuarbeiten. Schon länger schwelte Streit zwischen meiner langjährigen Freundin und mir, sie betrachtete viele der sehr persönlichen Entwürfe samt Namensgebung als die eigenen, eine Diskussion über Haben und Nichthaben, die ich ebenso wie die der Finanzen leid war. ›Héliogabale‹, ›Ulysse‹, ›Macédoine‹, ›Fidèle‹ gehörten zu meinen Kreationen. Und welchen Grund hätte sie gehabt, die Arbeiten ›E‹ wie Eileen oder ›D‹ wie Damia zu benennen? Ich überließ Evelyn die Werkstatt in der Rue Visconti mitsamt der Hälfte der Ausstattung. Einen Teil meiner Webstühle brachte ich im Untergeschoss von ›Jean Désert‹ unter, einen anderen Teil wollte ich nach Vézelay verlagern. In dem Ort hatte ich inzwischen fünf alte Anwesen gekauft, und nach den Umbauten, die sicher einige Zeit in Anspruch nehmen würden, gedachte ich dort meine Webarbeiten produzieren zu lassen.

Monsieur Badovici ermutigte mich in all meinem Tun, war mir ein Freund geworden, den ich fortan nicht missen wollte, ich vertraute seinem Rat. Er war mir ans Herz gewachsen, wie ich hoffentlich auch ihm. Auf irgendeine höhere Art schienen wir miteinander verflochten, ich konnte nicht sagen, wie. Ich hatte das Gefühl, er war mir vorherbestimmt, und ich hoffte, er würde gemeinsame Wege nicht so schnell wieder verlassen, wir bekämen eine dauerhafte Freundschaft zustande. Ich dachte häufig über das Thema nach. Menschen im meinem Leben kamen und gingen, kamen nie wieder. Ein nicht geschlossener Kreislauf, an dem ich zu großen Teilen schuld war. Wer kannte einen wirklich? Und was geschah, wenn man niemanden mehr kannte, wenn alle gegangen waren? Ich fragte mich, ob es Menschen in meinem Leben gab, die wahrhaftig da waren, mich auffingen, wenn es mir schlecht ging, mein Leben besorgniserregend oder reizbar wurde. Die mich sahen, immer, auch wenn ich mich selbst nicht mehr spürte. Mich aufzulösen drohte. Wer?

Ein Erfolg war die Rue de Lota, ich hatte sie endlich fertiggestellt, und die Presse brachte noch ein paar wohlwollende Artikel. Auch Madame Mathieu-Lévy schwelgte in höchsten Tönen, wenngleich ich wusste, dass ich dieses Appartement nicht für die Ewigkeit geschaffen hatte. Sie trug sich schon jetzt mit weiteren Plänen namhafter *ensembliers*, und ich begann zu überlegen, welche Relevanz meine Arbeit einnahm, wie viel Bestand sie im raschen Wandel unserer Zeit zu haben vermochte.

Besonders gefreut hatte mich die Einladung Pierre Chareaus, einige meiner Objekte auf seinem Stand im ›XV. Salon des Artistes Décorateurs‹ zu zeigen. Mit verschiedensten Stücken zeitgenössischer Kollegen arrangierte der Architekt im Grand Palais ein Interieur, darunter einen kubistischen Vorraum von Mallet-Stevens, einen Wintergarten mit Polstern und Kissen von Poiret. Ich steuerte Wandbehänge und Teppiche für den Wohnraum bei. Auch lieferte ich erste Ideen für die Villa Noailles in Hyères. Beschäftigte mich weiterhin mit meinen kleinen Umbauprojekten auf dem Skizzenpapier.

Der wachsenden öffentlichen Aufmerksamkeit verdankte ich stets neue Anfragen. Die Verkaufszahlen blieben anhaltend gering, doch ich war Gesprächsthema weit über die Grenzen der Stadt hinaus. Der Wendepunkt allerdings, im wahrsten Sinne des Wortes, erfolgte im darauffolgenden Monat.

JUNI 1924
Paris. Saint-Germain des Prés,
Café ›Les Deux Magots‹ …

Am frühen Abend saß ich auf der Terrasse meines Cafés, empfand eine Mischung aus Glück und *laisser-faire*. An den kreuz und quer zwischen den Markisen verspannten Schnüren hingen papierne Lampions, sie wiegten sich seicht im Wind, raschelten. Ich mochte das Geräusch. Ich hatte nicht den blassesten Schimmer, wie lang ich mich bereits hier draußen aufhielt. Eine Stunde, vielleicht zwei; lang genug, um zu sehen, wie sich Paris jener Tage im Frühling ausnahm. Der Platz vor der Kirche schien übersät mit Konfetti, das sich bei näherem Betrachten als Tausende Blütenblätter erwies. Ein wundervoller Anblick. Die Luft ertränkt von Süße. Ich trank ein Glas Muscadet und aß winzig kleine Erdbeeren, die wilden *fraises de bois*. Ich beobachtete die Gäste. Rechts des Eingangs, nur wenige Tische entfernt, saß sich ein schwarzes Paar gegenüber, sie konnten nicht voneinander lassen, schienen die Welt um sich herum vergessen zu haben. Sie sprachen amerikanisches Englisch miteinander. Viele Schwarze aus der Neuen Welt zogen dieser Tage nach Paris, sie fühlten sich von der toleranten Haltung der Franzosen angesprochen. In diesem Land waren sie in jedem Lokal willkommen, wählten ihre Sitzplätze auch im Autobus oder im Theater frei, eine Tatsache, die man ihnen in den Staaten ebenso untersagte wie die Beziehung zu Weißen. An diesem Ort waren alle gleich, Frauen liebten Frauen, Männer liebten Männer, Schwarz, Weiß, hier trachtete einem niemand nach dem Leben. Aber leider hielt auch Frankreich seine Überraschungen bereit. Nancy Cunard, die eine Galerie bei mir um die Ecke betrieb, hatte mir kürzlich erzählt, dass viele weiße amerikanische *expats* zwar tolerant seien, oder zumindest nicht manifest diskriminierend, doch im Allgemeinen hielten sie sich von Schwarzen fern. Sie galten der Boheme als Unterhaltungskünstler, mehr nicht. Eine Einstellung, die ich nicht nachvollziehen konnte. Bigotterie lag mir fern. Ich entnahm dem metallenen Zigarettenetui Badovicis eine Gauloise, suchte in meiner Tasche zwischen Marguerittes Roman *La garçonne* und einem Notizbuch nach der Spitze. Die Hülle hatte er eines Abends bei mir vergessen, ich benutzte sie gleich einer Kostbarkeit. Meine Finger glitten über die schnörkellose Gravur seiner Initialen, JB. Hinterließen auf dem polierten Silber Abdrücke, feinste Rillen.

Jean Badovici.

Eileen Gray.

JB.

EG.

Arthur, der Garçon, gab mir im Vorübergehen formvollendet Feuer. »Bei Ihnen ist alles in Ordnung?«

»Noch ein Glas Wein, bitte.«

Ich inhalierte den Rauch, stieß ihn in die Höhe. Ringsumher Worte, Klänge, die Verbundenheit hervorriefen, uns alle auf der lebhaften Terrasse zu einer großen Familie verschmolzen, einem Wir. Selbst wenn wir einander nur flüchtig begegneten, hinterließen diese Menschen Spuren, ging man anders auseinander. Als steckte irgendein Zauber dahinter. Keine Seele störte sich an meiner Anwesenheit, an meinem alleinigen Dasein als Frau, wie ich die Gegebenheit genoss. Wer wollte wissen, dass ich jemanden erwartete, Badovici und ich hatten lediglich eine ungefähre Zeit ausgemacht; er arbeitete in der Redaktion, ein letzter Schliff an Zeilen. Mir wurde kaum Beachtung geschenkt, ich sah, staunte, vermochte den eigenen Gedanken nachzuhängen. An dem runden Tisch in der Mitte, für mich der *round table* des amerikanischen ›Algonquin‹, an dem Dorothy Parker als Königin der Bonmots galt, hatte ein weiteres Paar mit einem Mädchen Platz genommen, die Kleine mochte um die drei Jahre alt sein. Sie waren bildschön, schienen einem hochpreisigen Modemagazin der Staaten entsprungen, die *accuratésse* ihrer Kleidung verriet den New Yorker Stil. Die junge Frau, ein typisches *flappergirl* mit kurz geschnittenem, welligem Haar, bestimmte das Geschehen. Innerhalb weniger Momente hatte sie mit ihrer auffallenden Art sämtliche Blicke auf sich zu ziehen gewusst. Irgendein Lichtstrahl reflektierte sich auf ihrem blonden Scheitel, berührte noch den Schwung ihrer Wimpern. Die beiden bestellten Champagner mit Unmengen gestoßenem Eis, leerten die Gläser rasch. Wann immer der Mann redete, elegant, so eloquent, bewegten sich seine schmalen Lippen auf und nieder wie die Schwingen eines Vogels, ich dachte an Poesie.

*

Trotz enormer Zahlungsschwierigkeiten hatten Le Corbusier und Jeanneret kürzlich ein weiteres gemeinsames Architekturbüro gemietet. Badovici und ich waren am späten Vormittag eingeladen gewesen, die außergewöhnlichen Räumlichkeiten zu besichtigen.

»Verstanden habe ich die Situation nicht«, meinte ich zu ihm, während wir durch das sechste Arrondissement liefen, der nicht weit entfernten Rue de Sévres entgegen. »Wenn kein Geld vorhanden ist, warum gehen die beiden solche Risiken ein?«

»Wer nicht wagt, der nicht gewinnt, Miss Gray.« Badovicis dunkle Augenringe zeugten von Übermüdung, vielleicht auch Erschöpfung, er hatte bis weit in die Nacht hinein an den Fahnen eines Buchs über Jaques-Émile Ruhlmann gesessen, plante bereits ein nächstes.

»Ich bin mir in diesem Fall nicht sicher.«

»Pierre ist ein Zahlenmensch, er weiß, was er sich und seinem Vetter zumuten darf.«

Die Auftragslage war anscheinend gut, doch Altlasten mussten beglichen werden. Die weißen puristischen Villen reihten sich auf dem Reißbrett Le Corbusiers wie Perlen aneinander. Die Bildhauer Lipchitz und Miestchaninoff hatten ihn im Frühjahr gebeten, zwei benachbarte Häuser modernen Stils in Boulogne-sur-Seine zu errichten. Auf den Zeichnungen in der Rue d'Astorg hatte ich sehen können, dass der Architekt die Ateliers der Künstler unterhalb der Wohnräume anordnete. Der im Vergleich zur *maison Citrohan* und zum Atelier Ozenfants umgekehrte Aufbau erleichterte das Transportieren schwerer Materialien in die Werkstatt, eine simple wie auch großartige Idee. Für den Fabrikanten Frugès, der sich nach der Lektüre *Kommende Baukunst* mit seinem Vorhaben an Le Corbusier gewandt hatte, baute er ausgedehnte Arbeiterwohnsiedlungen in Pessac. Eine Chance, seine seit 1914 entwickelten Haustypen zu realisieren. Auch deuteten Reisen nach Prag und Genf auf eine internationale Tätigkeit, absehbar benötigten die Vettern Mitarbeiter, somit größere Büros.

Auf Höhe der Rue de Babylone schaute Badovici nach links und rechts, zwischen hastig vorüberfahrenden Automobilen querten wir den Boulevard Raspail. Während er in der *boulangerie* an der Ecke mehrere Croissants kaufte, betrachtete ich eine in Lumpen gekleidete Straßenhändlerin, die in rostigen Käfigen winzige Kaninchen feilbot. Die Tiere waren ineinander verknäuelt, hatten pechschwarzes glänzendes Fell, einige trugen helle Blessen wie mit dem Pinsel gemalt. Sie wirkten verängstigt.

»Wie gern würde ich den armen Dingern ein besseres Zuhause bieten«, verriet ich Badovici, als er sich bei mir unterhakte. »Der Anblick ist kaum zu ertragen.«

Sanft zog er mich ein paar Schritte zur Seite. »Fibonacci ist Ihnen ein Begriff, oder?«

»Natürlich«, gab ich zurück. »Die unendliche Folge von Zahlen, bei der sich die jeweils folgende Zahl durch Addition ihrer beiden vorherigen ergibt.«

»Sie imponieren mir.« Badovici lachte. »Wussten Sie auch, dass diese Folge nach dem Mann benannt ist, der damit das Wachstum einer Kaninchenpopulation beschrieb?«

»Nein.«

»Die Viecher sind eine Plage, die Pest.«

»Es sind Tiere. Lebewesen mit Gefühlen.«

»Geschmort besonders delikat. Ich habe alles gesagt«, erwiderte er mit einem Augenzwinkern, dann blickte er in das wolkenleere Blau des Himmels hinauf, atmete einmal tief aus. »*Alors*, gehen wir?«

Die Räumlichkeiten befanden sich in dem Gebäude eines ehemaligen Jesuitenklosters, es war durch ein Vorderhaus von der belebten Rue de Sèvres getrennt. An die kleine Kirche Saint Ignatius schloss sich ein Innenhof an, der frühere Kreuzgang. Knorrige, silbrig schimmernde Platanen filterten das einfallende Sonnenlicht, Schatten flirrte. Einige Brevier lesende Mönche wandelten zwischen Rosenstöcken umher, nickten uns freundlich zu.

Badovici biss in ein Croissant, kaute, schluckte. Sichtlich beeindruckt sah er umher. »Romantisch ist sicher ein passender Ausdruck.«

»Eine fast zu idyllische Atmosphäre für einen Mann, der den Menschen eine lebensfeindliche Betonstadt vorsetzen will.«

»Der Entwurf ist grandios«, verteidigte er den Architekten.

Ich schüttelte den Kopf, lächelte. »Entfernen Sie die Krümel, mein Lieber.«

»In Ihrer Nähe bin ich nicht zurechnungsfähig.« Er wischte sich mit dem Handrücken über den Mund. »Besser?«

»Ja.«

»Sie belegen mich mit einem Zauber, als wären Sie eine mythologische Figur aus irgendeiner Sage. In Ihrer Gegenwart benehme ich mich wie ein Trottel.«

»Aber Sie sind kein Trottel«, erwiderte ich. »Sie sind das ganze Gegenteil.«

»Wenn Sie es sagen.«

Als wir das Büro im ersten Stock betraten, schlug die Turmuhr zur Mittagsstunde. Chorgesang setzte ein, wohltönende Stimmen, sie fluteten am porösen Mauerwerk zu den geöffneten Fenstern herein, hallten an den weißen, glatt geputzten Wänden entlang. Die Töne umfingen mich wie die einsetzende Melodielinie einer Geige, klar, rein. Sie gingen mir unter die Haut. Die Härchen auf meinen Unterarmen richteten sich auf, ich verspürte Kühle, als striche ein Windhauch an mir vorüber.

»Sie sollten erst die Orgelmusik hören«, meinte Pierre Jeanneret, blass und abgespannt. Offensichtlich musste man so aussehen, wenn man Bedeutendes kreierte. Er hob eine Augenbraue und nahm mir den leichten Sommermantel ab. »Im funktionalen Sinn bietet dieser Korridor sicher nicht die optimalen Arbeitsbedingungen. Der Lichteinfall ist einseitig und …«

»Nun lass es gut sein, Pierre«, fiel ihm Le Corbusier mit gefurchter Stirn ins Wort. »Der Raum ist voller Licht, weil die Wände hell sind. Und es ist dieses Licht, das dem Raum seine Poesie gibt.«

Das Thema beherrschte seine Vorstellung von Architektur. Das Sicheinlassen auf Farbe, hatte er in einem Artikel über Purismus geschrieben, sei nicht ohne Gefahr. Es könne den Ausdruck von Volumen verunklären oder vernichten.

So wie du mich eines Tages vernichtet hast.

Le Corbusier küsste mich auf beide Wangen und führte uns durch das Büro, wahrlich ein Korridor, ein Tunnel. »Keine vier Meter breit, aber fünfunddreißig Meter lang.«

»Als du mir von den Maßen berichtet hast, glaubte ich an einen Scherz, Corbu«, sagte Badovici ernst.

»Guter Freund, ich scherze niemals.«

Überall standen Kartons herum, Modelle, gerollte Pläne verteilten sich auf grob gezimmerten Holztischen. Muscheln und Schneckenhäuser. Vom Gewölbe hingen nackte Glühbirnen herab, bedeckt von Staub. Ich stieg über Kabel hinweg, unter meinen Sohlen knirschte Sand. Es war ein heilloses Durcheinander, ein krasser Widerspruch zu seiner rechtwinkligen, so aufgeräumten Architektur, in der er jedem Sessel, jedem Trinkglas einen festgelegten Platz zuwies, sich mit Auftraggebern stritt, wenn sie diesen nicht tolerierten.

Und doch fühlte ich mich in jenem Moment von dieser Umgebung inspiriert, Atmosphären trafen aufeinander, Schlichtheit, Rauheit, sie erzeugten ein eigenes Abbild der Wirklichkeit. Ein Stillleben.

Vor ein paar mit Buntstiften kolorierten Skizzen, die wie gezirkelt an die Wand gehängt waren, blieben wir stehen. Le Corbusier nahm die Brille ab, deutete mit einem der Bügel auf gezackte Linien, Berge. »Meine alten Herrschaften haben mich um ein kleines Refugium am Genfer See gebeten. Ich frage Sie, Mademoiselle Gray, wird es meiner Frau Mutter gefallen?«

Ich trat einen Schritt näher an die Zeichnungen heran, spürte seine erwartenden Blicke auf mir, die der anderen. *Last oder Lust?*

Ich nahm mir Zeit, betrachtete den Grundriss, die Fassaden. Der Meister experimentierte in gewohnter Manier, spielte, probierte. Schuf Ruhe. Das Haus wies ähnliche Proportionen wie das Büro auf, schmal, sehr lang. Zum See öffnete es sich über ein Fensterband, das beinahe die gesamte Längsseite beanspruchte. Der Entwurf war großartig, vielleicht einen Hauch zu sachlich, er enthielt keine persönliche Botschaft, Intimität. Ich sagte: »Sie bekunden Sensibilität für das Natürliche und das Moderne.«

»Das wollte ich vom schwachen Geschlecht hören.« Zufrieden klatschte er in die Hände, ein Geräusch, scharfkantig und hart, es durchschnitt die Luft. »Das Haus wird wie ein antiker Tempel am Rande des Wassers stehen.«

Badovici und ich schauten einander in die Augen, eine Sekunde lang, womöglich ein Jahrhundert, ich erinnere mich nicht, darin ein Mehr. Dann zündete er sich eine Zigarette an, starrte ostentativ ins Leere.

Ich hatte häufig in meinem Leben nachgegeben. Hegte Zweifel. Hinterfragte meine Geisteshaltung, meine Überzeugung, die eigene Wahrheit. Wollte intuitiv zum Kern meines Schaffens vordringen, spüren.

Ich war eine Frau. Manchmal leiser in dieser männlich dominierten Welt.

Schwach war ich sicher nicht, oder?

*

Ich trank einen Schluck Wein. Aus dem Inneren des ›Deux Magots‹ drang Jazz auf die Terrasse, das *flappergirl* war aufgestanden, tanzte mit geschlossenen Lidern selbstversunken um die eigene Aura. Eine Perlenkette schimmerte anmutig mit ihren Bewegungen, war Elfenbein und Alabaster, schmiegte sich in immer neuen Linien an das mehrlagige helle Etuikleid. Sie schien nicht in diesem Café, in dieser Stadt. Der Mann wandte den Blick nicht von ihr, ich meinte Verträumtheit zu erkennen, doch da war auch Zögerliches, Unentschiedenes.

Ich blätterte in meinem Notizbuch, las einige Anmerkungen zum Bauhaus, die Badovici hineingeschrieben hatte. *Eine Zusammenführung von Kunst und Handwerk.* Strich über Buchstaben, über Kreis, Quadrat und Dreieck. Wie viel Mühe er sich mit mir gab, wie privat manche Einträge waren. Währenddessen ließ ich Bilder des Tages an mir vorüberziehen. Ein Zettel glitt zu Boden, ich hob ihn auf, es waren Le Corbusiers *Fünf Punkte zu einer neuen Architektur,* mit ihnen umspannte er die Regeln seines Bauens.

DIE PILOTIS.

DIE DACHGÄRTEN.

DIE FREIE GRUNDRISSGESTALTUNG.

DAS HORIZONTALE FENSTERBAND.

DIE FREIE FASSADENGESTALTUNG.

Der Kritiker hatte mir erläutert, dass Le Corbusier die Prinzipien erstellt habe, um auf tragende Mauern verzichten und Wohnraum flexibler nutzen zu können. Um maximale, gleichmäßige Beleuchtung zu erhalten. Es waren fünf Punkte, die ich mir seit Wochen stetig herbeizitierte, in meinen Skizzen zu befolgen versuchte. Ich legte das Blatt zurück zwischen die Seiten, als presste ich meine Gedanken wie farbiges Herbstlaub. Wären sie nach Jahren von gleicher fragiler Stärke, luzide, ehrlich?

»Darf ich eine von deinen Erdbeeren nehmen?« Die Kleine stand vor mir, verschmitzt, die pausbäckigen Wangen gerötet, die Händchen an der Tischkante.

»Selbstverständlich.« Lächelnd schob ich ihr die Schale entgegen, und sofort steckte sie sich eine der rot leuchtenden Früchte in den Mund. »Gehörst du nicht bald ins Bett, junge Dame?«

»*Non*«, antwortete sie entschieden auf Französisch und erklärte: »Das heißt ›Nein‹. Mommy und Daddy suchen eine Nanny für mich in Paris, die passt auf mich auf. Und dann fahren wir ans Meer. Wusstest du, dass die Sonne abends ins Meer fällt?« Sie langte nach einer weiteren Beere.

»Ich hatte gedacht, sie legt sich schlafen. Hinter den Wolken.«

Die Kleine hielt inne, überlegte, ihr Weltbild schien Momente lang ins Wanken zu geraten. Sie zeigte auf mein Notizbuch. »Schreibst du Bücher?«

»Nein, ich bringe nur ein paar Sachen aus meinen Kopf zu Papier, damit ich sie nicht vergesse.«

»Aber Daddy schreibt Bücher«, sagte das Mädchen mit wichtiger Miene. »Und Mommy ist schön.« Es schenkte mir einen herzzerreißenden Augenaufschlag, kicherte und lief davon.

»Schönheit ist eine Empfindung, dem Verstand kommt die untergeordnete Rolle zu.« Monsieur Badovici stellte seine Aktentasche zu meinen Sachen, hängte sein Jackett über die Stuhllehne.

»Gelten Ihre Worte der Mutter oder dem Kind?«

»Selbstredend beziehe ich mich auf die Baukunst.«

Mit knapper Geste winkte er Arthur herbei, orderte eine Flasche Taittinger, deutete zum *round table*. »Den Fitzgeralds sollten wir in nichts nachstehen.«

Die Frau hatte sich ihrer Schuhe entledigt, wiegte sich weiterhin im Kreis, das Kleid rutschte die gebräunten Schenkel hinauf, sie zog es mit den Händen höher. Die metallenen Schließen ihrer Strumpfhalter funkelten provokant. Ein Bild zwischen verstörender Sinnlichkeit und Unschuld. Der Mann wie eine Statue. Zelda und Scott Fitzgerald, natürlich, Fotografien der beiden druckten die Gazetten täglich, dokumentierten das skandalöse Tun. Ich hatte sie nicht erkannt. Dabei mochte ich seine Geschichten.

»Erscheint sie zu jung, um sich diese Art von Körpersprache auf legitimem Weg angeeignet zu haben?«, fragte Badovici.

Ich bemerkte das Grübchen in seinem Gesicht, den hell aufscheinenden Übermut. »Aus Ihren Worten trieft die Ironie.«

»Niemals.«

»Sie hat etwas wahnsinnig Theatralisches.«

»Er auch. Der alte Knabe schreibt angeblich an einem Roman, der ihm Weltruhm einbringen soll.« Er bedachte mich mit einem aufmerksamen Blick. »Und so haben wir alle etwas zu feiern.«

»Haben wir?«

»Auf jeden Fall.«

Er sprach in Rätseln, hielt mich hin. Doch während Arthur den Taittinger für uns öffnete, zog Badovici einen quadratischen Umschlag aus seiner Mappe hervor und reichte ihn mir mit feierlicher Geste.

Wendingen. Der Wendepunkt.

»Eine Überraschung für die irische Interieurkünstlerin Eileen Gray. Die Kollegen von De Stijl und ich haben unter Hochdruck daran gearbeitet.«

Es traf mich unvorbereitet, verschlug mir die Sprache. Die sechste Nummer der sechsten Serie hatte die holländische Avantgarde allein meiner Person gewidmet, eine enorme Würdigung, wahrlich unerwartet. Bereits der Titel war ein grafisches Meisterstück, gedämpftes Amethyst und Resedagrün, schablonenartige, moderne Schrift. Badovici und ich stießen miteinander an, und ich betrachtete die Seiten. Die Zeit verschwamm, wurde unzuverlässig wie ein Traum in tiefer Nacht. Dabei war alles ringsumher Lebendigkeit, war Stimmengewirr, war klapperndes Geschirr und Tausende Meinungen. Die Abbildungen in der Sondernummer lieferten eine Zusammenfassung meiner bisherigen Werke; Paravents, Lackmöbel, die Rue de Lota, die Galerieräume, zeigten jedoch auch meine Studien wie das hölzerne Modell des Hauses mit kleiner Fabrik. Der Architekt Jan Wils hatte das Geleitwort verfasst, annähernd pathetische Zeilen, von denen ich nicht glauben konnte, dass sie mir galten.

Ich war gerührt. »Wann haben Sie all das arrangiert? Die Redaktion, die Fotografien?«

»Nun ja«, Badovici tat meine Fragen mit einem Schulterzucken ab, »ein paar Opfer hinter Ihrem Rücken galt es schon zu erbringen.«

»Sie müssen die Objekte auf meinem Arbeitstisch aufgenommen haben, während ich nicht zugegen war.«

»Ihr Mädchen ist ein energisches Ding.«

»Louise?«

»Sie wollte mich nicht hereinlassen.« Verschwörerisch legte er den Zeigefinger an die Lippen. »Trete auf eine Raupe, und die Raupe wird zum Schmetterling. Ich musste sie bestechen.«

»Womit?« Die Sache begann mich zu amüsieren.

»Fünf Döckchen Stickgarn. Ich bot ihr drei, aber sie beharrte auf fünf. Es sei ihre Glückszahl.«

Als die Lampions ringsumher entzündet wurden, die Leute heiter und dicht gedrängt wie in einem *bal musette* tanzten, tranken wir noch immer Champagner, lachten, redeten. Ich taumelte im Sein, Stolz pulsierte durch jede Faser meines Körpers. Plötzlich erschien mir alles im Leben so bedeutend und wichtig. Als müsste ich mich vergewissern, tasteten meine Finger fortwährend nach dem Umschlag, Badovici berührte sie leicht, wie zufällig. Ich ließ ihn gewähren.

»Bitte besehen Sie endlich meinen Beitrag.« Im Dämmrigen der Terrasse meinte ich einen nervösen Zug in seinem Gesicht zu erkennen, es irritierte mich.

»Geben Sie mir Licht«, sagte ich nach kurzem Zögern.

Im flackernden Schein des Feuerzeugs, das der Kritiker nah über das Heft hielt, überflog ich die Zeilen. Er schrieb von meiner lyrischen Kraft, meiner Begeisterung, den starken Emotionen. Vom Ausdruck meiner Sensibilität, in der neue und vielfältige Formen schwangen und einen innovativen Lebensstil widerspiegelten. Schließlich betonte er die enge Verbindung meiner Arbeiten mit der Architektur, die Nähe zu baulichen Details.

»Sie lässt den Willen erkennen, ideale Räume zu schaffen«, las ich abschließend leise vor. Mein klopfendes Herz. Ich wollte nicht aufschauen, das zutiefst Private des Geschriebenen noch einen Moment lang halten.

Dieser Mann, der mir gerade den letzten Schluck Taittinger ins Glas schenkte, hatte den ersten umfassenden Artikel über mich verfasst, wollte schon bald einen weiteren in seinem eigenen Magazin lancieren. Wie auch sonst umkreisten seine Sätze die Gefilde der Philosophie, sie waren wundervoll. Ich liebte jeden einzelnen von ihnen.

Vielleicht liebte ich ihn.

Ein zusammenhangloses Gefühl, das ich mir schon vor längerer Zeit hätte eingestehen sollen, das sich gerade auf einen winzigen Punkt hin zuzuspitzen begann. Ich rang mit meiner Unaufrichtigkeit mir gegenüber, meinen weitläufigen Wahrheiten. Ich dachte unentwegt an ihn, obwohl ich wusste, es führte ins Unheil. Zwischen ihm und mir herrschte Freundschaft, ein tieferes Verständnis für die Dinge, die um uns herum geschahen. *Uns*. War ich nicht gerade erst dabei herauszufinden, was in meinem Inneren passierte, was ich wollte, was mir wichtig war?

Ich hielt mich für lebenserfahren genug, beurteilen zu können, dass eine Affäre, eine Beziehung gar, ein fataler Fehler wäre.

Ich kämpfte mit meinem Selbst, verlor. Was konnte dagegen helfen? Der Gedanke war über Wochen und Monate wie eine Katze durch die Dunkelheit geschlichen.

Dann war er die Dunkelheit.

Ich kann nicht sagen, warum wir machten, was wir machten. Überhaupt daran dachten. Doch in jener Nacht schliefen wir miteinander. Die Geschichte vom Haben und Sehnen. Seine vorsichtigen Berührungen gefielen mir, sie waren fremd, so anders, er strich über meine entblößten Schultern, die Brüste. Küsste meinen Hals. Der Geruch seiner Haut. Wortlos sanken wir auf das Bett, und er drehte mich herum, auf den Bauch, drang irgendwann in mich ein. Langsam. Ich spürte die Schwere seines Körpers. Seinen Atem in meinem Nacken, bald schneller.

Später, als er eingeschlafen war, betrachtete ich seine Konturen, kantige Linien. Er hatte einen Arm über das Gesicht gelegt. Das helle Laken überzog einen Teil seines Rumpfs, und einen Augenblick lang dachte ich an die im Krieg verletzten Männer, die wir durch die Stadt transportiert hatten, ihre blutdurchtränkten Verbände. Ihre schütternden Stimmen, mit denen sie baten, ihren Lieben eine letzte Botschaft zu überbringen. *Immer gleiche drei Worte.*

Ich war in Sorge, auch nur das geringste Geräusch zu machen. Ich trank ein Glas Leitungswasser, das Louise Abend für Abend neben die Bücher meines Nachttischs stellte, es schmeckte schal.

Mein Kopf kam nicht zur Ruhe. Wann hatte ich mich zuletzt einem Mann hingegeben. Und wie hatte ich damals empfunden. Es gab keine Erinnerungen, nichts, dann keine, an die ich mich erinnern wollte.

Was seine ersten Worte sein würden.

Meine.

Wer ist dieser Mann? Dieser Mann, dem Frauen auf der Straße hin-

terherschauen? Der geboren wurde, als ich heimlich bei Kerzenschein Flaubert las? Der die Architekturtheorie mehr liebt als sein eigenes Leben? Die Worte Le Corbusiers anbetet und trotzdem meinen belanglosesten Gedanken Raum gewährt? Mir unendlich viel Zeit widmet? Wer?

Kurz vor dem Morgengrauen wehten Schritte zum geöffneten Fenster herein, Gelächter. Takte eines Akkordeons, leiser. Leise.

Ein Rotkehlchen.

Ich drehte mich der Wand entgegen, schaute in das Dunkel, auf den sich schemenhaft abzeichnenden Tropfen, weiß, bis mir die Augen zufielen.

Danach waren wir nicht mehr dieselben.

ZWEI

VOM LICHT ZUM SCHATTEN

A house is not a machine to live in.
It is the shell of a man, his extension, his release,
his spiritual emanation.

Eileen Gray

A house is a machine for living in.

Le Corbusier

KAPITEL 1

JULI 1925

Paris. Esplanade des Invalides,
›Exposition internationale des arts
décoratifs et industriels modernes‹ …

Wir waren ein Paar geworden, ohne je ein Wort über meine Vergangenheit verloren zu haben. Über Frauen. Ich hatte ›Ja‹ gesagt, obwohl ich mich anfangs fürchtete, etwas zwischen uns geschehen zu lassen. Ich wusste nicht, was ich denken oder tun sollte. Was es auch sein mochte, es stellte sich gegen mich, flößte mir Angst ein wie der Krieg, der Tod. Wie er. Mein eigenes Ich. Offenkundig hatte ich mit meinen sechsundvierzig Jahren keine Ahnung von Partnerschaft, einer Verbindung, die auf wahrer Liebe basierte. Wie tief konnte sie gehen. Konnte man zu sehr lieben, und was geschah dann. Alles in meinem Leben war ein stetes Nebeneinander gewesen, war innere Leere.

Die Unbedingtheit des Alleinseins.

»Warum nur, Eileen?«, hatte er mich damals am nächsten Morgen gefragt. »Ich liebe dich, seit wir uns das erste Mal in diesem schäbigen Lokal begegnet sind. Ich kann meine Gefühle nicht weiter verbergen. Ich will nicht mehr ohne dich durchs Leben gehen.«

Ich glaubte an erste Eindrücke.

Erste Blicke.

Doch die Situation war zu neu und vage. »Gib mir etwas Zeit«, versuchte ich mich behutsam herauszuwinden.

»Was haben wir zu verlieren?«

»Ich schätze deine Freundschaft sehr, Jean.« Kurz rieb ich mir die Schläfen, ein Schmerz, ein Pochen, dahinter erdrückende Unzulänglichkeit. »Ich möchte einfach nicht, dass sich daran etwas ändert.«

Dieser fünfzehn Jahre jüngere Mann nahm mich in die Arme, fest und beschützend, und ich fühlte mich geborgen wie niemals zuvor. Eine verdichtete Erfahrung, das Gefühl des vollkommenen Aufgehobenseins im Moment. »Ich verspreche dir, auf dich aufzupassen«, behauptete er. »Auf uns.«

»Womit wir zumindest eine Sache geklärt hätten.«

»Du redest über die Liebe, als wäre sie eine wissenschaftliche Formel, die sich berechnen lässt.«

»Vielleicht kann ich es.«

»Noch immer hast du das letzte Wort.«

»Ich hoffe, das wird auch so bleiben.«

»Klingt rebellisch und ziemlich aufregend, das gefällt mir. Ich liebe dich unglaublich, weißt du das?« Er küsste mich, lang, innig, und ob ich mich nun dagegen wehren wollte oder nicht, ich mochte seine weichen Lippen, wenn sie meine berührten.

Jean erfüllte meine Gedanken. Er war ein Vertrauter, ein Seelenverwandter, in dessen Kopf ich mich tief hätte vergraben wollen, so klug die Gedanken, ruhig und überlegt, anders als meine. Und irgendwann hatte ich losgelassen, mich der Unerreichbarkeit meiner Wünsche ergeben, der Illusion ewigen Glücks.

*

Auf den Straßen war es laut und heiß, Paris zelebrierte den Sommer. Am Zehnten des Monats liefen die Vorbereitungen für den alljährlichen Nationalfeiertag ihrem Höhepunkt entgegen. Das wesentlich größere Spektakel jedoch war die seit Ende April laufende Weltausstellung. Erneut präsentierten Hunderte Interieurkünstler und Architekten in gewaltigen Hallen ihre Arbeiten. Einmal mehr wollte Frankreich der Welt beweisen, dass es in Fragen des Geschmacks und der Gestaltung zu den Führenden gehörte. Die Schau fand an verschiedenen, über die ganze Stadt verteilten Orten statt, und es gehörten auch mehrere von Paul Poiret ausgestattete Ausflugsschiffe dazu, die auf der Seine zwischen der Pont Alexandre III und der Pont des Invalides ankerten, dem Zentrum der Ausstellung.

Jean und ich flanierten gegen Mittag Hand in Hand durch den von Mallet-Stevens entworfenen kubistischen Garten. Blendendes, unfassbar helles Sonnenlicht ergoss sich über die Wege. Die Aufsehen erregenden Betonbäume der Bildhauer Jan und Joël Martel warfen radikale, kurzzackige Schatten, täuschten ein Stillleben jenseits der Realität vor. Mehrere Jungen in Matrosenkleidung haschten einander vergnügt zwischen den Säulen, riefen ihre Namen. Jean schaute ihnen sanftmütig nach. Ich fragte mich, ob er je an eigene Kinder gedacht hatte, es war kein Thema zwischen uns, würde keins werden. Mich durchfuhr ein Stich, spitz, schnell, fast nicht gewesen. Es gab Frauen, die keinen Kinderwunsch hegten, und es gab Frauen, deren Wollen sich nicht erfüllte. Gab es jedoch Frauen, die sich der Mutterschaft entsagten und trotzdem ein Bedauern verspürten? Der Kies unter unseren Schuhen knirschte. Wir diskutierten über den in nur wenigen Wochen errichteten Pavillon *L'Esprit Nouveau*, zu dessen Einweihung Le Corbusier uns am Vormittag eingeladen hatte. Er präsentierte eine mit Zementputz bearbeitete Wohneinheit, an den Wänden Gemälde von ihm und Ozenfant, Léger und Gris sowie Skulpturen von Lipchitz. Neben dem architektonischen Manifest konfrontierte er die Leute ein weiteres Mal mit seinen städtebaulichen Studien, der *ville contemporaine*, aber auch dem neuen, speziell für Paris entwickelten *Plan Voisin*. Haus und

Diorama waren ein weit abgelegener Platz auf dem Ausstellungsgelände zugewiesen worden. Die Kommission machte Le Corbusier Schwierigkeiten, wo immer sie konnte. Aus Angst vor Übergriffen hatte sie gar einen sieben Meter hohen Holzzaun um seine Bauten errichten lassen, der nach anstrengenden Verhandlungen lediglich heute, am Tag der offiziellen Eröffnung durch den Kultusminister, kurz entfernt wurde.

»Als müssten die anderen Exponate vor der Nüchternheit seines Beitrags geschützt werden«, brachte ich meine Verwunderung kopfschüttelnd hervor.

»Traurig, nicht wahr?«

Seltsamerweise war ich nicht zur Teilnahme an der großen Schau aufgefordert worden. Meine Nationalität könnte ein Grund gewesen sein, doch angesichts der Schmähungen, die Le Corbusier erfuhr, spürte ich einen gewissen Trost. Die Presse ereiferte sich eines nie da gewesenen Skandals. »Ich weiß nicht, was ich erwartet hatte, sein elegantes Märtyrertum gegenüber der Außenwelt jedoch überrascht mich«, sagte ich. Zweifelsohne beruhigte die wiedergewonnene Zahlungsfähigkeit das Gemüt des Architekten, denn er generierte weitere Aufträge für puristische Villen. Möglichenfalls spielte aber auch die gelassene Art Jeannerets eine Rolle oder die des monegassischen Modells Yvonne Gallis, das er seit einiger Zeit häufiger in seine Gespräche flocht. Ich steckte nicht dahinter.

»Jede Zeile und jedes Wort verschafft ihm Popularität«, erwiderte Badovici lapidar. »Außerdem war er noch nie das Mauerblümchen gewesen, das vor Herzschmerz verrinnt und in misslungenen Gedichten Erwähnung findet.«

Eine Weile gingen wir schweigend nebeneinanderher. Gesehenes hinterließ kaum bleibende Eindrücke bei mir. Selbst die Besten hatten es verabsäumt, dem Modernen Impulse zu verleihen, akzentuierten Langeweile. Neben Mallet-Stevens und Perret gehörte Le Corbusier zu den wenigen Glanzlichtern der Ausstellung. Sein Werk abwertend als *style boche* zu bezeichnen, war sicher nicht gerechtfertigt. Hinter der Beschimpfung verbarg sich jedoch eine komplexe Ideologie. Die Deutschenfeindlichkeit war in Frankreich nach dem Krieg weiterhin stark ausgeprägt, so hatte das Nachbarland eine verspätete Einladung erhalten und mit einem Boykott reagiert. Le Corbusier, der als frankophiler Schweizer Bürger in Paris eine ausgesprochen unpatriotische Haltung vertrat, musste zwangsläufig in diesen Strudel der Häme geraten. Wie die Vertreter des Bauhauses, hatte Badovici mir erläutert, war er an den Bemühungen interessiert, Kunst und Industrie zusammenzuführen, sein Augenmerk galt seit Jahren der Serienfertigung. Ein allzu deutscher Ansatz.

»Kritik ist ein Element des Grauens. Wie schnell sie uns zu zerstören vermag«, sagte ich. »Und doch fühlt sich wirklich ein jeder berechtigt, seinen Sermon dazuzugeben.«

»Aus diesem Grund versucht Corbu nun die öffentliche Meinung zu beeinflussen, nicht der schlechteste Plan«, erwiderte Jean. »Die meisten Besucher stecken voller Vorurteile. Sie haben bereits Schwierigkeiten, die konzentrischen Formen und Farben der Delaunays zu bewerten.«

»Robert und Sonia Delaunay bringen Formen zum Tanzen, Leinwände zum Leuchten. Sie kreieren wunderbare Kunstwerke.«

»Du weißt deinen Blick zu richten, Eileen. Wenn die Leute aber solche Dinge nicht sehen«, gab er zu bedenken, »wie erst sollen sie dann mit einem expliziten Bekenntnis zum Maschinenzeitalter umgehen?«

Ich seufzte, warum bloß war das Leben so kompliziert. »Die Zukunft wirft Licht, die Vergangenheit nur Schatten.«

Er beugte sich zu mir, küsste meine Stirn. »Dabei wäre ein wenig Schatten gerade gar nicht schlecht.«

Nach einem ausgedehnten Tag liefen wir am Quai de Conti entlang. Die glühende Hitze verblasste. Das Orangerot der untergehenden Sonne legte sich auf die Dächer der Stadt, dieses unglaubliche Meer aus Zink, floss die Fassaden wie flüssige Seide hinab. Die Mauersegler begaben sich schriller Schreie auf die Suche nach geeigneten Schlafplätzen; Lärm, der keiner war. Kurz fühlte ich mich an meine Kindheit erinnert, in der ich einer von ihnen hatte sein wollen, frei und ungebunden mit den sichelförmigen Flügeln durch die Lüfte jagen. Das Geschehen aus anderer Perspektive betrachten.

Ich bestieg die Sandsteinmauer, balancierte einige Meter mit ausgestreckten Armen auf ihr und berichtete Jean von dem bisher außergewöhnlichsten Kunden meiner Galerie. »Louise stand vorgestern einem indischen Maharadscha gegenüber. Er trug einen Turban und goldgewirkte Kleidung, die Gute wähnte sich mehrere Augenblicke lang in einem orientalischen Märchen.«

Amüsiert reichte er seine Hand und half mir die Stufen hinab. »Der Prinz streift gerade mit seinem Oxforder Studienfreund Muthesius durch die Stadt, ich habe davon gehört. Die beiden schmieden Pläne für den Bau eines modernen Palasts in der Nähe Bombays.«

»Sie sind hier im Westen auf der Suche nach geeigneten Möbeln.«

»Der Kerl ist im Besitz eines unfassbaren Vermögens«, fügte Jean an. »Wie macht sich deine Haushälterin als Aushilfe? Konnte sie ihm etwas verkaufen?«

»Zwei der Deckchairs, die ich auch nach Amsterdam geschickt hatte.«

»Großartig.«

Ich erwähnte, mit dem Prinzen in telefonischem Kontakt zu stehen. Er fragte nach einigen außergewöhnlichen Lampen für sein Privatgemach, etwas Innovatives. »Letzte Nacht habe ich einen ersten Entwurf erstellt.«

»Was wirst du seinem Königreich bieten, Liebes?«

Ich blieb stehen, machte eine kunstvolle Pause und beschrieb ihm gestikulierend die Details meiner Idee, ein Konstrukt aus Ringen und Kegeln, das an langen Schnüren von der Decke herabhing. »... und wenn man das elektrische Licht betätigt«, sagte ich abschließend, »kreist es wie ein Satellit dort oben, ein Himmelskörper, der seine schlichten Formen an die Wände zu projizieren weiß. Als würde die Zukunft über einen hinwegschweben.«

»Plastische Worte. Du erstaunst mich stets aufs Neue.« Interessiert erkundigte er sich nach Größe und Material. »Lass eine zweite Version für deine eigenen Räumlichkeiten erstellen. Die Konturen dürften sich auch im Lack deiner ›Brick-Screens‹ hervorragend widerspiegeln.«

Spontan hatte ich ein Bild vor Augen. »Es wäre Harmonie, ein Ganzes.«

»Korrekt.«

Zahllose Menschen strömten an uns vorüber, folgten einander wie Figuren eines mechanischen Balletts. Bewegungen, die sich in fortwährender Gleichheit ergingen, beständig und unerschütterlich. Gerüchte besagten, dass wöchentlich mehr als fünftausend Amerikaner ihren Weg über den Atlantik fanden. Auf der gegenüberliegenden Straßenseite spielte ein Saxofonist *Je te veux*, ein sentimentaler Walzer Erik Saties. Der Komponist war kürzlich verstorben, Paris von seinen Klängen erfüllt. Die *bouquinistes* räumten letzte Bücher in die Stände zurück, und Jean kaufte ihnen für wenige Francs fünf oder sechs Exemplare aus den Staaten ab.

»Touristen lassen ihre Lektüre häufig in den Hotelzimmern zurück, die *valets de chambre* bringen sie her, um kleinen, raschen Profit zu erzielen. Manchmal finde ich Klassiker, anderen Tags Neuerscheinungen«, meinte er. »So stelle ich mir seit geraumer Weile eine hochwertige Bibliothek zusammen.«

»Warum wohl sind die Bücher um ein Vielfaches preiswerter als die französischen?«

»Die Franzosen trauen englischsprachigen Büchern nicht.« Er zwinkerte mir zu. »Sie seien schlecht gebunden und somit wertlos.«

Entgeistert besah ich den Stapel in seinen Händen. Yeats, Dos Passos. Langte nach Fitzgeralds *Der große Gatsby* und blätterte darin herum. »Die Werke sind drüben gerade erst auf den Markt gekommen.«

»Sag ich doch.«

»Leihst du mir dieses?« Ich strich über den kobaltblauen Umschlag. Falten, Wellen. Der Abdruck eines Kreises. Als habe jemand unachtsam eine Tasse heißen Kaffees auf den Roman gestellt, Inhalte entwürdigt. *Damia.* »Es handelt vom großen amerikanischen Traum, von der verheißungsvollen Zukunft. Ich muss es lesen.«

»Ich schenke es dir.«

»*Merci.*«

»Du redest häufig über die Zukunft, selten ist die Gegenwart dein Thema. Ist dir das bewusst, Eileen?«

»Ich baue eben auf unverhoffte Wahrheiten.«

»Wovon handeln sie?«

»Von Einsicht und Verstand. Möglicherweise von Poesie.« Ich vermochte es nicht zu sagen. Vielleicht gab es diese Art Zukunft nicht, die ich mir vorstellte, womöglich gab es gar keine Zukunft. Doch irgendwo hatte ich gelesen, es gebe nicht nur eine Wahrheit, es gebe mehrere. Für mich verbarg sich in diesem Denken ein stiller Glaube, nach dem zu greifen es sich lohnte.

Einige Sekunden schien Jean durch mich hindurchzuschauen, überlegte. Schüttelte den Kopf, als wollte er sich eines aufgesetzten Gedankens entledigen. »Ich denke, die Zeit ist gekommen …«, sinnierte er langsam.

»Sollte ich dir folgen können?«

»*Pardon*. Ich war mit beiläufigen Dingen beschäftigt, Termine«, bat er um Entschuldigung. »Sag, würdest du mich kommendes Wochenende in die Niederlande begleiten? Ich möchte in einer der nächsten Ausgaben über das Haus in Utrecht berichten.«

Ich spürte die plötzliche Spannung in jedem Muskel meines Körpers. Seit Jean das Magazin herausgab, hatte er all seine Reisen allein bestritten. Er war Tage unterwegs, Wochen, traf die interessantesten Persönlichkeiten, kehrte stets energiegeladen zurück, erzählte, und doch blieb da immer ein Rest Geheimnis. Dieser leise Schmerz, nicht dabei gewesen zu sein. Die Tatsache zu verdrängen. Ich entschied, in derlei Angelegenheit Rücksicht zu üben, es gab sicher Gründe für sein Verhalten. »Du meinst jenes Haus, das Gerrit Rietveld gemeinsam mit Truus Schröder entworfen hat? Das architektonische Juwel?«, äußerte ich nun umso erfreuter, ungläubig zugleich.

»Genau das.« Er schenkte mir ein Lächeln. Es wanderte hinauf zu seinen Augen, sie leuchteten braun und klar. Als schaute ich durch einen wunderschön geformten Bernstein, offenbarten sie eine ganze Welt an Gefühlen. »Das derzeit wichtigste Bauwerk der De Stijl-Bewegung.«

Eine kurze Weile betrachtete ich ihn, wortlos. Wortblind.

»Ist alles in Ordnung, Eileen?«

»Ich liebe dich.« Es war das Wahrhaftigste, was mir in jenem Moment durch den Kopf ging.

»Das hast du noch nie gesagt.«

Über den Zufall.

Ich fragte mich, ob ich jemals wieder ruhig würde schlafen können. Ich lag allein, presste das Federkissen in meinem Nacken zurecht und schaute an die Decke, in das wirbelnde Schwarz der Dunkelheit. In meinen Gedanken der Klang seiner Stimme. Warm. Tiefer danach.

Was erschütterte das Gleichgewicht unserer Seele? Was verführte uns? Zog uns an? Ich erinnerte mich der Worte Valérys. Nichts beruhe auf Zufällen. Alles sei auf irgendeine Weise bereits in uns vorhanden oder entspreche einer Erwartung des Unterbewusstseins.

Mein Leben schien es zu fordern.

Ich war eine Verlorene.

JULI 1925
Niederlande, Utrecht.
Prins Hendriklaan 50.

Das Haus befand sich am äußersten Rand der Kleinstadt, am Ende einer gutbürgerlichen Reihenhaussiedlung. In der pulsierenden Mittagshitze waren Jean und ich länger mit meinem Automobil durch die Straßen geirrt, hatten Radfahrer und Passanten trotz Routenplans mehrmals nach dem Weg fragen müssen. Die junge Witwe mit ihren drei Kindern war allen bekannt. Nachdem ich den Wagen in der Prins Hendriklaan geparkt hatte, zog ich die dünne Lederkappe vom Kopf und strich ein paar Strähnen zurück. Jean reckte sich ausgiebig, bestieg das Trittbrett. Wir betrachteten das Gebäude beinahe andächtig. Schwiegen. Ein denkwürdiger Moment. Auf den Feldern in unmittelbarer Nähe ein konzertiertes Fröschequaken. Das Haus wich stark von angrenzenden Bauten ab und übertraf jegliche meiner Vorstellungen, obwohl schon die Fotografien, die Jean mir in der Redaktion zeigte, beeindruckend gewesen waren. *Wie ist es möglich, solche Vollkommenheit in der Architektur zu erreichen?*

Ich schob die dunklen Sonnengläser die Stirn hinauf, um die Schönheit unverfälscht wahrzunehmen. »Es ist unglaublich«, versuchte ich meiner Faszination Ausdruck zu verleihen.

»Revolutionär.«

Die Konstruktion glich einem begehbaren Gemälde Mondrians, ein Kunstwerk. Schwarz, Weiß und Grau dominierten den kubischen Bau, er wurde durch großflächige Fensterbänder bestimmt. Schmale vertikale und horizontale Elemente griffen die Primärfarben der holländischen Bewegung auf.

Truus Schröder, eine unscheinbare Person mit mattbraunem, streng gescheiteltem Haar, dicht am Kopf, trat aus der Tür in den Vorgarten. Ein ungefähr sechsjähriges Mädchen, das ihr Ebenbild hätte sein können, drückte sich schüchtern an die lang herabhängende Leinenschürze der Frau. »Ich freue mich, dass Sie gekommen sind.« Unsere Gastgeberin breitete die Arme aus, als hieße sie engste Freunde willkommen. Sie wirkte ehrlich, wie eine Person, die Kummer, Tränen und Wehklagen für alle Zeiten in einer Schachtel verstaut hatte. Nicht wie eine, deren Mann vorvergangenen Jahres gestorben war, die das Entsetzlichste und Furchtbarste durchlebt haben musste. »Ein vorzüglicher Apfelkuchen wartet auf Sie.«

Sie bat uns herein und reichte ein Tablett mit Gläsern frisch gepresster Zitronenlimonade. Kühl und erfrischend war das Getränk in jenem Moment genau das Richtige. Bereits während wir von ihr durch die untere Etage geführt wurden, spürte ich eine sanfte Verbindung zu dem Haus; es nahm mich auf, ließ mich atmen, erfahren. *Wohnen*. Einbaumöbel wiesen jedem Objekt einen Platz zu, selbst in der nur wenige Quadratmeter umfassenden Küche herrschte methodische Ordnung, nichts lag herum. Das Obergeschoss bestand aus einem großen Saal, den man mit verschiebbaren Wänden teilen konnte. Eine Symbiose aus Offenem und Privatem. Der dreizehnjährige Binnert erhob sich aus dem von Rietveld entworfenen Lehnstuhl (eine Version in Rot und Blau und Gelb) und demonstrierte stolz das Konzept. Mit leichten Handgriffen veränderte er den Raum in Räume, in andere Räume, und schließlich durften wir seinen Bereich mit dem Bücherregal und den Schachfiguren besichtigen.

»Die hast du selbst gedrechselt, oder?«, fragte Jean den Jungen und nahm einen schwarzen König zur Hand. »Saubere Arbeit.«

Offenkundig freute er sich über das Lob, die Ohren überzog eine leichte Röte, kroch bis zu den blonden Haarwurzeln hinauf. »Onkel Gerrit hat mir ein bisschen geholfen.«

Truus erläuterte ein paar technische Details zum Gebäude. Schnell erkannte ich in ihr die leidenschaftliche Möbelentwerferin, sie hatte einige Semester in Norddeutschland studiert. Nach dem Schicksalsschlag verkaufte sie ihre Wohnung in einem traditionellen Backsteinhaus und beschloss, gemeinsam mit Gerrit Rietveld etwas Modernes zu entwerfen. Für beide ein architektonisches Debüt.

»Ich brauchte etwas Schlichtes, etwas, was mich nicht einengt, licht, hell«, erklärte sie. »Frits mochte die Wuchtigkeit der Eichenmöbel. Ich denke, als angesehener Anwalt benötigte er die Form, das Material, sie waren sein Status.«

Eiche. Das Fallen kühler Erde auf die Särge. Die Feuchtigkeit an den Händen, klamm, die mich nicht loslässt. In ihren Worten entdeckte ich die Gediegenheit, die sie zu ersticken gedroht hatte, die gesellschaftliche Konvention, der auch ich entfliehen musste. Dennoch, ich war allein gewesen. Ich hatte nie Verantwortung für ein, gar mehrere Kinder getragen.

Wir nahmen an einem einfach gedeckten Tisch im Erker Platz.

Während Hanneke, die Jüngste, uns Kaffee in getöpferte Keramikbecher goss und ihre Schwester geduldig die kleinen *malheurs* mit einem Wischlappen entfernte, sagte sie: »In der Schule lachen alle über mich, weil ich in einem komischen Haus wohne.«

»Wer über dich lacht, ist nicht dein Freund, Han«, meinte Marjan tröstend. »Der ist nur dumm.«

»Ich möchte aber Freunde haben.«

Die Kleine zerriss mein Herz, als schaute ich mir aus einem Spiegel entgegen, alleingelassen, einsam. »Lässt du mich deine Freundin sein?«

Sie nickte, fragte, ob sie auf meinem Schoß sitzen dürfe. Ihr Haar roch nach Karamell. Wie wohlerzogen die Kinder waren, welche Geduld ihre Mutter ihnen entgegenbrachte. Wäre ich mit meinen Launen je zu solcher Freizügigkeit fähig gewesen?

Truus erzählte von den Schwierigkeiten, die Baugenehmigung zu erhalten. »Rietveld musste gewisse Ungenauigkeiten einzeichnen.« Sie offenbarte ein beseeltes Lächeln, es galt ihr allein, einem Innersten, und ich spürte ein Ruhen, als wären die Geschichten ihr ein Zufluchtsort. »Aus den Grundrissen waren die verschiebbaren Wände ebenso wenig ersichtlich wie die Dachlinie. Die Behörden gingen von einem herkömmlichen Satteldach aus.«

Jean machte sich unentwegt Notizen, gab sich wohlüberlegt und einsichtsvoll. Er war ein charismatischer Mensch, voller Liebenswürdigkeit. Mir fielen fortwährend neue Attribute ein, ich schätzte jedes einzelne an ihm. Unsere Blicke trafen sich ständig, sie bargen Geheimes. Ich fühlte, als sei ich in jedem seiner Gedanken; sie galten mir, wie meine ihm galten, und intensiver als je zuvor vernahm ich unsere Einheit. *Wie viel von dir gehört mir?* Er fragte nach Plänen.

»Die Risse liegen unten in seinem Büro, ich gebe sie Ihnen nachher.« Leicht zuckte Truus die Schultern. »Die Arbeiter konnten sie kaum lesen. Es war ein furchtbares Durcheinander, sie sind mit den neuen Formen und Ideen überfordert.«

Später, Jean hatte sich die Schuhe ausgezogen und die Hosenbeine hochgekrempelt, war er mit den Kindern an den nahegelegenen Bach gegangen, und sie hatten Papierschiffchen um die Wette schwimmen lassen. Ich schaute zum geöffneten Fenster auf die Polderlandschaft hinaus. Melancholie über weites, schattiertes Grün, ich hörte den Wind durch die Gräser wehen. Ein Streichen, Hauchen. Die eigene Trauer beschlich mich. Als Vater und Lonsdale starben, war mir meine Existenz wie ein langer, träger Zug erschienen, der sich auf endlosen Gleisen einen Weg an den Rand meiner Ideale bahnte. Der Zug fuhr und fuhr, die Ohnmacht stets im Gepäck, mein Leben hatte sich immer weiter von mir entfernt. Wie verzweifelt ich war. Wie ich dachte, jemand müsste mich retten. Wie hätte ich in jungen Jahren wissen sollen, dass man nur sich selbst retten konnte? Dass Inspiration die Weichen stellte?

»Wenn man unglücklich ist, übersieht man winzigste Lichtstrahlen, die das scheinbar Nichtssagende in etwas Wundervolles verwandeln«, hörte ich Truus' Stimme leise hinter mir. Ihre feinsinnige Stärke durchfuhr mich. Als durchbräche eine zarte Pflanze Asphalt. »Ich nehme an, Sie wissen das so gut wie ich.«

Ich nickte und setzte mich auf einen der spartanischen Holzstühle, die vor dem Radiator standen. »Für diesen Tag kann ich Ihnen nicht genug danken«, meinte ich und bedauerte, Rietveld nicht kennengelernt zu haben.

»Seine Frau hat ihm vor wenigen Monaten ein weiteres Kind geboren, er verbringt die Wochenenden stets mit seiner Familie.« Flüchtig betrachtete sie ihre Hände, schwenkte auf ein weißes Stück Linoleum, das die Dielen statt eines Teppichs bedeckte. Ihr Blick blieb daran haften, und dann ahnte ich, dieses Weiß, diese Leerstelle galt nicht ihrem verschiedenen Mann, sie war Rietveld bestimmt. Erst jetzt fiel mir auf, wie liebevoll sie tatsächlich in den vergangenen Stunden von ihm geredet hatte. Das Getrenntsein im Gemeinsamen. Das Öffnen und Schließen von Gefühlen, von Hoffnung und Illusion.

»Manchmal sind die Dinge kompliziert.« Was hätte ich erwidern sollen? Dass Komplikationen sein mussten, dass sie die Liebe, die Poesie, das ganze Leben bereicherten? Dass es ohne sie trist würde? Wir standen einander nicht nah genug, um in die Tiefe unserer

Empfindungen vorzudringen, und doch schwebte da etwas Vertrautes zwischen uns. Als kennten wir einander länger. Aufmerksam betrachtete ich ihr kluges Gesicht, das sensible Geflecht roter geplatzter Äderchen auf den Wangen. Sie wirkte wahrhaftig in jenem Moment, voller Würde, und ich stellte mir die Frage, ob geliebte Menschen, die verstarben, einen Teil ihrer Weisheit wie eine unverwischbare Spur in unseren Herzen hinterließen. Ein Erbe, das in uns fortlebte. Als Trost oder Andenken. Oder Mahnung. War es so?

»Wir verbringen beide ein Dasein in der Aura ausdrucksstarker Männer«, sagte sie. »Das birgt die Gefahr der Unsichtbarkeit.«

Ich verspürte den Drang, entgegenzuhalten, mich ihrer Ansicht zu erwehren. Ich lebte nicht in der Aura irgendeiner Person, ich war eigenständig, und ich wurde gesehen.

Aber ich tat es nicht, ich blieb still. Möglicherweise sah Truus mehr als ich.

Jean und ich reisten noch einige Tage durch die Niederlande. Die Hitze glühte. Am Horizont türmten sich fortwährend gewittergraue Wolken zu riesigen Gebilden auf, kamen mit mahlenden, grollenden Geräuschen, verschwanden und kamen. Die ersehnte Abkühlung blieb aus. Wir besichtigten weitere Bauten der De Stijl-Bewegung in Huus ter Heide und Amsterdam, wo wir Jan Wils trafen. Die letzte Station führte uns nach Rotterdam. In der lebendigen Hafenstadt hatte J. J. P. Oud am Coolsingel die Fassade des ›Café De Unie‹ entworfen. Nachdem wir nachmittags unter schattigen Markisen an einer Gracht ein eiskaltes Glas Weißwein getrunken und das Geschehen um uns herum beobachtet hatten, suchten wir das Lokal auf. Gebaut zwischen zwei klassischen Wohnhäusern der Jahrhundertwende, nahm der Architekt mit seiner klaren, linearen Sprache wie auch den hohen Schriftbändern dem Straßenzug die Biederkeit. Ein weiteres Mal waren wir völlig überrascht.

»Als fände man zwischen angespültem Meerglas einen funkelnden Diamanten«, bemerkte Jean nach einer Weile.

»Hat die Architektur nicht alles erreicht, wenn einem solch schöne Vergleiche einfallen?«

»Möglich.« Er holte seinen Notizblock hervor, blinzelte mehrmals gegen die Sonne an und skizzierte die Front mit wenigen kraftvollen Strichen, schraffierte farbige Bereiche.

Ich deutete auf das Papier, auf die ineinandergreifenden Rechtecke. »Die Fassade scheint mir ein genau berechnetes Gleichgewicht asymmetrischer Elemente und …«

»Eileen?«, unterbrach mich Jean plötzlich mit liebevollem Blick. Er legte mir einen Arm um die Schultern und zog mich dicht an sich heran.

»Ja?«

»Du solltest dich etwas Beständigerem als der Gestaltung von Innenräumen zuwenden«, sagte er. »Warum baust du nicht?«

Ich lachte ihm ins Gesicht, betrachtete einen Moment lang den Leberfleck an seinem Kinn, daneben zwei weitere, sehr klein, ich hatte sie nie bemerkt. *Zarte, gefällige Auslassungspunkte*. Die Architektur hatte ich schon immer geliebt, mehr als alles andere. Doch ich glaubte nicht, dass ich dazu fähig wäre. »Du bist ein Charmeur, der gern das große Wort führt.«

»Ich meine es ernst, Liebes. Du vergeudest deine Zeit. Schaffe eine Tür, die von Dauer ist.«

KAPITEL 2

JULI 1925

En route.

Früh am nächsten Morgen traten wir den Heimweg an. Der Himmel war noch von samtener Schwärze, die Luft nachtkühl.

Die Lichter der Straßenlaternen flohen an uns vorüber, und im Strom der Wirklichkeit entschwanden Bilder und Zeichen.

Das Reisen quer durch die Länder bedeutete Jean Freiheit, war ihm Glücksgefühl. Fortwährend streckte er auf dem Beifahrersitz die Hand über den Wagenschlag hinaus, ließ sie im Wind gleiten. Doch auch mir gefiel das Ziehen durch weite Landschaften und unbekannte Dörfer. All die beschaulichen Herbergen, die Marktfrauen am Straßenrand, die tags saftige Orangen und Sandwiches feilboten.

Ich baue ein Haus. Lange Zeit war mir nicht klar, welch einschneidende Folgen diese kurze Sentenz für mein Leben haben sollte. Was sie bewirken würde. Alles lag noch vor mir, vollkommen ungewiss. Aus heutiger Sicht würde ich die Situation mit einem Stein gleichsetzen, den man in einen See wirft. Er bildet konzentrische Kreise, groß und größer. Sand wirbelt auf und senkt sich. Der Stein liegt bald ruhig am Grund, der See jedoch wird niemals wieder derselbe sein.

Ich war aufgeregt und verspürte Respekt vor der Aufgabe. Natürlich trug ich weiterhin jede Menge Zweifel in mir, die vergangenen Tage in den Niederlanden aber hatten mich in Jeans Vorschlag bestärkt. Sein Vertrauen in mein Können und seine bedingungslose Liebe gaben mir den nötigen Mut, die Herausforderung anzunehmen.

»Ich habe mich schon länger mit dem Gedanken befasst, dass du dich als Architektin versuchen solltest«, hatte er abends zuvor in unserem Hotelzimmer gesagt. Vézelay und auch Samois seien ein gelungener Einstieg gewesen, nun aber wolle er mehr sehen, ein ganzes Haus. »Du bist so weit. Ich habe wieder einmal nur auf den richtigen Moment gewartet, es dir mitzuteilen.«

»Du bist gut im Abmessen richtiger Momente.« Ich schlug die Arme untereinander. In den Türrahmen gelehnt beobachtete ich, wie er sich vor dem Spiegel im Bad den Nacken ausrasierte. Mochte die konturierten Muskeln seines Oberkörpers, jede Bewegung Eleganz.

»Eine meiner leichtesten Übungen.« Er spülte die Klinge unter dem laufenden Wasserhahn, wandte sich mir zu. »Du sahst so hinreißend in Utrecht aus. Ich habe die Leidenschaft in deinen Augen gesehen, das Feuer, am liebsten hätte ich dich bereits dort gefragt.«

Ich lächelte. »Das Haus ist besonders, es ist bis ins letzte Detail von den beiden durchdacht. Nichts darin wirkt aufdringlich. Die Architektur genügt sich selbst.«

»Ja«, stimmte er mir zu. »Sie ist voller Leben und strahlt doch Gelassenheit aus.«

»… und Selbstverständlichkeit«, fügte ich ergänzend an. Ich hörte die Stimme Truus Schröders, als sie in einer ruhigen Minute Rietveld zitiert hatte. *Wir mussten zu einer neuen Sprache für die Architektur kommen. Zu neuen Buchstaben. Neuen Worten. Neuen Sätzen.* Mir war, als wusste dieser Mann meine Gedanken zu beschreiben. Sinnlichkeit, Zurückgezogenheit, Ruhe. »Ein Haus benötigt eine Aura, vielleicht ein anmutiges Schweigen.«

Jean hatte mich erstaunt von der Seite angesehen. »Eine sensible Theorie.«

Sie kam aus meinem Innersten. »Architektur sollte nichts darstellen, nur sein. Sie selbst sein.« Präsentierten Le Corbusiers Bauten nicht zu viel von der eigenen Person? Sprach er nicht ohne Unterlass aus jeder Form und jedem Winkel? Ein Werk sollte natürlich die eigene Persönlichkeit enthalten, doch genügsam im Hintergrund schimmernd.

»Zeig der Welt, was du kannst. Ich weiß schon jetzt, dass dein Haus außergewöhnlich werden wird, Eileen.«

»Es gehört uns beiden, Jean. Das Haus sind wir. Du und ich.«

Wie sehr ich an diesem Gedanken festhielt, ich glaubte an ihn. Und an die Liebe.

Dann brach das Schwarz, wurde ein Morgengrau. Der Himmel begann sich wie eine zarte Glasglocke über uns zu wölben.

Orange. Feine Fäden Rosé. Dieses Leuchten in mir, das mein Denken Kilometer um Kilometer Richtung Paris vorantrieb, Erinnerungen und Stimmungen in mir hervorrief. Ideen befühlte.

»Wo werden wir bauen, Jean?«

Er stellte einen Fuß gegen das Armaturenbrett, sah minutenlang auf die Fahrbahn hinaus. Ich mochte das nahende Licht auf seinem Gesicht, das sich mit geringster Wagenlenkung änderte, immer andere Facetten offenbarte. »Wo kein Lärm der Welt uns etwas anhaben kann, keine Sorge, kein Misstrauen. Wo wir beide gemeinsam wir selbst sein können.«

»Das klingt wunderbar.« Ich schaltete in den nächsthöheren Gang, beschleunigte und lauschte den gleichmäßigen Vibrationen des Motors.

»Ja«, sagte er irgendwann nachdenklich.

Als wir Belgien erreichten, begannen wir uns durch die vier Himmelsrichtungen zu diskutieren. Auf dem Land? Am Wasser? Deauville? Biarritz? Schließlich passierten wird die Tore unserer Stadt und wussten, dass ich Jean ein kleines Refugium im Süden Frankreichs bauen würde. Ein Haus am Meeresufer.

»Fahre runter und finde den Ort, wo jedes Detail dir eine Geschichte vom Bleiben erzählt.«

AUGUST 1925

Paris. 21, rue Bonaparte …

In den darauffolgenden Tagen und Wochen war ich voller Pläne, ich scheute keine Mühen, vergaß alles andere um mich herum. In Windeseile richtete ich mir eine Bibliothek mit Werken zur Architektur und zum Bauwesen ein und vertiefte mich beharrlich in mein Vorhaben. Ich gestattete mir keinerlei Ablenkung, kümmerte mich nicht um die Geschäfte, nahm die Mahlzeiten ausschließlich in der Rue Bonaparte ein. Meine Welt bestand aus diesem einen Haus, das in meinem Kopf zu werden versuchte; eine atemberaubende, aufregende und gleichzeitig angsteinflößende Angelegenheit. Manchmal erstaunten mich die Gefühle, die diese Veränderungen in mir auslösten, doch ich verleugnete mich nicht vor mir selbst. Ich war kein Feigling. *Nur die Überwindung von Schwierigkeiten kann einer Sache Bedeutung verleihen*. Ich wollte mir beweisen, was wirklich in mir steckte.

Anfang des Monats hatte mich Jean mit Adrienne Gorska bekannt gemacht, eine junge Architektin polnischer Herkunft. Sie war vor einiger Zeit zusammen mit ihrer Schwester, der Malerin Tamara de Lempicka, nach Paris gekommen, um wie er an der ›École Spéciale d'Architecture‹ zu studieren. Als eine der ersten Frauen hatte Adrienne im vergangenen Jahr ihr universitäres Diplom erhalten. Mehrere Stunden in der Woche begleitete ich sie zu den Baustellen, auf denen sie wirkte, erklomm mit ihr Gerüste, inspizierte Mauerwerk und Haustechnik, ließ mir Details erklären. Sie organisierte, leitete und überwachte die Männer mit einer bewundernswerten Kompetenz. Die Strukturen waren gänzlich andere als in meinen Werkstätten. Waren rauer, strenger, und wenn Adrienne mit den Arbeitern sprach, bemerkte ich in ihrem Gesicht diese kühle, an Renaissancebilder erinnernde Sachlichkeit, die Tamara in ihren Gemälden inszenierte. Sobald sie sich mir zuwandte, änderte sie ihre Ausdrucksweise in eine sinnlichere.

»Wächst man an der Seite einer äußerst selbstbewussten Schwester heran, muss man sehen, wo man bleibt.« Sie lachte.

An Nachmittagen führte mich Adrienne mit engelsgleicher Geduld in die Grundlagen der Architekturzeichnung ein.

Auch Le Corbusier zeigte sich hilfsbereit und unterstützte mein Vorhaben ohne größere Nachfragen. Ich wertete sein Verhalten weniger als mangelndes Interesse, eher meinte ich darin eine besondere Art von Respekt zu erkennen. Er stellte mir Unterlagen zur Verfügung, mit denen ich mich ausgiebig beschäftigte, und führte mich gewohnt souverän durch die von ihm möblierten Villen. »Wenn wir doch alle die Probleme des Wohnens so gut durchstudierten wie das Fahrgestell eines Automobils.«

Die Besuche prägten mich nachhaltig, schärften mein Verständnis *en avant*. Obwohl ich es niemals erwähnt hätte, war ich durchaus nicht immer einer Meinung mit ihm. Doch ich konnte sie nicht konkretisieren, meine Gedanken waren noch allzu vage, basierten häufig auf Intuition, auf Emotion, nicht auf Logik. Ich sollte erst später entdecken, dass dies keine Schwäche war, sondern eine Stärke. Der Schlüssel zu meiner Architektur.

Ich bat Le Corbusier um tiefergehende Informationen zum Thema Stahl und Beton, stellte Fragen. Denn anders als Truus Schröder und Rietveld wollte ich mein Haus nicht nur mit dem Material verkleiden, ich wollte ein homogenes und harmonisches Werk schaffen, in dem sich das innere Wesen unserer Zeit widerspiegelte, die konstruktive Ehrlichkeit.

Er stimmte eine regelrechte Eloge auf meine Wahl an: »Großartig, Mademoiselle Gray«, befand er mit einem typischen Kopfrucken, nach links, nach rechts, das mich weiterhin an einen Raben denken ließ, die Miene undurchsichtig. »Nur Stahl und Beton besitzen die notwendige Leichtigkeit für die richtige Balance, sie bieten unendlich viele Möglichkeiten. Mir. Und allen anderen.«

Irgendetwas an der Sache störte ihn. Ohne es benennen zu können, spürte ich einen Hauch der Disharmonie.

»Er wirkt verhaltener als sonst«, versuchte ich Jean meine Beobachtung mitzuteilen, während ich ein paar Pläne auf dem Tisch zusammenrollte. »Ich erzählte ihm, dass wir einfach ein Experiment wagen. Ein Beitrag, von dem wir nicht wissen, wohin er führt. Ob er von Bestand ist. Dein Freund betrachtet uns doch nicht als Konkurrenz?«

»Weiß Gott nicht, Eileen«, winkte Jean ab. »Derlei Wörter sieht sein Vokabular nicht vor, nicht das blasseste Synonym.«

Ich wusste um den ausgeprägten Charakter Le Corbusiers, seine unbedingte Überlegenheit. Er war die treibende Kraft im Gefüge Architektur. Dennoch konnte ich dieses schleichende Gefühl nicht verdrängen. »Ob ich ihm irgendwie zu nahe getreten bin?«

»Mach dir wirklich keine Gedanken, Liebes. Der Kerl mag in vielerlei Hinsicht ein Genie sein, Frauen einzuschätzen vermag er jedoch wenig. Wäre ich ein gemeiner Mensch, würde ich sagen, er fürchtet sich vor euch, aber ich gehöre zu den Guten. Für ihn seid ihr Wunderwesen.«

»Und für dich nicht?«

»Oh, doch.«

Als Jean und ich eines lauen Augustabends nach meinem Geburtstag gemeinsam mit Le Corbusier und seinem Vetter im Büro mehrere Flaschen Wein geleert und wir alle genug getrunken hatten, hielt der Meister ein langatmiges Plädoyer auf die Baukunst, spannte Bögen über die Alte Welt, Äußerungen, die wir alle bereits in seinem Buch hatten erfahren dürfen.

»Diese blumige Verschlungenheit eines Akanthusornaments, wie Darmgewinde. Und auch Rom ist nichts als ein malerischer Basar im Ausverkauf, es bietet sämtliche Gräuel.«

Er hörte sich gern reden, und wir waren freundlich genug, ihn gewähren zu lassen. Übersahen in jeder Sprechpause das Zupfen und Ziehen und Zerren an seiner gebundenen Fliege, die ihm ebenso wie seine schwarze Brille ein wichtiges Accessoire war. Ein Markenzeichen.

»Wir müssen das Ganze rationeller angehen«, steigerte er sich selbstgefällig in seine Sätze.

»Ich bin für die Rückkehr des Gefühls«, erwiderte ich plötzlich. »Der Mensch hat nicht nur eine Seele und einen Willen, er hat auch einen Körper. Die Aufgabe sollte darin bestehen, den Menschen in seiner Gesamtheit zu zeigen.«

»Sie wünschen den alten Zopf herbei?« Ungläubig blinzelte er mich an, in der Bewegung erstarrt.

»Das habe ich nicht gesagt. Ich will nicht die griechische Kunst zurückholen, nur die mit ihrem Sinn für Maß und Ordnung herrschende Ausgewogenheit.«

»Weibliche Harmonie, da habt ihr es, Jungs.« Er zuckte mehrmals mit den Schultern, als plusterte er sein schwarz glänzendes Gefieder auf. »Deswegen spricht sich Kollege Gropius am Bauhaus weiterhin gegen die Ausbildung von Frauen in der Architektur aus. Textile Arbeiten und Buchbinderei und Töpferei, das ist angemessen.«

»Völliger Unsinn, das Programm sieht es anders vor, und das weißt du auch. Niemand solle in den als *weiblich*« – Pierre Jeanneret setzte mit den Fingern Anführungszeichen in die Luft – »… geltenden Kunstformen verharren.« Er wandte sich an mich. »Ich pflichte Ihnen uneingeschränkt bei, Miss Gray.«

Trotz des Zuspruchs verloren Le Corbusiers Worte in ihrer Bedeutung nicht an Schäbigkeit oder Hässlichem. Aus den Augenwinkeln sah ich Jean kaum merklich nicken. Er trank einen großen Schluck Wein, dann noch einen, als sollten ihm diese den Verstand betäuben oder ihn gleich einem Zaubertrank unsichtbar machen.

Schließlich war Le Corbusier am Ende seiner Rede angelangt, stand auf und erhob sein Glas. »Mein lieber Bado«, rief er laut. »Theorie ist gut und schön, und ich bin froh, dich für die Zusammenstellung meines Œuvres gewonnen haben zu können. Die Bände werden herrlich, und ich werde dich fürstlich entlohnen. Aber jeder Mann muss einmal im Leben ein Haus gebaut haben, sonst ist er kein Mann.«

»Corbu, wir haben eine Dame zu Gast«, erinnerte ihn sein Vetter vorwurfsvoll.

»Hört, hört«, übertönte ihn Jean feixend, nun sichtlich betrunken, und klatschte über dem Kopf die Hände zusammen. »Wann ist ein Mann ein Mann?«

Le Corbusier winkte ab, legte den Finger an die Lippen. Schwankte. »Dir steht nun ein wenig Hilfe eines … eines weiblichen Architekten zur Verfügung, und ich bin gespannt auf das Ergebnis. Meine professionelle Hilfe sei dir gewiss.«

»Danke schön.« Die Freunde fielen einander in die Arme, klopften sich gegenseitig auf die Schultern. Entschlossen, heldenhaft, kämpferisch. Ich spürte, wie sich in mir eine kurze Stille ausbreitete, ein Stich nur, eine winzige Explosion, in der meine Melodien schwiegen, die Welt den Atem anhielt. Ich riskierte nicht, das ausgelassene Getöse zu überstimmen, mit keinem Wort und keiner Geste. Ich entzündete eine Gauloise und suchte lediglich stumm Jeans Blick, seine schwarzbraunen Augen, die nach ein paar Gläsern Wein abenteuerlustiger zu funkeln schienen, fiebrig. In jenem Moment aber schien er zu sehr mit sich und seinen eigenen Dämonen beschäftigt.

Die Dämmerung war mittlerweile der Dunkelheit gewichen, war fast schwarz. Kerzen beleuchteten den Raum. Ein Lichtbalken fiel durch den schmalen Spalt einer geöffneten Tür. Ich bemerkte ihn erst jetzt. Er legte eine Schneise zwischen den Männern auf der einen Hälfte des Tisches und mir auf der anderen.

*

Das Bauhaus war im Aufbruch. Man wollte die politischen Unruhen hinter sich lassen und begann den Umzug von Weimar nach Dessau zu vollziehen, ein großes Ereignis, das über die Ränder des Kontinents hinaus Aufsehen erregte. Als Jean wenige Tage später die Reise nach Deutschland antrat, um auf Einladung von Walter Gropius an der Grundsteinlegung für ein Schulgebäude teilzunehmen, geriet mein Herz schwer, wir würden uns wochenlang nicht sehen. Wir gaben einander heiße Versprechen, Louise Nachrichten zu übermitteln, die wir jederzeit abrufen konnten, und ich wollte regelmäßig Telegramme aus den Orten schicken, in denen ich mich aufhielt.

»Vergiss mich nicht«, sagte ich mit sentimentalem Hauch in der Stimme, verspürte zugleich ein dumpfes Klopfen in der Brust.

»Wie könnte mir eine Frau mit solch schönen Beinen entfallen?«

»Mach dich nicht über mich lustig. Der Abschied ist schlimm genug.«

»Aber du bist schön.«

»Weil du mich schön machst.«

Behutsam drehte er mich herum, umfasste meine Taille, mit ihr meine Fragen, Sorgen und Zweifel. »Im kommenden Jahr begleitest du mich zur Einweihung nach Deutschland, bis dahin wirst du eine Menge in Bewegung gesetzt haben.«

»Ich hoffe es sehr, Jean.«

»Wenn du mich brauchst, bin ich da.« Er küsste mich mit geschlossenen Lidern, sein Lächeln danach war Gold wert. In der kleinen Geste lag so viel mehr. Momente lang fühlte ich mich schwach und stark zugleich. Anspannung und Entspannung mit jedem Satz in meinem Denken. Hinter mir jedoch stand ein Mann mit Rückgrat, das hatte er nach dem Abend bei Le Corbusier noch einmal sichtlich verkatert beschworen.

»Nimm eine betrunkene Bande Männer nicht allzu ernst, Eileen. Es liegt in unserer Natur, manchmal ein wenig über die Stränge zu schlagen, zu tönen«, meinte er, warf zwei Tabletten Bicarbonat in ein Wasserglas, beobachtete, wie sie zu Boden sanken, sich zersetzten. »Pfadfinderzeugs. Lagerfeuer. Trommelwirbel, diese Dinge.«

»Es klingt recht trivial«, versuchte ich seinen Worten einen Sinn zu entnehmen.

»Tohuwabohu. Das ist nichts als Spaß.«

»Nun, darunter verstehe ich etwas anderes.«

»Ich genau genommen ebenfalls.« Er zog ein schmerzverzerrtes Gesicht, stieß einen Seufzer aus. »Wir hatten wirklich zu viel getrunken. Es tut mir leid, und ich bedaure es.«

Liebe bedeutete Verzeihen, Nachsicht. War ein Geben und Nehmen. Was immer auch geschah, Jean würde mich halten, wenn ich fiel.

Der Wunsch sollte zu einem der härtesten Lehrstücke meines Lebens werden, denn nichts war mächtiger als der Glaube an einen Gedanken. Mochte er noch so klein sein, noch so schön, er barg Illusion. Und Gefahr.

Vor das große Abenteuer setzte ich das kleine. Entschlossenen Schrittes ging ich zum Coiffeur und ließ mir – möglicherweise als letzte in Paris lebende Künstlerin überhaupt – das Haar auf Kinnlänge scheren. Ich trug nun einen Bob gleich einer Garçonne, Henna gefärbt, dunkelrot, fast schwarz. Ich mochte mein neues Aussehen. Mein Kopf fühlte sich luftig und leicht an, und mir war, als hätte ich sinnbildlich Ballast über Bord geworfen. Mit diesem ungewohnten Lebensgefühl im Gepäck machte ich mich auf den Weg in den Süden, um an der Küste ein Grundstück zu finden. Als ich die Stadt im seichten Licht des Morgens verließ, steuerte ich noch einmal an den Straßenrand, schaute zurück, die Silhouette matter Dächer aufrecht und schön. Entschwindend. Es war kein Lebewohl, es war ein *Au revoir.*

Schon bald würde ich ein Haus bauen.

Ich war kein weiblicher Architekt. Nach allem Dafürhalten war ich im Begriff, eine Architektin zu werden. *Eileen,* vernahm ich in leisen Momenten die Stimme Mutters, als befände sie sich dicht neben mir und legte süffisant den Arm auf die Lehne der Sitzbank. *Warum nur gibst du dich mit nichts zufrieden? Glaubst du ernsthaft, du könntest dich in einem von Männern dominierten Beruf behaupten?*

Es war ein Greifen nach den Sternen, aber ich war voller Demut, und ich wusste, dass ich noch vieles zu erlernen hatte. Noch immer taumelte ich zwischen Euphorie und Selbstzweifeln. Dennoch drängte sich ein Gedanke unaufhaltsam in den Vordergrund all meiner Überlegungen. Ich hatte ihn in der Nacht vor meiner Abfahrt auf die erste Seite eines neuen Notizbuchs geschrieben:

Die Architektur ist eine Frau.

KAPITEL 3

HERBST 1925

Sud de la France. Saint Raphaël …

Der Mond hing in einer silbrig glänzenden Sichel am Himmel.

Ich stand am Saum der Welt und betrachtete das Meer, so weit. Ich liebte den Anblick. In der vergangenen Stunde hatte sich das Wasser von Blaugrün zu Graublau und schließlich zu einem schmiegsamen Schwarz verwandelt. Die Farben der Nacht. Die Luft war mild und klar und salzig. In der Ferne kreiste ein Dutzend Seeschwalben über einem schillernden Teppich aus Licht. Die Wellen spülten seicht ans Ufer, noch mal und noch mal, ein beruhigendes Geräusch. Ich suchte nach Worten, Worten gleich meinem Gefühl, leicht und schwer, bitter und süß. Durchscheinend, wie. Henri Michaux hatte es einst zu formulieren gewusst. *Der Ozean ist die Wiederholung von einem bisschen Wasser, eine gewaltige Wiederholung.*

Warum nur war ich Jahre nicht hier gewesen?

Langsam lief ich den Hafen entlang, an schaukelnden Booten vorbei. Die Fischer hatten ihre Netze zum Trocknen über die Mauer am Quai gehängt, Muscheln und Fischschuppen glitzerten im wirren Geflecht, ein Vogel mit spitzem Schnabel machte sich daran zu schaffen. In den Hügeln tanzte gelb der Schein der Straßenlaternen, als schwärmten Tausende Glühwürmchen umher. Ich flanierte durch die schmalen Gassen der Altstadt, sie waren berauschten Lebens; ließ windschiefe Häuser hinter mir, die romanische Kirche. Den Park, in dem alte Männer auf sandigen Plätzen Boule spielten und jeden Wurf leidenschaftlich diskutierten, wie es nur Südländern gegeben war. Am Ende einer von Zypressen gesäumten Allee hatte ich in einer bescheidenen Pension Quartier bezogen. Ich setzte mich vor dem Eingang an einen kleinen metallenen Tisch und bestellte ein Glas Rosé, der Geschmack zarter Veilchen. Nach der langen ermüdenden Fahrt über die *route nationale* eine Köstlichkeit. Ich rauchte und schaute in das Dunkel hinauf, die Sterne waren nah, viel näher als in Paris oder anderswo, als könnte ich tatsächlich nach ihnen greifen. Ich dachte an Vincent van Gogh. An Jean. Irgendwo hier an der Küste würde ich uns eine gemeinsame Zuflucht finden, einen Ort der Ruhe. Ich hatte ein bestimmtes Ziel im Sinn. Gleich morgen früh wollte ich ein paar Kilometer weiter Richtung Süden nach Saint Tropez fahren. Auf der Halbinsel gab es eine Bucht, La Bastide blanche, sie gehörte zu meinen Lieblingsplätzen. Ich hatte sie um 1910 mit meinen Freundinnen Kate Weatherby und Evelyn Wyld bereist, und die beiden besaßen dort mittlerweile ein *mas*, ein schlichtes Bauernhaus mit wenigen Zimmern. Damals verschlug es nur vereinzelt Fremde in den Landstrich. Bonnard, Signac und Matisse lebten in der Gegend, allabendlich traf man die Maler und andere Künstler im ›Café Frédéric‹ am Hafen. Ich trank den letzten Schluck Wein und ging zu Bett.

Mein Schlaf war tief und fest wie seit Langem nicht.

Als hätte ich keine Sorgen, die mir die Nachtruhe raubten.

Der nächste Vormittag. Die Glocken läuteten. Vor der Basilika stand eine Menschenmenge in Festtagsaufzug, erwartungsvoll. Ich parkte seitlich des schmalen Vorplatzes unter den Palmen und stellte den Motor ab. Die eichenen Türen öffneten sich und das Brautpaar trat aus dem Portal in das Sonnenlicht heraus, hinter ihm drei Mädchen in duftigen Taftkleidchen. Das Paar winkte, wirkte überglücklich. Reis wirbelte durch die Luft, Blüten, Wünsche. Segen.

Ich erinnerte mich an jenen Abend in Utrecht zurück, als wir uns von Truus Schröder und ihren Kindern verabschiedet hatten und in das Automobil gestiegen waren.

»Ich möchte die Liebe sein, nicht die Geliebte.«

»Du bist die Entscheidung, die ich nicht bereue.« Jean hatte nach meiner Hand gegriffen und unsere Finger ineinander verwoben. Kette und Schuss. Er war ein starker Mann, weitaus stärker als ich, und in jenem Moment spürte ich, wie sich ein Teil seiner Kraft und seiner Gelassenheit auf mich übertrug.

Ich fuhr über die Corniche, bog bald in das Landesinnere. Kreuzte die Gleise der alten Eisenbahnstrecke, die uns häufiger nach Toulon gebracht hatte. Hinter vereinzelten hohen Schilfstauden am Straßenrand erstreckten sich stoppelige Felder. Dort hinten Tagelöhner, die das Heu zu goldgelben Ballen bündelten. Einige der Männer sahen von ihrer Arbeit auf, grüßten. Wischten sich den Schweiß von der Stirn. Saint Tropez erreichte ich zur Mittagszeit. Die Sonne stand im Zenit und brannte auf mich herunter. Der Himmel war milchig wie der Rand der Wüste, die See ruhig, im Blau der Trikolore. Ich erkannte die Fassaden, die Bilder meiner Erinnerung, doch ihre zarten Pastelltöne waren verblichen, wirkten erschöpft. Menschen bevölkerten die Cafés am Hafen, die Tische dicht besetzt, sie schlürften Schalen voller Austern, *coquilles Saint-Jaques,* lachten. Ein buntes, lautes Treiben, und nachdem ich abseits an der Place des Lices eine leichte *salade niçoise* zu mir genommen hatte, schien mir, dass es das beschauliche Fischerdorf von damals nicht mehr gab. Ebenso die Bucht, die ich ansteuerte. Alles gehörte nun allen. Die Erkenntnis schmerzte.

Mehrere Tage lang fuhr ich die verdorrten braunen Hügel in die Weinberge hinauf, wand mich die kurvigen Straßen entlang, durch kleine Dörfer, die vollkommen ausgestorben wirkten, um den idealen Platz zu finden. Manchmal konnte ich in der Ferne das Mittelmeer sehen, eben wie gebügeltes Leinen. Am Horizont eine heiße reglose Linie. Schließlich hielt ich eines Nachmittags unter einer Pinie, atmete im Schatten ausladender Zweige den Geruch des Harzes. Lauschte dem nachdrücklichen Zirpen der Zikaden. Als rieten sie mir eindringlich, meine Pläne aufzugeben. Ich musste meinen Radius erweitern und mich an andere Ortschaften herantasten. Während einsamer Abende studierte ich die Karten und den *Baedeker*, machte mich mit stetig neuen Hoffnungen auf den Weg. Unermüdlich reiste ich durch Cannes, Antibes und Nizza. Sprach im Hinterland mit Einheimischen, wettergegerbten Alten mit ausgefransten Strohhüten, die sich nie von ihrer Heimat und ihrer Parkbank zu entfernen schienen. Die schlaffe, tote Hühner auf den Knien rupften. Die nie zuvor eine Frau ein Automobil hatten chauffieren sehen. Ich setzte sämtliche Hebel in Bewegung, all meine Bemühungen führte jedoch ins Leere. Die Riviera war in Mode gekommen, ich war nicht die Einzige, die beschlossen hatte, sich an diesem Streifen niederzulassen. Bauplätze schienen beinahe eine Rarität, als hätten die Reichen und Schönen sie für sich beansprucht, hätten insbesondere die Grundstücke am Wasser okkupiert. Das Angebot war nichtssagend, zu niedlich. Zu süß. Ich dachte an Liebe auf den ersten Blick, nichts in mir aber löste die ersehnten Emotionen aus. Zudem erschütterte mich die Architektur. Die meisten der neu errichteten Villen kopierten das Aussehen provençalischer Bauernhäuser. Mit ihren gebrannten Lehmziegeln, den kleinen Fenstern und den Scheunentoren versuchten sie an Traditionen anzubinden. Manche wiederum imitierten historische Baustile. Viele von ihnen wirkten, als habe man sie mit Zuckerguss beträufelt, lächerlich. Ihr Anblick war mir unerträglich. Ich hatte nicht vor, irgendwelche Kompromisse einzugehen, wollte weder das eine noch das andere. Wie sehr würde mein Haus schockieren?

Der September ging beinahe unmerklich in den Oktober über. Tage wurden kürzer, das Leben verhaltener. Die Menschen, die seit einiger Zeit auch die Sommer an der Küste verbrachten, reisten ab. Die *hivernants* kamen, mit ihnen die endgültige Gemächlichkeit. Der Monat war meist sonnig, die Temperaturen angenehm, doch bisweilen begann das Meer kräftiger zu wogen, wurde dunkler. Als wäre es übel gelaunt.

Eines Abends saß ich in der Pension mit einer Tasse heißen Tees auf dem Bett und las den *Gatsby* aus. Die Fitzgeralds hatten im vergangenen Jahr oberhalb Saint Raphaëls auf einem geräumigen Anwesen residiert; Scott schrieb und Zelda tanzte, und es gab wohl niemanden in der kleinen Stadt, der keinen Skandal über das Glamourpaar zu berichten wusste. Der Roman war aller Erwartung zum Trotz kein Erfolg geworden. Ich fand ihn großartig. Eine feinsinnig sezierte Gesellschaft. Schein und Sein. Die besondere Liebe, diese eine. Nach den letzten Zeilen ließ ich das Buch auf meinen Schoß sinken, verharrte minutenlang an einem anderen Ort, in einer fremden Welt. Ein tonloses Dröhnen in mir. Ich widerstand dem Drang, in die ersten Sätze zurückzugehen, sie noch einmal zu lesen. Ich wollte die Geschichte weiterdenken. Hatte man ein gutes Buch zur Hand genommen, war Lesen am Ende immer auch ein Schreiben. Ich lächelte in mich hinein. Wie ließ sich der Gedanke auf die Architektur übertragen? Wann war die Architektur eine gute? Ich schaute hinüber zum Tisch, auf dem einige Skizzen lagen, daneben ein Modell. Ich hatte es in den letzten Wochen während einsamer Stunden gefertigt, ein Versuch. *La petite maison pour un ingénieur, située sur la Mediterranée.* Um ehrlich zu sein, ich wusste es nicht. Es hatte mit Gefühl zu tun. Und genau darin lag ein Teil meiner Faszination.

Ich tastete mich durch das dunkle Treppenhaus zu der Pensionswirtin hinunter und meldete am Tresen ein Gespräch nach Paris an, um mit Louise zu reden. Zwischen all den Topfpflanzen, Lampen und aufgestellten Bilderrahmen kam ich mir vor, als stünde ich in einem unaufgeräumten, langweiligen Wohnzimmer. Es knackte und rauschte eine Weile in der Leitung, dann vernahm ich die Stimme meiner Haushälterin.

»Fehlt Ihnen die große Stadt nicht, Miss?«

»Doch, sehr«, sagte ich. »Aber die Beständigkeit braucht das Abenteuer.«

»... und das Abenteuer die Beständigkeit.« Sie berichtete von den Geschehen in der Rue Bonaparte, von den Mausen, die einander in der Speisekammer jagten, den schwierigen Kunden in der Galerie, dem Kissen, das sie für mich bestickte, und ich wollte sie fest in den Arm nehmen und an mich drücken. Ich erzählte ihr von den Orangenbäumen, den Lavendelfeldern, Reihe um Reihe, die sie noch nie gesehen hatte. Der Weitläufigkeit des Lebens, die doch immer auch etwas Belangloses in sich zu bergen schien.

»Warum erwähnen Sie das, Miss?«

Mir kam erneut die Literatur in den Sinn, Pound, den ich bei Sylvia Beach hinter den Regalreihen hatte sagen hören, dass man seinen Lesern nicht vorgeben sollte, was sie zu denken haben, dass sie selbst denken mussten. »Finde es heraus.«

»Ich verstehe.«

Während ich mich unterhielt, zog die Wirtin den Gürtel ihres billig glänzenden Morgenrocks enger um die Taille, sie besaß das Aussehen und die Anmut einer Wahrsagerin auf dem Jahrmarkt. Langsam schenkte sie Likör in zwei zierlich geschliffene Gläser, eine achatrot schimmernde Flüssigkeit. Zwischen Kisten und Strohkörben holte sie ein in Seihtuch gewickeltes Stück rohen Schinken hervor und schnitt mit einer scharfen Klinge hauchdünne Scheiben ab. Sie schob Gläschen und Teller die lange Tischplatte hinüber und nickte mir aufmunternd zu.

»Hat Monsieur Badovici eine Nachricht für mich hinterlassen,

Louise?«, fragte ich vorsichtig, und die kurze Stille am anderen Ende erschien mir lang, zu lang.

»Nein, leider nicht«, bedauerte sie schließlich. »Ich habe aber gehört, dass Monsieur Le Corbusier seine Zeitschrift einstellt.«

»*L'Esprit Nouveau?*«, fragte ich ungläubig.

»Angeblich hat er sich mit einem Monsieur Ozenfant verstritten.«

Nachdenklich hängte ich ein. Die Schrift war ein Sprachrohr gewesen, seine Verbindung zur Außenwelt, über sie streute er seine Meinung, all sein Tun. Was mochte das Zerwürfnis für Jean bedeuten? Ich trank den Likör, aß ein wenig von dem Schinken. Die Gesellschaft der Wirtin tat mir gut.

Die Pendeluhr schlug elf Uhr. Die Frau beugte sich über den Tresen, legte den Kopf in die Hände, auf ihrem Gesicht blass das Muster des Lampenschirms. »Ihre Zukunft, Madame«, sagte sie und wies mit gerecktem Kinn gen Osten, »die befindet sich am anderen Ende der Küste.«

Villefranche, Beaulieu, Èze. Ich suchte weiter.

Eines Morgens im November fiel ein feiner Nieselregen auf meinen staubig grauen Wagen, die Luft war lau, noch immer mild. Ich fuhr an aufgespannten Schirmen vorbei, begleitet vom Schleifen der Scheibenwischer, ihrem Hin und Her. Mochte den Geruch des Nassen, *Petrichor*. Der Begriff ging mit den Göttern einher. Kurz hinter Monaco geriet ich auf der Küstenstraße in einen hellen Nebel, eine Wolkendecke, die von oben erleuchtet war und sich sanft auf die Fahrbahn legte. Luzide Sonnenstrahlen brachen die seichten Tropfen des Regens in Tausende Lichtpartikel. Meer und Berge um mich herum schienen von einer besonderen Atmosphäre erfüllt. Ich erreichte ein Dorf namens Roquebrune, wenige Atemzüge vor Menton an der italienischen Grenze. Die Wirtin hatte mir von einem abgeschiedenen Flecken erzählt, einer bewaldeten Landzunge, zu der man nicht mit dem Automobil gelangte. Ich stellte den Wagen an einer entlegenen Bahnstation ab, die Zeiger der Uhr über einem Fahrplan standen still. Auf einem schmalen, ausgetretenen Pfad folgte ich den Gleisen Hunderte Meter entlang, passierte tiefe Kuhlen, knorrige Olivenbäume mit wild wuchernden Wurzeln. Die Landschaft war rauer, die Wellen zu meiner Rechten ungestüm. Alles hier wirkte unberührt, beinahe unzugänglich. Ich lief das terrassierte Gelände bis nah zum Wasser hinunter, ringsumher herrlich duftende Zitronenbäume. Vor mir die zerklüfteten Felsen, das Wasser, das unentwegt anprallte, strudelte, schäumte. Sich warf. Dort drüben eine halbmondförmige Bucht, menschenleer, wie hingegossen. In der Ferne die galanten Umrisse des Fürstentums. War ich bisher im Zweifel, so wusste ich jetzt, an diesem Ort wollte ich bauen. Ich wusste es mit Bestimmtheit. Hier raunte mir jedes Detail eine Geschichte vom Bleiben ins Ohr.

Schon bald sollte ich Roquebrune erneut aufsuchen. Ich beäugte, taxierte, tastete. Erkundete das ausgedehnte Terrain, umwanderte das Cap Martin. Die Wege blieben uneben, waren übersät mit Blättern und Pinienzapfen. Die nassbraunen erodierten Ausläufer wirkten wie aus einer anderen Welt, benetzt mit Tang. Weit draußen ein Segelschiff, kraftvoll glitt es dem Horizont entgegen, als schien es Muskeln zu haben; bewegte sich durch Zeit und Raum. Ich beobachtete die Windverhältnisse, den Sonnenstand. Machte mit der Plattenkamera aus allen erdenklichen Perspektiven Aufnahmen des Grundstücks und sprach mit Leuten im Dorf, um den Namen des Eigentümers in Erfahrung zu bringen. Die Gegend war nahezu paradiesisch, hügelan schmiegte sich die Altstadt mit ihren verwinkelten Gassen in das wogende Grün. Hoch oben, als ragte sie an den Himmel heran, thronte eine mittelalterliche Burg, die über allem zu wachen schien.

Auch über mich.

FRÜHJAHR 1926

Paris. Roquebrune, Cap Martin.

Nachdem Jean mit seinem Freund Christian Zervos angereist war, um meine Entdeckung mit einhelliger Begeisterung aufzunehmen, hatten wir uns wenige Tage nach unserer gemeinsamen Rückkehr in Paris ans Werk gemacht.

Jean und ich verbrachten jede freie Minute miteinander. Ich war glücklich, ihn wiederzusehen, ihn nah bei mir zu wissen, seinen vertrauten Geruch wahrzunehmen. Ich schob einen Stapel zerknickter Zeichnungen beiseite und sagte, obwohl es mir noch immer nicht leichtfiel: »Wie sehr ich dich vermisst habe.«

»Ich dich, meine Schöne.« Er strich mir durchs Haar, das er kinnlang mochte, begehrte. Grub seine Nase hinein.

Ich spürte dieses enge Band zwischen uns, wollte es fester schnüren. Wollte uns damit am liebsten umhüllen, vom Rest des ganzen Universums trennen. »Hast du schon oft so empfunden?«

»Nun gelten meine Gefühle dir.«

Sanft stieß ich ihn in die Seite. »Wenn das keine diplomatische Antwort war.«

»Ein wichtiges Werkzeug in Beziehungen, oder?« Sein Tonfall war neckend. Mit beiden Händen griff er die Stuhllehne in meinem Rücken und zog sie zurück, küsste mich.

Alles schwankte ein wenig, aber was bedeutete das schon.

Mein kleines Modell für einen Ingenieur, das ich in Saint Raphaël entworfen hatte, fand sein Wohlwollen. »Du kannst es, Eileen«, meinte er anerkennend. »Für eine Autodidaktin weist du einen hohen Grad an Selbstständigkeit auf.«

Einige Unstimmigkeiten seien typische Anfängerfehler, die man eben durchlief, solange man lernte. Ein normaler Vorgang, beruhigte er mich mit Worten, die mir Schwung gaben für das, was noch vor mir lag. Jean mochte die verbundenen Terrassen, den Eingangsbereich, die zweite Küche im Freien, damit Essensgerüche nicht unentwegt durch die Räume zogen. Das zentrale Treppenhaus, die *pilotis*.

Doch dann, nachdem er mit Le Corbusier über das Wochenende für eine Recherche außerhalb der Stadt unterwegs gewesen war, kippte die Stimmung, ohne dass es einen Anlass gegeben hätte. Irgendetwas mochte ihn verärgert haben. Plötzlich insistierte er regelrecht, das Haus zu vergrößern, zeichnete mit grobem Strich in meinen Plänen herum. Schaute mir fortwährend über die Schulter, was ich bald als zu kontrollierend empfand. »Wir benötigen eine Villa, die wir nicht nur zum Entspannen und Arbeiten nutzen, sondern die wir auch potenziellen Käufern präsentieren«, hatte er gesagt.

»Du willst es nach der Fertigstellung verkaufen?«

»Erst einmal müssen wir beide zeigen, was wir können. Daraus ergeben sich Möglichkeiten.« Er denke über ein Haus nach, das man beliebig oft und schnell an jedem Ort der Welt hochziehen könne. Eine *maison minimum*.

»Ich beschäftige mich mit deinem Vorschlag.«

»Du solltest dich abermals mit den Formeln auseinandersetzen, um mehr Ausgewogenheit zu erreichen.«

»Formeln sind nichts, das Leben ist alles«, setzte ich dagegen. »Und das Leben ist Kopf und Herz zugleich.«

»Die Architektur besteht nicht nur aus Gefühlen, Eileen. Sie bedeutet Zahlen und Fakten. Wenn wir Erfolg haben wollen, benötigen wir die Aufmerksamkeit von Fachleuten, verstehst du? Wir müssen sie beeindrucken.«

»Es kann nicht darum gehen, mit ein paar Linien einen guten Eindruck zu machen, es geht doch darum, ein Zuhause für Menschen zu schaffen.«

Er verstummte. Kurz zog ein regloser Ausdruck über sein Gesicht, die Augen dunkler.

Ich las in ihm wie in einem Buch, wusste, wir würden uns schon bald mit der Diskussion im Kreis drehen. Womöglich streiten. Ich versuchte, meinen inneren Aufruhr im Zaum zu halten, sagte leise: »Du könntest das Projekt in deiner Zeitschrift veröffentlichen.«

»Mit dem Gedanken spiele ich natürlich. Aber wir brauchen etwas, was seiner Zeit tatsächlich einen Schritt voraus ist. Wir leben in einer Welt voller Umbrüche, täglich geschieht Neues in unserer Branche.« Er reichte mir Unterlagen über die sogenannte ›Frankfurter Küche‹, ein von einer österreichischen Architektin entworfener Raum, der auf geringster Fläche eine größtmögliche Ausstattung bot, um Hausfrauen die Arbeit zu erleichtern. »Margarete Lihotzkys Konzept geht bereits kommenden Herbst in Serienproduktion.«

Ich betrachtete die Abbildungen, mochte sie auf der Stelle. Klare Linien, schlichtes Holz, Aluminiumschütten. Doch würde ich die Ideen nach allem Dafürhalten umsetzen? Ich, die Küchen gleichgültig ließen? Der Gedanke war bahnbrechend, zumal von einer weiblichen Person, die sehr wahrscheinlich sämtliche der Tätigkeiten auszuführen wusste. »Alles ist eine Frage des richtigen Zeitpunkts. Kommen die Geistesblitze zu früh, versteht sie niemand. Kommen sie zu spät, werden sie vergessen.«

»Sie liegen in der Luft und verbreiten sich manchmal rasant schnell, wie Gerüchte. Hast du von dem Knaben Marcel Breuer gehört, der in Dessau die Möbelwerkstatt leitet? Er arbeitet mit den Junkers-Flugzeugwerken zusammen, um innovative Werkstoffe zu erproben.«

»Ich habe letztens in einem Magazin gelesen, dass er mit Stahlrohr experimentiert.« Ich hätte sagen können, dass ich auch von Mart Stam gehört hatte. Dass ich mich schon länger mit dem Material beschäftigte und erste Entwürfe in der Schublade lagen. Doch irgendeine fremde Stimme schlich sich in meine Gedanken, ich tat es nicht, ich hielt mich zurück.

Jean wirkte in jenen Tagen häufiger gestresst. Nervös rauchte er eine Zigarette nach der nächsten, die Redaktion wie auch der eigene Anspruch beanspruchten ihn zunehmend. Die Lage war schwierig, ich verstand, trotzdem musste ich auf eigene Art vorankommen. In meinem Rhythmus, in meinen Vorstellungen. Meinen Eingebungen.

Immer wieder hatte er mich auch auf die weiteren Umbauten in Vézelay angesprochen. Mein Kopf war zum Bersten voll, schmerzte beinahe vom Denken, dennoch lieferte ich Jean Inspiration, wie er die Fassaden gestalten könnte. Aber war er nicht eigentlich erfahrener als ich? Wusste er um all die Dinge nicht besser?

Ich war erschöpft. Als ich in der Rue Bonaparte spätabends abschließende Striche gezogen hatte und wir auf dem Sofa ein Glas Wein tranken, zeigte er sich reumütig und dankbar. Er legte den Arm um meine Schultern. »Meine Ungeduld tut mir leid, momentan ist wirklich eine Menge zu tun. Neben all der Verantwortung und dem Zusammentragen meiner Artikel muss ich mich auch um Corbu kümmern.«

»Musst du das denn wirklich?«, hakte ich nach und bemühte mich um ein Lächeln. »Ich denke, der Mann weiß, was er tut.«

»Er ist nun ein renommierter Architekt, seine Stimme findet weltweit Gehör. Allein sich in seinem Dunstkreis bewegen zu dürfen, bedeutet eine große Ehre.«

»Übertreib es nur nicht, Lieber.«

»Seitdem er seine Zeitschrift eingestellt hat, platziert er vermehrt Artikel bei uns. Das gibt *L'Architecture Vivante* weiteren Auftrieb.«

Jean betrachtete Le Corbusier als wichtigen Arbeitgeber, als Freund. Als leuchtenden Stern am Firmament, das tat ich auf meine Weise ebenfalls, er war großartig, richtungsweisend. Aber manche Sterne rasten mit enormer Geschwindigkeit auf die Erde zu, verbrannten alles ringumher, nur um im nächsten Moment selbst zu verglühen. Das wusste ich aus Erfahrung. Ich teilte Jeans Meinung nur bedingt, doch ich liebte ihn zu sehr, als dass ich ihm meine Bedenken hätte mitteilen wollen. Er war entnervt genug. Mich überkam Traurigkeit, ein Gefühl der Enttäuschung, von der ich ahnte, sie konnte sich in ohnmächtige Wut verkehren. Ich gab Louise Anweisungen für die kommenden Wochen und Monate in der Galerie. Sie würde sich dort häufiger einfinden müssen. Gab Sorère hatte schriftlich eine längere Pause mit der Begründung verlangt, Loïe Fuller in den Staaten auf eine Tournee begleiten zu wollen, über Damia verlor sie keine Zeile, nicht ein Wort. Voller Zorn zerknüllte ich das Schreiben und warf es blindlings gegen die Wand. Ich hasste sie.

»Im Sommer schließen wir ›Jean Désert‹ eine Zeit lang«, sagte ich. »Bis zur Wiedereröffnung werde ich mich nach einer anständigen Kraft umgesehen haben.«

»Ich halte die Stellung.« Louise befühlte das zierliche goldene Kreuz an ihrem Hals. »Das wird schon werden.«

Ich stieß einen tragischen Seufzer aus, verspürte schlagartig die ganze Last dahinter. Hoffentlich mutete ich der jungen Frau nicht allzu viel zu. Sie beruhigte mich, und schließlich packte sie meine Koffer mit robuster Kleidung und gummibesohlten Schnürstiefeln, damit ich mich an der Küste meinen Aufgaben widmen konnte. »Und irgendwann werde ich Sie besuchen kommen, Miss.«

Es war die junge Fotografin Berenice Abbott, die mich einige weitere Tage in der Stadt halten sollte. Sie hatte in den vergangenen zwei Jahren dem legendären Man Ray assistiert und auf sein Anraten damit begonnen, Persönlichkeiten wie James Joyce, Jean Cocteau, Marie Laurencin, Coco Chanel oder auch Djuna Barnes zu porträtieren. Ihre Aufnahmen waren so elegant wie eindrucksvoll; ich schätzte ihre Art, Charaktere herauszuarbeiten, wahres Ich zu zeigen, ohne zu verschönern oder zu analysieren. Ein *pneu* von ihr erhalten zu haben, überraschte mich, wer war ich denn schon, wahrlich keine Berühmtheit. Dennoch, ich fühlte mich geschmeichelt und sagte eine Sitzung zu. Während des Vormittags im Studio unterhielten wir uns unentwegt über meine Projekte, die Bücher, die ich las. Berenice nahm mir all meine Scheu, vor der Kamera zu stehen. Rückte dezent meine weiße Seidenbluse zurecht, das Einstecktuch im Blazer. Mir war, als löste sie Schicht für Schicht meine Ängste, mein Misstrauen vor mir selbst. Ihr Gespür für Menschen war außergewöhnlich. Bereits am darauffolgenden Morgen überbrachte ein Bote einen Umschlag mit einem liebenswürdigen Dankesbrief und meinen Aufnahmen.

Louise wich nicht von meiner Seite, bis sie die Porträts gesichtet hatte. Ihre Augen leuchteten hell auf. »Sie sehen aus wie eine Filmschauspielerin, Miss.«

Ich lachte ein wenig, der Gedanke lag mir fern. Ich ging zum Fenster, näher ans Licht, betrachtete die Abzüge eingehend. Sie waren modelliert und schattiert mit der Erfahrung einer Künstlerin. Ich sah eine Frau von feingliedriger Stärke, von warmer Distanz. So hatte ich mich nie wahrgenommen, als wäre die Person nicht ich, die ich sah, und gleichzeitig wollte ich sie sein, seltsam. Sie hatte ein Bild von mir zum Vorschein gebracht, das ich längst tief in meinem Inneren von mir selbst zu schaffen begann.

Eine Fotografie, die mich leicht vorgeneigt im Profil zeigte, die Arme vor dem Körper verschränkt, gefiel mir besonders. Ich faltete einen Bogen Papier in der Mitte, schrieb entlang des Falzes ein paar Zeilen hinein und heftete die Aufnahme mit einer Metallklammer an. »Übergib das bitte Monsieur Badovici, wenn er sich das nächste Mal einfindet«, sagte ich.

Dann fuhr ich tatsächlich in den Süden. Jeans Fachkenntnisse schätzte ich wie alles andere an ihm, doch mit einem ewigen Blick über die Schulter konnte ich nicht arbeiten. Was ich zu tun hatte, musste von mir allein vollbracht werden, darin lag die treibende Kraft. Still zog ich mich zurück.

*

Ich kaufte das Grundstück am 26. März 1926 und ließ es bei einem Notar in Beausoleil auf den Namen Jean Badovicis eintragen. Auch firmierte er als Eigentümer des zu bauenden Hauses; Besitz interessierte mich wenig, viel lieber setzte ich die Dinge in Szene. Fünf Tage zuvor hatte eins der vielen Richtfeste am Bauhaus in Dessau stattgefunden. Jean berichtete ausschließlich Positives von den Gebäuden, die entstanden, von allem, was dort geschah, und ich wertete das zeitnahe Datum als gutes Omen für mein eigenes Vorhaben.

Nur wenige Wochen später erwarb ich in Castellar, eine halbe Wegstunde von Roquebrune entfernt, ein weiteres Stück Land mit einem schlichten, unterkellerten *cabanon* und drei alten Wasserzisternen. Es lag an einer steilen Straße, die sich inmitten wildblühender Wiesen von Menton hinauf in die Berge wand. Ich denke, es war der fantastische Blick ins Tal, der mich verführte. Wieder einmal folgte ich einem innersten Gefühl. Auf der einen Seite die schroffen Alpen, auf der anderen das Meer.

In der Altstadt Roquebrunes bezog ich unter Dachschrägen eine winzige Wohnung mit einer Kochnische, sie erinnerte mich an eine Puppenstube, in der ich mit Kinderhand die altmodischen Möbel des Historismus zurechtgerückt hatte. Die Häuser in den verschachtelten Gassen drängten sich dicht aneinander, offenbarten überraschende Nischen und Durchgänge, dahinter weitere Häuser, Höfe. Auf den Treppen überall Blumentöpfe mit Kräutern, Kakteen und duftendem Oleander. Lackschwarze kleine Katzen stolzierten über grobes Mauerwerk.

Meine Wirtin, Madame Durand, war eine beinahe grauhaarige Kapitänsgattin mit wachsamen Augen und antiquierten Ansichten zum Thema Mann und Frau. Ich wähnte sie kaum älter als mich. Es überstieg ihren Verstand, weshalb ich mich in ein solch gewagtes Abenteuer stürzte, weshalb ich überhaupt arbeitete.

»Mein Auskommen habe ich stets selbst bestritten, ich kenne es nicht anders«, erklärte ich ihr geduldig. »Unabhängigkeit ist mir ein wichtiges Anliegen. Und nun habe ich mir in den Kopf gesetzt, ein Haus zu bauen. Sollten wir nicht alle unseren Träumen nachhängen?«

»Bleibt die Frage, ob wir sie verwirklichen müssen. Anscheinend aber muss man heutzutage als Frau auf diese Weise handeln, um in Paris als *modern* zu gelten.«

»Und wie wundervoll es ist, die Entscheidung eigenständig zu treffen.«

Kurz schürzte sie die Lippen, schien abzuwägen. Schenkte mir sodann jenes gutmütige Lächeln, das ich von Mutter kannte, das im Grunde nichts als Überlegenheit demonstrieren sollte. »Frauen werden noch in hundert Jahren nicht an die Macht der Männer heranreichen. Sie werden weiterhin über uns und unsere Geschicke bestimmen.«

Ihre Worte waren eine Drachensaat, waren das Gestern. Ich konnte mir vorstellen, dass ihre Aufgabe keine leichte war; sie hütete das Feuer für einen Mann, der Wochen und Monate die Meere besegelte, den sie kaum sah, vielleicht nie wiedersehen würde, und der doch alles beherrschte.

Ich war gerade im Bemühen, eine neue Stimme zu finden, meinen eigenen Kompass zu richten. Mich in den Menschen zu verwandeln, der ich immer hatte werden wollen. Von einer Person wie ihr, die wie eine Marionette an langen Fäden hing und von anderen gelenkt wurde, würde ich mir die Chance nicht nehmen lassen.

»Nun«, erwiderte ich entschieden und mit ebensolchem Lächeln, »immerhin wage ich, Ihrer Meinung etwas entgegenzusetzen.«

Innerhalb geschwindester Zeit nannte man mich im Dorf *L'architectrice*, die Architektin. Mir gefiel der Name außerordentlich. Meine Absichten hatten sich gleich einem Lauffeuer herumgesprochen. Ging ich hinunter in das Café der Einheimischen, das sich in Höhe des Plateaus befand, auf dem mittwochs der Wochenmarkt stattfand, erfuhr ich Bestätigung. Jeder wusste etwas zu berichten, kannte jemanden, der kundig war oder Werkzeug zur Verfügung stellte. Mir offenbarte sich das Geschehen wie eine Art Bienenwabe, in der alle gemeinschaftlich miteinander verbunden waren und ihre Aufgaben erfüllten.

Die Inhaberin Hélèna, eine blitzgescheite junge Wohlgestalt mit Dutzenden Silberreifen an den Armen, sagte: »Den Laden habe ich im vergangenen April von meinen Eltern übernommen. Ich bin in diesem Ort groß geworden und kenne mich aus.« Mit ihrer aufgeschlossenen Art vermittelte sie mir sofort ein gutes Gefühl. »Eigentlich ist dieses Café so etwas wie eine Zentrale. Von hier aus können Sie telefonieren, Sie können hier Post lagern, Milch kaufen oder Ihren Kummer abladen.«

»Sie an meiner Seite zu wissen, bedeutet mir viel.«

»Wir Frauen müssen zusammenhalten.« Sie strich sich eine seidenblonde Strähne hinter das Ohr, der Schmuck glitt melodiös die Gelenke entlang. Mit exakt bemessenen Bewegungen bereitete sie einen Espresso zu und servierte ihn mir. »Wenn Sie Fragen haben, wenden Sie sich an mich. Ich habe Antworten.«

»Du klingst wie eine Philosophin, Hélèna«, meinte ein Mann, in gestreiftem Fischerhemd neben mir am Tresen stehend, der gut und gerne ihr Vater hätte sein können. Mit rauen, schwieligen Händen, als habe er soeben am Hafen Hunderte Kisten verladen, hob er seinen Krug Bier. »Deswegen bewundern dich alle.«

»Sie ist die Frau, die tausend Schiffe in See stechen lässt, so schön«, fiel ein anderer ein. »Lässt Kriege entfachen.«

»Ihr beide werdet es wissen, Jungs.« Schulterzuckend schaute sie mich an, lächelte. »Die Welt dreht sich hier langsamer.«

»Dann haben wir mehr Zeit, unsere Wahrheiten zu ergründen.«

»Willkommen in Roquebrune, Eileen.«

Tatsächlich sollte ich es mir in der kommenden Zeit zur Gewohnheit machen, morgens einen Espresso bei Hélèna zu trinken oder nach manch anstrengendem Tag auf dem Bauplatz auf ein Glas Wein vorbeizuschauen. Ich erwartete keine tiefsinnigen Gespräche mit Bedeutung, lediglich ein wenig Abwechslung und Lachen. Sie schien über einen geheimen Vorrat an positiver Energie zu verfügen, den sie jederzeit einer kleinen metallenen Dose im Regal hinter dem Whiskey entnehmen konnte. In Hélèna wähnte ich keine Verbündete, doch immerhin so etwas wie eine Freundin.

In den folgenden Wochen studierte ich das Gelände mit seinen starken Niveauunterschieden und beschloss, nicht in die Topografie einzugreifen. Ich wollte das Haus den natürlichen Gegebenheiten anpassen, jeden noch so zarten Zitronenstamm erhalten. Stundenlang setzte ich mich auf die Felsen nah am Wasser und beobachtete die Lichtverhältnisse, den Wind, um mir die Elemente zunutze zu machen. Eine Handvoll Katzen, das Fell geflammt wie Schildpatt, streunte auch hier unten durch die Gräser; sie hatten ihren eigenen Kopf. Täglich brachte ich ihnen etwas zum Fressen, Fischreste, ein paar rohe Brocken Fleisch. Sie begannen mich anzublinzeln, verharrten, schauten mir länger in die Augen, und dann wurden sie zutraulicher. Kamen immer näher. Bevor ich die endgültige Lage des Hauses bestimmte, zeichnete ich den genauen Sonnenverlauf in meine Skizzen ein. Ich arbeitete die Pläne aus, korrigierte und versah sie beständig mit neuen Ideen. Schließlich stellte ich einen Bauantrag und engagierte den Maurermeister Savayardo, der sich ansatzweise auf die Technik des Stahlbetons zu verstehen gab. Zwei jüngere Gesellen aus dem benachbarten Menton, Guiseppe und Antonio, geschickt und kräftig, würden mich ebenfalls unterstützen. Ich orientierte mich an Le Corbusiers fünf Punkten und hatte noch einmal ausgiebig über seine Worte zum Haus La Roche nachgedacht. Man trete in das Gebäude ein und habe sofort die ganze Architektur im Blick. Auf einer festgelegten Route eröffneten sich verschiedenste Perspektiven. Mir gefiel die Vorstellung einer *promenade architecturale*, mein Spaziergang aber sollte geheimnisvoller sein. Überhaupt wollte ich vieles anders machen als er, das Genie. Als De Stijl. Und auch als Jean. Ich spürte instinktiv, dass sich in meinem Inneren etwas Wunderbares auftat. Ich wollte die fachlichen Debatten der Zeit bündeln, sie eigenständig fortentwickeln, etwas Besonderes erschaffen. Formen sollten Gefühle ansprechen, die Bedürfnisse des Menschen. Ich träumte von dem Haus Nacht für Nacht. Während das Mondlicht zum geöffneten Fenster hereinfloss, jeden Winkel meiner Gedanken berührte, durchlief ich es in leichten Schlaf gehüllt.

Wie hatte Jean damals an jenem späten Winterabend während seines ersten Besuchs in meinem Appartement gesagt? *Architektur ist hingebungsvolle Poesie, und Poesie kann nur gelingen, wenn die Grammatik vollkommen ist. Bauen und Schreiben weisen gemeinsame Sprache auf.*

Alles, was ich machte, war wie Schreiben. Ich schrieb über mein eigenes Bedürfnis nach Einsamkeit, nach einem Rückzugsort, Unabhängigkeit und Intimität, aber auch über einen Freiheitsdrang, den ich zum Ausdruck bringen wollte.

Es war ein stetes Überarbeiten, ein Ringen, ein Kämpfen. Zeile um Zeile. Wort um Wort.

Bis es mühelos aussah, in die Welt entlassen wurde. Hoffte, nicht ignoriert zu werden.

KAPITEL 4

SOMMER 1926

Roquebrune, Cap Martin.

Die Vorbereitungen dauerten Monate an. Die Fläche musste dem Gestein entrungen werden, Büsche zurückgeschlagen, Erde ausgehoben. Häufig genug dachte ich an eine antike Grabungsstätte. Ich stand dem Bautrupp tatkräftig zur Seite, doch die Arbeit war ungemein anstrengend. An vielen Tagen triefte die Luft vor Hitze und Wehrlosigkeit. Luftzüge wehten kaum über das Land. Manchmal lehnte ich erschöpft im hellen Schatten eines Olivenbaums und betrachtete hoch am Himmel die Möwen, die weit ausgebreiteter Schwingen mit der Windscherung flogen. Das Gelände war einsam und uneinsehbar, vom Dorf und seinen Bewohnern isoliert. Es hatte seine Vorteile, barg jedoch ebensolche Probleme. Eine Zufahrtsstraße gab es nicht, sämtliche Materialien mussten mit Schubkarren den schmalen, staubigen Pfad entlang zum Platz gebracht werden. Ich hatte wenig Zuspruch. Ich fühlte mich oft stark und war voller Begeisterung, angesichts der Schwierigkeiten aber hatte ich Mühe, mit Eifer bei der Sache zu bleiben.

Das Schwimmen im Meer schien mir ein Trost; täglich lief ich die vielen ausgetretenen Steinstufen zum Strand hinunter, der Plage du Buse, watete auf den Kieseln knietief ins Wasser und tauchte kopfüber in die kühlen, klaren Wellen ein. Das Geräusch der Unendlichkeit. Vorbei an zerklüftetem Fels schwamm ich mit kräftigen Zügen hinaus, verließ seichtes Gefilde, bis ich den sandigen Grund nicht mehr sah, unter mir alles tief und dunkel und geheimnisvoll wurde. Welch sonderbare Wesen sich am Boden herumtrieben, sich wälzten und balgten, still dalagen, einem ganz eigenen Rhythmus folgten. Wie gefährlich sie wohl waren. Ob sie nach mir schnappten. Bei der Vorstellung verspürte ich einen leichten Schauder. Doch ich ergab mich dem Lauf der Dinge. Als forderte ich die Angst heraus, suchte die Gefahr.

Zurück am Ufer setzte ich mich auf den warmen Stein und ließ meine mittlerweile gebräunte Haut und den Badeanzug von der Sonne trocknen. Den Blick auf das Haus gerichtet, dahinter die Pinien, grün wogend, wolkengleich. Die sanft auslaufende Landzunge. Ich mochte mein klopfendes Herz nach der Anstrengung, das Heben und Senken meiner Brust, das abschwächende Atmen. Wie Mattigkeit nach dem Beischlaf. *Schwör mir, dass du mich niemals verlassen wirst.* Insekten schwirrten. Im silbrig schimmernden Tang, trocken und knisternd, stritten mehrere Seevögel um eine Miesmuschel. Laut schimpfend umkreisten sie sogleich meinen Kopf, einmal, zweimal, zogen weiter. Kurz dachte ich an Natalie Barney und Gertrude Stein. Mir war zu Ohren gekommen, dass sich die beiden nach all den Jahren in Paris das erste Mal über den Weg gelaufen seien. Ich ließ mich zurückfallen. Betrachtete das Blau.

In Gedanken.

Über die Schönheit.

Ließ sich Schönheit entwerfen? Neben all den Regeln, die es zu befolgen galt, reichten Lehren über Harmonie, Kontrapunkt und der Goldene Schnitt nicht aus, um einen Zauber zu entfachen. Es musste mit Sehnsucht zu tun haben, mit einem Gefühl, das tief in mir verborgen lag, Glück zu schaffen vermochte. Wie die Liebe. Ich musste Wesentliches entdecken, genau hinschauen, abseits bisheriger

Entwürfe Sehnsucht und Sinnlichkeit unbedingten Raum geben. Ich wollte ein Haus bauen, das ich gern betrachtete, das Präsenz ausstrahlte. Doch es musste mich anders berühren, eine emotionale Wahrnehmung in mir auslösen. Wo war das Geheimnis, was bewegte mich in der Architektur? Was? Ich hatte unentwegt darüber nachgedacht. Tatsächlich ging es mir um Atmosphären, um Stimmungen und Gerüche. Um Erinnerungen meiner Kindheit, versunkene, in Vergessenheit geratene. Wie war es gewesen, mit nackten Füßen über das von der Sonne erwärmte Holz zu laufen? Über kühle Fliesen, deren Fugen und Sprünge ich im Spiel mit Thora nicht betreten durfte, weil wir uns sonst in Luft auflösten? Wie war es, den Geruch der Bücher in der Bibliothek wahrzunehmen? Metallene Oliven am Fensterflügel zu drehen? Klänge schienen mir bereits als junges Mädchen von besonderer Wichtigkeit gewesen zu sein. Das Leise, Ruhige.

Ich hatte den Ort gefunden, wo kein Lärm der Welt uns etwas anhaben würde. Dieses Haus, ich musste es aus der Stille in mir erdenken.

*

Ende Juni hatte mir Jean einen Besuch in Roquebrune abgestattet. Ich war aufgeregt, ihm nach so langer Zeit wiederzubegegnen, keins der seltenen Telefonate, der Briefe und Telegramme vermochte seine Gegenwart auszugleichen. Er sollte die fertigen Entwürfe noch einmal begutachten und auf eventuelle Konstruktionsfehler prüfen. Die Statik blieb weiterhin meine Schwachstelle. In der Abenddämmerung holte ich ihn mit dem Automobil an der Bahnstation ab, das Licht hätte kaum einen herrlicheren Empfang bieten können; das Goldene, Schöne, er sah es nicht. Seine beiden Lederkoffer waren wuchtig und schwer, und wir fuhren sofort hinauf in die Altstadt, in mein Appartement. Er wirkte unruhig, der Blick abgespannt, redete wenig. In meinen schlichten Räumlichkeiten ließ er sich ein Glas Wein von mir einschenken, ein weiteres, studierte die Pläne. Währenddessen blieb er karg an Worten. Ich hörte die Wanduhr ticken, betrachtet meine eingerissene Nagelhaut, die Hände rau und rot vom Arbeiten. Trank ebenfalls einen Schluck des hellen Rosés. Starrte auf das scheußliche Gemälde an der Wand neben dem Fenster. Eine Szene mit Jagdhunden, in den blutigen Mäulern leblose, schlaffe Hasen. Links im Bild eine Pyramide toter Tiere, ein Klumpen gräulichen Fells. Ein sich selbst genügender Jäger. Ich dachte an die Lumpenhändlerin in Paris, verdrängte den Gedanken. *Alles im Leben ist von Bedeutung, nichts geschieht ohne Grund.* Unten vor dem Haus lief der Pfarrer vorbei, ich erkannte das windige Rascheln seines Talars. Ich sah zu, wie Jeans Augen über das Papier glitten. Wieder und wieder. Etwas in mir flehte, er möge sich äußern.

Endlich, nach einer gefühlten Ewigkeit, schob er die Pläne beiseite. »Deine Architektur ist nicht stumm, sie redet auch nicht. Sie singt.«

Ungläubig schaute ich ihn an. »Du treibst wieder einmal deinen Schabernack mit mir.«

»Nein, absolut nicht.« Mehrmals fuhr er sich durch das zurückgekämmte Haar, es war ein wenig länger geworden, verlieh ihm etwas Legeres. »Deine Ideen sind perfekt, und unbelastet von intellektueller Überfrachtung. Die Welt wird niederknien.«

»Du magst es wirklich, oder?«

»Ich sage doch, es ist perfekt.«

»Ich hatte nicht vermutet, deinen hohen Erwartungen zu entsprechen.«

»Selbstverständlich. Warum denn nicht?«

Bis spät in den Abend hatte er mir geholfen, die Wendeltreppe, die auf das Flachdach führte, konstruktiv zu verbessern. Sie sollte sich gleich einer Spirale über schmalsten Raum in die Höhe winden. »Die Aussparungen in den Stufen gefallen mir.«

»Sie bieten einen sicheren Antritt.«

»Was ist schon sicher im Leben.« Er gähnte, reckte sich ausgiebig. »Über die große Fensterfront denken wir gesondert nach. Mir schwebt ein Faltsystem vor, doch das hat noch ein bisschen Zeit.« Schließlich leerte er sein Glas. »Lass uns zu Bett gehen, ich muss in aller Frühe raus. Mein Zug geht um acht.«

»Du bist doch gerade erst angekommen«, hatte ich enttäuscht gemeint. »Ich wollte dir morgen den Bauplatz zeigen, die Arbeiter sind mit den Vorbereitungen weit vorangekommen. Alles läuft gut.«

»Das ist das Stichwort. Du wirst es ohne mich schaffen, Liebes.« Er stand auf, schob den gemusterten Vorhang unter der Spüle zurück und zog eine vergessene Dose Schmalzfleisch hervor. »Besser als nichts«, meinte er schulterzuckend.

Ich beobachtete, wie er den Deckel mit dem Taschenmesser öffnete, die Masse auf einen Teller stülpte und darin herumstocherte. »Warum bleibst du nicht ein paar Tage?«

»Ich bin morgen Nachmittag mit Le Corbusier und VonVon in Bordeaux verabredet. Wir fahren gemeinsam nach Pessac hinüber, zur Einweihung der ›Quartiers Modernes Frugès‹. Ein Riesenspektakel, sage ich dir, eine Meute an Reportern hat sich angekündigt.«

»Wer ist VonVon?«

»Als Architektin, die du zu werden gedenkst, müsstest du nun eigentlich in Verzücken geraten. Das Experiment, das großen Einfluss auf den kostengünstigen Wohnungsbau nehmen wird, ist vollbracht«, sagte er mit vollem Mund, schluckte. »Und sogar gelungen. Stattdessen fragst du nach Corbus Freundin.«

»Ich wusste nicht, dass du sie mit Kosenamen ansprichst«, erwiderte ich mit leichtem Vorwurf in der Stimme.

»Eileen, es ist *seine* Freundin. Nicht meine.«

»Ich habe dir nichts unterstellt, Jean.«

»Danach haben die beiden mich eingeladen, mit ihnen den Sommer in der Ecke von Arcachon zu verbringen, in Le Piquey.« Er erzählte, er müsse sich dringend um den ersten Band des Œuvres kümmern. »Eine entspannte Umgebung ist bei dem Arbeitspensum ungemein zuträglich.«

»Natürlich.«

»VonVon und ich haben beschlossen, Corbu das Schwimmen beizubringen. Stell dir vor, der Mann ist achtunddreißig Jahre alt und paddelt wie ein unbeholfener Hund in den Fluten herum.« Er schüttelte amüsiert den Kopf, knöpfte sein Hemd auf und langte nach der Weinflasche, um sich die letzten Tropfen einzuschenken. »Diese Südfranzosen verstehen sich auf ihren Rosé.«

Sorgfältig stapelte ich die Unterlagen aufeinander und räumte sie in das Regal über der Kommode. Ich ließ es mir nicht anmerken, doch aus irgendeinem Grund gefiel mir, dass das Leben des großen Meisters einen Makel aufwies. Mitunter erzeugten seine charismatische Art und die Berühmtheit einen solchen Sog, der mir zu machtvoll erschien. Wie der Mond, der sich vor die Sonne schob und mit seinem Schatten alles zu dunkeln vermochte.

»Hat unser Kind schon einen Namen?«

Unser Kind. Dieses Haus war unser gemeinsames Kind, oder? Ich nickte, holte Zettel und Grafitstift aus der Schublade hervor und brachte wenige Zeichen zu Papier. Ein kratzendes Geräusch auf hartem Holz. Ich schob das Blatt über den Tisch.

»E.1027«, las er vor. Sein Gesicht nahm einen nachdenklichen Ausdruck an. Er wiederholte das Wort, ließ es sich auf der Zunge zergehen, probierte es aus wie eines dieser transparentfarbenen Bonbons. Als müsste er entscheiden, wonach es schmeckte. Ob es schmeckte. »Ein Datum? Nein, ein technischer Begriff, du folgst Le Corb in das Zeitalter der Wohnmaschine. Nun also doch.«

»Eher eine ironische Antwort auf den Maschinenkult«, erklärte ich ihm lächelnd. Wie lange ich über die Abkürzung nachgedacht hatte, um dem Architekten etwas entgegenzusetzen, verborgen, leise. Und natürlich Jean gerecht zu werden. »Das ›E‹ steht für Eileen, die Zahlen ›10‹, ›2‹ und ›7‹ für die Positionen im Alphabet, an denen man ›J‹, ›B‹ und ›G‹ findet. Der Name des Hauses kodiert auf romantische Weise unsere Namen.«

»Eine Liebeserklärung.« Geblendet sah er mich an, Momente lang. »Das ist eine wundervolle Idee.«

»Du bist meine Muse, meine Inspiration. Was immer ich hier mache, verdanke ich dir.« *Du hast mich mit mir selbst verbunden.* Beiläufig erwähnte ich, dass ich Grundstück und Haus auf ihn hatte eintragen lassen, die Urkunden dürften ihn demnächst in Paris erreichen.

»Ich liebe dich mehr, als ich gerade auszudrücken vermag.« Jean griff nach mir, zog mich dicht an seine Brust. An ihm die Gerüche einer langen Zugfahrt, Staub, kaltgrauer Rauch, dahinter Spuren vertrauten Sandelholzes. Indem ich meinen Namen um seinen wand, stellte ich meine Haltung dar, mein sich entfaltendes Selbstvertrauen. Auf diese Art und Weise wollte ich ihn aber auch beschützen, nicht nur beschützt werden. Ihn vor allem Bösem bewahren. Vor Geistern.

Und Menschen.

Auf die Nacht folgte der Tag folgte die Nacht. Folgten Wochen und Monate. Ich sah Jean lange nicht. Er eilte nach Bordeaux und Arcachon. Nach Prag, Brünn, Basel, Zürich und Bern, ich hatte den Überblick längst verloren. Er bewegte sich wie selbstverständlich im Kielwasser seines Freundes Le Corbusier, den man mit immer neuen Vorträgen vor erstklassigem Publikum und Bauten für die Prominenz betraute. Der Wille und die Schaffenskraft des Mannes waren schier unfassbar. Neben größeren Visionen ersann der Architekt weiterhin weiße Villen, die wie Ford Model T's vom Fließband liefen, während ich mich mit diesem einen Projekt aufrieb. Worauf hatte ich mich eingelassen? Augenblicke lang wurde der Gedanke größer, dunkler, wollte sich gleich einem zähen Tropfen an mich heften. Ich schüttelte ihn fort. Diese Aufgabe schien mir gerade die einzig sinnvolle, die Verwirklichung meiner Träume. Das Gute im Leben.

Bevor wir uns an der Bahnstation voneinander verabschiedet hatten, meinte Jean mir noch eine Menge Ratschläge erteilen zu müssen. Wie ich die Arbeiter zu beaufsichtigen hätte, das korrekte Anmischen des Betons, die Verlegung der Moniereisen. Wollte ich all das hören? Selbst wenn er Ideen für das Dach beisteuerte und mir mit der Treppe half, im Großen und Ganzen betrachtete ich das Haus als meinen Entwurf, mein Werk. Ich bestimmte das Geschehen.

DEZEMBER 1926
... Deutschland, Dessau.
›Staatliches Bauhaus‹.

E.1027 nahm Form an, manchmal konnte ich es selbst kaum glauben. Savayardo und seine beiden Gehilfen hatten alle Mühe, meine Pläne zu lesen, meinen Anweisungen Folge zu leisten, doch wir fanden immer wieder eine Lösung, suchten Kompromisse. Dachten, dachten um. So unbedingt ich es auch wünschte, der Grundriss ließ sich nicht rechtwinklig realisieren, verlief leicht konisch, weil der felsige Baugrund die Bedingungen erzwang.

»Das merkt niemand, Chef«, hatte der Maurermeister mit beruhigender Stimme gesagt und sich gleichzeitig die Brust bekreuzigt. »Ein bisschen Schummelei ist erlaubt. Oder denken Sie, die Basilica di San Pietro in Vaticano ist ein perfekter Bau?«

»Eigentlich schon«, gab ich ohne geringste Regung meiner Gesichtsmuskeln zurück, sogleich aber lachte ich und entschied, die Ungenauigkeit in den persönlichen Unterlagen nicht einzuzeichnen. Wie sehr ich diesen italienischen Bautrupp ins Herz geschlossen hatte. Die Jungs waren mir meine kleine Familie geworden, und wenn wir an milderen Tagen in der Wintersonne Sandwiches auf dem vorgelagerten Plateau am Wasser sitzend aßen, waren sie mir besonders nah. Jeder erzählte, jeder hörte dem anderen zu. Sie vermissten ihre römische Heimat, den guten *vino rosso*, den es nur in Trastevere zu geben schien. Die Fontänen, die nur dort mit Leidenschaft aus den Brunnen hervorsprudelten. Das Leben, das an diesem Ort Ewigkeit versprach.

Dennoch, die Einsamkeit in mir verhärtete sich. Schlug manchmal um in Düsternis, lauerte wie ein Feind. Als mir Jean Mitte November ein Telegramm sandte, in dem er eine Einladung nach Dessau aussprach, kam ich seinem Ruf mehr als glücklich nach. Ich war voller Erwartung auf die Gebäude, die Meisterhäuser, und ich musste dringend einmal dieses Dorf und diese Baustelle verlassen. Etwas anderes sehen. Anfang Dezember fuhr ich mit dem *Train Bleu* nach Paris. Einer meiner ersten Gänge war ein Besuch beim *coiffeur*, danach fühlte ich mich wie ein neuer Mensch. Mein Abendkleid von Poiret, das ich auf der Eröffnungsfeier in Deutschland tragen wollte, passte nicht mehr. In schlaffen Bahnen hing das maßgefertigte Stück an mir herunter, als schien es nicht einst für mich gemacht.

»Sie sind allzu schmal geworden, Miss«, brachte Louise mit einigen Nadeln im Mund hervor, während sie mir im Salon auf Knien die Taille absteckte.

Ich schaute währenddessen im Raum umher, nach der intensiven Zeit in Roquebrune waren mir die Dinge fremd geworden. All die prätentiösen Gegenstände, die an Belang verloren hatten. Wuchtig, erdrückend. Mein Blick blieb an der weißen Skulptur auf dem Sims haften, sie sah verändert aus. »Was ist mit dem Kopf geschehen, Louise?«

»Nach der Ausstellung in der Galerie hat Monsieur Zadkine ihn persönlich zurückgebracht«, sagte sie. »Aber die Lippen waren verschmiert. Glutrot bemalt wie die Sünde. Ich habe sie wieder blank gescheuert.«

Ich stutzte. »Wie hast du das angestellt?«

»Mit diesem und jenem, Miss«, erwiderte sie stolz. »Marmor ist äußerst empfindlich. Ich habe es trotzdem geschafft.«

»Der farbige Mund ist Teil des Kunstwerks gewesen, Louise.«

Unversehens schlug sie die Hände vors Gesicht, errötete zutiefst. »Ich komme in die Hölle«, flüsterte sie mehrmals hintereinander. »Dabei habe ich es gut gemeint.«

Eine köstliche Situation, über die wir beide uns noch Jahrzehnte später zu amüsieren pflegten, gerade jedoch zeigte ich mich unnachgiebig: »Du wirst den Künstler anrufen müssen, damit er die Sache in Ordnung bringt.«

»Diese Schande. Ich werde es selbst regeln, Miss. Mit Lippenstift oder Nagellack. Irgendetwas.«

»Du bist eine wunderbare Person, Louise, erfinderisch und strebsam. Dennoch, die Kunst überlässt du bitte dem Künstler.«

*

Am Nachmittag des Vierten traf ich gemeinsam mit Jean am Bahnhof in Dessau ein. Es dämmerte bereits, alles war geschäftiges Treiben, die Menschen, sie strömten in gesellschaftlicher Aufmachung dem Bauhaus entgegen. Wir bezogen ein bescheidenes Hotel am Randbezirk im Stadtteil Roßlau, wuschen den Reisestaub ab und kleideten uns rasch um.

Jean zog den Reißverschluss meiner Robe im Rücken hinauf, strich mit der Hand den Verlauf nach, küsste zärtlich meine Schulter. »Alles darfst du heute Abend sagen, verwende nur nicht den Begriff *akademisch*. Das gilt hier als Schimpfwort.«

»Und du meinst, du könntest mir den Mund verbieten.« Ich tupfte mir eine Andeutung ›N°5‹ hinter die Ohrläppchen, griff nach meiner Pelzstola. Begutachtete den perfekt sitzenden Smoking, den ich ihm in Paris hatte fertigen lassen. »*Alors*, gehen wir, schöner Mann?«

Der Himmel war bereits schwarz wie die Nacht, sternenlos. Wir hatten nur wenige Hundert Meter bis zum Gelände zurückzulegen. Das trübe Licht der Gaslaternen begleitete unseren Weg. Die Straßen zeichneten ein tristes Bild vergangener Jahrhunderte. Schwerfällige Sandsteinbauten, die an die Gassen in Dickens' England denken ließen. Automobile fuhren unentwegt an uns vorüber, auf dem Bürgersteig klangvolle Schritte; Politiker, Künstler, Unternehmer, ich hatte von über eintausend geladenen Gästen gehört. Wir ließen den letzten Häuserblock hinter uns, und dort, am Ende der Allee, der Gebäudekomplex mit gläsernen Wänden, rechten Winkeln und Flachdächern. Alle Räume waren taghell beleuchtet, bildeten eine weithin sichtbare Einheit. Die Fassade des markanten Schulgebäudes wurde von zahlreichen Scheinwerfern angestrahlt, schien gleich einem Kubus zu schweben, der nur durch das Metallgerüst der Außenhülle begrenzt wurde. Für ältere Anwohner nach Dekaden gelebter Gewohnheit sicher ein seltsamer Anblick.

»Der ›Jazz-Bau‹, wie Schlemmer ihn spaßhaft nennt. Als wäre die Schwerkraft aufgehoben«, sagte Jean und hakte sich bei mir unter. »Eine unvergessliche Atmosphäre.«

»Wie ein Wahrzeichen neuer Hoffnung.« Acht Jahre nach Ende des Krieges, ich spürte es, präsentierte sich jetzt und hier die Zukunft wie ein verheißungsvolles, immerwährendes Versprechen.

In den kommenden zwei Tagen wartete das Bauhaus mit einem

vielfältigen Programm auf. Wir besuchten experimentelle Konzerte, das Theater, Ausstellungen. Besichtigten die Meisterhäuser, sämtliche Werkstätten. Jean stellte mich dem Direktor Walter Gropius vor wie auch leitenden Angestellten. Moholny-Nagy, Feininger, Kandinsky, Klee, Schlemmer und Muche. Ich war froh, die Riege kennenzulernen und aus erster Hand von ihren Tätigkeiten zu erfahren. Alle miteinander hatten Wichtiges zu erzählen, und ich hörte ihnen aufmerksam zu. Ihr Interesse aber galt auch mir, offensichtlich nahm man mich nicht einfach als Frau an der Seite des bekannten Kritikers wahr, jeder wusste, ich war die Interieurkünstlerin, die gemeinsam mit ihm ein Haus plante.

»Badovici erzählt Aufregendes von Ihren Absichten«, meinte Lucia Moholny, eine Kamera an einem langen Lederband um den Hals. Sie wirkte bezaubernd in ihrem geometrisch gemusterten Strickkleid, das ungebändigte Haar wie vom Schlaf zerwühlt ein Kontrast. »Sie sollten sich vorsehen, eines Tages wird die ganze Bauhausbande mit lautem Getöse bei Ihnen vorfahren. Wir sind neugierig.«

»Und wie gerne ich der Bande die Tür öffnen werde.«

Die räumliche Verbindung von dem Flügel, in dem gearbeitet wurde, mit der Festebene, in der man feierte und aß, und dem sich anschließenden Wohntrakt brachte klar zum Ausdruck, was der Gemeinschaft am Bauhaus Ziel war: Die Symbiose von Arbeit, Spiel und Leben. Auf allen Etagen begegnete man jungen Frauen und Männern, die hier auf unterschiedlichste Weise ihre Ausbildung absolvierten. Sie wirkten intelligent und ernsthaft und ausgelassen zugleich. Ihre Vitalität hatte etwas Ansteckendes, ich war begeistert und dachte mehrmals an mein eigenes Studium zurück, wie viel Zeit seitdem vergangen war. Und wie sich Begriffe neu definierten. Freiheit bedeutete nicht weiterhin einfach nur Freiheit, nach den Geschehen, die uns im vergangenen Jahrzehnt widerfahren waren, bedeutete sie unendlich viel mehr.

An den Abenden versammelten wir uns in der Kantine und aßen von Studierenden zubereitete Mahlzeiten, die mir undefinierbar schienen, hauptsächlich nach Knoblauch schmeckten. Als Jean und ich zu später Stunde den Leopoldsdank entlangschritten, jene Magistrale, die das Gelände schnurgerade durchtrennte, und eine Gauloise rauchen wollten, trat uns Walter Gropius entgegen. Obwohl er nicht sonderlich groß gewachsen war, strahlte er mit seiner aufrechten Haltung und den klug umherblickenden Augen eine starke physische Präsenz aus.

»Auf ein Wort in meinen Räumlichkeiten, liebe Gäste?«

Jean schüttelte das Streichholz aus, und wir gingen in sein Büro hinauf, das Herzstück des modernen Labors. Gropius bot uns einen Whiskey an, und einen Moment lang, während ich die ersten Schlucke trank, überstieg es meine Vorstellungskraft, diesem Mann in einem seiner selbst entworfenen kantigen Sessel gegenüberzusitzen, grober Stoff. Dort zwei Stahlrohrfauteuils von Marcel Breuer. Vor der schwarzen Wand ein Freischwinger. Im Regal die silbern gerahmte Miniatur eines Mädchens, sicher seine Tochter Manon, einziger Schmuck. Die Sachlichkeit im Raum überwog, demonstrierte einen Stil von Macht und Entschiedenheit. Strenge.

»Wage ich eine erste Einschätzung, läuft die Sache mit dem Goldenen Kalb Bauhaus, was?«, meinte Jean und entzündete die ihm angebotene Zigarre, lehnte sich entspannt zurück. Überschlug die Beine.

»Ich kämpfe auch in dieser Stadt gegen eine Welt von Spießern«, erwiderte Gropius, zuckte gelassen die Schultern. »Aber was rede ich, hinter mir steht eine Phalanx. Ich beklage mich nicht.«

»Ihr Mut ist bewundernswert.« Mittlerweile wusste ich, dass sich Gestalter ausnahmslos auf irgendeine Art und Weise einem Gefecht ausgesetzt sahen. Sie bestimmten die Struktur unserer Gespräche. Biederkeit, Unverständnis, der klassische Zusammenprall der Generationen. Politik.

Jean gedachte in der kommenden Frühjahrsausgabe seines Magazins ausführlich über das Bauhaus zu berichten. Wir redeten über Entwicklungen, Tendenzen, und er machte sich noch einmal eine Menge Notizen. Gropius war eine schillernde Person, wahrscheinlich ließ sich ein solch bunt zusammengewürfelter Haufen wie diese Institution nur mit Extravaganz bändigen.

Wir wurden privater, gestatteten uns Einblicke in Pläne, seine, meine. Die Fortschritte auf dem Bauplatz im Süden.

»Haben Sie ein Diplom in der Architektur?«, fragte mich Gropius plötzlich.

»Leider nicht.«

»Ich auch nicht«, bekannte er sich. »Es blieb bei Versuchen an den Technischen Hochschulen in München und Berlin, ich habe abgebrochen. Diese zeichnerischen Anforderungen übersteigen noch heute mein Denkvermögen.«

»Meins auch«, erwiderte ich und spürte Jeans Blicke auf mir, zugleich eine sanfte Gleichgültigkeit. »Ich behelfe mich mit kleinen Modellen.« Kurz erläuterte ich mein besonderes Interesse an Räumen, dem Planen von innen nach außen und dem Trick, wie die De Stijl-Leute auf eine im achtzehnten Jahrhundert gebräuchliche Zeichentechnik zurückzugreifen. »Ein Zimmer wird nicht nur mit dem üblichen Grundriss dargestellt, sondern gleich einem Bastelbogen mit vier ausgeklappten Wänden.«

Gropius nickte aufmerksam. »Eine kreativer Gedanke. Der erste Bauabschnitt meiner Siedlung in Törten hat mich gerade ganz schön beansprucht. Ich befürchte, zeitlebens die Unterstützung begabter Mitarbeiter zu benötigen.«

»Wir schaffen, was immer wir uns vornehmen.« Ich leerte mein Glas und stellte es auf den Schreibtisch hinüber.

»Richtig. Verlangen wir einfach das scheinbar Unmögliche, so bin ich überzeugt, dass es gelingt.« Er ließ ein gewinnendes Lachen vernehmen, und wir erhoben uns. »Schließen Sie Ihr Projekt ab und rufen Sie mich an. Wir haben hier genügend zu tun, Miss Gray.«

Aus den Augenwinkeln sah ich, wie sich Jeans Schultern beinahe unmerklich strafften. Wir gaben einander zum Abschied die Hand. Ich verstand nicht recht, was der Direktor mit seinen Worten auszusagen gedachte, welche Bedeutung ich ihnen tatsächlich beimessen sollte oder wollte. Doch interpretierte ich sie, wusste ich, mit einem Mann wie Gropius würde ich nicht zusammenarbeiten können. Ebenso wie Le Corbusier oder auch Mallet-Stevens war er berühmt und erfolgreich und befehlshaberisch genug, um ohne geringstes Zutun einen großen Schatten zu werfen.

Er war Mann genug, der Helligkeit das Licht zu nehmen.

KAPITEL 5

SOMMER 1927

Roquebrune, Cap Martin. E.1027.

Architektur und Musik. In den vergangenen Jahrhunderten haben Architekten, Musiker und Philosophen nicht nur stetig Verbindungen zwischen den beiden Künsten gesucht und geschaffen, sie gaben sich auch wechselseitig neue Impulse. Für Schelling war die Architektur erstarrte Musik, für Schopenhauer war sie gefroren. Valéry wiederum betrachtete die Architektur als zu Stein gewordene Musik.

Für mich klang sie gerade wie eine nie enden wollende Melodie, nicht statisch, sondern leicht. Ätherisch.

Während des Sonnenuntergangs, die Arbeiter waren längst gegangen, lief ich durch die beiden Etagen des Rohbaus. Ein kleines Haus auf l-förmigem Grundriss. *Une maison en bord de mer.* Durch die Öffnung im Flachdach flutete das Licht hinunter in das noch verschalte Treppenhaus, die Stufen entlang. Meine Schritte hallten über den Beton. Das Kernstück des Hauses bestand aus einem knapp neunzig Quadratmeter großen Wohnraum, der durch eine schmale Terrasse erweitert wurde. Zwei angrenzende Zimmer sah ich zum Schlafen und Arbeiten vor. Darüber hinaus gab es eine Küche, Bäder, ein Zimmer für Louise sowie Wirtschaftsräume, von denen sich einer für Gäste umfunktionieren ließ. Um die zentralen Räume gruppierten sich weitere Terrassen und Balkone. Unabhängig voneinander verfügten sie alle über einen eigenen Außenbereich, für mich Ausdruck von Selbstbestimmung.

»Selbst auf kleinster Fläche sollte jeder das Gefühl haben, für sich zu sein, vollkommen für sich«, hatte ich Jean im vergangenen Jahr gesagt, als er die ersten Grundrisse besah. »Der Mensch muss sich wie in einem Schneckenhaus zurückziehen können.«

»Und die Fassade? Wie gehst du vor?«

»Sie darf keineswegs zufälliges Ergebnis der Aufteilung im Inneren sein, vielmehr denke ich an ein harmonisches, in sich geschlossenes Eigenleben.«

Fließende Übergange und klare Trennungen. Ich spielte mit Perspektiven, wobei Innen und Außen stets als Einheit gedacht waren; das Haus sollte sich in den Garten erstrecken, und auch hier hatte ich große Pläne mit der Bepflanzung und einer Art gefliestem *sun pool*. Nirgends entstand ein Eindruck der Enge. Ich stellte mich an die Wand im Großen Raum, wie ich ihn fortan nennen wollte, und schaute zwischen den Streben des Baugerüsts auf das Wasser hinaus. Das Meer betrachten bedeutete Ruhe, schenkte Zeit und Weite, Inspiration. Bedeutete der Seele ein Zuhause geben. Die Wellen wogten, stießen sanft gegen die Felsen. Gischt sprühte auf gleich schimmernden Staubs. Die Rufe der Möwen.

In Gedanken richtete ich die Villa ein. Ich verspürte Ungeduld, wie häufig ich mich in den letzten Monaten meinen Überlegungen hingegeben hatte. Ich verlieh ihr Farben, entwickelte ein nuanciertes Schema, versah sie mit Teppichen, Einbauten. Weiteren Möbeln. Ich trug unendlich viele Ideen in mir, ließ erste Entwürfe aus Stahlrohr in Pariser Metallwerkstätten fertigen. Fortwährend dachte ich an den Besuch in Dessau zurück, er war mir in guter Erinnerung geblieben, eine entscheidende Erfahrung, dennoch blieb das allzu Männliche, Strenge in Gropius' Büro an mir haften. Der für die Werkbundausstellung entworfene kantige Sessel mit dem grob gewirkten Stoff. Die geradlinigen Freischwinger. Ich wollte leichter, verspielter, humorvoller mit neuen Formen und Materialien umgehen. Ich hing keiner Bewegung an, keinem Manifest. Ich war Autodidaktin, eine Frau.

Losgelöst.

Der ›Bibendum‹ sollte ein Exempel statuieren. Die Bezeichnung für meine Sitzgelegenheit wählte ich bewusst. Jeder in Frankreich kannte *Le Bib*, das dicke, runde Michelin-Männchen, mit dem die gleichnamigen Brüder André und Édouard im weiterhin anhaltenden Streit um die Hartgummi- oder Luftbereifung für ihren neuen Super-Gummiluftreifen warben. Das kraftstrotzende, aber auch gemütlich wirkende Männchen wurde häufig mit einer Zigarre im Mund dargestellt, ein spaßhafter Hieb auf die wohlhabende Klasse der Automobilisten, noch immer meist Männer. Genau ihnen präsentierte ich mit meinem Sessel in wulstiger Pneu-Form etwas Passendes; patriarchalisch, klobig. Doch indem ich dem Möbel den wuchtigen Unterbau genommen und durch leichtes Stahlrohr ersetzt hatte, zog ich der männlichen Autorität abgewandelt sprichwörtlich den Boden unter den Füßen weg. Mein Sessel schien zu schweben, war nicht mehr unverrückbar. Ein Widerspruch. Ein leiser Versuch, das traditionelle Leitbild zu parodieren. Würde man auch diese Ironie wahrnehmen?

In einer letzten Schneise aus Licht setzte ich mich auf den Boden. Der Geruch feuchten Zements. Lehnte mich an einen Vorsprung und öffnete den gewölbten Briefumschlag, den Jean postlagernd an Hélènas Café adressiert hatte. Ein paar Zeilen über das eigene Magazin, in dem er Gropius mit einer längeren Abhandlung ein geschriebenes architektonisches Denkmal gesetzt hatte; ferner Le Corbusiers Vorankommen, dieser habe erneut das Malen begonnen und sei vom Deutschen Werkbund eingeladen, in Stuttgart an der Entstehung eines modernen Viertels teilzunehmen. Eine gemeinsame Fahrt? Du und ich? Dann, liebevoll in zartgelbes Seidenpapier gehüllt, zog ich einen Gedichtband Baudelaires aus dem Inneren des Umschlags hervor, *Die Blumen des Bösen*. Ein durchkomponiertes Ganzes, ein Gesamtkunstwerk. Ich strich darüber. Schlug das Buch auf, zwischen den Seiten ein ausgerissener Presseartikel.

> *... Ob man will oder nicht, fühlt man sich an Baudelaire erinnert beim Anblick der dramatischen Raumgestaltungen, die Madame Eileen Gray mit künstlerischer Raffinesse und Geschmack schafft; Wandbehänge aus ›synkopiertem‹ schwarzem Samt, niedrige, breite Betten, kostbare Pelze, kurz: ungewöhnliche Objekte, die allesamt einfach wunderbar sind. ...*
>
> *Guillaume Janneau in:*
> *Technique du Décor Intérieur Moderne, Juli 1927*

Das Licht versickerte in den Fugen des Hauses, in Verbindungen, Berührungen. Verschwand. Wie eine besondere Gabe, als galt es, das Buch den Göttern zu opfern, trug ich es nach oben in die Altstadt hinauf. Meine Glieder schmerzten mit jedem Schritt und jeder Stufe, die ich erklomm. Doch gerade war ich glücklich, mit mir im Reinen. All die Anstrengung war die Sache wert.

Später saß ich auf dem Bett in meinem Appartement, trank eine Tasse Tee und blätterte in den Gedichten, las die *Einladung zur Reise*, Jean hatte an jener Stelle das Papier mit einem Falz markiert. *Mein Kind, meine Schwester, denk doch, wie köstlich es wäre, aufzubrechen in die Ferne und dort gemeinsam zu leben!* Auf der folgenden Seite entdeckte ich eine Notiz, die er mit seiner charakteristischen Handschrift an den Rand geschrieben hatte. Die Zeilen waren leidenschaftlich, voller Liebe. Waren uns bestimmt. Die Müdigkeit überkam mich, noch bevor das glasklare, hohe Läuten der Kirchturmglocke zur Mitternacht erklang. Ich ließ das Buch auf die Decke sinken, löschte das Kerzenlicht und schaute in die Dunkelheit, wie elegant sie war, wie unglaublich elegant. Und schließlich fielen mir die Augen zu.

Über das Dunkle.

Das Schöne im Dunklen zu ergründen, lag dem Abendland fern. Wir verehrten die Abstufung des Schattens nicht, seine Feinsinnigkeit. Strebten nach Farben, die das Sonnenlicht in sich sammelten, es reflektierten. Räumlichkeiten erhielten helle Anstriche, um den noch so kleinsten dämmrigen Winkel zu verscheuchen. Wir schufen sogar in Gärten weite, schutzlose Flächen aus Rasen, die der Orientale mit Kühle spendenden Bäumen und dichtem Strauchwerk bepflanzte.

»Japaner akzeptieren«, hatte mir Sougawara erläutert. »Wir nehmen das Dunkle als etwas Unabänderliches wahr. Mangelt es an Licht, ergeben wir uns der Dunkelheit, erkunden darin eine ihr eigene Anmut.«

Ich mochte das Dunkle und das Helle.

Die Nacht und den Tag.

Im Grellen fand ich keinen Halt; laute Farben, sie lärmten. In all dem Geschrei konnte ich meine eigenen Gedanken nicht wahrnehmen.

War ich verloren.

SEPTEMBER 1927

Roquebrune, Cap Martin. E.1027.

Isadora Duncan war tot. Mit ihr ein Stück Selbstbestimmung der Frau, unsere Freiheit, unsere Gleichheit. Ich erfuhr von der Tragödie am Morgen, als ich das Café betrat, aufgeschlagene Gazetten sah, weithin schreiende Lettern. Düstere Mienen. Hélèna kam sogleich auf mich zu, umarmte mich Momente lang, als suchte sie Halt. An ihr ein neues Parfum, vielleicht Pfirsich und Patchouli, ein Hauch Vanille. In meinem Kopf Essenzen, die sich überlagerten, eine Art seltenes Grün ergaben. Ich wusste später, es war ›Arpége‹ von Lanvin.

»Ist es nicht entsetzlich?«, brachte sie hervor, die geschwungenen Wimpern schwarz und schwer, als trügen sie Trauer. Die Tänzerin sei tags zuvor in einem offenen Sportwagen durch die Straßen Nizzas gefahren. Auf der Promenade des Anglais hatte sich ihr lang wehender Seidenschal in einer der Radfelgen verfangen und sie stranguliert, ein Genickbruch.

Isadora war ein Jahr älter als ich gewesen, wir hatten einander flüchtig gekannt. Die Allüren, die andere an ihr nicht mochten, ich jedoch umso mehr, schienen mir ein lautes Flügelschlagen; ein Weitermachen nach dem Ende, einem fürchterlichen Fallen, sie hatte allen Grund. Mein täglicher Espresso wurde kalt, blieb unangetastet, ich redete nicht, konnte es nicht. Die Sprachlosigkeit der Vergangenheit holte mich immer wieder ein, ihr zu entkommen schien unmöglich.

Äther. Kampfer. Tod.

Manche Tage waren von Hoffnung erfüllt, andere von düsteren Vorahnungen. Ich empfand in jenen Augenblicken nichts von beidem, nur Leere, die Nachricht hatte mir zu viel abverlangt. Ich ließ mein Automobil auf dem Parkplatz unter den Platanen stehen, erste gefallene Blätter bedeckten die Haube. Ich wäre nicht in der Lage gewesen, den Motor zu starten. Wie betäubt lief ich die gewundenen Wege zu Fuß hinab, Wende um Wende, Stufe um Stufe, das Endlose. Ich stolperte über Wurzeln und Steine, ging an der Bahnstation vorbei, querte in mich gekehrt die Gleise, den schmalen Pfad zum Haus entlang. Blickte fortwährend Richtung Nizza, bildete mir ein, in der Ferne über der Stadt einen gräulichen Nebel erkennen zu können. Eine Illusion, sie ging mit dem Trübsinn einher. Der Himmel leuchtete noch am Horizont blau, war grenzenlos.

Die dunkle Wolke über mir sah ich nicht. Ich vernahm nur ihren Geruch, verbranntes Gehölz, und die Asche, die aus ihr herausfiel, wie winzigste Teufel tanzend mit dem Wind davonflog.

Er stand einfach da, regungslos. Ein Senkblei hätte sich mittig unter ihm ausgependelt. Die Pfeife im Mundwinkel, den Trenchcoat über dem Arm, eine Reisetasche. Starrte auf mein Haus. In seinem dunklen Anzug wirkte er wie eine modische Verkörperung seiner Maschinenästhetik, die kreisrunde Brille und die Fliege wie ineinandergreifende Rädchen, ein Schweizer Uhrwerk, das seine Gedanken vorantrieb. Strenge weiße Villen technisierte. Le Corbusier erzeugte eine ganz eigene Atmosphäre. Ich entsann mich der windigen Situation in der Galerie, der unerwarteten Wahrheit. Das Bild, das sich nicht ins Zentrum meines Bewusstseins rücken ließ. Etwas in mir warnte mich, ich war erbost, ihn unangekündigt hier auf meinem Grundstück anzutreffen. Und gleichzeitig gerade so schwach.

»Mademoiselle Gray«, rief er, als ich mich ihm über einen Steg aus notdürftig zusammengezimmerten Holzlatten näherte. »Ich statte den Eltern meiner Freundin in Monaco einen Anstandsbesuch ab, und da dachte ich mir: Warum nicht eine Station weiterfahren und kurz den Palast der Kollegen beschauen?«

Nach seinem vermeintlichen Misserfolg, den er gerade mit seinem Entwurf für den Völkerbundpalast in Genf erlitten hatte, mochte der Begriff sicher keine Anspielung sein, oder doch? Die harsche Kritik, die er trotz Erlangen des ersten Platzes gegenüber dem Wettbewerb und seinem konservativen Ergebnis übte, hatte kolossales Aufsehen verursacht und ihn endgültig in die Riege bekannter Architekten katapultiert. Vor mir weilte ein nun leibhaftig viel diskutierter und weltberühmter Baumeister. Eine Naturgewalt, die Menschen und Meinungen in ihren Bann zog; Schicksale lenkte.

»Einen Willkommensdrink kann ich Ihnen leider nicht offerieren«, sagte ich. »Der Eisschrank wurde noch nicht geliefert.« Ich schluckte meinen Ärger hinunter, begrüßte ihn mit dem üblichen Zeremoniell, die Küsse, die Komplimente. Die Freude.

»Was für einen wunderbaren Flecken Erde Sie hier gefunden haben. Dort drüben«, mit knapper Kopfbewegung deutete er auf die Anhöhe in greifbarer Nähe, »genau dort neben dem prächtigen Olivenbaum könnte ich mich niederlassen und eine bescheidene Hütte erbauen. Den lieben langen Tag auf den Ozean schauen und die Welt neu erdenken. Herrliche Vorstellung.«

Ich lächelte, wahrte das Gesicht. Seine Aussage war nichts als *small talk*, ein belangloses Geplänkel, das wir beide im Umgang miteinander gut und sicher beherrschten. Zu jenem Zeitpunkt konnte ich nicht ahnen, wie ernst ihm die Sache war. Dass er sie später realisieren sollte. Dass er meinem Haus auf diese perfide Weise die Aura entzöge, als habe er ein Leichentuch darüber geworfen, es unsichtbar gemacht, *ausgelöscht*. »Darf ich Sie herumführen?«

Le Corbusier nickte, noch einmal schaute er die linearen Streben des Baugerüsts entlang. »Die Fassade ist ganz offensichtlich von meinen fünf Punkten beeinflusst. Unser guter Jean hat meine Vorgaben geschickt umgesetzt, fast möchte ich meinen, der Entwurf sei meinem Reißbrett entsprungen, erstaunlich. Ich frage mich allerdings, weshalb er nur die eine Hälfte des Hauses auf *pilotis* gestellt hat.«

»Ich wollte einen überdachten Terrassenbereich schaffen, der im Sommer angenehme Kühle bietet.«

»Sie?« Sein Blick schnellte hoch. Irritiert rückte er die Brille zurecht, betrachtete mich mit seinen stechenden graugrünen Augen.

»Der gesamte Entwurf basiert auf meinen Ideen.«

Ich sah seine Mimik den Bruchteil einer Sekunde entgleisen, doch gewohnt rasch fing er sich. »Sieh an«, kam es bündig. Er streckte den Arm aus, wies mir den Weg in mein eigenes Haus. »Gehen wir hinein.«

Just in diesem Moment hätte ich ihm unterbreiten sollen, dass ich nicht blind irgendeiner gängigen Meinung oder auch einem Manifest folgte, mir an der unbedingten Weiterentwicklung seiner Theorien gelegen war. *E.1027 ist eine gebaute Kritik Ihrer Maschinenästhetik*. Mein Taktgefühl jedoch verbot mir diese Äußerungen.

Der Architekt und ich stiegen die Leiter empor, über Zementsäcke hinweg, über Kabel und Eimer. »Wir haben sämtliche Materialien mit Schubkarren vom Bahnhof überführt«, erzählte ich, während er beständig umherschaute, sich kleinste Details einzuprägen schien. »Ein zeitraubendes Unterfangen.«

»Warum haben Sie den Zug nicht oberhalb Ihres Grundstücks entladen lassen? Ich wäre so verfahren.«

»Wir hätten den Schienenverkehr über Stunden durcheinandergebracht.«

»Und wenn schon«, winkte er ab. »Wer fährt denn hier vorbei.«

Savayardo ließ seine Maurerkelle geräuschvoll in eine metallene Kiste fallen, zog eine Augenbraue hinauf. Visiten dieser Art unterliefen ihn in seiner Ehre. Er klatschte in die Hände, wies seine Gehilfen mit rascher Geste an, gemeinsam mit ihm draußen im Garten Schutt abzutransportieren. »*Andiamo*.«

Ich ahnte, er wollte Le Corbusier ausweichen. Wahrscheinlich fühlte er sich an Diskussionen mit Jean erinnert, der sich auf dem Bauplatz, wann immer er ihn in den vergangenen Monaten betreten hatte, wichtigtuerisch aufspielte, den Arbeitern erklärte, was sie zu tun und zu lassen hätten. Die Auseinandersetzungen waren schließlich eines Nachmittags so eskaliert, dass ich einschreiten musste und mich genötigt sah, das Betragen meines Partners zu entschuldigen.

»Deine Kerle fabrizieren nichts als Unsinn«, hatte Jean spätabends nach dem Vorfall bei einer zweiten oder dritten Flasche Wein in Hélènas Café noch immer aufgebracht behauptet.

Draußen rauchten sie, glimmende Punkte. Lachen.

»*Deine Kerle?*« Ich meinte mich verhört zu haben. Wie sehr ihm der Alkohol den kultivierten Wortschatz zu entreißen wusste, die Leichtigkeit des gemeinsamen Seins.

»Was sonst? Lakaien? Dressierte Affen?«

»Deine übereifrige Ambition ist auf dem Platz einfach nicht angebracht, Jean. Die drei leisten hervorragende Arbeit«, hielt ich betont ruhig gegen seine Ungerechtigkeit. Mir war es ernst, ich wollte seine Vorwürfe, all das Bittere, Böse und Schuldzuweisende nicht an mich heranlassen.

Er gab sich unnachgiebig. »Madame entscheidet.«

»Ich finanziere das Projekt«, hielt ich dagegen, wenngleich ich meinen Puls zu spüren begann. »Also werde ich tatsächlich entscheiden, was geschieht.«

»Sagtest du nicht, das Haus gehöre mir?«

»Und wie schnell sich das ändern ließe«, überschritt ich die Grenzen der eigenen Schicklichkeit.

Ein kaum merkliches Zucken durchfuhr seinen Körper, als habe ihm meine Aussage tatsächlich einen Schrecken versetzt. »Nun geht es dir um Geld und nicht um uns«, meinte er plötzlich, ohne einen Hauch der Verärgerung in der Stimme. Schaute mich an mit einem Ausdruck, den ich nicht verstand. »Du weißt sehr genau, wie du mich niederstrecken kannst.«

»Und du weißt, dass es mir nie um Geld geht.«

»Ich habe immer an dich geglaubt, Eileen. Lange bevor du es selbst getan hast.« Nach diesem hässlichen Tag sei er am Boden zerstört, frage sich, ob wir überhaupt noch ein Paar seien. »Liebst du mich noch?«, brachte er in einem klanglosen Ton hervor, der mir verriet, dass er mich nicht verlieren wollte. Dass wir einander nicht verlieren durften.

»Natürlich liebe ich dich«, sagte ich so zärtlich mir das in diesem Moment möglich schien. Ich liebte ihn sogar mehr denn je. Wie aber sollte ich ihm verständlich machen, dass ich meinen Vorstellungen, meiner Einsamkeit und manchmal auch meiner sehr realen Furcht Raum geben musste? Mich nicht ständig von irgendjemandem beeinflussen lassen wollte? Wie?

An Hélènas Verhalten während unseres Disputs entsinne ich mich noch heute äußerst genau. Intensiv hatte sie ihre Hände betrachtet, als lese sie in den Lebenslinien die Zukunft, könnte sie Tag um Tag und Jahr um Jahr vorhersagen. Sie war schlau genug, sich zu enthalten.

Jean und ich redeten noch eine Weile. Irgendjemand sang dem makellosen Sommer ein Lied, Gitarrenklänge. Doch ich hatte Sorge, unsere Unterhaltung könnte auflodern, in Flammen aufgehen und diese dünne Schicht der Friedlichkeit vernichten.

Ich war gegangen. Allein.

Legte mich mit den Worten zu Bett, die gesagt waren, ebenso mit den Worten, die ungesagt blieben und doch so viel mehr enthüllten.

Le Corbusier und ich verließen den Großen Raum, ich zeigte ihm den Rest des Hauses, das Dach, die Außenküche, erläuterte ein paar Vorhaben. Es bereitete mir Mühe, ich fühlte mich dennoch der Höflichkeit verpflichtet, agierte nicht allzu einsilbig, schließlich war ich auch von ihm geduldig durch seine Villen geführt worden. Nach einer guten Stunde begaben wir uns ein weiteres Mal in den geplanten Arbeitsbereich im oberen Geschoss. Vor der breiten Fensteröffnung ein gesplitterter Bugholzstuhl, ein angeschwemmtes Fundstück vom Strand. Der gewinnende Blick auf die See, die Silhouette Monacos im Hintergrund. An der Betonwand rechts mehrere Farbproben, eine Dramaturgie verschiedener Blautöne, daneben eine mit Leim angeheftete Notiz.

Momente lang schwieg der Architekt, schaute hinaus, vielleicht ins Leere, ich vermochte es nicht einzuordnen. Selbst in der Stille hatte sein Wort Gewicht. Aus dem Nichts begann er seinen Satz in der Mitte, als habe er vergessen, ihn leise zu Ende zu denken.

»Zumindest haben Sie meine Vorgaben überall zu integrieren versucht, ich weiß Ihren Eifer zu schätzen.« Er zog mehrmals an seiner Pfeife. Den Geruch des Tabaks, süßlich, mächtig wie Purpurviolett, hatte ich bereits als Kind verabscheut. »Sie machen Fehler, viele Fehler, als Frau aber wird man sie Ihnen nachsehen. Sie sind eine Anfängerin, Amateurin zudem.«

Die Köder schluckte ich nicht, weder den einen noch den anderen. Den Sieg würde ich niemals davontragen. Mich beruhigte das Wissen, dass er selbst kein Diplom in der Architektur besaß, die Welt es jedoch glauben machen wollte.

»Ich erhebe nicht den Anspruch, mit diesem Experiment sämtliche Probleme gelöst und ein perfektes Haus gebaut zu haben«, erklärte ich. »Mir ist das menschliche Maß wichtig, das Wohnen für alle Sinne.«

»Frauen vertragen keine Kritik, nicht die geringste«, erwiderte er mit einem leicht spöttischen Unterton, der weniger Sensiblen entgangen wäre. »Deswegen sollte man sie nicht der Debatte aussetzen. Sie berufen sich sogleich auf das Gefühl, wo besser die Sachlichkeit regiert. Wenden wir uns doch erfreulicheren Themen zu, Mademoiselle, den schönen Farben dort.«

Ich verzichtete abermals auf Entgegnungen, die ich jetzt hätte herausschreien sollen, lächelte seine Sätze wie eine wohlerzogene höhere Tochter unter die Sprache des Meeres, das immerwährende Rauschen, das Salz. Ein Teil von mir verspürte ohnmächtige Wut auf mich selbst, wollte nicht wahrhaben, dass ich vor dem Ich kapitulierte, vor der eigenen Courage. Den Geistern meines Lebens. *Nimmt die Vergangenheit je eine Ende? Und wenn nicht, ließe sich ihr wenigstens eine neue Richtung geben?* Wie sehr ich mich in jenem Moment hasste.

Le Corbusier trat einen Schritt auf die blauen Muster zu, befühlte mit den Fingerspitzen das Grünblau, Türkisblau, Dunkelblau. Als könnte er den Farben Geschichten entlocken, mit ihnen auf anderer Ebene kommunizieren, es war mir unheimlich. »Haben Sie gehört, dass ich mich erneut der Malerei widme?«

»Jean schrieb es mir.«

»Insbesondere der Akt tut mir gut, er bietet mir Zugang zu den schöpferischen Winkeln meines Unterbewusstseins.«

»Ich habe das Malen zugunsten der Fotografie weitestgehend aufgegeben.«

Er schob die Brille in die Stirn, verengte die fehlsichtigen Augen zu Schlitzen, als er den Zettel besah. »Die Architektur ist eine Frau«, las er, lachte reserviert. »Ein hübscher Gedanke.«

»Was an ihm ist amüsant?«, fragte ich und entzündete eine Zigarette, nervös zunächst, sogleich entspannter. Lehnte mich an den Durchlass zum Balkon. Das Blatt hatte ich aus meinem Notizbuch herausgelöst, es an dieser Stelle angebracht, weil mir die Worte zu einer Leitlinie meines Denkens geworden waren. DIE ARCHITEKTUR IST EINE FRAU. Sie standen für alles, was ich in Bewegung setzte, was immer ich machte und tat. Was mir wichtig erschien.

»Trete ich Ihnen zu nahe, Mademoiselle Gray, wenn ich Ihnen sage, dass für mich der nackte Mann Architektur ist?« Le Corbusier versuchte seiner Stimme Beiläufigkeit zu verleihen – ein verbales Werkzeug, dessen er sich gern bediente –, die Provokation darin vernahm ich dennoch deutlich. Flüchtig strich er sich über das Kinn. »Ist der Körper eines Mannes befriedigt, sind seine Bedürfnisse überwunden, tritt Stärke zutage. Übertrage ich diese elementare Kraft auf die Staffelei, ist der Mann ein Komplex aus festen, geradlinigen Ebenen. Für mich ist der nackte Mann Architektur. Wenn ich keine Architektur mache, sehe ich alles als Frauen.«

»Nun, dann betrachten wir die Architektur von zwei unterschiedlichen Standpunkten aus«, entgegnete ich kühl und stieß den Rauch in die Höhe. Seine sexuellen Fantasien waren das Letzte, was ich von diesem Mann erfahren wollte.

Wir stiegen die Leiter in die frühe Mittagshitze hinaus, ein schattenloses, ein schutzloses Areal. Grillenzirpen.

»Ich bin ein Narr, mit meinen Schamlosigkeiten wollte ich Sie keineswegs brüskieren«, gab er vor, während wir langsam durch die hohen, verdorrten Gräser der Felsenkante entgegenschritten. Zwei der geflammten Katzen näherten sich uns, blinzelten. Le Corbusier berührte die eine mit der Spitze seines Schuhs, mit gekrümmtem Rücken schmiegte sie sich dicht an sein Hosenbein, erhob zitternd den Schwanz, und ich fragte mich, auf wessen Seite dieses kleine Wesen stand. »Wahrscheinlich wäre die Meinung weiterer Frauen nun interessant. Sie sollten Yvonne kennenlernen.«

»Sicher wären weitere Ansichten aufschlussreich«, antwortete ich verbindlich und erkannte noch während des Aussprechens die Falle, in die ich gelaufen war. Ich zwang mich, tief durchzuatmen und ruhig zu bleiben. »Warum beehren Sie uns nicht im kommenden Jahr gemeinsam mit Ihrer Freundin? Wenn die Dinge hier vorangeschritten sind, würde ich ihre Bekanntschaft gern machen.«

»*La grande fête*. Die Einladung wird sie entzücken, Yvonne mag Partys.« Er rückte den Trenchcoat auf seinem Unterarm zurecht, griff nach seiner Tasche. Hob zum Abschied den Hut und lächelte. »Hauptsache, Sie machen ihr keine schönen Augen, Mademoiselle Gray.«

OKTOBER 1927
Deutschland, Stuttgart.
›Weißenhofsiedlung‹ …

Nachdem ich eine mehr als anstrengende Woche in Paris damit verbracht hatte, in der Galerie nach dem Rechten zu sehen und Liegengebliebenes in die Wege zu leiten, kleidete ich mich in mein flanellgraues Reisekostüm und fuhr mit dem Zug nach Stuttgart, ein Rendezvous mit Jean. Ich war im Süden Frankreichs zu einer Art Einsiedlerin geworden und freute mich auf ein Wiedersehen, auf vertrautes Beieinandersein. Ich musste von Zeit zu Zeit fortgehen, um wahrhaftige Zufriedenheit zu erlangen. Die Zeit verging so rasch, brachte Veränderung mit sich, und ich wollte nicht, dass sich etwas zwischen uns veränderte. Dass uns der Strom der Alltäglichkeit mitriss und wir darin versanken. Ich brauchte etwas, woran ich glaubte.

Anfänglich verspürte ich Sorge, doch bereits während ich Jeans Umschlag in Roquebrune öffnete, hatte der Schmerz vergangener Gespräche an Bedrohlichkeit verloren, war mit dem Lesen erster Zeilen schließlich von mir gefallen. Seine Worte überflog ich im Abteil wieder und wieder. Draußen zogen Bilder vorüber, wurden Felder, Wälder, wurden Herbstzeitlosigkeit. Er konnte schreiben; innersten Gefühlen Ausdruck zu verleihen gehörte zu den Stärken, für die ich ihn bewunderte. Der Brief war herzzerreißend tiefgründig, voller Sehnsucht, schien seit Tagen in meinen Händen zu vibrieren, als wollten dem Papier Flügel wachsen, hoch hinauf in den Himmel schweben. Er schilderte die eigenen Zweifel, die Vergebung, die er suchte, die Liebe. *Wir beide sind das Beste, was uns geschehen kann. Wir sind das Glück. Du und ich.* Er brachte meine Dämonen zum Schweigen.

Wie könnte ich diesen Mann nicht lieben.

Während der Einfahrt sah ich ihn dort auf dem Bahnsteig stehen, leuchtete hell zwischen Dutzenden Leuten hervor, hielt nach mir Ausschau. Wirkte aufrecht, ehrlich.

»Du bist meine Architektursammlerin, mein Ein und Alles«, flüsterte mir Jean ins Ohr, als er dem Träger meinen Koffer abgenommen hatte, und schloss mich in die Arme.

Ich war müde und abgespannt, zugleich überglücklich. Die Züge pfiffen, wir verschwanden im Dampf, tauchten auf, verschwanden. Alles war Lärm. Ein Junge, den Arm voller Zeitungen, umkreiste uns, rief mit heiserer Stimme neueste Nachrichten in die Welt hinaus. Ich hatte nur Augen für Jean, doch er holte ein paar deutsche Münzen aus den Hosentaschen und warf sie dem Kleinen in eine verbeulte Blechdose.

»Hier, du Rabauke. Für einen anständigen Riegel Schokolade«, sagte er mit gespielter Strenge, lachte sodann.

»Und was bekomme ich?« Das Kinderliebe an ihm mochte ich, aus irgendeinem Grund passte es nicht zu ihm, und dann doch wieder sehr. Es waren nicht die Geheimnisse, die uns interessant machten, es waren die Widersprüche.

»Du hast schon ein Gefühl für die unausgesprochenen Dinge des Lebens, oder?« Jean neigte den Kopf zur Seite, lächelte auf seine besondere Weise, der ich weiterhin erlag und für den Rest meines Daseins erliegen wollte.

Vor der Bahnhofshalle kaufte er einer Blumenfrau die letzte rote Rose ab. An diesem Abend verließen wir das Hotel nicht noch einmal, flanierten nicht durch die Straßen, besuchten keine Schänke. Wir bestellten eine Flasche Rotwein auf unser Zimmer, eine Käseplatte mit dunklem Brot und Trauben, redeten. Redeten die halbe Nacht hindurch.

Über Männer und Frauen.

»Sie werden uns niemals verstehen können, selbst wenn sie es versuchten. Und andersherum werden wir zu keiner Zeit in ihre Köpfe vordringen. Wir sind zu unterschiedlich. Zu anders.«

»Hast du je mit einem Mann geschlafen?«

»Ja.«

»Und was daran hat dir gefallen?«
»Ich habe nichts empfunden.«
»Schwör mir, dass du mich niemals verlassen wirst.«

*

Das vom deutschen Werkbund und Mies van der Rohe organisierte Projekt war bereits im Juli eröffnet worden. Die Siedlung im hoch gelegenen Stadtteil Weißenhof war Kern der Ausstellung ›Die Wohnung‹, die an verschiedenen Stellen Stuttgarts errichtet wurde. Der Architekt hatte es bewerkstelligt, siebzehn internationale Kollegen wie Le Corbusier, Walter Gropius, Hans Scharoun und J. J. P. Oud für das ehrgeizige Konzept zu gewinnen, ein Konglomerat an Intelligenz. Sie alle experimentierten mit Skelettkonstruktionen und Fertigteilen, um in nur wenig mehr als fünf Monaten schlichte, gut durchdachte Unterkünfte zu bauen. Vermittelten Werte, wie sie das Bauhaus und De Stijl beinahe zeitgleich vorantrieben.

»Die Verbindung von Kunst und Industrieproduktion, oder um den Dreisatz von Gropius zu zitieren: haltbar, billig, schön«, meinte Jean mit einem Augenzwinkern.

Er hatte mir in den vergangenen Wochen mehrere Presseartikel zukommen lassen. Wie so häufig war die Öffentlichkeit gegenüber dem Modernen nicht ausnehmend aufgeschlossen. Die Befürworter sahen in der Siedlung den Aufbruch in eine neue Welt. Ihre Gegner fürchteten den Untergang des Abendlands. Die Kritik an dem viel beachteten Ergebnis überwog.

Klein-Jerusalem.

Einfamilienhäuser im Quetschsystem.

Zivilisierter Stall.

Schimpfwörter, die in meinen Ohren nicht fremd klangen, die ich auf mein eigenes Schaffen als Interieurkünstlerin übertragen konnte. *Die Tochter Caligaris*, jene Bezeichnung traf mich weiterhin ins Herz, ein Hieb, ein Stich, eine furchtbare Verleumdung, ich würde sie meinem Gedächtnis nicht entreißen können. In der Summe waren es Scheußlichkeiten, die deutlich darauf hinwiesen, dass einige Menschen den Fortschritt nicht verstanden, vielleicht noch immer nicht wahrhaben wollten.

Als wir Arm in Arm zwischen Scharen an Besuchern die Straßen der Siedlung entlangliefen und vor den weißen rechtwinkligen Häusern mit den Flachdächern das altvertraute höhnische Gelächter vernahmen, sagte ich: »Es ist mir unbegreiflich. Was passierte, wenn wir die Leute auf gleiche unsachliche Weise kritisierten? Den Zahnarzt, der ein neu erforschtes Instrument ausprobiert. Die Verkäuferin, die der Meinung ist, mir stünde das rote Kleid besser. Den Buchhändler, der mir Virginia Woolf empfiehlt, weil sie wirklich lesenswert ist.« Ich schüttelte den Kopf. »Ich würde so nicht handeln, niemals. Kleingeistigkeit ist die hässliche Seite der Welt.«

»Neid und Missgunst machen es in der Architektur nicht besser.« Jean erläuterte, dass die künstlerische Leitung der Stuttgarter Schule, die sich selbst als Vorreiter der Avantgarde sah, keine Bauaufträge erteilt habe. Das Übergehen der eigenen Interessen empfand man als Schmähung. »Die ansässigen Kollegen Bonatz und Schmitthenner schüren den Streit in der Öffentlichkeit gerade mächtig.«

»Raubkatzen teilen eben keinen Käfig.«

»Dass mir eine attraktive Frau einmal solche Weisheit zuträgt, hätte ich nicht vermutet.« Er gab mir einen Kuss.

Ich lächelte. Gemeinsam stiegen wir die Stufen zu Le Corbusiers Doppelwohnhaus empor. Nachdem er mit seinen Arbeiterhäusern in Pessac nur mäßigen Erfolg verbuchen konnte, hoffte er hier mit seinen Typenhäusern, der *maison Citrohan*, auf größeren Beifall. Man hatte ihm für ein Einzelwohnhaus sogar ein zweites Grundstück zugewiesen. Wir durchliefen die Räumlichkeiten. Die Organisation war wahrlich innovativ, unterschied eine Nutzung, die mich entfernt an Utrecht denken ließ. Die Wohnräume konnten abends zu Schlafzimmern umfunktioniert werden. Die Idee fand meine Zustimmung, ich hielt sie für gelungen, doch der spartanische Charakter der nächtlichen Raumversionen, die kaum größer waren als Schlafwagenabteile, gab vielen Anlass zu manch weiterem sarkastischen Kommentar. Mir hingegen schien die frei stehende Möblierung ein Fehlschlag, es war, als klammerte le Corbusier mit seinen geschwungenen Bugholzstühlen und den wuchtigen Ledersesseln von ›Maple & Co.‹ noch immer am letzten Jahrhundert. Lediglich die Bettgestelle waren aus Stahlrohr gefertigt, konnten in der Ausfertigung jedoch keineswegs der Konkurrenz die Stirn bieten.

»Was mag nur geschehen sein«, äußerte ich mein Missfallen. »Mir ist, als säße ich in Enniscorthy im eichengetäfelten Salon und Mutter rügte meine Haltung.«

»Sein Atelier hat momentan Schwierigkeiten mit der Ausführung«, wusste Jean zu berichten, als andere Besucher außer Hörweite gerieten und wir uns allein im Raum befanden. Ein seltsamer Moment. ARCHITEKTUR IST DAS KUNSTVOLLE, KORREKTE UND GROSSARTIGE SPIEL DER UNTER DEM LICHT VERSAMMELTEN BAUKÖRPER.

Reglos betrachtete ich einen schmalen Sonnenstrahl, sah nicht die Schatten ringsumher, nur triste Rechtecke, Bögen, den Staub darin, matt und dumpf. Nichts berührte mich. Selbst die Luft erschien mir drückend, zu dicht. Beengte mein Herz.

Da ich die Arbeit Le Corbusiers seit Jahren aus nächster Nähe beobachtete und jede noch so kleine Wandlung in seinem Wirken bemerkte, entging mir diese schleichende, allzu träge Entwicklung keineswegs. Wenngleich ich es nicht aussprach, ein Zeitungsartikel jedoch, der die beiden Häuser des Architekten boshaft als *stecken gebliebene Wohnmaschinen* gescholten hatte, barg einen gewissen Wahrheitsgehalt. »Mangelt es womöglich an kreativen Einfällen?«, kam ich meiner Vermutung vorsichtig nach.

»Corb findet gerade einfach keine Zeit, das ist alles«, verteidigte ihn Jean schulterzuckend und machte ein paar Notizen für die nächste Ausgabe seines Magazins. Er ging in die Hocke hinunter, schaute, suchte nach ungewöhnlichen Blickwinkeln, die niemand vortrefflicher zu beschreiben vermochte als er.

»Ich verstehe es nicht. Die Welt konzentriert sich in Stuttgart auf den Fortschritt, auf Le Corbusier, und er steht hier im Rampenlicht und präsentiert nichts als biedere Kaffeehausstühle.«

»›Thonet‹ genießt einen Ruf, die Firma steht für Serienproduktion.« Er stand auf, rieb sich das Knie. »Nun wirst du ganz schön streng mit ihm.«

»Gleiches mit Gleichem.«

»Was meinst du?« Jean hielt inne, betrachtete mich verständnislos.

Natürlich hatte ich ihm von dem Besuch Le Corbusiers auf dem Bauplatz berichtet, seine Spitzfindigkeiten allerdings ausgenommen. Die beiden waren befreundet, arbeiteten miteinander, er musste nicht sämtliches Geschehen erfahren. Ich hielt es für wahrscheinlich, dass er sich aufrieb, letztmöglich ereiferte. Mir wurde allmählich bewusst, welche Bedeutung dies alles mit sich brachte. Jean war im Laufe der Zeit zwischen die Fronten geraten; er wollte mich beschützen, aber auch Le Corbusier gerecht werden. Wie sollte die Geschichte enden? Befand ich mich als Frau in einer aussichtslosen Schlacht, die nur Verzweiflung hervorrufen sollte? Oder war ich mit Jeans Hilfe diejenige, die gestärkt die Situation verließe? Wie? Die Geschmacklosigkeiten Le Corbusiers stiegen erneut in mir hoch. Die Worte wurden Schreckgestalten, schienen von den Wänden zu hallen, krochen beschämend aus jeder Ecke, unter jedem verfluchten Sessel hervor. Formierten sich in meinem Denken zu Exempeln, bedeutungsschwer.

Eine Frau mache Fehler. Eine Frau vertrage keine Kritik. Frauen seien Amateure. Frauen. Ich dachte an Joyce, der in seinem Roman das Leben in Einzelteile zerlegte, sezierte, verschlang, zerkaute, ausspie. Männer machten im Grunde mit uns nichts anderes. Sie liebten uns durch und durch, sie hassten uns. Hatten Angst vor uns.

War während erster Überlegungen zum Entstehen dieser Siedlung wohl in Erwägung gezogen worden, eine Frau zu engagieren? Mir kam lediglich ein Korbgeflecht für einen Freischwinger in den Sinn, den Mies van der Rohe für die Ausstellung konzipiert hatte. Seine Mitarbeiterin und Lebenspartnerin Lilli Reich durfte sich mit diesem Beitrag in das Projekt einbringen. Ihre Arbeit war so filigran wie innovativ, schön – genau genommen doch eine Farce. *Die Geschichte in den Dingen.* Für wie überflüssig wir gehalten wurden, wenn es um das Treffen wichtiger Entscheidungen ging, um Möglichkeiten, die Welt zu einer besseren zu machen.

Der Gedanke frustrierte mich, trotzdem, ich versuchte ein Lächeln und sagte so heiter ich konnte: »Warum auch immer, Le Corbusier unterlag der Ansicht, du habest E.1027 allein geplant.«

Jean wandte sich herum, schaute mir geradewegs ins Gesicht. »Was hast du entgegnet?«

»Die Wahrheit.«

»Welche Wahrheit?«

»Dass das Haus auf meinen Ideen basiert.«

»Und nun bist du zufrieden, ja?« Er musterte mich auf eine eindringliche Weise, die keinen Zweifel daran ließ, dass ich etwas Falsches gesagt hatte. Zwischen seinen Brauen entstand eine steile Falte. Ich sah ihn mit sich hadern, womöglich Gewissheiten überdenken. Doch mit einer Schärfe in der Stimme, die ich mittlerweile häufiger zu hören bekommen hatte, ergänzte er: »Wo sind dein Stolz und deine Selbstachtung geblieben, wenn du dort draußen allen aufdrängen musst, was du angeblich allein geschaffen hast?«

*

Zurück in Paris besuchten wir den ›Salon d'Automne‹, an dem teilzunehmen ich inzwischen das Interesse verloren hatte. Nach all dem Verdruss in Stuttgart sehnte ich mich zurück an die Küste. Ich konnte inmitten des Lärmigen, Lauten keinen klaren Kopf bewahren, wollte dringend in mich gehen, meine eigenen Aufgaben voranbringen.

Jean aber insistierte, wir sollten vor meiner Abreise noch gemeinsam einen Stand auf der Herbstausstellung besichtigen. Er deutete auf zwei, drei Abbildungen in einem Katalog, blätterte durch den Text, reichte mir die Seiten. »Charlotte Perriand ist mit ihrer Bar unter dem Dach *das* Gesprächsthema«, meinte er. »Die Installation müssen wir gesehen haben, sie ist eine Quelle der Inspiration. Sicher richtungsweisend.«

»Nun gut, wenn du möchtest.« Ich hoffte auf seine Loyalität, tat ihm den Gefallen, obwohl ich mich mit meinen Gedanken längst woanders wähnte. Sein unbiegsamer Tonfall der letzten Tage kündete weiterhin von Verärgerung oder Verletztheit, die ich ihm offensichtlich zugefügt hatte. Mir war nicht klar, worum es sich handelte, was genau ihn getroffen hatte. Er sprach nicht darüber, und ich wusste, es wäre nicht klug, ihn um Antworten zu bedrängen. Ich kannte diesen Rückzug, er war Teil seines Charakters. Ein Abwenden, das sich in Gesellschaft in sein Gegenteil verkehrte. Es lag in seiner Beschaffenheit, auf seine Belange zu achten, im Vordergrund zu stehen. Als Herausgeber einer angesehenen Fachzeitschrift mochte er wahrscheinlich auch keine andere Wahl haben, er musste die Bühne auf diese Weise betreten, um in der hart umkämpften Szene eine Rolle zu spielen, um sie bestmöglich zu beherrschen.

Am frühen Nachmittag suchten wir die ›Bar sous le toit‹ auf. Scharen von Reportern umringten die blutjunge Gestalterin, die sich vor ihrem u-förmig geschwungenen Tresen bereitwillig interviewen ließ, Fragen kühn Fragen entgegenhielt, lachte. Mit überschlagenen Beinen saß sie auf einem selbst entworfenen Hocker, in der Hand ein Glas Martini, darin eine einzelne Olive wie ein Zeichen. Sie habe die Einrichtung aus vernickeltem Stahl und eloxiertem Aluminium ursprünglich für ihr eigenes Studio erarbeitet, liebte, was sie tat, warum also einen solch brillanten Entwurf nicht der Welt zeigen? Stahlrohr sei die Zukunft, noch immer aber herrsche in gestrigen Köpfen die Meinung, die Möbel gehörten in Sanatorien oder Arztpraxen. Sei es tatsächlich undenkbar, einen Renoir, Corot oder einen Bonnard über ihnen aufzuhängen?

»Weit gefehlt, meine Herren.« Sie forderte stillschweigende Zustimmung, und man gewährte sie ihr. Aufgestellte Scheinwerfer inszenierten das brünette, in Wasserwellen gelegte Haar, alles war Schimmern; erhellten ihre noch frischen Gesichtszüge, ohne ein Hauch von Make-up, ohne Makel. Sie war schlank, betonte mit schlichter Bluse und ebensolcher Hose die perfekte Figur. Die Vierundzwanzigjährige verkörperte das Feminine, das Ideen sprühende, repräsentierte die neue Frau. Wirkte alles andere als schlicht. Jean und Le Corbusier, die an einer Säule lehnend ihren Worten lauschten, waren von ihrem Wesen so eingenommen wie der Rest der Leute. Mir schien, als hätten sie alle miteinander Ehrfurcht vor ihrer Jugend, dieser unglaublichen Aura, die wie ein selbstleuchtender Onyx auf uns herabstrahlte, das Licht veränderte; und sie wusste um den eigenen Bann, um die damit einhergehende Macht. Jean hatte berichtet, dass sich namhafte Kollegen um eine Zusammenarbeit mit ihr rissen, auch Le Corbusier war an einer Kooperation mehr als gelegen. Bevor ich die junge Frau gesehen hatte, hielt ich es für fraglich, ob sie an der Seite des Meisters bestehen würde, nun jedoch erkannte ich deutlich, sie würde sich behaupten, würde den Ton gar vorgeben. Sie war nicht im Mindesten gehemmt, ähnelte in diesem

Punkt Hélèna. Beide gehörten einer Generation an, deren Lebensphilosophie Wörtern wie *Selbstzweifel* oder *Unsicherheit* keinen Platz bot.

Als die Reporter gegangen und die nächsten noch nicht eingetroffen waren, wir ein kleines Zeitfenster für uns hatten, Jean und sie und ich, holte sie tief Luft, entzündete eine Zigarette. »Das Leben ist völlig verrückt, wie bloß werde ich all diese großartigen Geschehen bewältigen?«

»Schritt für Schritt«, erwiderte ich freundlich lächelnd. Ich meinte zu spüren, dass uns etwas verband, eine unstreitige Gemeinsamkeit, der Frauen in der Öffentlichkeit ausgesetzt waren, die nur wir untereinander verstanden und zu deuten wussten. »Fokussieren Sie stets die nächste Stufe, nie die ganze Treppe.«

»Um Sie richtig zu verstehen«, erwiderte sie mit befremdlich glitzerndem Ausdruck in den Augen, der mir jäh einen Schauder über den Rücken laufen ließ, »wollen Sie mir gerade eine Anweisung erteilen?«

»Lediglich einen gut gemeinten Ratschlag.«

»Ich bin jung, Madame. Ihr Leben ist so gut wie vorbei, aber in meinem Alter nimmt man mehrere Stufen auf einmal.«

Sie kehrte auf hohen Absätzen herum, schritt zielstrebig davon, ihrer Karriere entgegen. Jean sah ihr fasziniert nach, schwieg.

Schwieg viel zu laut.

Ebenso wie Damia sollte mir Charlotte Perriand zeit meines langen Lebens nur noch ein einziges Mal über den Weg laufen. Ebenso wie der Chansonnière sollte ich ihr aus der Ferne lediglich ein unterkühltes Nicken erbieten.

Eh, bien?

KAPITEL 6

SOMMER 1928

Roquebrune, Cap Martin.

Aber die Schönheit gab es. Ich war von ihr gleichermaßen erfüllt wie von der Melancholie. Alles in mir zeugte von Zerrissenheit, ein Leben zwischen den Welten, dem ewigen Wandel. Und ich ließ dieses Empfinden gewähren. Ich vermisste Jean, sobald er fort war, fühlte mich jedoch auch unbeschwerter. Ich musste mich nicht um seine Bedürfnisse kümmern, keine Kompromisse schließen, nicht jedes Wort mit Sorgfalt wählen, das ich zu äußern gedachte. Dabei galt er mir als teuerster Gesprächspartner. Menschen jedoch waren kompliziert, wie ließe sich sonst erklären, dass unsere Beziehung verworrener wurde; ein schleichender Prozess, der mit Angst und Unsicherheit einherging, mit Benommenheit. Ende des vergangenen Jahres waren wir an einem Punkt angelangt, an dem wir uns entscheiden mussten, Zeit füreinander aufzubringen. Das Wieviel, das Ob. Klug und zugewandt hatte er mir von seinem fortwährendem Druck erzählt, der immer größer auf ihm lastete. Er sehnte sich mit manischer Beharrlichkeit nach Erfolg, das war sein Traum, und gemeinsam kamen wir nach längeren Diskussionen überein, ihm weiterhin zu folgen. Wie auch meinem. Wir steckten zwischen den Träumen, diesen zaghaften Gebilden, so weich wie Watte, wie Wolken. Waren fest darin verkeilt. Dahinter das große Ganze, die Architektur, die wir wollten, verehrten. Wir blickten noch immer auf den gleichen hell leuchtenden Stern, er und ich.

»Liebe bedeutet Anstrengung, Eileen. Sie erfordert Opfer und immerwährende Geduld.«

»Ich weiß«, seufzte ich, mochte seine Hand, die sanft meinen Nacken berührte. Wie oft schon waren mir diese Worte gesagt worden, von dem einen, der anderen. Die Liebe, so häufig wir sie auch im Laufe unserer Jahre erlebt hatten und noch erleben würden, sie barg mit jeder Person eine andere Geschichte und kündete doch stets vom Gleichen, von Wagnis und Zuversicht. Von Hoffnung.

Und dieses Haus konnte uns dabei helfen. Es musste. Es würde, ich glaubte fest daran. Für mich gab es jedoch auch das kräftezehrende Pendeln zwischen Paris und Roquebrune. Die Entscheidung zwischen der Schließung oder dem Weiterführen der Galerie. Den Farben der Räume, all den Ausbauten in E.1027, ein Projekt, das täglich realer wurde, mir all meine Seelenstärke abverlangte und gleichzeitig auch so Wunderbares barg.

Das Leben zwischen den Welten, das Dazwischen.

Und gerade verspürte ich nur den Hauch eines schlechten Gewissens, weil ich am Strand lag, die Gefühle auf mich einströmten, mit mir redeten und ich doch nur mit diesem Roman beschäftigt war, der auf gewisse Art und Weise auch der Schönheit, der Melancholie und der Zerrissenheit unterlag.

Der anonyme Privatdruck *Ladies' Almanach*, verfasst und illustriert von einer ›Lady of Fashion‹, war in jenen Tagen das Pariser Stadtgespräch. Er enthielt versteckte Hinweise ebenso wie vertrauliche Anspielungen auf Lesbierinnen und begann mit der Geburt *der ersten Frau, die mit diesem Unterschied geboren wurde*. Die Sexualität war auf erheiternde Weise persifliert worden. Das Buch erstaunte, unterhielt zugleich. In den Kreisen der Boheme machte es regelrecht Furore, und rasch hatte sich verbreitet, dass Djuna Barnes die Autorin des Werks war und wen sie in ihrer Schrift darstellte: den legendären Salon um Natalie Clifford Barney. Als eine der bekanntesten und einflussreichsten Frauen der Szene war sie die Heldin der Geschichte. Romaine Brooks, die meine Aufmerksamkeit in einem *lettre indiscrete* auf das Geschehen gelenkt hatte, zeigte wenig Verständnis. Ich vermutete, es fiel ihr schwerer denn je, die Affären zu tolerieren, auf die ihre Geliebte nicht verzichten konnte und wollte. Wenngleich ich es nicht aussprach, sah ich in der Situation doch eher eine Chance für sie aufzuwachen und aus dem Abgrund hervorzusteigen. Sie wusste, ich war eine Freundin, ich wartete dort oben.

Nach dem Lesen ihrer Zeilen rief ich sie an. »Solltest du Zweifel hegen, hast du alle Möglichkeiten der Welt.«

»Ich kann nicht ohne sie sein.«

»Du musst die Beziehung ja nicht beenden, vielleicht kannst du mehr Großzügigkeit walten lassen. Die Dinge ebenso angehen.«

»Mein Herz schlägt nur für sie. Ich wünschte, ich könnte es begründen, aber sie verdreht mir den Kopf. Sie ist ein so großartiger Mensch.«

»Das bist du auch, Romaine.«

»Danke, Liebes. Wenn du nur hier wärest«, sagte sie seufzend. »Wann kommst du zurück?«

Später hatte ich Louise kontaktiert und sie gebeten, ins ›Café du Dôme‹ hinüberzulaufen, wo man den Roman angeblich von Hand zu Hand verkaufte, ich wollte ihn selbst lesen. Für eine Haushälterin in der Tat eine recht zwielichtige Angelegenheit.

»Noch vor wenigen Jahren hätte ich mir nicht vorstellen können, irgendeine Sünde zu begehen«, hörte ich sie ohne geringste Scheu in der Stimme sagen. »Aber für Sie würde ich die dunkelste Höhle betreten. Ich würde durch brennende Reifen springen.«

Hätten wir in jenem Moment geahnt, dass uns ein solches Schicksal während des nächsten Krieges und weit darüber hinaus ereilen sollte, wir wären über die Worte des Mädchens nicht ins Lachen geraten, wären vielmehr ehrfürchtig seinem unglaublichen Mut und der Entschlossenheit erlegen.

Louise sandte mir das Buch. An vielen Nachmittagen und Abenden spekulierte ich wie wohl viele andere, wer sich hinter den Figuren verbarg, die Djuna beschrieb. Ich machte mir Notizen an den Seitenrändern. *Low-Heel,* hatte ich herausgefunden, war Gertrude Stein, *High-Head* eine recht pointierte Bezeichnung für Alice Toklas. Blieb die Frage, ob ich den eigenen Namen ausmachte, und was dann.

Ich vermisste die Gesellschaft der Frauen, mit denen ich in den vergangenen zwei Jahrzehnten gemeinsame Zeit verbracht hatte, gute wie weniger gute. Sie waren Teil meines Lebens, ob ich es wahrhaben wollte oder nicht, sie erinnerten mich an das, was ich mir selbst nicht gesagt hatte, mir schon längst hätte sagen sollen.

*

Alles war Meer. Mit meiner Architektur nahm ich Anklänge maritimer Elemente auf. Aus der Ferne wirkte E.1027 wie ein ankernder Ozeandampfer. Die Horizontalen, die Relings, Terrassen gleich Decks, ein Fahnenmast an der gläsernen Dachkonstruktion. Später würde ich veränderliche Markisen aus Segeltuch fertigen lassen, einen Rettungsring. Auch im Inneren war die Farbe wichtiges Element; selbst kleinste Details würden am Ende die See variieren. Die See und ihre Umgebung, die immer geheimnisvoller erschienen, je vertrauter sie mir wurden. Ich beobachtete sie Tag für Tag. Und jede Nacht. Mondhell. Mondstill. Jede Witterung brachte sich in meine Gedanken ein. Ich folgte dem Rhythmus der Natur. Die Fassade hatte ich nach aufwendiger Suche in einem strahlend hellen Weiß streichen lassen. Im Gegensatz zu Le Corbusiers klinischer Kühle enthielt die Farbe Partikel, die wie die Kiesel am Strand Lichtstimmungen zu reflektieren vermochten, ein wahrhaft magischer Anblick. Betrat man das Haus, sollte sich der Besucher in Ruhe wähnen. Innehalten. Ich dachte an erste Schritte ins flache Wasser, ein transparentes Blau, während sich die Steine unter den Füßen verlagerten. Dann das Eindringen in die Fluten, das Schwimmen hinaus; Grünblau, Türkisblau, Dunkelblau. In diesem Sinne übertrug ich das Schema. Räume wurden dunkler, je weiter man in das Haus hineintauchte. Schließlich stand man im Schlafzimmer inmitten tiefblauer Wände. Dahinter, im Bad, im Innersten, die glasierten Fliesen auf Boden und Wänden schwarz. Der Meeresgrund.

Ein lebendiger Organismus.

Die Überlegungen zum Baukörper und den Farben gingen mit dem Mobiliar einher, meiner Meinung nach spielte es eine entscheidende Rolle bei der Organisation. Während vieler Skizzen experimentierte ich mit allen nur denkbaren Möglichkeiten, wie sich ein Möbelstück einsetzen ließ. Innenarchitektur und Architektur in unangestrengter Komplexität, in Harmonie. Einige der Möbel waren fester Bestandteil des Gebäudes, andere ihr Gegenteil. Leicht, sodass man sie jederzeit umhertragen konnte, gab ich ihnen keinen angestammten Platz innerhalb eines Raums oder des gesamten Hauses. Natürlich dachte ich bei der Konzeption an Jean, welcher Tätigkeit ging er wann nach, und wo. Mir kam aber auch Thora in den Sinn. Wie gern sie doch stets im Bett gefrühstückt hatte, und wie häufig das Tablett verrutschte, Krümel auf den Laken störten. Ich hatte ihr Schimpfen noch immer im Ohr. Ich entwarf einen kleinen höhenverstellbaren Tisch aus Stahlrohr, der sich mit versetztem Bein dicht an das Bettgestell heranschieben ließ, die Platte rund, aus Metall oder Glas, nannte ihn ›Adjustable table‹. Einen Stuhl mit nur einer gepolsterten Lehne bezeichnete ich als ›Nonconformist‹. Was passte zu meinen Lieben, zu mir, zu diesem Haus? Wann erreichte ich Einklang? Die Dinge sollten flexibel sein, sich den wechselnden Bedürfnissen angleichen. Intuitiv suchte ich nach Formen und Materialien, bis ich eine schlüssige Lösung gefunden hatte, alles Gelassenheit ausstrahlte, wenngleich es in mir momentan auch noch ganz anders aussah. Tische, Stühle, Schränke, Spiegel; sie rotierten, bogen, neigten, kippten, sie öffneten sich. Ergänzten einander, steigerten sich gegenseitig in ihrer Wirkung. Mit wenigen Handgriffen konnte ein Schreibtisch in einen niedrigen *coffee table* umgewandelt werden, die Schlafecke in einen Lesebereich mit eingebautem Bücherregal und sanft strahlender Beleuchtung. Die Beweglichkeit einzelner Elemente setzte eine Art mechanisches Ballett in Gang. So war auch die große Fensterfront gleich einem Paravent zusammenfaltbar und erweiterte den Raum auf die über die komplette Front verlaufende Terrasse. Den Fenstern widmete ich eine Menge Zeit, schuf ein ausgeklügeltes System, das Lichteinfall und Lüftung regulierte. Ich war mir meiner gestalterischen Fähigkeiten mittlerweile äußerst sicher, undogmatisch ließ ich die Arbeiter einige Holzläden auf der modernen Fassade anbringen. Dieses Haus benötigte Lider. Wie wohl würde der Meister auf diesen *fauxpas* seiner strengen Vorgaben reagieren?

Savayardo hatte mir eines Mittwochmorgens im April, als die Wolken schwer in den Bergen hingen, den Tischler André-Joseph Roattino vorgestellt. Er war in Castellar ansässig, jener Ort, in dem ich Land erworben hatte, und bat den Bauplatz besichtigen zu dürfen.

Ich hatte nichts dagegen. »Kommen Sie, ich führe Sie gern persönlich durch die Räume.«

Der Italiener nahm höflich die Mütze ab, drehte sie in den Händen umher. »An der Küste redet man von diesem Gebäude, es ist anders, es ist ungewöhnlich.« Er presste die Lippen zusammen, mied meinen Blick.

Lächelnd klopfte ich ihm auf die Schulter. »Machen Sie sich keine Gedanken. Ich weiß, dass viele Einheimische meinen Entwurf für sonderbar halten.« Tatsächlich war E.1027 im Gespräch. Je weiter der Bau voranschritt, endgültige Form erlangte, desto erhitzter reagierten die Gemüter. Die Kritik des Unverstandenen. Die Leute standen am Strand, starrten kopfschüttelnd herüber. Zeigten während meiner Marktbesuche mit Fingern auf mich. Selbst oben im Café waren mir einige Nachbarn regelrecht feindselig begegnet. Ich verschandele die Natur, ihr Dorf. Ich würde ihre Grundstücke im Wert herabsetzen. Allein Hélèna enthielt sich dem Gerede, vertrat ihren Standpunkt, sich nicht in die Belange der Gäste einzumischen. Sie war freundlich wie immer. Vielleicht täuschte ich mich, doch ich fand, sie brachte mir nach meinem abendlichen Disput mit Jean sogar ein noch größeres Stück Herzenswärme entgegen. Ich wäre nicht verwundert gewesen, wenn sie mir, im Gegenteil, die kalte Schulter geboten hätte.

»Wenn ich eins in diesem Café gelernt habe«, hatte sie eines Morgens gesagt, als sie mir den Espresso über den Tresen schob, »dann, dass man um dessentwillen geliebt oder gehasst wird, womit man gerade beschäftigt ist, wenn die Leute zuschauen.«

In jenem Moment schien sie mir beinahe beängstigend scharfsinnig. Hélèna hatte einen Gedanken geäußert, auf den ich zuvor nie verfallen war. Sie trug ein helles Leinenkleid, die Armreife glitten das linke Handgelenk entlang, das rechte zierte ein geknotetes zartweißes Seidentuch. Alles an ihr wirkte frisch und sauber und jung. Wie sehr ich sie mochte.

Sämtliche Vorwürfe gegen mein Haus hatte ich in ähnlichen Varianten in Paris und Utrecht, in Dessau und Stuttgart nicht anders vernommen. Es schmerzte durchaus, dass ein Werk, für das ich mich bedingungslos einsetzte und das ich täglich mehr liebte, von vielen abgelehnt wurde. Natürlich tat es das, es schockierte mich jedoch nicht. »*Alors*, Monsieur Roattino, haben Sie Lust, ein paar Tage auf Probe zu arbeiten, Ihr Können unter Beweis zu stellen?«, fragte ich den Tischler nach dem Rundgang. »Wir brauchen hier dringend einen weiteren fähigen Mann.«

Freundlich nickend, doch noch immer mit einer Spur von Verlegenheit, hatte er mein Angebot angenommen. Schon wenig später wusste ich, wir besaßen einen gemeinsamen architektonischen Nenner. Der Tischler war wie der Rest meines Trupps ehrgeizig, er war talentiert. Er brachte die Ausbauten auf hohem Niveau voran, wusste mit Holz, Stahl ebenso wie mit Kork experimentell umzugehen. Strich ich über die von ihm sauber ausgeführten Verbindungen, spürte ich, er hatte wahrlich Ahnung vom Wesen der Dinge. Ich fühlte eine gewisse Befriedung. Jean hingegen war nach längerer Abwesenheit nicht nur zufrieden mit der Fülle großartiger Ergebnisse, er schien geradezu überwältigt.

»Um ehrlich zu sein, ich habe dich nie sprachlos erlebt«, stellte ich erheitert fest. »Warst du nicht der Mann der Worte?« Der Zauber der Erscheinung hielt mich jedoch ebenfalls ergriffen, obwohl er mich täglich umgab.

»Möglicherweise liegt die höchste Form der Schönheit im Nutzen eines geschaffenen Objekts«, sagte Jean selbstvergessen, öffnete und schloss Türen und Schubladen. Tastete. Berührte. Schaute überall hinein.

»Es könnte aber auch die Muschel sein«, entgegnete ich nach einer Weile, leise. Dachte an Valéry. Die Muschel oder das Schneckenhaus – Gelebtes, nicht Gemachtes. Objekte, die Natur und Kunst auflösten, Innen und Außen. Die Grenzen waren fließend. Wo fing das Haus an, wo hörte der Bewohner auf? Was war die Molluske ohne seinen Schutz? Was waren wir Menschen? Beschäftigte die Muschel das Denken der Philosophen seit Jahrhunderten aus diesem Grund?

Lag ich falsch, wenn ich mein Haus als Rückzugsort verstand? Als Schneckenhaus?

SPÄTSOMMER 1928

Roquebrune, Cap Martin …

August. Heiße Luft wand sich gleich einem satten, trägen Python die Küste entlang, bewegte sich kaum. Die Hitze flirrte, war ein Zerrspiegel der Wirklichkeiten. Waldbrände im Hinterland fraßen sich beharrlich durch die Landschaft, verdunkelten den Tag, erhellten die Nacht. Scheuchten Hunderte Singvögel auf. Sie rasten durch das Grau, stießen mit schrillen Tönen Angst und Verzweiflung von sich, während ich ihnen hilflos nachsah. Stumm.

Jean und ich hatten eine Woche in Berlin verbracht, in der es unentwegt regnete. Wir wollten die Entwicklung der Hufeisensiedlung von Bruno Taut, einem Vertreter des Neuen Bauens, begutachten. Wie Le Corbusier beschäftigte sich der Architekt mit typisierten Lösungen, um der durch Kriegsfolgen und damit verbundener Arbeitslosigkeit entstandenen Wohnungsnot entgegenzuwirken. Noch immer hausten Tausende Menschen auf beengtestem Raum.

»Das Schlimme ist, dass eine Einzimmerwohnung mit Küche erst ab fünf Bewohnern als überbelegt gilt«, hatte Taut erklärt, als wir auf dem Baugelände an gleichartigen Modulen vorüberliefen und unsere Schuhe stetig tiefer im Schlamm versanken.

»Was für eine katastrophale Situation. Sie droht meine Vorstellungskraft zu sprengen«, entgegnete ich erschüttert.

Der Architekt nahm die Nickelbrille ab und betrachtete mich mit klugen Augen. »Das Projekt ist eine enorme Herausforderung, aber ich nehme sie an. Die Zukunft liegt im sozialen Wohnungsbau.«

Tauts Worte sollten mich noch Jahrzehnte später beschäftigen.

Schließlich kam jener Morgen, an dem ich aus meinem Apparte-ment auszog. So idyllisch die Altstadt mit ihren Gassen und Winkeln auch anmutete, ich hatte ihn herbeigesehnt. Ich war der durchgelegenen Matratze überdrüssig, dem Krabbeln und Kratzen der Mäuse in den Schächten, der Volltrunkenen, die allnächtlich lautstark am Haus vorüberzogen. Der Wirtin legte ich einen letzten Umschlag mit der ausstehenden Mietzahlung auf den Tisch, ging, ohne mich von ihr und all ihren altmodischen Ansichten verabschiedet zu haben. Die Etikette interessierte mich nicht, ich brauchte eine Umgebung, in der ich meine Gedanken frei entfalten konnte, atmete. E.1027 war noch längst nicht fertiggestellt, doch Savayardo hatte vorrangig den Großen Raum ausbauen lassen, die angrenzenden Bäder, ungezählte Stunden bis in die späten Abende gegeben, sodass ich mich darin bereits wohlfühlen konnte. Die Wasseranschlüsse waren aufwendig verlegt worden, sogar die Elektrik funktionierte bereits in weiten Teilen. Gleich einer Entourage trugen die vier Arbeiter meine Koffer vom Parkplatz an der Bahnstation bis zum Haus und bereiteten mir einen liebevollen Empfang mit langstieligen, leuchtenden Sonnenblumen. Sie hatten den Strauß in einem geleerten Farbeimer mittig im Raum platziert. Auf den schlichten schwarzen und weißen Fliesen, denen die einzelnen Lebensbereiche zum Essen, Lesen, Schlafen und Ausruhen zukamen, wirkte das Geschenk wie eine Kostbarkeit, war eine. Es rührte mich ungemein. Wir besprachen einige Details für das Mädchenzimmer, dessen Fenster zum Garten ich mit einem intransparenten Glas versehen haben wollte, um meine Privatsphäre zu wahren. Legten die Position des *sun pool* im Garten fest, das Fliesenbild. Die Ausführung sollte möglichst vor dem Winter abgeschlossen sein.

»Nun lassen wir Sie aber in Ruhe einziehen, Miss Gray«, endete Savayardo, während er die Ärmel seines löchrigen Baumwollshirts krempelte. »Die Restarbeiten im Untergeschoss warten auf uns.«

»Wie viel Zeit werden Sie für den Ausbau noch brauchen?«

»Ein paar Wochen?«

»Das klingt nach einem Plan«, antwortete ich, obwohl der Italiener ebenso wenig an seine Einschätzung zu glauben schien, wie ich es selbst tat.

Am frühen Nachmittag fuhr ich mit dem Automobil über die untere Corniche nach Nizza, kaufte Leinen, Handtücher, Geschirr. Ein Victrola, für das Roattino mir einen Rollwagen gebaut hatte, damit die Musik von überall im Haus und auch auf der Terrasse erschallen konnte. Einige Schellackplatten. In einem versteckt gelegenen Laden am Fuße des Schlosshügels erstand ich abschließend feine Kristallgläser blauer Farbe. Im Gegenlicht schimmerten sie, als befände sich das Meer darin, das Meer mit all seiner geheimnisvollen Schönheit und seinem Glück. Auf dem Rückweg hielt ich in Monte Carlo. Nur wenige Straßen hinter dem Casino hatte ich von einer geschickten Schneiderin erfahren, die sowohl mit Stoffen als auch mit Leder umzugehen wusste. Ich erteilte ihr erste Aufträge für die gepolsterten Rückwände an den Betten, Überwürfe. Die Kissen und Vorhänge wollte ich von Louise fertigen lassen, ihr würde ich zum Einzug eine eigene Nähmaschine ins Zimmer stellen. Sie hatte in Paris ab und an von ihrem Vorhaben erzählt, sie spare auf ein Tischmodell von ›Singer‹ mit einer Handkurbel. Sprach gar von einem Ratenkaufplan, von dem sie hörte, um sich den Wunsch zügiger erfüllen zu können. Ich hoffte, mit dieser Überraschung schon bald ihr Herz erfreuen zu können.

Während unten im Gästezimmer gehämmert und gesägt wurde, kehrte ich auf meiner Etage den Schleifstaub zusammen, wischte die Böden, bezog das Bett mit frischer Wäsche. Wie seltsam, diese Tätigkeiten auszuführen, ich konnte mich nicht erinnern, je so viel häusliche Arbeit verrichtet zu haben. Ich war im Begriff mich zu verändern, wenngleich ich nicht hätte sagen können, welchen Wert ich der

Sache zusprechen sollte. Mehr als drei Jahre waren seit dem anfänglichen Gedanken vergangen, etwas Eigenes zu bauen. Wie viele Villen hatte Le Corbusier in gleicher Spanne realisiert? Oder Mallet-Stevens? Woher nahmen sie diese schier unversiegliche Energie? Ich dachte an die Erschöpfung und die Mutlosigkeit, die mich ereilt hatten, die Tränen, die geflossen waren. Verscheuchte die Missstimmung in meinem Kopf, die sich manchmal wie eine lastende Decke auf mich senkte, den helleren Teil meines Wesens zu ersticken drohte. Ich seufzte. Die Zeit verrann, und was war wirklich geschehen?

Dann nahte der erste Abend. Allein in E.1027. Alles fühlte sich sonderbar und ungewohnt an, roch fremd. Die Anstrengungen hatten mich aufgezehrt, schürten Melancholie in mir. Ich wollte mich ausruhen, meinen Roman lesen. Schaute umher, sah plötzlich nur die Unzulänglichkeiten. Kabel, die nicht befestigt waren, das Dach würde nachgebessert werden müssen. Einen Durchgang wollte ich mithilfe eines Holzbalkens verkleinern und den Eingriff durch Übermalen verschwinden lassen. Möbel fehlten. Ich fragte mich, ob ich eine falsche Wahl getroffen hatte. War ich zu früh in das Haus gezogen, war ich zu ungeduldig. Doch wir alle fällten Entscheidungen, mit denen es zu leben galt. Die uns eigentlich glücklich stimmen sollten. Wir weilten in Augenblicken, in Momenten, nicht in Ereignissen. Ich nahm hinter dem nach oben offenen, gemauerten Raumteiler im Großen Raum eine heiße Dusche, zog den Morgenmantel über. Schenkte mir ein Glas Wein ein und schritt durch die leeren Zimmer. Spiegelte mich in den unzähligen Fensterscheiben, verharrte, blickte mir ins Gesicht. Ich war soeben fünfzig Jahre alt geworden. Man sagte, gewisse Lebensalter seien wie Wegkreuzungen, lassen überdenken, was hätte sein können, was sein konnte. *Werde ich mir selbst gerecht? Der Person, die ich immer hatte sein wollen?*

Ich betrachtete den Sonnenuntergang, ein atemberaubendes Schauspiel. Rot und Orange legten sich die Farben, erst kräftig, dann zarter werdend, auf die Wände im Inneren. Sammelten sich auf der Mauer, einer strahlend weißen Fläche hinter dem Ruhebett. Wie lang ich diesen Anblick herbeigewünscht hatte. Und was er mir bedeutete. Die Leinwand am Abend. Ruhender Pol am Tag.

Ein rechteckiges Stück Vertrauen, Sicherheit.

Balance.

Später entzündete ich ein paar Windlichter, die ich an die Reling gestellt hatte, und kurbelte das Victrola an.

I can't give you anything but love war der Schlager des Jahres in Paris, und es stimmte mich froh, die Schellackplatte in Nizza aufgespürt zu haben. Das Lied hallte durch die dunkle Einsamkeit. Irving Kaufman sang voller Leidenschaft von der Liebe. Diese Liebe war das Einzige, was er zu geben hatte. Die Worte, schmerzlich und durchdringend, erreichten meine Seele. Ich mochte das Lied, und ich wusste, dass es auch Jean gut gefiel. Kaufmans Stimme klang so überzeugend, dass ich seinem Rat folgen wollte; ich sollte eine Weile planen, meinen Träumen nachhängen, all den Dingen, die ich immer ersehnt hatte. Er versprach, eines Tages würde ich mein Glück, das er mir nicht bieten konnte, finden. *Until that lucky day, you know darned well, baby …*

Irving Kaufman sang, und ich kurbelte das Victrola fortwährend an, fünfmal, sechsmal, und lauschte. Als wollte ich zwischen den Zeilen eine tiefere Erkenntnis ergründen, eine zweite Wahrheit vielleicht. Dabei kannte ich die entsprechende Antwort längst, sie war offensichtlich. Ich hätte nur aufmerksamer hinhören müssen.

Ich schlief unruhig in dieser Nacht, drehte mich fortwährend umher, suchte Halt in den Decken, den Kissen, unfähig, eine bequeme Position auf der breiten Matratze zu finden. Träumte schlecht. Im Morgengrauen erwachte ich mit leichter Verspannung, streckte mich, dehnte mich. Kochte mir einen Kaffee in der notdürftig eingerichteten Küche, steckte eine Gauloise an und setzte mich mit nackten Füßen auf die Stufen am Ende der Terrasse, saß still da. Es war warm. Das Meer ein glattes Schwarz, Samt. Am Himmel der blasse Mond, umgeben von einem Ring aus Porzellan, brüchig, luzide, wann hatte ich ihn je so erlebt. In den Büschen und Bäumen ein Rascheln und Scharren, das Summen Abertausender Insekten. Die ersten Vögel. Wie laut diese Stunde doch war, wie lebendig. Etwas regte sich in den Palmen, die seichten Schatten im Dämmerglanz gleich Wimpern. Dann, nach langen Minuten, die ersten Fäden Licht. Verwoben sich ineinander, wurden stetig mehr. Ein neuer Tag.

Ein neues Kapitel.

KAPITEL 7

HERBST 1928

Long de la mer.

An einem Samstagnachmittag Ende September fuhren Jean und ich, einen Mistral im Rücken, die von Kakteengewächsen begrenzten Serpentinen nach Monaco hinein. Wir wollten die felsige Halbinsel *Le Rocher* erklimmen, um von weit oben eine Sicht auf E.1027 zu erhaschen. Bataillone an Staren begleiteten uns, schufen hoch über unseren Köpfen stetig andere Gebilde, Kunst. Ich mochte den Blick kaum abwenden. Fragte mich wie Valéry, ob all die Figuren geometrisch waren. *Nicht mehr, als der Lärm musikalisch ist.* Jean hatte sich in der vergangenen Woche überraschend angekündigt, kam mit seinen fast fertig redigierten Texten aus Paris hergereist, gedachte das Schreiben im Süden zu beenden, mir beim Auspacken der Möbel zu helfen, zu platzieren. Er wirkte ausgeglichen und zufrieden, entspannt wie seit Langem nicht. Der Verleger Morancé, ließ er mich wissen, sei über die bestechend hohe Qualität seiner Artikel voll des Lobes, die Verkaufszahlen des Magazins geradezu hymnisch. Nach all den Strapazen der letzten Monate begann die Aufregung zu schwinden. Wir genossen unser Zusammensein, sahen das Ziel vor Augen, es war zum Greifen nah. Die Dinge erschienen unbeschwert wie am Anfang unserer Beziehung, obwohl die Zeit längst eine andere war. Doch wir vertrauten uns, unserem Sein. Dem Rhythmus der Alltäglichkeit. Wie ertragreich dieses Leben doch sein konnte, wie erfüllend. Ich erinnerte mich nicht, je so glücklich gewesen zu sein. Wir schwammen häufig im Meer, sammelten Muscheln, eigenwillig geformtes Treibholz, Kiesel. Lagen am Strand. Im Haus. Immer wieder zog er mich dicht an sich heran, las Passagen aus dem Gedichtband Baudelaires vor, und ich spürte Ruhe in mir, diese vollkommene Ruhe, die ich allein in seiner Gegenwart empfand.

Wir waren aufgebrochen in die Ferne, um hier gemeinsam zu leben. Einen Verkauf der Villa erwog keiner von uns beiden je mit einem weiteren Gedanken, möglicherweise war er nie gewesen.

Die Wortlosigkeit, die nur die Liebe sprach.

»Park dort drüben an der Kirche.« Jean deutete auf einen schattigen Platz nahe dem hell gestrichenen Gebäude, und ich steuerte ihn gemächlich an. Vor dem Portal eine vornehme Hochzeitsgesellschaft, die übliche Prozedur. Auf den Stufen Ballen von weißem Voile, Cutaways, Blumenmädchen. Das große Glück. Noch immer vermochte ich diesem besiegelten Bündnis nichts abzugewinnen, sah weiterhin nur die Fessel, die Abhängigkeit; die Vorstellung hatte sich tief in mir verankert. War ich meinem Denken unterlegen? Konnte man tatsächlich verheiratet sein, ohne sich selbst zu verlieren? Wie viel war man bereit, von sich aufzugeben?

»Sieh an, die Welt ist ein Dorf«, rief plötzlich jemand hinter uns, ich erkannte die Stimme geradewegs. Le Corbusier, braun gebrannt. An seiner Seite eine modisch gekleidete Frau in einem Lagenkleid, Yvonne Gallis, das monegassische Modell, nahm ich an. »Welch interessantes Automobil Sie fahren, Mademoiselle Gray. Stromlinienförmig, visionär. All meinen Prinzipien der Architektur folgend.«

Ich stellte den Motor ab. Ruhe. »Ein Chenard & Walker«, sagte ich und zog beherrscht die ledernen Handschuhe von den Fingern.

»Ein schickes Ding«, meinte die Frau. »Mal etwas anderes.« Der helle Chiffon umwehte sie, bot einen harten Kontrast zu dem zinnoberrot geschminkten Mund. Eine allzu laute Vorliebe, der ich nach langer Zeit nun eine Person zuordnen konnte.

»Bleibt die Frage, warum unser guter Jean den Wagen nicht chauffiert.«

»Hast du den Verstand verloren?« Ungerührt verdrehte sie die Augen. »Komm mir jetzt nicht wieder mit der Nummer, Frauen seien biologisch ungeeignet, ein Automobil zu fahren.«

»Meine liebe VonVon«, konstatierte Le Corbusier mit unterwürfigem Blick. »Nie würde ich eine solche Behauptung wagen.«

»Ist gerade passiert.«

Der forsche Ton stand ihrer sorgfältigen Aufmachung entgegen. Ich vermutete, sie war seine Achillesferse. Ebenso, wie ich ahnte, dass seine Stichelei eine beabsichtigte war. Wir stiegen aus und stellten einander vor.

»Mein Charles hat reichlich von Ihnen erzählt, Sie Liebe.« Verbindlich reichte sie mir die Hand, ein fester Druck, weniger für weichkrempige Hüte gemacht. »Eine Feier steht aus, nicht wahr? Ist Ihre Villa eingerichtet, dürfen wir Sie bald einmal aufsuchen?«

»Liebes, wir sollten uns niemandem aufdrängen.«

»Ich dränge nicht, ich frage.«

Ich sah nach rechts, betrachtete das Brautpaar. Den Bruchteil einer Sekunde dachte ich an die Situation, in der Le Corbusier meine Neigung so boshaft zu attackieren gewusst hatte. *Hauptsache, Sie machen ihr keine schönen Augen, Mademoiselle Gray.* Die Frage hing einen Moment zu lang in der Luft, taumelte.

»Selbstverständlich laden wir euch ein, wenngleich die Arbeiten auch noch nicht ganz abgeschlossen sind«, ergriff Jean das Wort, als er mein Zögern bemerkte. Im Hintergrund Reis, der zu Boden fiel. Er klang wie laut trommelnder Regen an einem stürmischen Novembertag. Applaus. Gelächter. Ein auf Hochglanz polierter Rolls-Royce fuhr an uns vorüber, Beschläge mit Intarsien, die Seite zierte ein Familienwappen, hielt in Höhe des Kirchenportals.

»Himmlisch«, schwärmte Yvonne.

Le Corbusier furchte die Stirn. »Reiche und Arme unterscheiden sich nur in einem Punkt«, behauptete er.

»Welchem?«, kam es skeptisch von ihr.

»Die vollendete Verachtung.« Er wandte sich Jean zu. »Wir kommen gerade vom Vicomte Noailles aus Hyères.«

»Interessant. Wie war dein Eindruck?«

Le Corbusier schüttelte den Kopf. »Architektur mag man diese Ansammlung von Räumen kaum nennen. Es ist ein additives Gewirr.«

»Ein was?« Yvonne verzog gequält das Gesicht.

»Beschämend, ganz fürchterlich«, ignorierte er ihre Frage und pries sein neuestes Projekt, die Villa Savoye, die er vor den Toren von Paris plante. In der all seine Theorien, die er im Laufe der Jahre artikuliert und verbessert hatte, in einem einzigartigen Höhepunkt gipfeln würden. Er rieb sich die Hände, ich erfasste einen Siegelring. »Ich muss dich in die Pläne einweihen, Jean.«

»Verlockende Chance. Wann passt es euch?«

»Nächsten Monat reise ich nach Moskau, ich bewerbe mich um die Teilnahme an einer Ausschreibung.«

»Zentrosojus?«

»Schlauer Bursche.« Er lachte auf. »Ich werde gewinnen. Denke ich an all die Perspektiven des riesigen Landes, bin ich wie elektrisiert. Doch zurück zu eurem Palast. Wäre der kommende Samstag genehm? Andere Termine lägen in weiter Ferne, ich bin ein viel beschäftigter Mann.«

»In Ordnung«, ging Jean auf den Vorschlag ein, ohne mich eines Blickes zu würdigen. »*À bientôt, mes amis.*«

Der nächste Morgen, lichter Nebel über dem Meer. Das Gras voller Tau. Während sich ein Rudel Katzen behaglich auf den noch kühlen Betonstufen räkelte, als habe es die Treppe schon immer gegeben und als sei sie nur ihm bestimmt, tranken Jean und ich Kaffee, das wohlige Schnurren in den Ohren, lauter, leiser. Mancher Tage ließen sich die beiden zutraulichsten von ihnen streicheln. Ich hatte sie nach einer Geschichte tragischer Liebe Héloïse und Abélard getauft. Wir besprachen anstehende Tätigkeiten, die Liste schien mir immens. Eine mühsame Woche lag vor uns.

»Ich wünschte, du hättest sie noch nicht eingeladen«, sagte ich. Betrachtete die aufgehende Sonne zwischen den Zweigen des Feigenbaums. Als versteckte sie sich hinter der Wirklichkeit, wenn es doch so einfach wäre. »Ich möchte die Dinge mit Leidenschaft angehen, nicht mit Eile.«

»Das tust du doch, oder nicht?«, gab er vorsichtig zurück. In seiner Stimme ein Hauch von Bedachtsamkeit, möglicherweise spürte er den Konflikt, den ich mit mir austrug, das Für, das Wider. Er strich über meine nackten Beine. »Wir hätten ihren Wunsch nicht zurückweisen können. Ich würde diese intensive Freundschaft einbüßen.«

»Ich weiß, aber plötzlich fühle ich mich genötigt.« Während all der Monate hatte ich das Privileg, in meinem Zeitmaß voranzuschreiten, mir über die eigene Schulter zu schauen. Trotz der Anstrengungen begann sich mir auf diese Weise ein anderer Blick auf das Leben zu erschließen. Entschleunigter, freier.

»Nichts muss fertig sein, Eileen«, meinte Jean und sah mich liebevoll an. »Du sprichst doch selbst häufig vom Sinnlichen im Unvollkommenen.«

Ich reflektierte meine Sorge. Wovor schreckte ich tatsächlich zurück? Ich hatte meine Schwächen bekämpft. Den Mut bewiesen, meine Träume zu verwirklichen, erfühlte sie bereits mit den Fingerspitzen, musste mich nur noch etwas strecken. Geschah hier jetzt nicht genau das, was ich mir in kühnsten Vorstellungen erhofft hatte? Dass ich Le Corbusier und dem Rest der Welt zeigen konnte, woran ich hingebungsvoll gearbeitet hatte? Was ich wollte? Mochte?

»Es wird alles gut verlaufen, du wirst sehen.«

»Ich hoffe, du hast recht.«

»Corbu und Yvonne sind wirklich feine Menschen, ich hatte in Arcachon eine Menge Spaß mit ihnen.«

»Das kann ich mir vorstellen«, antwortete ich und schickte einen Seufzer hinterher.

»Eileen, ich möchte dich glücklich wissen.«

Das stimmte ganz sicher, wenn Glück besagte, dass ich nicht aufbegehrte, die dunkleren Seiten weiterhin in mir zurückhielt. Eine Schlechtigkeit, irgendetwas Gärendes in mir, von dem ich nicht zu sagen vermochte, wann es hervorbrach. »Ich bin glücklich«, erwiderte ich mit einem Lächeln. »Und ich vertraue deinem Urteil.«

»Danke. Und nun sollten wir nicht weiter darüber reden.« Jean erhob sich von den Stufen, zog mich an den Händen nach, küsste mich. Seine Lippen schmeckten nach Kaffee, waren ein wenig rau. Er drängte mir seine Erektion an den Schenkel. »Gehen wir schwimmen?«

»Nicht jetzt«, sagte ich und versuchte mich aus seinem Griff zu lösen. »Wir haben Unmengen an Arbeit zu erledigen.«

»Die kann warten.« Ohne Mühe, als wöge ich nur wenig mehr als meine Gedanken, nahm er mich hoch. Stieß mit dem Fuß auf halber Treppe das Gittertor beiseite und trug mich bis zu einem Felsausläufer hinunter. Streifte mir den Morgenmantel ab. Ich betrachtete die bewegte Strömung, das weiße Wirbeln in Kreisen und Schwüngen. Gemeinsam sprangen wir in die Tiefe, ich pflügte mit schnellen Zügen hinaus, fünf Meter, zehn. Am Horizont die Schemen des Segelschiffs, erhebend. Jean holte mich ein.

Danach ließ ich mich tief sinken, die Glieder schwer und schwerelos. Ich betrachtete einen Schwarm winziger Fische, ihre Haut so durchsichtig, dass ich ihre Beschaffenheit sah, ihren Herzschlag. In der Ferne etwas Größeres, ein Schatten, schwebend, unergründlich. Seine Bewegungen ruhig und mächtig, von einer Jahrtausende alten Natürlichkeit. Ich stellte mir das Meer vor, in dem ich trieb, all die Meere. Welche Lebewesen es gab. Wie klein ich war, wie unbedeutend. Ich blickte hinauf. Über mir die Wasseroberfläche, glasklar, durchzogen vom ersten Leuchten. Dann erreichte ich das Ufer. Jean und ich lagen auf Schichten getrockneter Algen, weich. Er strich mir sachte über den Bauch, die Brüste, schaute mich lange an. Ich schloss die Lider.

»Magst du es nicht, wenn ich dich danach betrachte?«

»Doch«, flüsterte ich.

Über das Detail.

Das Detail ist die Besonderheit in der Architektur. Es ist oft unscheinbar, besitzt doch ungeahnte Kraft, berührt und verführt, vermag den Kerngedanken eines Entwurfs zu vermitteln. Es gehört zum Verständnis des Ganzen. Was will ich mit dem Baukörper ausdrücken? Was will ich erreichen? Verbundenheit oder Vielheit, Erwartung oder Gelassenheit, Strenge, Dauerhaftigkeit, Leichtes. Das architektonische Detail, wenn es uns gelingt, ist Magie. Erstaunt. Dieser eine Fenstergriff, dort die Fuge.

Weniger ist mehr.

HERBST 1928

E.1027. Maison en bord de mer.

Louise war mir eine geschäftige Hilfe in der Woche. Sie kam angereist, wusste um meine Ansprüche, meine Prioritäten, alles, was mir wichtig war; zog ein und begann mit ihrer Arbeit. Sie nähte mit der neuen Maschine Vorhänge, die Kissen; säuberte Böden, bestückte Einbauschränke und Regale. Fleißig organisierte sie das Leben in ihrem Wirkkreis, obwohl sie einiges zu bemängeln hatte.

»Dieses Haus ist wunderschön, Miss«, bemühte sie sich um einen höflichen Tonfall. »Aber die Küche ist entschieden zu klein, ich stoße ständig an. Wie bloß soll ich hier all meine erlernten Kochkünste entfalten?«

»Du kannst kochen?«, fragte ich abwesend, während ich in meiner Tasche nach den Zigaretten suchte.

»Madame Berger hat mich in ihre Geheimnisse eingeweiht. Ich hatte viel Zeit, die Rezepte auszuprobieren.«

»Was nicht dringend bedeutet, dass man das gutheißen müsste«, räumte Jean ein.

Wenngleich sich Louise beschwerte und auch mein Mentor die Dimensionen in den finalen Plänen kritisiert hatte, ich selbst empfand Küche und Mädchenzimmer damals trotz reduzierter Größe durchaus als Räume, die ausreichenden Komfort boten. Ich beharrte auf dem Entwurf. Nach meinem Dafürhalten waren diese *smallest living cells* Musterbeispiele aller Dienstbotenzimmer.

Sieben Tage lang hatten wir E.1027 gemeinsam in einen fast perfekten Zustand gebracht, Schritt für Schritt, und Zentimeter für Zentimeter die Herausforderungen bewältigt. Natürlich waren die Bauarbeiten noch nicht ganz abgeschlossen. Den Badbereichen im Untergeschoss fehlten Bodenfliesen ebenso wie Wasserhähne, das aber hatte sich in der Kürze der Zeit nicht ändern lassen. Trotzdem spürte ich eine gewisse Befriedigung. Weitere Stahlrohrmöbel waren geliefert worden und sorgten für Zustimmung in der Runde. Sogar die lederne Briefkastentasche, die ich bei ›Hèrmes‹ hatte fertigen lassen, kam rechtzeitig und fand Anklang. Abschließend befestigten Savayardo und seine Männer auf der Wand hinter dem Ruhebett im Großen Raum eine zimmerhohe nautische Karte der Karibik. Eine integrierte Lampe sollte nachts für eine vertraute Atmosphäre sorgen. Das sandige Beige der Collage versah ich mit brauner, schwarzer und weißer Schablonenschrift. Unter anderem L'INVITATION AU VOYAGE, das Gedicht Baudelaires, das uns gehörte. Jean und mir.

»Ein wunderbarer Platz zum Tagträumen.« Wie zur Bestätigung legte er das aufgeschlagene Buch unter meine Kunst, die Seiten gewellt von Wind und Wasser.

Die kantig geformte Drucktype auf meinem Bild gefiel mir gut, ich hatte sie bereits auf Einladungen und Karten für die Galerie genutzt. Einem spontanen Einfall folgend schnitt ich weitere Schablonen zurecht, arbeitete mit den Vorlagen im ganzen Haus, beschriftete Wände, Schränke, Türen. Ein Stück Individualität, eine persönliche Note. Ich legte den Pinsel nach getaner Arbeit zur Seite, fasste mir ins Kreuz, es schmerzte. Dann trat ich ein paar Schritte auf die Terrasse zurück, um mein Werk zu begutachten. Auf der Reling ein Spatz, er legte den Kopf schräg, schaute mich mit glänzenden Augen an, als wollte er mir etwas mitteilen. *Du hast es geschafft, meinst du nicht?*

»Vielleicht«, flüsterte ich.

Louise war mit dem Süden bereits vertrauter geworden, war auf den Märkten in Roquebrune und Menton gewesen, um erste Einkäufe zu tätigen. Stets aufgeregt kehrte sie heim, schwärmte von den zu Pyramiden getürmten Zitronen, den Orangen, den Blumenhändlern, die bündelweise leuchtende Chrysanthemen verkauften, kupferrot und pink, violett. Wie ich fiel sie abends müde zu Bett. Manchmal hielt ich noch einen Aphorismus in meinem Notizbuch fest, bevor ich das Licht löschte, Weisheiten, die mich bewegten, über die ich nachdenken wollte. Jean hingegen machte sich abends in die Altstadt auf, um in Hélènas Café einige Gläser Wein zu trinken,

Kontakte zu knüpfen. Er war geselliger als ich, lebte einen anderen Rhythmus, eine andere Routine. Kam spät zurück. Ich hörte ihn kaum, wenn er auf Zehenspitzen hereinschlich, duschte und sich anschließend zu mir unter die Decke legte. Wie gern ich morgens neben ihm aufwachte.

Wie Musik erlangt ein Werk seinen Wert erst durch die Liebe, die in ihm manifestiert wird.

6. OKTOBER 1928
À la maison.

Samstagnachmittag, Viertel nach fünf. Die Sonne tastete sich durch die Baumkronen, warf Schatten, lang und graziös, als hätte ein Bildhauer sich ihrer angenommen. Jean und ich standen im Eingang des Hauses, ein großer überdachter Raum, eine Art Atrium. Wir warteten. Er strich sich wiederholt über den dunklen Anzug, schritt umher. Blickte auf die Rolex-Armbanduhr, die ich ihm dieser Tage geschenkt hatte. Ich entzündete eine Gauloise, rückte meine leichte Wollstola über der Bluse zurecht. Schaute. Das Entrée roch nach frisch aufgetragener Farbe, ein mattes Schwarz. Ich hatte mich gestern spontan für den Ton entschieden. Ein ästhetischer Kontrast zu der weißen Fassade und den schwarz glasierten Fliesen, wie ich fand. Geräusche der Außenküche drangen herbei, Löschen und Zischen. In der Luft ein warmer, öliger Dunst.

»Wo bleiben die beiden?« Nervös fuhr sich Jean durch das glänzend pomadisierte Haar. »Womöglich haben sie die Verabredung vergessen.«

»Und wenn schon«, gab ich gleichmütig zurück und stieß den Rauch unter die Betondecke. Ein freiliegendes Kabel. Eine Fliege, die umherschwirrte. Ich hatte beschlossen, mir nicht allzu viele Sorgen zu machen, ich war optimistisch gestimmt. Le Corbusier und ich gelangten in mancher Hinsicht zu unterschiedlichen Meinungen, so aber begegneten sich Menschen. Künstler, hatte ich gelernt, waren oft simple Leute mit kompliziertem Verstand. Le Corbusier war der, der er war, ich konnte ihn nicht verändern. Ich achtete den Architekten für seine Arbeit, seinen beißenden Sarkasmus jedoch wollte ich mir fortan weniger zu Herzen nehmen.

Dann Stimmen, sie stiegen die Stufen hoch oben am Gelände hinunter, kamen näher. Waren sich uneins.

»Ich sagte, der Pfad sei schmal und staubig, wir könnten nicht mit dem Wagen vorfahren. Zieh dir passendes Schuhwerk an. Aber nein, du musst es besser wissen.«

Ein Straucheln hinter den dicht gewachsenen Büschen, ein derber Fluch.

»Da haben wir es.«

»Ich dachte, wir folgen einer Einladung, keiner Baustellenbesichtigung.«

»Party, Baustelle. Konkrete Unterschiede gibt es da nicht zu benennen.«

»Meine schönen Schuhe.«

»Sie sollten in erster Linie praktisch sein, die Form folgt der Funktion. Denk an Flugzeuge, an Schiffe oder Automobile. Jede Maschine muss zuerst ihre Pflicht erfüllen, bevor sie sich in Schönheit hüllt. Auch der Schuh.«

»Du solltest dich reden hören.«

Sie liefen die letzte Windung hinter den Oleandersträuchern hinab, traten auf dem provisorischen Holzsteg in Erscheinung. *Sectio aurea*. Ich dachte an den Goldenen Schnitt, jener Teilung einer Strecke in der Art, dass sich die kleinere Teilstrecke zur größeren wie die größere zur ganzen Strecke verhält.

Major und Minor.

Le Corbusier und Yvonne.

Alles an dem Paar wirkte harmonisch. Das Größenverhältnis, die aufeinander abgestimmte Kleidung; er im Anzug, sie im Stil eines erwachsenen *flappers*, ein Stirnband mit seitlicher Feder, die paillettenbesetzten Spangenschuhe in der einen Hand tragend, in der anderen einen Strauß herbstgeröteter Astern. Die beiden wären noch eindrucksvoller dahergekommen, hätten sie gewusst, wie man schweigt. Schweigen gehörte nicht zu ihren überzeugendsten Eigenschaften.

»Welch ein Auftritt, meine Lieben.« Jean strahlte, balancierte den Freunden mit weit geöffneten Armen entgegen. »Yvonne, du bist die betörende Eleganz in Person.«

»Dabei ist ein Urteil über einen wahrhaft eleganten Mann weit entscheidender als das über eine elegante Frau«, entgegnete Le Corbusier.

»Warum das?« Yvonne musterte ihn von der Seite. Sie war apart, wenngleich keine unbedingte Schönheit.

»Die männliche Kleidung ist standardisiert.«

»Männer«, sagte sie in einem Ton, als umfasste ihre Welt endlose Reihen staubiger Kinosessel. Sie kam weitere Schritte auf mich zugelaufen, übergab mir mit leichtem Schulterzucken die Blumen. »Die Kerle bringen uns aus der Fassung, aber was machten wir ohne sie?«

Ich lächelte, widmete als Nächstes dem Buch Aufmerksamkeit, das Le Corbusier darreichte. *Une maison, un palais.*

»Meine neueste Publikation.« Er begrüßte mich mit freundschaftlichen Wangenküssen.

Louise servierte auf einem Tablett Cocktails in den neuen blauschimmernden Gläsern. Wir tranken, redeten.

»Nun das Abenteuer der Wohnungseinrichtung, um mich selbst zu zitieren«, meinte Corbu, deutete auf den Eingang, die Türen links und rechts. Las laut die Wandschrift *ENTREZ LENTEMENT*. »Wo geht es lang, Verehrteste?«

Niemand sollte mit der Tür ins Haus fallen, langsam eintreten. Wie viel Zeit ich darauf verwendet hatte, einen logischen Plan zu erarbeiten. Während unzähliger Studien hatte ich mögliche Bewegungsradien der Besucher mit Pfeilen skizziert. Der erste Eindruck war mir wichtig. Vom Eingang bis in das Hausinnere erstellte ich chronologische Abfolgen eines Ankommenden, berücksichtigte sämtliches Agieren. Schirm abstellen, Hut abnehmen, den Mantel aufhängen. Am wichtigsten jedoch war mir das Überraschungsmoment. So verwehrte zunächst ein abgerundeter Schrank aus Zelluloid mit eingebauter Garderobe den Blick in den Raum.

»Hinter einer Tür sollte sich Verborgenes auftun«, erklärte ich und bat alle hinein. »Ich spiele mit Erwartungen.«

»Das diametrale Gegenteil meiner Meinung. Ich erachte eine Tür als Objekt in einer Wand, durch das man sich in einen Raum begibt.«

»Ich weiß«, gab ich zurück und spürte meinen Puls, ich wollte es ruhig angehen lassen. Ich nahm einen großen Schluck, schmeckte Champagner und Mandarine, vielleicht Flieder; ein flackerndes Brennen in meiner Kehle.

Entlang der gekurvten Wand ein gedämpftes Licht, schmal, plötzlich der atemberaubende Blick auf die weite See. Helligkeit. Weiße Wände und Stahlrohrmöbel im Schein eines behaglichen Kaminfeuers, das ich entfacht hatte. Die Meeresfarbe dominierte. Blau das diwanähnliche Bett mit den Kissen, der Teppich ›Centimètre‹, dessen Skalen an maritime Maschinenkunst erinnerten. Blau ein weiterer neben dem Deckchair, meinem ›Transat‹. Dort in der Ecke über dem ›Bidendum‹ eine wollene Decke: blau. Ein paar arrangierte Muscheln auf dem Beistelltisch, Lavendelzweige. Ein Seestern. Ich mochte den französischen Ausdruck, *étoile de mer*, er klang melodisch, nach Geheimnis, war gefälliger als sein englisches Pendant.

Le Corbusier schritt in die Mitte des Großen Raums, die Miene unbeweglich. Er drehte sich langsam um die eigene Achse. Sagte nichts. Jean und ich betrachteten einander unbemerkt. Sogleich schweifte mein Blick zu Yvonne, auf die Feder ihres Stirnbands, sie wehte.

Endlich nickte Le Corbusier wohlgefällig in die Lautlosigkeit. »Mein Kompliment.«

»Du magst es«, rief Jean, und ich konnte seiner Stimme die Anspannung entnehmen, die von ihm fiel.

»Höre ich Zweifel?« Der Freund winkte ihn heran. »Nun zeig mir die anderen Räume, Bado.«

Wir liefen gemeinsam durch E.1027, durch das Haus, *das einem Mann bestimmt war, der* die *Arbeit und den Sport liebte und gern in Gesellschaft war,* so hatte ich es mir notiert. Jean erläuterte mein sorgfältig geplantes Konzept. Enthusiastisch verwies er auf Übergänge, auf Details wie Haltevorrichtungen für die Moskitonetze, klappbare Spiegel. Demonstrierte die Mehrfachnutzung der Möbel, zog schwenkbare Schubladen aus Einbauten hervor. Le Corbusier schien sich Bilder einzuprägen, als habe er ein fotografisches Gedächtnis, wirkte konzentriert. Stellte Fragen. Lobte den Einsatz ungewöhnlicher Materialien wie Wellblech, das perforierte Aluminium. Das Beleuchtungssystem. Ich lauschte Jeans Ausführungen, sie waren plastisch, zuweilen dramatisch schön. Er war in seinem Element. Ich bewunderte ihn um das Können, nicht ansatzweise wäre ich fähig, mein Werk derartig einnehmend oder geistreich zu beschreiben.

Wir stiegen auf das mit Kies bedeckte Dach hinauf, der gläserne Pavillon über der Treppe eine poetische Stahlkonstruktion, ein Tribut an den Konstruktivismus. Letzte Sonnenstrahlen legten sich angenehm golden auf unsere Gesichter.

»Sind wir nun *la jeunesse dorée*, oder nicht?«, sagte Yvonne und schloss die Augen.

Jean sprach von der ausgerichteten Öffnung, die im Sommer kühle Luft in das Innere beförderte, sprach von den Problemen, die er während des Konstruierens gelöst hatte. Dem Patent, das er für seine Entwicklung der Fenster anstrebte. Er entfernte sich immer weiter von einem Wir, glitt so selbstverständlich in ein Ich wie die Sonne im Meer versank. Ein verstörendes Gefühl. Zunehmend wähnte ich mich wie eine Fremde im eigenen Haus. Als wäre ich eine Statistin, hätte nichts von dem geschaffen, was uns umgab. Jean sprach, und ich wusste irgendwann nicht mehr, was ich denken oder tun sollte, außer Haltung zu bewahren. Ich war wie in Trance, ahnte, vor mir lagen lange Stunden. Noch heute erinnere ich mich an diese beklemmende Enge in meiner Brust. Ein Schleier hatte sich über unseren gemeinsamen Traum gelegt, der Stern leuchtete weniger hell. Allmählich dämmerte mir, Jean wollte die Geschichte verändern, wollte uns verändern.

Ich war entsetzlich unvorbereitet.

DEFENSE DE RIRE. Ich besah den Schriftzug auf der Schmalseite der Garderobe. Lachen verboten. In den Wörtern meine Zweifel, mein Unbehagen. Mein schwankendes Selbstwertgefühl, das mich während des Entstehens des Hauses begleitet hatte, beständig weiter schwanken würde.

»Woher kommt nur all die Inspiration?«, holte mich Yvonne aus meinem Denken und wandte sich herum. »Alles ist so heiter und unbeschwert.«

»Das Leben, das Lebensgefühl«, sagte ich leise, schaute auf das Meer hinaus. Die Möwen kreischten, segelten durch den Wind, und in jenem Moment wollte ich mit ihnen ziehen, wie damals in Enniscorthy, frei von Sorgen. Auf der Suche nach Neuem. Ich hätte erwähnen sollen, dass man bei rauer See und verhangenem Horizont die ausgerichtete Glasfront mit Vorhängen zuziehen konnte, dafür das Erkerfenster auf der anderen Seite öffnete, das zum Garten mit den Zitronenbäumen und dem alten Dorf hinaussieht. Sattgrünes Laubwerk statt einer riesigen blaugrauen Fläche. Wechselnde Atmosphären, wechselnde Perspektiven. Den Blick neu auszurichten bedeutete, die eigenen Entscheidungen besser zu verstehen. Ich brachte nichts davon hervor, ich war still. Jean führte die Unterhaltung, führte durch das ganze Geschehen. Schon immer war er in Gesellschaft der Mann großer Worte gewesen, und es hatte mir gefallen.

Wir aßen die von Louise zubereiteten Meeresfrüchte. Muscheln, Garnelen, Hummer, Tintenfisch. Jean hatte das Dinner für den heutigen Anlass bestimmt, wusste wahrscheinlich aus den Wochen in Arcachon, dass sein Freund die Delikatessen schätzte. Yvonne erzählte von den felsigen Küstenabschnitten hinter Monaco, an denen Fischer Oktopusse jagten. Sie bedienten sich langer Stangen, an deren Enden, verborgen unter einem Bündel roter Lumpen, Haken befestigt waren. Diese schwenkten sie über Höhlungen in den Felsen, versteckte sich ein Oktopus darin, schoss er auf die vermeintliche Beute zu und wurde von dem Haken aufgespießt. Die Männer amüsierten sich, nahmen sich nach. Ich hasste Meeresfrüchte. Ich ließ mir von Louise einen weiteren Cocktail einschenken, brach ein Stück Baguette. Das Mädchen gab sich große Mühe, war wachsam, dabei zurückhaltend. Sie wirkte hübsch in ihrem schwarzen Kleid, der gestärkten Schürze. Mit dem ondulierten Haar, für das ich ihr am Morgen meine Brennschere geliehen hatte.

Jean winkte sie mit abfälliger Geste davon, gleich einer Stadttaube, die es von einem Fenstersims zu verscheuchen galt. Sah ihr hinterher, als sie den Tränen nahe den Raum verließ. »Sie hat die Steifheit und das Aussehen eines Mauerblümchens.«

»Täusch dich nicht«, verteidigte ich sie. »Ihre Absichten sind ehrenwert, und gewiss stellt sie die eigenen Forderungen an die Schönheit.«

»Sie ist eine Bedienstete.« Er ließ ein arrogantes Lachen hören, eine Abfolge kalter, harter Töne, an deren Ende eine Vergangenheit in Armut schwang.

»Wenn sich die Kleine den Liebreiz von Pola Negri liehe, würde ich sie Ihnen glatt stehlen.« Yvonne langte nach einer Garnele, trennte den Kopf mit genüsslicher Drehung vom Körper. »Aber nein«, setzte sie fort, »ich vergaß. Charles mag kein Personal im eigenen Haus, genauso wenig wie Kinder. Dabei hätte ich so gerne welche.«

»Kinder machen Lärm, sind unordentlich und haben klebrige Finger«, sagte er. »Ich kaufe dir einen Hund.«

»Ich möchte Kinder.«

»Ich habe dir die Ehe versprochen, sobald man mir die französische Staatsbürgerschaft bewilligt, das soll reichen. Kinder würden mich von wichtigen Missionen fernhalten, der Villa Savoye zum Beispiel. Oder Russland, meine ganz persönliche Fabrik der Projekte.«

»Du wirst uns jetzt nicht langweilen, Charles.« Yvonne warf ihm einen strengen Blick zu. »Ich habe ihm verboten, daheim am Küchentisch über Architektur zu reden. Kaum sitzt er bei Ihnen, Eileen, bricht er die Regel.«

Ich schenkte ihr ein aufgesetztes Lächeln. »Ich wusste nicht, dass Sie heiraten wollen, wunderbare Neuigkeiten. Wann ist es so weit?«

»Ich hoffe, bald. Wie steht es um Sie und Jean? Irgendwelche Pläne?«

Le Corbusier musterte mich ruhig, geradezu sachlich, schien eine Antwort zu fordern, während Jean teilnahmslos zur Weinflasche griff, sein Glas füllte.

»Nein«, antwortete ich entschieden. »Die Ehe stellt sich mir keineswegs als Aspekt der Zukunft dar. Sie hat für mich nichts Heiliges, ich glaube nicht an sie.«

»Woran dann?«

»An die Liebe.«

»Wie schön Sie das gesagt haben«, erwiderte Yvonne ehrfürchtig und rückte ihr Stirnband zurecht. »Charles, darf ich dein Geheimnis verraten?«

»Komm nicht auf dumme Gedanken.«

»Er hat heute Geburtstag.«

Wir gratulierten ihm, stießen miteinander an.

Abwehrend hob er die Hände. »Nicht doch«, rief er geschmeichelt, »keine Aufmerksamkeit.«

Für jemanden, der auf Applaus und Außenwirkung bedacht war, schauspielerte er gekonnt. Yvonne holte ein gefaltetes Papier aus der Handtasche hervor, räusperte sich und rezitierte ein Gedicht, das sie für ihn verfasst hatte. Zeilen der Einfältigkeit, kaum zu erdulden, doch der sanft lächelnde Bogen, den ihr Mund während des Vorlesens beschrieb, modulierte das Geschehen auf ein erträgliches Maß.

»Ich heirate eine kluge Frau.« Le Corbusier würdigte ihre Alliterationen, sah sie gerührt an, die Augen unverstellte Ehrlichkeit.

Der begehrende Mann hört geistig auf zu existieren. Wer hatte es doch gleich gesagt? Sekundenlang beschäftigte mich, was diese beiden gegensätzlichen Charaktere tatsächlich verband. Sein Intellekt traf auf ein schlichtes, fast ordinäres Wesen, doch offensichtlich schlangen sich ihre Seelen wie Yin und Yang ineinander, ergänzten sich wie Ebbe und Flut. Bekämpften sich nicht, schienen einer höheren Macht zu folgen. Und wir? Wem folgten Jean und ich? Könnten wir einander wirklich stützen, die Last der Welt auf unseren Schultern ertragen, wenn es schwierig würde?

»Ein wenig Musik?« Die glimmende Zigarette im Mundwinkel, rollte Jean den Wagen in die Nähe des Kamins und kurbelte das Victrola an. Momente darauf kündete Irving Kaufman vom Glück, das er mir nicht zu geben vermochte.

»Dieses Lied ist wundervoll.« Yvonne begann sich zu den Klängen zu wiegen, fiel virtuos in den Takt.

Ich vernahm die Kadenz ihrer Schuhe auf den Fliesen, das Hin, das Her. Die vertraute Stimme des Sängers verführte auch mich, natürlich, dennoch hatte ich das Gefühl, nicht aufstehen zu können, als trüge ich Gewichte an den Beinen. Schließlich aber begannen die Cocktails und der Lärm das Durcheinander in meinem Kopf zu übertönen. Eine Art morbider Rausch. Wir tanzten, tranken. Die Stunden vergingen, es wurde Nacht. Yvonne lehrte uns den Charleston. Die Männer waren irgendwann betrunken, schließlich sehr betrunken. Mir war, als hätten sich beide den Alkoholvorrat mehrerer Wochen eingeflößt. Le Corbusier streifte sich das Stirnband Yvonnes über und bewegte sich gleich einem Satyr auf einer griechischen Vase. Er verausgabte sich völlig, riss die Arme in die Höhe, trippelte mit lächerlich kleinen Schritten vor und zurück, und je mehr wir seiner Darbietung huldigten, klatschten, desto wilder wurde er. Ich war wie gebannt, beschämt zugleich. Die Musik verstummte.

Er ließ sich rückwärts in die Polster auf den Diwan fallen, streckte die Gliedmaßen von sich. »Herrlich«, stieß er aus, versuchte zu Atem zu kommen.

Yvonne stemmte die Hände in die Hüften, lachte. »In Paris darf ich das Wort Gemütlichkeit nicht einmal erwähnen, kein Kissen ziert unser Wohnzimmer, und hier fläzt du dich herum wie ein Pascha.«

»Wenn man nach Hause kommt, darf kein Gerümpel empfangen, das einen Vernunft-Druckmesser zum Zerplatzen brächte.« Er setzte sich auf, rückte die Brille zurecht. »Wenn man ein solches Instrument in unserem Gehirn anbringen könnte …«

»Du hast zu tief ins Glas geschaut, Charles.«

»Das Haus ist eine Wohnmaschine«, konstatierte er. »Technisch, präzise, klar.«

»Das Haus ist keine Maschine zum Leben«, entgegnete ich aus einem Impuls heraus. »Es ist die Hülle eines Menschen, seine Verlängerung. Ein Haus sollte als Rückzugsort dienen, wie ein Schneckenhaus.«

Einen Augenblick lang verfiel er ins Grübeln. »Mit welch niedlichen Gedanken Sie uns zu unterhalten wissen.«

Ich unterdrückte meine Wut, ballte die Hände zu Fäusten, öffnete sie wieder. »Sie vergessen in Ihren Planungen die Menschlichkeit.«

»Mit anderen Worten bezeichnen Sie meine Villen als seelenlos, ja? Sie beleidigen mich, Mademoiselle.« Er klang nun gereizt, behauptete, sich wie ein Mann behandelt zu fühlen, der auf nicht ehrbare Weise zu seiner Anerkennung gelangt sei. Er schaute flüchtig zu Jean, der reglos dastand, deutete dann mit harscher Geste in den Raum. »Sie versuchen mich zu kopieren, aber Sie schaffen es nicht. Und nachdem der Faden nun durch das Nadelöhr ist, sage ich Ihnen, Sie haben keine Ahnung von Architektur, und auch nicht von Möbeln. Weder von dem einen noch dem anderen.«

»Interessant, dass Sie die Dinge trennen«, gab ich kühl zurück. »Ich denke eher, Möbel sind keine Zugabe zur Architektur, sie sind Architektur.«

Später, sie waren längst gegangen und Jean lag nebenan mit seinem Anzug bekleidet auf dem Bett und schlief, versuchte ich zumindest das physische Chaos zu beseitigen. Ich räumte Flaschen, Gläser und leere Teller zusammen, brachte sie in die Küche. Begab mich danach zurück in den Großen Raum, lehnte mich mit angezogenen Beinen gegen eine Wand. Hockte still da, in einem Meer aus Dunkelheit, draußen ein fortgesetztes Schwarz. Hörte noch immer das Klicken und Rauschen der Nadel auf der Schellackplatte. Niemand hatte das Victrola abgestellt. Es lief, war ein fortwährendes Seufzen, wieder und wieder, als könnte das Glück auf seltsame Weise nicht von mir lassen. Ich starrte die Schatten an. Den Tropfen, der sich deutlich vor meinen Augen abzeichnete. Wie eine Träne.

Die Form von Traurigkeit.

OKTOBER 1928
À la maison.

Das Paradies sei nur von Flüchtigkeit, sagte man, sei es stets gewesen. Wer aber schenkte solchen Worten Glauben, wenn man es doch gefunden hatte?

Während des nächsten Vormittags waren Jean und ich klug genug, uns eine Weile aus dem Weg zu gehen, schlichen nur schweigend umeinander herum. Ich trug Kopfschmerzen von den Cocktails davon, ich hatte eindeutig zu viel getrunken, aber auch der emotionale Kater machte mir nach dem Erwachen zu schaffen. So oder so, ich fühlte mich furchtbar. Wie konnte es sein, dass zwei Menschen, die sich liebten, nicht miteinander reden wollten, oder konnten? Als Louise das Haus verließ, um ihre freien Stunden für einen Spaziergang an die Spitze des Caps zu nutzen, brühte ich eine Kanne starken Kaffees und ging mit zwei Tassen zu Jean in den Garten hinaus. Er wirkte weiterhin übel gelaunt und missmutig, dass ich mich kaum traute, neben ihm auf dem Felsen Platz zu nehmen.

»Willst du dich bei mir entschuldigen?«, fragte er abweisend, noch bevor ich die letzten Meter des Plateaus erklommen hatte.

»Ich wüsste nicht, was ich falsch gemacht hätte.« Ich reichte ihm den dampfenden Kaffee, doch er legte lediglich die Stirn in Falten und schlug ihn aus. »Sei nicht kindisch, Jean.«

»Ich? Damit beschreibst du wohl eher dein gestriges Verhalten.« Aus seinen Augen sprach Feindseligkeit, wo war der Glanz, wo das Feuer. »Ich frage mich die ganze Zeit, was in dich gefahren war. Ging es dir nicht gut?«

»Du solltest dir über meine Befindlichkeiten keine Gedanken machen.«

»Eileen, du wagst dich in einen männerdominierten Architektenzirkel und forderst keinen Geringeren heraus als Le Corbusier. Du kannst dich als Autodidaktin nicht mit einem weltbekannten Baumeister anlegen.«

Noch einmal erklärte er mir, wie wichtig ihm diese Beziehung zu seinem Freund sei, dass er sein Magazin voranbringe, das internationale Miteinander, den eigenen Ruf. Dass er eine Menge zu erleiden habe, wenn ich ihm mit unsachlichen Bemerkungen in die Parade fahren würde, nur weil mir gerade der Sinn danach stünde. Mittlerweile hege er den Verdacht, ich wollte nicht nur seine Ehre zerstören, sondern sein ganzes Leben.

In die Parade fahren. Ich sah ihn entgeistert an. »Worin genau liegt meine Schuldigkeit? In meinem Dasein als Anfängerin? Oder als Frau?«

Er ignorierte meine Frage, tat, als hätte ich sie nicht gestellt und brach das nächste Thema an. »Was hat dich überhaupt dazu bewogen, unseren Gästen deine Einstellung zur Ehe aufzudrängen? Vielleicht hättest du zuerst *mir* mitteilen sollen, wie du in der Sache denkst.«

»Jean, ich liebe dich. Aber eine Hochzeit stand für uns beide nie zur Debatte.«

»Nein?« Er lachte höhnisch auf. »Da hast du mich aber mächtig eingewickelt. Welch ein Narr ich doch bin.«

»Was ist bloß in dich gefahren?« Ich war erschrocken, zugleich fassungslos.

Er sprach von einer gemeinsamen Zukunft, in die er seit Anbeginn unserer Freundschaft investiert habe, meinen Worten, die ein einziger Verrat seien. Er würde sich zunehmend wie der Spielball einer reichen Aristokratin fühlen, einer verwöhnten Frau, der er selbstlos den Weg zum Erfolg ebnete. Ich solle dankbar sein, statt aufzubegehren. Er peitschte die Vorwürfe voran, weiter und weiter, flößte mir die Schuldgefühle ein gleich dem Alkohol, den er abends zuvor mehr als reichlich zu sich genommen hatte. Ich fühlte mich elend. Jean jedoch bewirkte, dass ich mich noch elender fühlte als ohnehin schon. Ich spürte nicht den leisesten Hauch einer Möglichkeit, ihn auf die Urheberschaft des Hauses anzusprechen, das Wir, das Ich. Ich hätte die Dinge gern ins rechte Licht gerückt, doch ich wusste, ich würde Öl ins Feuer gießen, und alles um uns herum ginge in Flammen auf. Würde auch uns verbrennen.

»Du hast dich sehr verändert, weißt du das?«, meinte er schließend in verächtlichem Ton.

Ich habe mich nicht verändert, dachte ich. Schaute schweigend zum Himmel hinauf, sah die Wildgänse über uns hinwegfliegen, einem Innersten folgend, das Schwingen der Flügel, pudrig, klagend. *Wie alle anderen hast du mich nur nie gekannt.*

Am Nachmittag, die Sonne wurde fahler und größer und schien nur noch ein Abbild ihrer selbst, zog Jean seinen Mantel über, setzte den Hut auf und verabschiedete sich karg. Er benötige frische Luft. Ich würde ihn oben im Café finden, falls ich meine Anfeindungen fortzusetzen gedächte. Er spuckte die Sätze aus gleich Salven, als lieferten wir uns Gefechte, wären im Krieg. Die Tür fiel schwer ins Schloss. All die Geschmacklosigkeiten, jede einzelne seiner Unterstellungen, hallten gewaltig nach. Ich hörte sie, als ich den Siegelring Le Corbusiers neben dem Kamin liegen sah. Hörte sie, als ich ihn aufhob, zwischen den Fingern drehte. Den Katzen ein Schälchen Milch auf die Treppe stellte. Welche Wege ich auch machte, ich dachte fortwährend an seine Worte. Schob sie vor mir her, bis ich früh am Abend zu Bett ging und nur den einen Wunsch verspürte: in tiefen, sehr tiefen Schlaf zu sinken.

»Es tut mir leid«, flüsterte Jean dicht an meinem Ohr, küsste mich sanft. Das Federbett raschelte, und ich mochte das Geräusch, es klang so rein und ehrlich und vertraut. Ich schmiegte mich an seinen Körper, griff seine Hand. Wir hielten einander fest, waren uns ganz nah. Wie sonst ließe sich die Liebe überdauern?

In jener Nacht bewegte ich mich durch einen seltenen Traum. Ich ruderte in einem hölzernen Boot auf das Meer hinaus, allein. Ein stärkerer Wind zog auf, das Boot wankte, ich verspürte keine Furcht. Ich ließ mich auf die Planken zurückfallen und betrachtete die Wolken. Anfangs blieben sie gestaltlos, amorphe Wesen im riesigen Nichts, zogen hier und dort wie Schlieren vorüber, die Farbe von Schnee. Dann jedoch, je länger ich schaute, veränderten sie ihre Form, wandelten sich zu Gebilden, schön und erhaben gleich einem Schwan, einer aufgefächerten Muschel. Eine Wolke wirkte wie ein geschliffener Kristall, kantig, funkelte lichtweiß und hell zwischen den anderen hervor, wurde behutsam grün, ein Smaragd. Und allmählich erschien alles grün. Die Wolken, der Himmel, das Wasser. Ein seltsames Gefühl, es leuchtete, kroch in mich hinein, wurde Teil von mir. Grün. Wie die Hoffnung, die es nicht aufzugeben galt, und auch die Harmonie. Es war jene Art Traum, den wir während der Dämmerung festzuhalten versuchten, ihn doch verloren. Dann erwachte ich, fror, die Kälte schien von meinen Gliedern Besitz genommen zu haben, jeder Faser von mir. Ich tastete in den Laken nach Jean, sie waren leer.

Auf dem Nachttisch, neben der Miniatur meines Vaters, ein Brief.

*

Er musste ihn im Morgengrauen verfasst haben. Darin die Worte, die gesagt waren, die sich nicht minder schmerzhaft ausnahmen, wenn ich sie nun las. Jean brauche eine Pause, Bedenkzeit für alles, was unser gemeinsames Leben betreffe. Habe sich aufgemacht nach Paris, um sein Magazin voranzubringen. Sein Magazin, das stetig erfolgreicher würde, weil Le Corbusier es beschütze. Ihm mit Artikeln und unendlich vielen Ratschlägen zur Seite stehe. Wie könnte er sich gegen seinen Freund stellen?

Er bestrafte mich für mein Verhalten. Wenngleich mir in jenem Augenblick auch einigermaßen bewusst war, dass mich nicht die alleinige Schuld an der Misere traf, fragte ich mich mittlerweile, welche Rolle Le Corbusier darin tatsächlich spielte.

Ich stellte die Dusche an, ließ das Wasser laufen, damit es warm wurde, suchte im Schrank nach der Schachtel Bicarbonat. Minutenlang hielt ich das Gesicht in den prasselnden Strahl, um all den Tränen zu begegnen, die ich mir selbst nicht eingestand. Ich kleidete mich an. Meine Glieder wogen so schwer wie die Unruhe in meinem Kopf, die Einsamkeit und die Angst. Ich schaute zum Fenster hinaus. Der Himmel ein Stahlgrau, spiegelte sich in einem metallischen Meer. Ich dachte an die Austern, die ich einst verzehrt hatte, spürte ihre fleischige Konsistenz auf der Zunge, den herben Geschmack, das Salz. Metall. Gegen Abend zogen erste gespenstisch wabernde Schwaden auf, dicht und feucht hüllten sie uns tagelang ein, bildeten einen Ring um alles Sein. Von weit her die Nebelhörner der Frachter, dumpfe Töne, sie stachen ins Leere. Die Küste ruhte, schien in eine Starre gefallen, als hätte jemand der Zeit die Ewigkeit genommen.

Dann begann ich mich unwohl zu fühlen. Ich fröstelte am ganzen Körper, erkrankte. Aus einer harmlosen Erkältung erwuchs eine Grippe, die sich festsetzte, die Temperatur stieg beständig. Louise lief in dem undurchdringlichen Weiß bis nach Monaco hinein, um mir Medikamente in der *pharmacie* zu besorgen, kaufte auch ein Huhn und Gewürze für eine kräftige Bouillon. Sie legte mir kühlende Wadenwickel um, kümmerte sich, dass ich zumindest ausreichend Flüssigkeit zu mir nahm, wenn ich schon nicht aß. Sie hatte eine freundliche Seele, schaute auch in der Nacht nach mir, wechselte das Leinen, schüttelte die Kissen auf. Nie war ich müder gewesen, ich fühlte mich gleich einem angeschossenen Reh, dem Tode nah. Während des Dahindämmerns fiel mir fortwährend Mutter ein, die ich einst in Enniscorthy versorgt hatte, ich sah ihre knochigen Hände, das Sehnige, Alte, die scharf begrenzten Flecken auf der Haut. Ich wünschte, mein Gewissen lastete mir weniger Strenge an, die Erinnerung verblasste. Wie lang sie schon gegangen war, und wie präsent noch immer.

Der Nebel lichtete sich irgendwann, möglicherweise mochte eine Woche vergangen sein, vielleicht ein Jahr, ich meinte den Überblick verloren zu haben. Doch schließlich erhob ich mich aus dem Bett. Ich war ausgezehrt vom Fieber, vom Denken, erschöpft und wund von meiner Hilflosigkeit, und es kam mir vor, als stünde ich wieder ganz am Anfang. Das Leben schien eine einzige Wiederholung.

Nichts weiter.

KAPITEL 8

WINTER 1928/29

Roquebrune, Cap Martin. Paris …

Jean sagte einmal, jedes Wort habe Konsequenzen, die Stille ebenfalls. Louise und ich verbrachten das Weihnachtsfest in Roquebrune. Es waren abgeschiedene Tage, düster und schwer, doch wir gaben uns redlich Mühe, einander traute Stunden zu bescheren. Es war das Fest der Freude, oder nicht? Obgleich die Sicherungen mehrmals durchbrannten, bewahrten wir uns die Laune und entzündeten Kerzen im Haus. Die Elektrik blieb der Schwachpunkt meiner planerischen Leistung, und es wäre mir kleinlich vorgekommen, den Fehler auf die Arbeiter zu schieben. Die Katzen, die sich länger nicht hatten blicken lassen, traten eines Morgens hinter den zaghaft blühenden Mimosen hervor und präsentierten uns stolz ihren Nachwuchs, kleine Wesen, das Fell orange und braun wie das der Eltern. Ich liebte sie vom ersten Moment an. Wir schlossen die Familie in unsere Herzen, und sooft sie im Garten umherstrich, brachten wir ihr die Speisereste aus der Küche, bis Louise anfing, Mahlzeiten zuzubereiten, die sie eigens für sie von ihrem Ersparten auf den Märkten kaufte. Meinen Segen hatte das Mädchen, ich bestand jedoch darauf, die Kosten zu übernehmen. Die Tiere taten uns mindestens so gut wie wir ihnen. Ich war anhaltend entkräftet, vermisste Jean, und häufig meinte ich, mein Körper bräche geradeso entzwei wie meine Seele. Was sollte sein nunmehr wochenlanges Schweigen bedeuten, wenn nicht das Ende? Sieben Jahre lang hatten wir unsere

Wege begleitet, waren dem hell leuchtenden Stern gefolgt. Ich sah ihn dort oben am Himmel weiterhin, zwar weniger hell, doch licht. Der Rausch des Frischverliebtseins, so wahnsinnig und leidenschaftlich und brennend dieses Gefühl auch sein mochte, es gehörte zum Lauf der Dinge, dass er an Dynamik verlor, ruhiger wurde, tiefes Empfinden wurde. Oder er löste sich in Nichts auf, auch das gehörte zum Lauf. Offenbar fixierte Jean einen helleren Stern, schien anders zu denken, zu fühlen. Kein Brief, kein Telegramm, Telegrafenmasten existierten weiterhin nicht, ein Fernmeldeanschluss blieb unmöglich. Da waren nur die Abgeschiedenheit und ich, eine entsetzliche Leere. Hin und wieder, wenn ich am Meeresufer entlanglief, erwartete ich eine Art Aufruhr, irgendeinen gellenden Schrei, einen Laut, der mich wachrüttelte, meinen Schmerz in die Welt entschwinden ließ. Doch nichts dergleichen geschah. Also versuchte ich mich an den Gedanken zu gewöhnen, ohne diesen Mann voranzuschreiten. Aber er war noch immer ein Teil von mir. Wie sollte ich vorgehen, ohne mich selbst zu verlieren? Wie?

*

Anfang Januar, gegen Mittag. Der Schlüssel drehte sich im Schloss herum, und dann stand er da, im Großen Raum, wie Phönix aus der Asche, verloren geglaubt, in neuem Glanz. Seine beiden Lederkoffer in den Händen. Er sah blendend aus in dem dunklen Wollmantel, dem aufgestellten Kragen, der das Haar berührte. Es war der Tag vor seinem Geburtstag, und ich wusste nicht, welche Bedeutung ich seinem Erscheinen beizumessen hatte. Ich sammelte mich mehrere Momente lang, unterdrückte meine Emotionen; Erstaunen und Wut und Liebe, alles miteinander. Ich trat ihm entgegen, was hatte ich ihm zu sagen?

Sein Gesicht offenbarte augenscheinliche Besorgnis. »Eileen, was ist geschehen? Hast du meine Nachrichten nicht erhalten? Als wärest du vom Erdboden verschluckt.«

»Gleiches könnte ich dich fragen.«

Er habe mir mehrere Briefe geschrieben, sie jedoch postlagernd zu Hélèna ins Café gesandt, weil er dem Boten nicht traue, nicht wisse, ob er unsere Adresse kenne. Niemals hätte er mir die Dinge an den Kopf werfen dürfen, sie seien furchtbar verletzend auf eine Weise, die nicht zu uns gehörte. »Ich leiste Abbitte«, beendete er seine Erklärung mit reumütig gesenktem Kopf. »Ich denke, ich war ein ziemlicher Tor.«

»Wenn du es so nennen möchtest«, antwortete ich zögernd, biss mir auf die Lippen. Ich mochte den Klang meiner Stimme nicht, ein Gefühl.

Er umarmte mich, fester, schien mich nie wieder loslassen zu wollen. Sein Halten besänftigte mich, verschaffte mir Trost. Ich ließ mich in seinen Armen treiben. Er war schon Monate fortgeblieben, diese Wochen des Getrenntseins schienen mir dennoch länger als alle Zeit zuvor.

Wir folgten unserer Routine vom ersten Augenblick an. Ich brühte Kaffee, und wir setzten uns in die Wintersonne auf die Felsen. In einiger Entfernung wogte die Gischt gegen den zerklüfteten Stein, war Schimmern im Gegenlicht. Wir erzählten, füllten die Lücken des anderen mit Leben, als beatmeten wir einander. *Gleich Sterbenden.*

»Immerzu musste ich an dich denken«, meinte Jean, während er andächtig in die Weite schaute, ein strahlend blaues Meer und ebensolcher Himmel, losgelöst von allem. »Was würde Eileen machen? Wie würde sie handeln?«

»Ich bin mir nicht sicher, ob ich diese Wertschätzung verdiene«, sagte ich vorsichtig.

»Du bist ein außergewöhnlicher Mensch. Ich liebe dich mehr denn je, weißt du das?«

Ich würde dich auch gern mehr lieben, dachte ich plötzlich, doch die Enttäuschung in mir ließ mich innerlich auf Distanz gehen. Es waren Splitter, spitz wie Glas, sie steckten tief in meinem Herzen, taten weh. Ich vermochte dieses plötzliche Gefühl nicht einzuordnen, nicht zu begründen, es war eigenartig. Möglicherweise ging es mit der fehlenden Hoffnung einher, sie konnte trügerisch sein. Wann aber hatte ich das letzte Mal meiner Intuition vertraut? Trieb sie nicht das gleiche Unwesen mit mir wie die Liebe?

Gegen halb fünf des nächsten Nachmittags, ein rot glühendes Leuchten versank gerade hinter der Silhouette Monacos, liefen wir den steilen, aber kürzeren Schleichweg ins Café hinauf. Im Schattendach der Eukalyptusbäume knurrte ein Hund in das Rauschen des Meeres hinein, er fletschte die Zähne gefährlich und niederträchtig, sobald sich jemand dem verrosteten Gatter näherte. Aus den Mauern wuchs giftgrünes Gestrüpp hervor, hartnäckige Knäuel, die nach meinen Fesseln langten. Obwohl ich gern im Haus geblieben wäre, kam ich Jeans Wunsch nach. An seinem Geburtstag wollte er sich unter Leute begeben, *laisser-faire* betreiben, lachen.

»Wozu haben wir beide ein Haus an diesem wundervollen Flecken gebaut?«, meinte er leichthin. »Außerdem müssen wir all die Briefe, die ich dir geschickt habe, ihrer Einsamkeit entreißen, nicht wahr?« Seine Augen leuchteten hell und klar, und er wirkte wie der junge Mann im ›Deux Magots‹, der mir einst seine Zukunftspläne erläutert hatte.

Lampions waren entzündet worden. Sie hingen an einer geflochtenen Schnur, die man zwischen zwei Laternenpfählen vor dem Café gespannt hatte. Mir schien, Jean wurde erwartet. Wir betraten das Café, und auch hier, am großen Schaufenster, stand ein mit Blumen geschmückter Tisch für ihn bereit. Alle begrüßten sich wie langjährige Bekannte, schlugen einander mannhaft auf die Schultern, gratulierten Jean. Er war der Mittelpunkt und beliebt, und ich fühlte mich wie eine Außenstehende, schwächer, ernster, unverstandener; stand still da. In jenem Moment gehörte ich nicht an diesen Ort, in dieses Geschehen. Ich wollte fortrennen. Ich setzte mich.

Hélèna, mit ihren Armreifen und Tüchern so attraktiv wie stets, servierte uns eine Karaffe ihres besten Rosés. »Wir haben uns lang nicht gesehen.« Sie beugte sich zu mir, als wären wir Freundinnen, glaubte es vielleicht sogar, ihr Parfum dieses seltene Grün in meinem Kopf. Wir hauchten einander Küsse auf die Wangen, ich war irritiert.

»Das stimmt«, sagte ich.

Ich rauchte, beobachtete. Die Zeit verstrich, vor der weit geöffneten Tür spielte jemand das Akkordeon, ein paar Leute sangen. Auf der mondbeschienenen Terrasse am anderen Ende des Dorfplatzes schnatterten die Lemuren. Ein Künstler habe sie herbeigeschafft, ein Surrealist, den kaum jemand zu Gesicht bekomme. Die Äffchen reagierten auf menschliche Stimmen, die sie zu imitieren versuchten. Es war ein lautes Durcheinander, die Musik, die Lemuren, aus den Wäldern das Heulen der Wölfe. Als befände ich mich in einem utopischen Roman von H. G. Wells, und jeder der Dorfbewohner wusste der Geschichte ein weiteres Gerücht hinzuzufügen. Das Segelschiff, das allabendlich mit beleuchteter Takelage vor der Küste kreuzte, gehöre dem Duke of Westminster, und Coco Chanel, seine Partnerin, habe ein Anwesen oben auf dem Cap erworben, in der Avenue de la Torraca. Sie würde die Villa umbauen, recht zügig, wolle angeblich auf diese Weise den reichsten Mann Englands in den Hafen der Ehe lotsen. Der Gedanke behagte mir nicht, ähnlich wie Gab Sorère nahm sich die Geschäftsfrau, wen sie wollte, was sie wollte. Sie war von berechnendem Kalkül, ich besaß nicht ansatzweise deren Gerissenheit. Ich dachte an Igor Strawinsky, den Frühling, an Dissonanzen und Skandale.

Mein Blick schweifte über das verwaiste Postfach, in dem Hélèna ankommende Briefe lagerte, über den kerzenbeschienenen Tresen, das Regal mit den Whiskeyflaschen, der metallenen Dose. Und dann entdeckte ich zwischen all den Gegenständen den Daruma, ich erkannte ihn sofort. Es war zweifelsohne jene Figur, die Sougawara einst für mich gefertigt hatte. *Mögen Ihre tiefsten Gedanken wahr werden, Miss Gray.* Der Daruma hatte keine Augen, stand dort blind und konnte doch sehen, er konnte *mich* sehen. Und plötzlich wusste ich, was mir vorher verborgen geblieben war, was ich längst hätte wissen können.

Mir sollte sich erst Jahre später offenbaren, dass ich mein Glück wiedergefunden hatte.

Mein Leben vollständig war.

*

Im Juni 1924 hatten Jean und ich die Premiere des Balletts *Le Train Bleu* besucht. Cocteau verfasste das Libretto zu dem Stück, einer Zugfahrt an die französische Riviera, in der Schwimmer, Tennisspieler und Gewichtheber perfekt choreografiert durch ein kubistisch anmutendes Bühnenbild tanzten. Chanel kreierte die Kostüme, und Picasso hatte den Vorhang gemalt; er zeigte zwei Riesinnen vor azurblauem Himmel, sie sprangen über einen Strand. Ich saß in dem holzgetäfelten Abteil des dunkelblauen Schlafwagens, hatte mir eine Flasche Champagner servieren lassen und fuhr Paris entgegen. Ich dachte an die Riesinnen, ihre weißen Gewänder, entblößten Brüste, das wehende Haar. Die Lebensfreude ein allumfassendes Seufzen. Ich dachte an sie, während wir durch Marseille fuhren, noch in der Nähe von Avignon. Lyon. Ich schenkte mir ein weiteres Glas ein, bestellte eine weitere Flasche, versuchte meine Gefühle zu betäuben. Oder Mut zu schöpfen, wann. *Sie mögen doch Taittinger?* Hochrangige Kurtisanen, die *pule de luxe*, liefen lautlos auf dickem Teppich an meiner Kabine vorüber, schauten zum Fenster herein, womöglich auf der Suche nach einem lustvollen Abenteuer, Sex. Sie schienen aus einer anderen Zeit, einer anderen Welt. Aber war ich das nicht auch? Wo in meinem Leben befand ich mich gerade, und wohin wollte ich? Ich zog die Vorhänge vor die Scheiben, löschte das Licht. Schloss die Lider. Die Riesinnen und auch die Kurtisanen, sie ließen sich nicht verdrängen, sie alle besaßen das Aussehen Hélènas. Das gleiche Gesicht, das huldvolle Lächeln. Diese Reise würde Stunden andauern, die ganze Nacht hindurch, ausreichend Gelegenheit, über die Ereignisse der vergangenen Tage nachzudenken.

»Warum?«

»Ich war verzweifelt, und sie hat mir zugehört.« Jean strich sich ein paar Strähnen aus der Stirn, legte den Kopf in die Hände, den Kopf, in den ich nie würde hineinschauen können. Gewissensbisse? Schuldgefühle? Es erstaunte mich, doch als ich ihn zur Rede gestellt hatte, bekannte er sich ohne Umschweife zu einem *tête-à-tête* mit Hélèna. Im Anschluss an unseren Streit habe er Zuspruch gesucht, sei nicht er selbst gewesen. »Eine einmalige Sache. Ich verspreche es dir.«

Ein Versprechen ist immer nur ein Versuch, der im Dunklen nach der Zukunft tastet; sie lässt sich finden oder nicht.

Noch im Café, nach der Erkenntnis, hatte mich ein Schwindel erfasst, war das Gefühl mehr, als ich bewältigen konnte. Ich wusste, niemand gehörte niemandem, vielleicht aber gehörte auch jeder jedem. Im herkömmlichen Sinne war ich nicht eifersüchtig, zu oft hatte ich die Liebe taumelnd erlebt, bei mir, bei anderen. Die Dinge geschahen, stellten stetig neue Herausforderungen, und wir konnten uns in den Kummer hineinfallen lassen oder ihm mit Würde begegnen. Ich entschied mich für die Würde. Meine Enttäuschung aber war grenzenlos. Sie wog schwer wie der Argwohn und das Unverständnis, das ich in meinem Hirn zu entmachten versuchte. Ich wollte Jean glauben. Wir hatten so viel Zuversicht in die Jahre investiert, wir durften jetzt nicht einfach aufgeben, oder?

Auf den Schienen kontinuierliche Eintönigkeit. Wenige Kilometer vor den Toren der Stadt, in Choisy-le-Roi, stand ich an der schweren metallenen Waschschüssel. Aus dem darüber hängenden Spiegel betrachtete mich eine Frau, die gealtert schien, fahle Haut, die Augen ausdruckslos, von Falten umringt. Ich hatte kaum geschlafen, der Alkohol durchströmte weiterhin mein Blut. Pochte, pulsierte. Mir war, als habe sich das Leben gegen mich verschworen, wäre nicht meins. Ein paar Wochen in der Rue Bonaparte, allein, vermochten mich sicherlich zu erden. Fern von allem, in jener Einsamkeit, die ich kannte. Der ich vertraute.

Der Zug erreichte Paris am frühen Morgen, der Himmel war von lichtem Perlgrau, wie auch sonst.

*

Ich hatte den Entschluss gefasst, die Galerie aufzugeben. Der Gedanke war endgültig, er würde eine enorme Last von mir nehmen. ›Jean Désert‹ mochte mir in beinahe einer Dekade zu gewissem Ruhm verholfen haben, bescherte mir dennoch ebensolche Sorgen. Mein Vermögen ließe sich besser investieren. Das Geschäft mit Interieurs gehörte zu einer Phase meiner Karriere, der ich keine weitere Aufmerksamkeit schenkte, ich wollte mich fortan ausschließlich dem Bauen widmen. Das Erschaffen von E.1027 würde ich stets mit Mühsal verbinden, Entwurf und Ausführung bargen Fehler, doch ich liebte die Arbeit, liebte das Haus, die Architektur. Inzwischen galt die Lackkunst auch nicht länger als Modetrend, schien unwiderruflich zur Zielscheibe der Kritik geworden. Wir schritten beständig der seriellen Produktion entgegen, die Herstellung formschöner und preiswerter Möbel war ganz im meinem Sinne, wie könnte ich mich weiterhin dem elitären Einzelobjekt, der Dekadenz widmen? Der Lack gehörte der Vergangenheit an. Zwar würde es eine Weile dauern, bis ich das Lager geräumt hätte, die Stücke zu vernünftigen Preisen an meine Kunden veräußert wären, doch ich wollte es angehen. Sobald Louise in Kürze aus dem Süden nachgereist käme, würde sie die Aufgabe übernehmen. Sie war energischer als ich, und auch ein wenig unnachgiebiger.

Wie bemaß sich Zeit. Nichts schien von Dauer, weder in Paris noch anderswo. An manchen Tagen wusste ich nichts mit mir anzufangen, langsamen Schrittes lief ich durch die winterlichen Straßen des Viertels, trist und feucht. *Clochards* wärmten sich die Hände am Kohlebecken. Die Menschen, in Mäntel gehüllt, hasteten mit gesenkten Häuptern an mir vorüber. Ich war eine Fortgegangene, die man irgendwann vergessen hatte. Wie unliebsame Nachbarn. Ein geistloses Gespräch. Die Rue de Lota, hatte man mir zugetragen, sollte schon bald von Paul Ruaud umgestaltet werden, Madame Mathieu-Lévy wünschte ihr Appartement nun als eine »Symphonie in Weiß«. Mein erstes umfassendes Werk wäre bald erloschen. Ich verspürte nicht den leisesten Hauch von Wehmut.

Mitte März, ich hatte dem Architekten Henri Pacon gerade einen der letzten großen Lackwandschirme verkauft, traf ich Sylvia Beach vor ihrem Laden in der Rue de l'Odéon an. Sie lehnte in ihrem taillierten Samtblazer auf der Stufe des Eingangs, rauchte, wirkte aufgezehrt. Ich wusste, James Joyce hatte ihr seit der Veröffentlichung des *Ulysses* finanziell schwer zugesetzt, haltlose Forderungen gestellt, die andauerten. *Aber wie sagt Shakespeare? Tu Geld in deinen Beutel …*

»Mein Leben gleicht einer nicht enden wollenden Odyssee.« Sie lächelte tapfer, versuchte sich in einem heiteren Ton, dennoch entnahm ich all ihrem Tun eine unbestimmte Traurigkeit. Nach kurzem Unterhalten empfahl sie mir Hemingways *Männer ohne Frauen*, eine Sammlung vielfältiger Kurzgeschichten. Stierkampf, Ehe, Boxen. »Die Liebe kann ein verdammtes Miststück sein, wer wüsste es besser als ich? Tatsächlich aber ist sie es, die mich aufrecht hält.«

Menschen glauben stets alle Antworten zu haben. Eine perfekte Illusion, die sich von keiner Woge der Unsicherheit davonspülen ließe.

Ich vermisste Jean, wenn ich aber in mich hineinhorchte, stellte ich fest, ich besaß keine Wörter, die ich hätte sagen wollen. Ich wartete. Hoffte, dass er die Hand nach mir ausstreckte. Hoffte womöglich auf irgendein Wunder.

Spät am Abend vertiefte ich mich in das Buch. Ich hatte den Eindruck, Hemingway schrieb besser denn je, möglicherweise hatte er Gertrude Steins Rat befolgt, ihn verfeinert. Er sparte aus, was ihm als Schriftsteller eindeutig erschien. Ich empfand das Ausgelassene ebenso stark, als hätte er es zu Papier gebracht. Ich lief durch den Salon, die knarrenden Dielen unter meinen Schuhen ein vertrautes Geräusch. Sinnierte. Meine Entwürfe waren klar, besaßen erkennbare Sprache, und doch wollte ich sie reduzieren, ähnlich wie Hemingway meinen Stil präzisieren. E.1027 war beinahe abgeschlossen. Noch tief in der Nacht überlegte ich, wie es vorangehen sollte, womit ich mich künftig beschäftigte, als der Fernsprechapparat schellte.

»Wirst du nie wieder zurückkommen?« Er klang benommen, wie ein Verzweifelter.

»Geht es dir gut, Jean?«

»Mach dir keine Sorgen um mich.« Er hängte ein.

Ein Satz, den zu befolgen nicht einfach war. Sein Tonfall hatte mir das Herz zerrissen. Er meldete sich nicht noch einmal, und mehr musste ich eigentlich auch nicht hören. Ich machte mir in den darauffolgenden Stunden sogar unendlich viele Sorgen um ihn, um uns, ich musste ihn sehen. Wahrscheinlich hatte er aus einer dunklen Laune heraus angerufen, aber mein Gewissen plagte mich weiter und ließ mich die Frage stellen: Was, wenn es ihm wirklich schlecht ging? Wenn ich ihn verloren hätte? Schließlich packte ich meine Reisetasche mit dem Nötigsten und eilte zur Gare de Lyon.

FRÜHJAHR 1929

... et retour.

Ich war vier Monate lang fort gewesen. Nach einer ermüdenden Fahrt in einem überfüllten Zug freute ich mich auf ein Wiedersehen mit Jean, auf Zweisamkeit, Gespräche. Dennoch verspürte ich Nervosität, hatte beständig seine Stimme im Ohr. Die Luft im Süden stand still, es war deutlich wärmer geworden. Als ich das Anwesen bei Sonnenuntergang unangekündigt erreichte, schallte mir Musik entgegen, es war voller Leute, beliebige Gesichter, die ich nie sah. Jean hatte mehrere Tische im Großen Raum zu einer Tafel zusammengeschoben, zusätzliche Klappstühle waren beschafft worden. Überall herrschte Chaos; leere Weinflaschen, die Katzen machten sich über die Essensreste her, zwei von ihnen zerrten am Boden an einem gegrilltem Stück Geflügel. Auf dem Diwan lag Le Corbusier, barfuß, die Arme im Nacken verschränkt, starrte auf die weiße Wand.

Der Anblick des Trinkgelages war ein Albtraum, und der Gedanke, was in der vergangenen Zeit geschehen sein mochte, flößte mir Furcht ein. Meine Laune sank augenblicklich auf den Nullpunkt. »Ich möchte mit dir allein sein, Jean.«

»Ich liebe dich auch, meine werte *Honourable*«, gab er selbstgerecht zurück, hob leicht die linke Hand, sie war mit einem Mullverband umwickelt. »Wie wäre es mit einer Begrüßung? Oder ein wenig Mitgefühl?«

»Was ist passiert? Hast du Schmerzen?«

»Als ob dich interessierte, wie es mir geht«, setzte er zu einer Bezichtigung an. Er habe sich während eines Boxkampfes verletzt, eine Wunde, die im Hospital Monacos mit mehreren Stichen genäht wurde. »Ich musste meine Ehre verteidigen.«

»Bitte sag deinen Gästen, sie mögen gehen.«

»Das wäre wahrlich unhöflich.« Er reichte mir ein randvoll gefülltes Glas Rosé. »Trink einen Schluck, du wirkst verspannt.«

»Danke. Ich habe im Speisewagen etwas Wein getrunken.«

»Offenbar nicht genug.«

Er war in seinem alkoholisierten Zustand nicht wiederzuerkennen, der gespielte Sarkasmus eine hässliche Fratze, die mich aus seinen Augen anstarrte. Er legte es auf einen Streit an, schien seinen Frust an mir auslassen zu wollen, doch darauf ließe ich mich nicht ein. Was hätte ich sagen oder tun können? Mir blieb nur, in das abgelegene Mädchenzimmer hinunterzulaufen, mich darin einzuschließen und den Kopf unter dem Kissen zu vergraben. Seine wenigen Worte lärmten durch den Raum, warfen sich von Wand zu Wand, stellten mich zur Rede. Und ich harrte wie gelähmt der Dinge, die noch kommen würden.

Über die Liebe.

Die Wirklichkeit ist die Wirklichkeit, die wir wahrnehmen, hatte Kant einmal gesagt. Sein Gedanke sollte nicht nur die Philosophie nachhaltig beeinflussen, sondern später auch die bildende Kunst. Der Impressionismus brachte eine Wirklichkeit hervor, die sich auf Farbeindrücke reduzierte, die konkrete Szene musste rekonstruiert werden. Der Betrachter sollte sich annähern, erleben. Empfinden. Schaute ich Monets *Impression, Sonnenaufgang* an, nahm ich das Bild stetig anders wahr. Gegenstände, Geräusche und Gerüche, selbst die nebligen Farben, sie folgten der Dichte eigener Stimmungen, meines Wohlbefindens, waren blasser, intensiver. Dieses Gemälde half mir zuweilen, die Liebe zu umschreiben. Ihr Wesen schimmerte in unendlich vielen Facetten, begegnete einem täglich verändert. Wer verstand, dass sie in einem Augenblick das Paradies und im nächsten die Hölle sein konnte? Beide Pforten waren stets weit geöffnet, und Jean und ich durchschritten die eine wie die andere. Wir schlossen in den kommenden Wochen Kompromisse, bemühten uns um ein ruhiges, freundliches Miteinander. Versuchten dem Leben, unserem Leben, erneut zu vertrauen. Loyalität und Verlässlichkeit standen unentwegt auf dem Prüfstand, doch wir hatten ein gemeinsames Ziel, waren bereit für das zu kämpfen, was uns gehörte. War es nicht das, was wir uns alle von Beziehungen erhofften? Erwarteten?

*

Der Mai entfaltete ersten sommerlichen Charme. Die Temperatur des Meeres war angenehm, und wir gingen wieder allmorgendlich schwimmen. Savayardo und seine Jungs hatten mittlerweile die Bereiche rund um das Haus gefliest, Emaillebecken und Außendusche installiert. Roattino entfernte die provisorischen Holzstege, unter denen Hunderte Nacktschnecken hervorzukriechen schienen, eine schrecklich eklige Angelegenheit. Schließlich besserten die Männer die in der Provence so typischen *restanques* aus, drei helle Bruchsteinwälle, die das terrassierte Gelände vor Erosionen schützten. Im Mondschein bildeten die Mauern eine Reihe geometrischer Linien, die das Terrain zu den Klippen abfallend dramatisch durchkreuzten. Wege wurden geebnet. Ich engagierte zwei Gärtner, die nach meinen Anweisungen das Grundstück mit weiteren Zitronenbäumen bepflanzten, mit wohlriechenden Kräutern, Oleander und einer Bougainvillea. Schließlich, als auch sämtliche Markisen auf den Terrassen und an Treppenläufen angebracht waren und ich einen Blumentopf mit einer winzigen Agave neben den Kakteen platziert und gewässert hatte, entschieden Jean und ich, dass das Vorhaben E.1027 vollbracht sei. Während der letzten Strahlen des Sonnenuntergangs befestigte ich mit einem Stück Seil einen Rettungsring an der Reling. Ich hatte ihn einem Fischer am Hafen von Antibes abgekauft. Das Vertäuen war ein symbolischer Akt, den ich für diesen so wichtigen Moment vorgesehen hatte.

Der Zauber des Realen.

Rasch streiften wir uns noch einmal die Espadrilles über und liefen die felsigen Stufen zum Strand hinunter. Betrachteten das Haus aus der Entfernung minutenlang, bis das flammende Orange am Himmel verblasste, verschwunden war. Vom Licht zum Schatten. Ich stand vor Jean, lehnte an ihm, seine Arme umschlossen mich.

»Du hast ein Gesamtkunstwerk geschaffen«, sagte er dicht an meinem Ohr. »Mit diesem Entwurf setzt du dich von deinen Zeitgenossen ab.«

»Meinst du wirklich?«

»Dein Stil ist wegweisend, du hast es geschafft, die Ideen der Zeit zu bündeln. Eigenständig und sehr besonders.«

»Schade nur, dass Le Corbusier keinen Gefallen an dem Ergebnis findet.«

»Täusch dich nicht, Liebes. Wie sagtest du in Stuttgart? Raubkatzen teilen keinen Käfig.«

Ich lachte. »Du meinst doch nicht im Ernst, er sei neidisch oder missgünstig.«

Er löste die Umarmung und sah mich unverwandt an, in diesem Blick waren alle Worte enthalten. Er entzündete uns beiden eine Zigarette. Wir gingen hinauf.

SOMMER 1929

Long de la mer. Et à la maison.

Ende Mai besuchten wir die Weltausstellung in Barcelona. An einem frühen Samstagmorgen brachen wir auf, fuhren mit dem Automobil die Küste entlang. Der ›Pavillon des Deutschen Reiches‹ von Mies van der Rohe faszinierte uns. In seiner lichten, fast schwebenden Eleganz verkörperte er weit mehr als einen Repräsentationsbau. Dem lang gestreckten, horizontal flach gedeckten Gebäude war eine breite Travertinterrasse mit einem flachen Bassin vorgelagert, die den Bau geschickt von der Straße abschirmte. Wandscheiben aus kostbarem Marmor und metallgefasste Glasscheiben in weißer, grauer und grüner Tönung gliederten den weitläufigen Entwurf, erzeugten eine asketische Atmosphäre. Mir war, als wandelte ich mit weit geöffneten Augen durch einen Traum, in dem lautloser Gesang mein Gehen begleitete.

»Ein fließendes Raumkontinuum.« Jean machte sich unablässig Notizen für sein Magazin, glühte vor Euphorie. »Hier ist es geradezu schmerzhaft schön.«

Das Nachmittagslicht wurde von den hochglänzenden Materialien reflektiert. Ich kniete mich an den Beckenrand, tauchte die Hand in das kühle Wasser. Schaute in der seicht bewegten, schillernden Oberfläche auf die Plastik von Georg Kolbe, eine Frau mit erhobenen Armen, sie war der *Morgen*. »Weißt du, was mir am besten gefällt?«

»Na?«

»Dass man Lilli Reich die Leitung für dieses Projekt übertragen hat.« Sie hatte sich durchgesetzt, war aufgrund verbuchter Erfolge hinter dem Rücken eines mächtigen Mannes hervorgetreten, es mochte ein kleiner Schritt sein, dennoch, sie wurde gesehen.

»Die Architektur ist eine Frau«, sagte Jean.

Während der Rückfahrt am nächsten Tag waren wir voller Eindrücke, in mir ein Leuchten. Jean und ich redeten über weitere Reisen, genossen wie so häufig die gemeinsame Begeisterung. Im Herbst gedachten wir eine Bauausstellung in Frankfurt zu besuchen, zogen auch andere Länder, andere Kontinente in Betracht, vielleicht Südamerika, Peru, die alten Kulturen. Die Welt, sie hatte uns so wunderbare Kleinodien zu bieten, war Sternenglanz, war Himmelsklarheit. Roquebrune erreichten wir im Schein der herannahenden Abenddämmerung, die Sonne verteilte ihr Licht gleichmäßig. Die Wellen brandeten ans Ufer, umspülten die rissigen Felsbrocken vor der Küste, die wirkten, als habe sie jemand vor Jahrtausenden hineingeworfen. Wir wollten uns im Meer erfrischen, anschließend mit einem Imbiss und einem Glas Wein auf die Terrasse setzen, einen Gedanken Jeans besprechen, der ihn beschäftigte, ein kleines Bauvorhaben. Ich war gespannt. Hand in Hand liefen wir den schmalen, staubigen Pfad zum Haus entlang, und jedes Detail erschien mir so fein abgestimmt und erfreulich, dass ich mir die ganze Zeit sagte: *Das ist das Glück.*

Ihre nassen Badeanzüge hingen auf der Windseite in den Palmwedeln. Ein steter Luftzug erfasste sie, wiegte sie. Die Stoffe grelle Farben, weithin sichtbar. Le Corbusier lag auf den abfallenden Platten im *sun pool*, einer Art gemauertem Diwan, in der Sandmulde auf dem fest installierten Tisch die blauen Gläser. Yvonne hatte ein Bein gegen die mattweißen Fliesen der Bank gelehnt, cremte sich selbstversunken mit einer Lotion den Schenkel, den anderen, immergleiche kreisende Bewegungen, mit welcher Sorgfalt sie vorging. Ihre Körper waren nahtlos braun. Nackt. Sie hörten, wie wir uns näherten, blickten unaufgeregt herüber gleich Sonnenbadenden, die nach einem langen Tag des Müßiggangs träge in die weißen Laken fielen.

»Wir wollten eigentlich nicht kommen. Aber dann ereilte uns in Monaco die Hitze, und wir erinnerten uns an dein großzügiges

Angebot, Jean.« Le Corbusier stand auf, gähnte, reckte sich genüsslich. »Manchmal entscheidet man sich erst spät für das Bessere, nicht wahr, Mademoiselle Gray?«

Mir stockte der Atem. Ich mochte nicht hinschauen und schaute doch nicht weg. Jean war mit ihrem Anblick offensichtlich vertraut.

»Ich sollte es nicht erwähnen, aber Charles gewöhnt sich gerade an Hauspersonal.« Yvonne band sich ein gemustertes hauchdünnes Tuch zu einer Art Kaftan um, verknotete die Enden im Nacken. Mich erstaunte die Intensität in all ihren Gesten. Doch die Beobachtung behielt ich für mich, wie wir auch sonst wenig über die beiden redeten, wenn sie nicht zugegen waren, es schien Teil einer unausgesprochenen Wahrheit zwischen Jean und mir. »Das Mädchen hat uns jeden Wunsch erfüllt.«

Ich ging hinein und wusch mir das Gesicht. Ich hasste Corbus anmaßende Worte, was wollte er bewirken? Spitzzüngige Antworten waren mir nicht gegeben, so schnell nicht.

»Was hätte ich tun sollen«, klagte Louise in der Küche, während sie Gurkensandwiches auf Porzellantellern anrichtete und zu den Cocktails auf ein Tablett gab. »Es sind Freunde von Monsieur Badovici.«

»Du hast richtig gehandelt«, versuchte ich sie zu besänftigen.

»Am liebsten hätte ich sie mit dem Besen davongejagt.«

»Louise.«

»Als trüge der Kaiser Kleider. Ich bin furchtbar beschämt, Miss.« Sie legte das Messer zur Seite, sah auf. Etwas schien ihr durch den Kopf zu gehen, sie schwieg.

Die Stimmung war angestrengt, sie blieben. Jean lief mit ihnen zum Strand hinunter. Ich schenkte mir an der Bar im Durchgang einen Wein ein, verweilte vor der Reling und schaute ihnen in der Schattendämmerung nach. Jean und Yvonne unterhielten sich am Ufer, er schleuderte aus dem Handgelenk ein paar Steine in die Wellen. Die drei waren dort unten winzige Spielfiguren in einem riesigen Universum, es konnte ihnen alles geben und alles nehmen, wie die Liebe. Le Corbusier schwamm im Meer, er schwamm nicht allzu weit hinaus, doch seine Züge waren kräftig und gleichförmig, als hätte er sie in der Kindheit erlernt, seit Langem verinnerlicht. Niemand von uns konnte wissen, dass er Jahrzehnte später in dieser Bucht ertrinken sollte. Dass ich im Alter noch einmal nach Roquebrune zurückkehrte, hoch oben über dem Dorf den Friedhof begehen würde. Reihe um Reihe die Gräber abschritt, auf den von Wind und Wetter gezeichneten Steinen und rostigen Kreuzen seinen Namen suchte, in der Hoffnung, Gerechtigkeit zu finden. Und auch ein wenig Frieden.

Ich schenkte mir ein paar Schlucke nach, leerte das Glas zügig und griff zu der Schale mit den Erdnüssen. Eine mir fremde schwarze Katze querte den Garten, der Blick wachsam, sie schlich wie ein Panther über die Wege, von links nach rechts. Dann trat Héloïse aus den Büschen hervor, hinkte. Ich lief die Stufen hinunter, nahm sie auf den Schoß und kümmerte mich um sie. Jean kam hinzu, streichelte ihr beruhigend über den Kopf.

»Ja, ja. Das erhoffte, nie geborene Kind.« Mit spöttischem Gesichtsausdruck langte Le Corbusier nach seinem Handtuch in den Wedeln, Yvonne ließ ein künstliches Lachen erklingen. Ich dachte an unechte Perlen, die zu Boden fielen. »Aber was nicht ist, kann ja noch werden.«

»Ich brauche dringend einen weiteren Cocktail«, sagte sie. »Etwas mehr von dem guten Gin wäre schön.«

Ich erwiderte nichts. Ich wünschte, sie würden gehen. Aber Corbu kniete sich nun ebenfalls neben mich und begann ganz selbstverständlich mit meiner Héloïse zu reden. Es war mir alles zu viel. Ich hätte schreien mögen, markerschütternd, überlaut, aber ich tat es nicht, eine Tatsache, die ich zunehmend bereute. Mit einer Pinzette begann ich einen Dorn aus der Vorderpfote zu lösen, er hatte einen scheußlichen Widerhaken, war schwierig zu entfernen. Mir war, als operierte ich mich selbst am offenen Herzen. Ich, ein sterbender Patient, und alle schauten zu, wie das Leben unaufhaltsam aus mir enthauchte.

»Ich bitte dich um deinen geschätzten Rat, mein lieber Bado«, sagte Le Corbusier.

Die Nacht war hereingebrochen. Wir saßen auf der Terrasse, und die Kerzen warfen einen flackernden Lichtschimmer in die Dunkelheit. Die Zikaden zirpten. Insektensummen.

Jean richtete sich innerlich auf, ich wusste, er war empfänglich für solche Sätze des Architekten, seine Anerkennung. Ich hatte die Manipulation Le Corbusiers erkannt. Er zog den Freund in seine Aura, wusste ihn zu instrumentalisieren, und je besser ihm dies gelang, desto mehr verlor Jean die eigenen Werte aus dem Blick. Ich konnte es in seinem Magazin nachlesen, es wurde mehr und mehr zu einem Sprachrohr Le Corbusiers, seiner stetig radikaler werdenden Ansichten. Mir war, als bräuchte er Jean, um die nächste Stufe seiner Karriere zu erreichen.

»Wie kann ich helfen?«

Einer seiner Bauherren sei der Ansicht, sein Haus mit einem Wandgemälde verschönern zu müssen. »Die Aussage bestürzte mich geradezu.« Le Corbusier fasste sich pathetisch an die Brust, der Kopf, dieses Rucken. »Ich erklärte ihm, eine solche Bemalung könne niemals Verschönerung sein. Sie ist ein satanisches Mittel, der Wand das Gefühl für Stabilität und Gewicht zu nehmen.«

Jean entwich ein seltsames Lachen. »Gute Güte, ich pflichte dir bei. Du sagtest auch einmal, ein Raum sei voller Licht, weil die Wände hell seien. Und es sei dieses Licht, das dem Raum seine Poesie gebe.«

Ein Moskito setzte sich auf meinen Unterarm, Momente lang beobachtete ich ihn zwischen den feinen Härchen, dann schlug ich zu. Ich tötete ihn, betrachtete die gestauchten Flügel, den zerdrückten Körper. Wischte den Blutfleck davon.

»Ganz genau. Warum dann auf Wände malen, wenn man riskiert, die Architektur zu zerstören? Die Poesie?« Le Corbusier schaute in die Runde, das mondglänzende Meer sein Hintergrund. Ein Abendvogel flog weit ausgebreiteter Schwingen über uns hinweg. »Ich sage es euch. Man macht es, weil man ein anderes Ziel verfolgt, nämlich Geschichten zu erzählen.«

KAPITEL 9

SPÄTSOMMER 1929

Roquebrune, Cap Martin. E.1027.

Jean hatte erneut Zeit mit Le Corbusier und Yvonne in Arcachon verbracht. Die Männer trieben die Architektur voran, wie sie es nannten. Es war bemerkenswert, wie viele Auftraggeber Le Corbusier für seine Bauten gewann. Ich wusste von einer weiteren Villa in Le Pradet, Obdachlosenheimen für die Heilsarmee, dem ›Pavillon Suisse‹ in der Cité Universitaire in Paris, um nur einige aufzuzählen. Die anstehende Vortragsreihe des Architekten in Lateinamerika hatte Jean derartig in den Bann gezogen, dass er mich tatsächlich zu einer kurzen Reise nach Peru überreden konnte. Wir konzentrierten uns auf uns, unser Sein, fern von allem schien der Schmerz endgültig von uns gefallen. Als wir zurückkehrten, mietete er in meinem Namen ein kleines Appartement in der Pariser Rue Chateaubriand. Er wollte meine Wohnung in Saint-Germain nicht beziehen, etwas Eigenes haben, in dem er in Ruhe arbeiten und potenziellen Käufern die von mir entworfenen Möbel anbieten konnte.

»Der Raum misst lediglich vierzig Quadratmeter auf asymmetrischem Grundriss, alles wirkt sehr konventionell«, hatte er erklärt. »Wäre es nicht eine Herausforderung, das Ganze in ein modernes Studio umzufunktionieren? Wir müssten sicher nicht allzu viel investieren.«

Er reichte mir ein paar vergilbte, recht belanglose Pläne, doch sofort erkannte ich die Möglichkeit, weitere Ideen zur optimalen Nutzung einer beschränkten Fläche zu verwirklichen. Bilder entstanden vor meinem geistigen Auge, wurden plastisch, ich wollte sie greifen. Gekurvte Wände, perforierte Metallschirme, eine eingezogene Zwischendecke, hinter der sich Stauraum befand. Ich skizzierte erste Ideen. »Er könnte mit ausfahrbaren Leitern zugänglich gemacht werden.«

Jean war angetan. »Du bist mein Leben, Eileen. Wie sehr ich dich liebe.« Er hauchte mir einen Kuss auf die Hand, und ich dachte an unsere erste Begegnung im ›Pharamond‹, an die Balustrade, die Patina des Alters auf dem Holz. Kleine Schrammen, polierte Kanten, jene Spuren, die das Leben in besonderer Weise aufluden.

Ich machte mich voller Elan an die Entwürfe. Überarbeitete mitunter auch Details für die Bauten in Vézelay. Was hatte ich schon zu tun? Ich führte Interessierte über das Grundstück, was mir große Freude bereitete, selbst Léger kam manchmal mit dem Fahrrad aus Antibes herübergefahren. Doch so oft Jean anwesend war, übernahm er die Aufgabe. Er redete gern und viel und war ständig damit beschäftigt, sich in den Mittelpunkt zu rücken. Mancher Tage, wenn ich am Schreibtisch saß und in den Garten zu den Besuchern hinausblickte, fühlte ich mich wie eine Zuschauerin, im Grunde richteten alle ihren Fokus auf Jean, auf das Licht. Auch Le Corbusier, der sich vor seiner Abreise häufig bei uns aufhielt, führte befreundete Architekten und Kollegen durch das Haus, lief mit ihnen durch privateste Winkel und zeigte keinerlei Befangenheit, Schränke und Schubladen zu öffnen. Er wurde nicht müde, E.1027 als herausragendes Beispiel der von ihm entwickelten Theorien anzupreisen, lobte sein Programm in den höchsten Tönen. Die vielfältigen Komplimente nahm er, eine weltweite Autorität, stolz entgegen. Wo war ich hier nur hineingeraten?

»Mir scheint, Corbu wolle den Leuten weismachen, die Villa gebaut zu haben«, sagte ich zu Jean, während ich den Rauch meiner

Zigarette in die Schattengebilde der Nacht stieß, schwarz und grau und schwarz. Ich verspürte Unbehagen. »Als basierte hier alles ausschließlich auf seinen Ideen. Niemand sieht die Eigenständigkeit meines Entwurfs.«

»Er würde es nicht zugeben, ich bin jedoch gut genug mit ihm befreundet, um eine gewisse Eifersucht zu erkennen. Deine intellektuelle Leichtigkeit, die du in diesen Bau hast fließen lassen, ist ihm nicht gegeben. Corbu ist kopflastig«, meinte Jean. »Er schätzt dieses Werk ungemein.«

»Mein Gefühl sagt mir, er hasst es«, sagte ich leichthin, lachte kurz auf.

»Er bewundert es, Eileen. Er liebt es.«

Hass und Liebe. Zwei starke Emotionen, die stärksten, so gegensätzlich sie in ihren Wesen sein mochten, sie lagen oftmals nah beieinander, veranlassten Menschen, tiefste Empfindungen zu offenbaren. Auch blinde Wut, Vergeltungsschläge. Hätte mir in jener Zeit irgendjemand gesagt, dass mein Haus mit all seinen Unzulänglichkeiten tatsächlich abgründigen Hass hervorriefe, dass man es zerstören wolle, ich wäre ungläubig davongegangen. Ich hätte es niemandem zugetraut, nicht einmal Le Corbusier.

Hassliebe.

Im September überraschte mich Jean mit der Ankündigung, Morancé habe zugestimmt, die Herbstausgabe von *L'Architecture Vivante* als Sondernummer zu verlegen. Er wolle sie unserem Projekt widmen. Der Titel lautete *E.1027: Maison en bord de mer*. Ich fühlte mich geschmeichelt, eine solche Auszeichnung war bisher nur den Arbeiten Le Corbusiers und seines Vetters zuteil geworden. Bis auf wenige Abbildungen einiger Bauten von Gropius und Taut sowie eines Lichtspielhauses von Poelzig ging es tatsächlich ausschließlich um das Haus am Meeresufer. Die Nummer würde am Ende vierunddreißig teils kolorierte Aufnahmen von E.1027 beinhalten, einige Plänen und eine detaillierte Beschreibung. Die meisten der Fotografien fertigte ich selbst, und ich verbrachte ein Menge Zeit mit den richtigen Einstellungen und Motiven. Gleich den Aufnahmen in der Galerie versuchte ich die Bilder in Szene zu setzen, Hinweise auf die Präsenz von Personen zu geben; ein aufgeschlagenes Buch, zwei Teetassen, ein Teller mit einem Apfel, ein Zigarettenetui, eine Haarbürste und Kämme. Dinge, die für mich zum Wohlbefinden beitrugen. Kleine, bezeichnende Gesten, die aussagten, all das wurde der Lebenskunst zuliebe geschaffen. Ich erblühte in der Aufgabe, verfasste kürzere Texte. Im Vorwort griffen Jean und ich die Dialogform auf, die ich von Valéry kannte und zu schätzen gelernt hatte. Die Zeilen beruhten tatsächlich auf einem Gespräch zwischen uns, das wir während der Rückfahrt aus Barcelona geführt hatten. Einmal mehr nahm Jean die Rolle des Rationalisten ein, ich hingegen plädierte für die Wiederkehr des Gefühls. Ich kritisierte die Vorreiter des Neuen Bauens, wie ich es häufig tat, ihm fehlte die Menschlichkeit, das Herz.

Dann, als alles niedergeschrieben war, setzten wir uns auf die Felsen und lasen uns die Seiten noch einmal gegenseitig vor. »Ich bin zufrieden«, sagte ich. »Letztlich ist es eine Abrechnung mit dem falsch verstandenen Intellektualismus der Avantgarde.«

»Eine Abrechnung oder eine Streitschrift«, meinte Jean und sein Blick zuckte, kaum gewesen, ich konnte ihn nicht deuten. Wir hatten zwei Thesen aus Le Corbusiers Buch *Kommende Baukunst* erläutert. Legten dar, dass wir ein Haus nicht bauten wie Ingenieure, die Getriebe zusammensetzten. Wir berücksichtigten die Bewohner, ihre Empfindungen und Bedürfnisse. Mit dieser Formulierung distanzierten wir uns deutlich von Le Corbusiers Begriff der Wohnmaschine. »Auf jeden Fall gibt der Dialog der Diskussion um die Architektur weiteren Antrieb.«

»Hoffentlich auch einen Richtungswechsel.«

»Wie nennen wir das Ganze? Irgendeine Idee für eine Überschrift, du kluge Frau?«

Einen Augenblick lang dachte ich nach, schaute über die blassroten Dächer ins Dorf hinauf, steile Ränge, dicht, dichter, ein Gefühl von Intimität. Dahinter das Bewusstsein der Vergangenheit. »*Vom Eklektizismus zum Zweifel.*«

»Das klingt großartig, geradezu perfekt.« Er notierte sich meine Worte. »Und der Einband, du hast sicher eine bestimmte Vorstellung, oder?«

»Die Entscheidung triffst du«, sagte ich lächelnd. »Ich vertraue dir. Dir und all deinen Fähigkeiten.«

»Eileen, ich habe noch eine Bitte.« Er betrachtete mich mit ernster Miene, legte die Fingerspitzen beider Hände aneinander.

»Nur zu«, ermunterte ich ihn, da ich ein Zögern vernahm.

»Wäre es in Ordnung, wenn auch mein Name auf dem Titel erschiene? Ich meine, ich bin doch an der Sache nicht ganz unbeteiligt gewesen.«

»Selbstverständlich.« Meine Antwort kam spontan, kam aus meinem Innersten, war ehrlich und wahrhaftig.

Jean atmete erleichtert aus, küsste mich. Machte sich beinahe augenblicklich an die Arbeit.

Zwei Wochen später wickelte ich ehrfürchtig das erste Exemplar aus dem Packpapier und strich mit der Hand darüber. Jean hatte den kartonierten Einband hervorragend gestaltet, grafisch schlicht, nichts anderes hatte ich erwartet. Ein stilisierter Rettungsring auf zartem Weiß, der Titel auf meerblauem Untergrund; es waren die Farben des Großen Raums. Passend zur Schrift an den Deckeln schwarze Leinenbändchen, die das Kunstwerk verschnürten, die für mich so kostbaren Tafeln aus verstärktem Papier zusammenhielten.

Ich konnte nicht anders, als mich mit dem Werk in den ›Bibendum‹ zu setzen, ich war gerührt. »Es ist wundervoll.«

»Ich habe immer an dich geglaubt«, sagte Jean. Und nun wird auch jeder dort draußen erkennen, wozu du fähig bist.«

Die Ausgabe verursachte Aufsehen unter den Kollegen, zu meiner Überraschung sorgte sie sogar für einigen *tourbillon,* zog weitere Besucher an, die Presse. Selbst im Ausland fand mein Haus Beachtung. Aus Deutschland kamen zwei Reporter angereist, um für die bekannte Zeitschrift *Baumeister* einen Artikel zu verfassen. Wir unterhielten uns mehrere Stunden lang, anregend und intensiv, und ich fühlte mich aufgehoben. In jenen Tagen war ich ganz bei mir und gleichzeitig mit der Welt verbunden; zuerst und für mehrere Momente mit klopfendem Herz, vorsichtig beobachtend, dann ergriffen, vollständig versunken, staunend. Glücklich. Alles in mir war Schweben, war Zukunft, beständig und gut.

Und ich wünschte noch heute, die Geschichte nähme an dieser Stelle ihr Ende.

KAPITEL 10

1930–32
Roquebrune, Cap Martin.
E.1027.

Die neue Zeit ist eine Tatsache: Sie ist weder besser noch schlechter als irgendeine andere Zeit … Entscheidend wird allein sein, wie wir uns in diesen Gegebenheiten zur Geltung bringen. Nicht auf das ›Was‹, sondern einzig auf das ›Wie‹ kommt es an.

Ich las die Zeilen ein weiteres Mal, mochte ihre Nachdenklichkeit. Der *Baumeister* beschloss mit ihnen den gelungenen Text über mein Haus, es waren Auszüge aus einem Vortrag, die Mies van der Rohe auf einer Tagung des Deutschen Werkbundes geäußert hatte.

Doch die Frage nach dem ›Wie‹ war schwer zu beantworten. Was für eine Zeit war dies nun, in der die Welt eine immer kompliziertere wurde und die Tatsachen einfach mit sich riss? Der amerikanische Börsencrash im vergangenen Oktober sollte das Ende des Fitzgeraldschen Jazz-Age einleiten, er bedeutete vielen in Paris lebenden *expats* Geldnot; sie kehrten in die Heimat zurück. Ich war dankbar, im Februar das Kassenbuch der Galerie endgültig schließen zu können. Ich kündigte Gab Sorère und veräußerte das Geschäft mit offiziellem Kaufvertrag. Ebenso trennte ich mich von der Lackwerkstatt in der Rue Guénégaud und dem Haus in Samois. Besitz belastete, zu viele Erinnerungen hingen daran. Wie sämtliche Mitarbeiter wusste ich auch meinen japanischen Lehrmeister sicher aufgehoben.

Seizo Sougawara betreute künftig eine Kunstsammlung der Familie Rothschild in Cernay-la-Ville.

Schlagartig war es ruhiger um das Haus geworden, niemand berichtete mehr. Noch vor einigen Monaten hatten alle unerwartet auf mich geschaut, einen Augenblick lang den Atem angehalten. Nun aber geriet ich in Vergessenheit. Ich begann mich wie eine Unwegsame zu fühlen, wie eine mir Fremde, die am Meeressaum stand und in die kalten Fluten schreiten wollte.

Schon bald sollten die infamsten Kritiker meiner langjährigen Wahlheimat Arbeiten von mir mit unerwünschten ausländischen, besonders deutschen Einflüssen in Verbindung bringen. Brandmarkten die Entwürfe als ›unfranzösisch‹, als ›entmenschlicht‹ gar. Das intellektuelle Klima wurde einseitiger, schlich wie ein blindwütiges, dunkles Etwas durch die Straßen, das sich nicht einfangen ließ. Es wuchs, war jenes Ungeheuer, das nur wenig später die Nationalsozialisten veranlassen sollte, das Bauhaus zu schließen, etliche Architekten bewog, in die Staaten zu emigrieren. Ich konnte und wollte nicht aufgeben, beschäftigte mich weiter, mit belanglosen Aufgaben, hypothetischen. Irgendetwas. Was blieb mir anderes?

Nachdem E.1027 vollendet war, gestaltete sich die Beziehung zwischen Jean und mir zunehmend schwieriger. Als hätte uns das Projekt zusammengehalten, erste Risse unserer Liebe noch überdeckt, traten sie nun offenkundig an die Oberfläche. Sie klafften wie Wunden, eiternd, schmerzten; heilten nicht.

Nach seiner Rückkehr aus Südamerika setzte Le Corbusier zu immer größeren Höhenflügen an, er beschlagnahmte Jean mit seinem charismatischen Wesen, beeinflusste *L'Architecture Vivante* mit übersteigerten Ideen. Die Verkaufszahlen sanken, und Morancé ließ verlauten, er trüge sich mit dem bedauerlichen Gedanken, das Blatt einzustellen, in einer Zeit wie dieser benötige die Avantgarde keine Zeitschriften.

Das Entsetzen Jeans schien grenzenlos. »Jahre habe ich mich aufgerieben für diesen Mann, und wofür? Dass er mich in die Arbeitslosigkeit entlässt.«

Seine sprunghaften Launen waren kaum mehr zu ertragen, selbst in der Redaktion herrschten wohl chaotische Zustände. Ich schätzte mich glücklich, ihn häufiger in Vézelay oder seinem neu eingerichteten Pariser Studio zu wissen. Ich musste mir eingestehen, es hatte eine gewisse Leichtigkeit, wenn er fort war und ich Zeit und Ruhe zum Nachdenken fand.

Der Frühling nahte gleich einem Versprechen. Eines herrlichen Märztages stand er plötzlich im Haus, doch sein Kommen und Gehen gehörte mittlerweile zum Gewohnten, gehörte zu jenen Freiheiten, die er sich nahm. Die Fenster waren weit geöffnet, und die hellen Vorhänge wehten, begleitet vom Meeresrauschen, in den Arbeitsraum hinein. Sämtliche Pläne auf dem Tisch hatte ich mit kleinen Kieselsteinen und Linealen beschwert.

Er blickte mir über die Schulter. »Was machst du Schönes?«, fragte er und küsste meinen Nacken.

Ich erzählte von dem Grundstück, das ich damals in Castellar gekauft hatte, beschrieb den kleinen *cabanon*, den ich möglicherweise zu sanieren gedachte, die Zisternen. »Die Aussicht ist bestechend. Ich habe dem Bauern das umliegende Land ebenfalls abgekauft, somit kann niemand das Panorama verbauen.«

Jeans Laune schlug jählings um, die Augen angriffslustig, als habe er nur auf einen weiteren Anlass gewartet, seinen Ärger an mir auszulassen. Mit der Faust schlug er hart auf die Tischkante. »Warum weiß ich nichts davon? Seit wann machst du Geschäfte mit irgendwelchen Männern, ohne mich in Kenntnis zu setzen?«

»Jean, das habe ich schon immer getan«, gab ich fassungslos zurück. »Im Übrigen verfüge ich über mein Geld nach eigenen Vorstellungen.«

»Ich sollte die Verhandlungen führen.«

»Warum?«

»Weil ich geschickter darin bin und nicht möchte, dass du mit anderen Männern verkehrst.«

Wie versteinert sah ich ihn an. »Männer«, sagte ich, als ich meine Sprache wiedergefunden hatte, »Männer werden nie unser Problem sein.«

»Das kann ich mir lebhaft vorstellen«, erwiderte er zynisch. »Ich habe dich und deinen Ruf gerettet, aus dem Sumpf gezogen habe ich dich. Jeder in Paris weiß um deine Frauengeschichten.«

»Und was daran sollte schlimm sein?«

Seine Kiefer verspannten sich. Statt einer Antwort schritt er zur Bar, schenkte sich ein Glas Wein ein und machte mir erneut Vorwürfe, listete auf, was ich alles falsch machte, wie sehr er wieder und wieder unter meinen Fehlern zu leiden habe. Dass er Le Corbusier die Sondernummer mit der Villa Savoye hätte geben müssen, dieser maßlos verärgert sei über die Diskriminierung, den Dialog.

»Wir hätten ihn derartig nicht formulieren dürfen. Corb hasst diese Angelegenheit.«

»Der Text ist sachlich geschrieben. Wir alle sehen uns mit Kritik konfrontiert.«

»Du kannst außergewöhnlich gefühlskalt sein, Eileen.«

Wir stritten bis in den Abend hinein, über seine Trinkerei, die ihn zunehmend zu einem anderen Menschen machte, sein Geltungsbedürfnis, die Kontrolle, die er über mich auszuüben versuchte. Stritten über E.1027, über Geld, die häufigen Besuche im Casino. Seine Affären, die kein Ende nahmen.

Ich bin eine verlorene Frau.

»Was ist nur mit uns geschehen?«, sagte ich leise und schaute auf meine zitternden Hände, betrachtete Jean. Für den Bruchteil von Sekunden lockerten sich seine verhärteten Gesichtszüge. Ich stand auf und lehnte mich an ihn, wie ich mich fortan nur noch an ihn lehnen sollte. »Was machen wir hier?«

»Das frage ich dich«, hörte ich ihn sagen, ausdruckslos, wie unbeteiligt, in der Steifheit seines Körpers spürte ich seine Ablehnung.

Wir kamen weder vor noch zurück, waren Schattenversionen unserer selbst geworden und blieben doch ein Paar. Meine Fähigkeit zu ertragen schien grenzenlos, meine Selbstachtung aber schwand, wurde weniger, als entwiche sie aus meinem Körper gleich letzten Atemzügen. Ich sollte zürnen, weinen. Schreien. Blieb still.

Warum tat ich mir das an?

*

Wochen vergingen, ein weiterer Sommer verging. Ich führte ein Dasein, das nicht mehr meines war, traf Leute, die keine Freunde würden. Ich fühlte mich allein wie nie.

Jean und ich ergingen uns in Banalitäten, Tag für Tag. Eine nicht endende Übung in Bedeutungslosigkeiten, Torheiten, ihnen gesellten sich stetig weitere Lügen hinzu. Gab es Bedrückenderes, als unbeirrt voranzuschreiten, im Meer zu baden, ein Glas Wein zu genießen, die Arme weit auszustrecken und dem letzten Licht der Sonne entgegenzulaufen, all die Dinge zu tun, die man mochte, wenngleich alles Fühlen in einem erstickte? Ich zweifelte, erkannte uns beide nicht mehr. Wie viel Aufmerksamkeit, wenn nicht Liebe, hatten wir einander noch zu geben? Mein Leben geriet heftiger ins Wanken, im Schweigen versunken.

Braucht es Courage, etwas zu verändern?

Oder Courage, alles zu belassen?

Le Corbusier und Yvonne gehörten zu den ständigen Gästen in E.1027. Manchmal dachte ich, sie nisteten sich regelrecht ein, hätten Besitz von uns ergriffen. Sie schwammen, sie tanzten, lachten. Mir erschien die Zeit wie eine endlose Party, sinnlos und hohl. Sobald die Männer getrunken hatten, gerieten sie aneinander. Sie debattierten, disputierten. Kämpften um Worte und Meinungen, um Recht.

Noch spät in der Nacht, ich war längst zu Bett gegangen, stritten sie wieder einmal im Garten miteinander. Ein Wort gab das andere, und ich konnte und wollte irgendwann nichts mehr hören. Ich schloss die Fenster. Es war ein einziger Satz Le Corbusiers, der mir auf ewig im Gedächtnis blieb: *Ich habe ein rasendes Verlangen, diese Wände zu verdrecken.*

SEPTEMBER 1932

Roquebrune, Cap Martin. E.1027

Ich erwachte im Morgengrauen, ein seichter Nebel hing über der Bucht. Der Himmel war samtig, zum Fühlen nah, fast wähnte ich mich zurück in Paris. Ich verspürte Müdigkeit, seltsam und leer, als hätte die Welt mich ausgelaugt. Ich streifte einen Wollpullover über und ging hinaus auf die Terrasse. Stille. Der ›Transat‹ stand dort verlassen an der Reling, das Holz beschlagen, daneben auf dem Boden eine Zeitung, feucht, ein leeres Glas. Ich entzündete eine Gauloise und schaute auf die See hinaus. Sie lag regungslos da, eine verschwiegene Schöne.

Ich schloss die Lider, atmete das Leben ein. Es veränderte sich. Ich wollte verstehen, wollte versuchen, an etwas zu glauben, an das es sich zu glauben lohnte. Meine Gedanken glichen einer Reisenden auf einem Schiff, waren ohne Ziel, als würde ich nie ankommen. Ich befand mich fortwährend in einem Dazwischen, allein auf dem endlosen Meer, kein Land in Sicht.

Welche erhabenen Geschichten ließen sich in meinen Augen lesen? Was hatte ich gesehen?

Ich stieg die Stufen im Haus hinunter, öffnete sacht die Tür zum Mädchenzimmer. Louise trug Mantel und Hut, als habe sie meinen Entschluss erahnt. Auf dem Bett ihr Koffer, sie faltete sorgfältig ein Kleidungsstück, legte es hinein, dann *Die Blumen des Bösen*. Sie verriegelte das Gepäck.

»Möglicherweise ist es das größte Unglück der Poesie, dass sie leider traurig endet«, sagte sie.

»Traurigkeiten kommen wie Gezeiten.« Wir ließen einen langen Augenblick verstreichen. »Ich denke, nur Menschen, die tiefe Traurigkeit erfahren, wissen Baudelaire zu würdigen.«

Louise nickte kaum merklich, nahm ihren Koffer zur Hand. »Ich warte an der Bahnstation auf Sie, Miss.«

Sie würde ein Leben lang auf mich warten, noch im hohen Alter. Louise Dany war die Frau, die wahrhaftig da war, die mich auffing, als alle gegangen waren. Die mich sah, wenn es mir schlecht ging, wenn ich mich selbst nicht mehr spürte. Mich aufzulösen drohte.

Ein weiteres Mal hatte ich erkennen müssen, was ich eigentlich längst wusste: Die Freiheit, die ich ersehnte, war nur mit Einsamkeit zu erlangen. Jahrzehnte meines Lebens hatte ich allein verbracht. Für ein Zusammenleben war ich nicht geschaffen, es kostete Kraft und Zeit, kostete unendliche Mühen. Niemand sollte sich vorschreiben lassen, wie man lebte, liebte.

Ich kleidete mich an, ich war ohne Anstrengung, ganz ruhig, fühlte mich beinahe schwerelos. Noch einmal ging ich durch den Großen Raum, langsam, sah umher. Tastete nach dem Daruma in meiner Hosentasche, er war leicht, fast nicht vorhanden. Ich nahm den ›Adjustable table‹, den ich für Thora entworfen hatte, nur ihn. An

Gegenständen hafteten Erinnerungen, ich wollte von vorn beginnen. Was blieb, war Erlebtes. Was war.

Das Haus, das ich liebte, das all mein Lieben umschloss, ich verließ es. Ich legte den Schlüssel auf die oberste Stufe der Treppe, dann schritt ich hinab.

KAPITEL 11

APRIL 1938

Paris. 21, rue Bonaparte.

Cap Martin
28/4/38

Chère Mademoiselle,

ich bedaure zutiefst, Sie nicht persönlich angetroffen zu haben. Ich würde Ihnen gerne erzählen, wie sehr ich in diesen Tagen in Ihrem Haus den seltenen Geist zu schätzen gelernt habe, der dessen Organisation bestimmt. Ein Geist, der den modernen Möbeln und der gesamten Ausstattung eine so würdevolle, so charmante und so raffinierte Gestalt verliehen hat.

Meine Empfehlung,
Le Corbusier

KAPITEL 12

MAI 1939
Paris. Roquebrune, Cap Martin.
E.1027.

Ich versuchte mich an einem neuartigen Kunststoff, einem Material, aus dem ich einen Wandschirm erstellen wollte, die rauchfarbene Tönung stimmte mich unzufrieden. Das Telefon schellte, und nach längerem Zögern drehte ich das Transistorradio auf der Fensterbank leiser, Swing. Ich nahm den Hörer ab.

»Ich habe ein paar Veränderungen in E.1027 vornehmen lassen«, sagte Jean, er klang heiter. »Warum kommst du nicht auf ein Glas Wein vorbei und schaust es dir an?«

»Wein ist gut«, antwortete ich. »Bauliche Veränderungen?«

»Du wirst es mögen.« Er tat geheimnisvoll.

Wir hatten uns wahrscheinlich länger als zwei Jahre nicht gesehen. Im Geiste überschlug ich seit unserer Trennung noch einige Reisen, um ihm nach dem Einstellen von *L'Architecture Vivante* die Niedergeschlagenheit zu nehmen, Acapulco, Berlin, erinnerte mich zuletzt an ein Treffen auf der Weltausstellung im Pavillon Le Corbusiers. Ich berührte den Brief des Architekten, schob ihn mit den Fingerspitzen über die Kommode, wo er noch immer lag, erwähnte, dass er mir geschrieben habe. »Schöne Sätze, sie bedeuten mir Glück.«

»Das flüchtige Glück.« Jean lachte verhalten, und ich wusste, wie er in diesem Moment aussah, die Augen, die Fältchen, das Gesicht, dieser ganze Mann, den ich einst geliebt, an den ich mich gelehnt hatte.

Die Männer verbrachten Zeit miteinander, ich wusste, sie verbanden gutes Essen, Geschichten. Mir kam Josephine Baker in den Sinn, Yvonne, ich verdrängte den Gedanken. Ohnehin hatten Louise und ich vor, in den kommenden Tagen an die Küste zu fahren. Nachdem ich mein bescheidenes Haus in Castellar, Tempe à Pailla, gefertigt hatte, mussten wir feststellen, dass dort oben in den Bergen während der heißen Monate unerträgliche Hitze herrschte. Wir mieteten ein Appartement am Quai Suffren in Saint Tropez und suchten nun nach einem eigenen Sommerquartier in der Gegend. Ich hatte von einem baufälligen *cabanon* auf einem Weinhügel gehört, wollte ihn besichtigen.

Jean und ich verabredeten uns für den Fünften.

Als ich den Pfad am frühen Abend entlanglief, spürte ich Beklemmung. Ich war nicht wieder hier gewesen, in diesem Ort, in diesem Haus, hätte den Weg womöglich nicht antreten sollen. Das Tor hing in den Angeln, verrostet. Ich stieg die Stufen zum Grundstück hinunter. Pflanzen waren verwildert, der Oleander hoch gewachsen, zwischen den Sandsteinplatten Unkraut. Momente lang hielt ich inne. Schaute über das Meer, aus dieser Perspektive barg es Vertrautes und blieb doch fremd. Ich spürte Melancholie in mir aufkommen, dachte an Seereisen, die Sehnsüchte erweckten, sie nicht zu stillen vermochten. Dachte an jene Trauer, die einen erfüllte, wenn Reisen nach langer Zeit endeten.

Ich sollte umkehren. Ich erreichte das Atrium, auch hier die Dinge verwahrlost, auf den Fliesen Zementsäcke, Kochgeschirr, ein zerbrochener Blumentopf. In den windigen Ecken Laub. Jean empfing mich nicht, ich rief seinen Namen. Dann sah ich den Eingang. Ich erschrak zutiefst, erstarrte. Die Tür zu den Wirtschaftsräumen war vermauert, die Wand im Eingang großflächig bemalt, leuchtende Farben. Der so feinsinnige Schriftzug *ENTREZ LENTEMENT* in das Bild integriert, eine Verhöhnung. Meine Idee des herannahenden Besuchers, der sich zwischen den Eingängen zu entscheiden hatte, war vertan. Le Corbusier. Vor einigen Jahren hatte er die Wandmalerei für sich entdeckt, hatte Freunde bedrängt, ihre Häuser und Appartements mit seiner Kunst versehen zu dürfen. Ich wusste, er hatte in Vézelay gemalt. Mein wild klopfendes Herz, noch einmal rief ich nach Jean, er schien nicht da, hatte unser Treffen vergessen, er war unzuverlässig, war es stets gewesen. Ein entsetzlicher Gedanke befiel mich. Ich konnte kaum atmen, war nervös, in meinen Ohren ein leises Dröhnen, es wurde lauter. Lärmte. Versteckt im Schatten unter dem Sims befand sich noch immer ein Schlüssel. Ich schob mein Panikgefühl beiseite, öffnete die Tür, betrat den Großen Raum, die weiße Wand hinter dem Diwan schrie, alles schrie. Ich lief umher. Gewaltige Gemälde beherrschten das Haus, aggressive, laute Farben, Grün und Gelb und Rot; tosten wie die See, brüllten weithin. Beherrschten den Eingang, die Garderobe, das Wohnzimmer, den Essbereich, Treppenhaus und Untergeschoss. Aufdringliche, ineinander verkeilte Körper, Frauen, Knäuel, geometrische Verschraubungen. Organische Gebilde. Abgründe. Sie rissen mich, stießen mich. Form um Form und Farbe um Farbe, bunt, grell. Die leise Poesie, sie wurde übertönt, wurde auf brutale Weise zerstört, das Weiß seiner Unschuld beraubt. Selbst auf den Außenwänden hatte sich Le Corbusier verewigt. Unter dem *pilotis* ein riesiges Fresko, verschlungene Linien, ordinär, obszön. Mann und Frau, in der Mitte ein Kind. *Das erhoffte, nie geborene Kind.* Wieder und wieder lief ich wie betäubt durch die Räume, spürte mich kaum. Ich war empört, wütend. Den Tränen nahe. Ich zählte sechs, sieben, acht abscheuliche Bilder. Er hatte sie ohne meine Zustimmung gemalt, musste sie über Tage, über Wochen und Monate geschaffen haben. Und Jean hatte diesem

Verrat zugestimmt. Das Konzept meines klaren, bewusst schlicht gestalteten Hauses, es war vernichtet. Le Corbusier, er hatte mich vernichtet.

Ich sollte aufbegehren.

Mich erheben.

Ich schloss die Tür hinter mir, ließ mich in die Leere fallen.

EPILOG

OKTOBER 1976

Paris. 21, rue Bonaparte.

Das Bunte, das Grelle, es lärmt noch heute in meinem Kopf, und manchmal denke ich, diese Geschichte wird nie ihr Ende finden.

Ich habe E.1027 nicht wieder aufgesucht. Der Schmerz saß tief, es war mir unmöglich. Nur langsam begriff ich, was damals in meinem Haus geschehen war. Le Corbusier erzählte mit dem Vandalismus von seiner verletzten Eitelkeit, seinem Hass. Ich hatte seine ungeschriebenen Gesetze der Architektur gebrochen. Letztlich verkraftete er nicht, dass eine Frau, eine Autodidaktin, die in seinem Machtbereich lebte, ein solches Haus zu realisieren vermochte. Er wusste um die eigenständige Qualität, war sensibel genug, die Dinge zu spüren. Mit seiner Verunstaltung entblößte er mich, er machte mich schutzlos; das Schneckenhaus, die Räume waren nicht länger unantastbar. Le Corbusier hatte seine Wandgemälde geschickt platziert, kein Besucher konnte an ihnen und damit an ihm vorbei. Er besetzte die Villa, stellte auf herrische Weise die Hierarchie wieder her, die ich in seinen Augen durcheinandergebracht hatte.

Dann kam der Krieg und tat sein Übriges. Die Journalistin Janet Flanner schrieb noch im Dezember 1940, Paris sei nun die Hauptstadt der Vorhölle. Paris sollte zur Hölle werden. Wie Termiten, die jahrelang hungrig eingesperrt waren, zogen die Deutschen durch die Läden, sie plünderten und pöbelten, und irgendwann konnte ich die harten Schritte ihrer schweren schwarzen Stiefel in den Straßen nicht länger ertragen. Louise und ich flüchteten nach Castellar. Doch die nahe gelegene Grenzstadt Menton war schon bald umfochten, die Truppen Mussolinis hielten das Gebiet zwischen Frankreich und Italien besetzt. Sowohl E.1027 als auch Tempe á Pailla lagen im Kampfgebiet, wurden unbewohnbar. Ausländer durften an den Küsten nicht länger verweilen, und wir zogen nach Lourmarin im südlichen Luberon, trafen dort auf viele alte Bekannte wie Gertrude Stein und Alice B. Toklas, Evelyn Wyld und Kate Weatherby. Im Exil beschäftigte ich mich mit Überlegungen zur Architektur, machte Notizen, zeichnete Tag und Nacht. Als ich von Le Corbusiers Sympathien zum Faschismus erfuhr, entwarf ich einen Meditationshain für das hügelige Gebiet vor Saint Tropez. Ich war wütend auf mich, auf ihn, die Welt. Wenigstens in der Theorie versuchte ich einen sicheren Ort der Ruhe zu erschaffen.

Der Zorn ist vielleicht die größte Inspiration, wenn der Einzelne in so viele Persönlichkeiten zerfällt. Plötzlich ist man wieder wie aus einem Stück.

Ein weiteres Mal mussten wir den Ort verlassen, lebten nun im westlichen Luberon, schließlich aber durften wir nach Kriegsende endlich ans Meer heimkehren. Was wir vorfanden, war niederschmetternd; das Appartement in Saint Tropez lag in Trümmern, in die Luft gesprengt von den Deutschen, als die Alliierten am 15. August 1944 in Südfrankreich landeten und deren Rückzug erzwangen. Der Anblick meines zwischen Ruinen im Hafenbecken treibenden Pyjamas trieb Louise Tränen in die Augen, ich blieb ungerührt, tröstete sie. Erst als wir auch Tempe à Pailla in Castellar verwüstet und marodiert vorfanden, die Bäume gefällt, weinte ich bitterlich. Alles im Süden war verloren, die Häuser, die Möbel, sämtliche Entwürfe, Skizzen, Modelle. Wir traten eine beschwerliche Zugfahrt nach Paris an, das Appartement in der Rue Bonaparte war unversehrt. Lange Zeit hatte ich mich hier weniger zu Hause gefühlt als am Meer, doch nun wurde die Adresse wieder zu meinem Hauptwohnsitz.

Nach der Befreiung war ich sechsundsechzig Jahre alt, ich hatte lediglich zwei Häuser vorzuweisen. Ich war klug genug zu begreifen, dass sich mir als Architektin keine Aufträge mehr böten. Die Zeit hatte mich eingeholt. Ohne Arbeit aber konnte ich nicht leben. Ich entwarf unermüdlich weiter, unter anderem einen Arbeiterclub, eine Kindertagesstätte, ein Kulturzentrum. Neun aufwendig erdachte Projekte, von denen keine Menschenseele je erfuhr. Louise überredete mich, Castellar zu sanieren; damals eine wahre Herausforderung, die Baumaterialien fehlten, und der Aufbau sollte sieben harte Jahre in Anspruch nehmen. Ich verkaufte es, zu viel in mir war zerstört.

Jean erging es nicht besser, seine Glanzzeit schien ebenfalls vorüber. Ich hörte, dass er erfolglos versuchte, einige Artikel in Zeitschriften zu lancieren. Auch das Projekt, eine Biografie über mein Werk zu schreiben, ließ er fallen. In den Köpfen der Menschen geriet ich immer tiefer ins Vergessen.

»Als habe es mich nicht gegeben«, sagte ich eines Tages nachdenklich zu Louise, während ich eine meiner vielen Collagen fertigte. Irgendwann in jenen Jahren bemerkte ich zu meinem Entsetzen die schleichende Sehminderung, zudem begannen meine Hände zu zittern, die ersten Anzeichen einer Parkinson-Erkrankung. Ich zog mich weiter aus der Öffentlichkeit zurück, mein Freundeskreis verkleinerte sich. Kate und Evelyn besuchten mich manchmal. Erfreulicherweise wurde das Verhältnis zu meiner Nichte Prunella enger, eine Malerin, mit ihr konnte ich wunderbare Gespräche über

Kunst führen. Auch Jean schaute gelegentlich auf ein Glas Wein vorbei. Unstimmigkeiten und Irritationen aber flammten immer wieder auf. Er war noch mit der Zusammenstellung einer Ausgabe von Le Corbusiers gesammelten Werken beschäftigt, als es Ende der Vierzigerjahre zwischen den beiden zum Streit kam. Le Corbusier veröffentlichte in der Aprilnummer von *L'Architecture d'Aujourd'Hui* Fotografien seiner Wandgemälde, ohne auch nur mit einem Wort das Haus oder meinen Namen zu erwähnen. Es schien, er wollte die Welt tatsächlich glauben machen, E.1027 stamme nicht von mir.

»Seine Beleidigungen nehmen kein Ende, Miss«, urteilte Louise empört und las mir die Bildunterschrift vor: »Bei den Wänden, die ich für die großen Bilder wählte, handelte es sich um die farblosesten und unbedeutendsten. Auf diese Weise blieben die schönen Wände erhalten und die langweiligen wurden interessant.«

Wütend entriss ich der Zeitschrift die Seiten, die mich auslöschten. Was sollte ich sonst tun? Weder Jean noch ich hätten je eine Chance, gegen den Meister vorzugehen. Er war das Genie, besaß die Privilegien, die Macht. Es war der alte Kampf zwischen David und Goliath.

Mein Name verschwand aus der Literatur. Wann immer in seltenen Erwähnungen von E.1027 die Rede war, wurde das Haus zur *maison Badovici*, die *Villa Badovici*, wurde schließlich ein Werk des berühmten Le Corbusiers.

Über die Jahre verfolgte ich fortwährend sein Tun, die Wallfahrtskirche in Ronchamp, das Kloster in La Tourette, Bauten in Argentinien, Indien; er war äußerst erfolgreich. Immer wieder aber schlug der Architekt unbarmherzig zu, dehnte in seinem verletzten Stolz die Kritik sogar bis auf Tempe à Pailla aus. Anfang der Fünfzigerjahre erwarb er einen schmalen Streifen Grund unmittelbar hinter E.1027. Dort errichtete er einen *cabanon*, eine Holzhütte mit nur einem Zimmer, die seine Ideen der Raumzelle aufgriff. Fortan war mein Haus einsehbar, die isolierte Lage, die mir so wichtig erschien, nach der ich so lange gesucht hatte, sie war nun ebenfalls zerstört.

Noch einmal stellte ich mir die Aufgabe eines Umbaus. Ich war fünfundsiebzig Jahre alt, doch ich konnte nicht von der Küste und von Saint Tropez lassen. Das baufällige kleine Haus auf dem Weinhügel, das ich vor dem Krieg erworben hatte, besaß zu meiner Freude ein Gewölbe. Ich ließ es um einen Seitenflügel erweitern. Nach fünf Jahren der Anstrengung sollte ich die bescheidene Unterkunft Lou Pérou nennen, und Louise und ich nutzten es tatsächlich als Sommerquartier.

Während der Arbeiten, im August 1956, erreichte mich ein Telegramm von Jean. Er lag im Krankenhaus Monacos, es gehe ihm nicht besonders, er wolle mich treffen. Ich nahm den nächsten Zug nach Menton, suchte bei drückender Hitze stundenlang nach einem Hotelzimmer. Am nächsten Morgen eilte ich zu ihm und fand ihn in sehr schlechtem Zustand vor.

»Ich bin froh, dich ein letztes Mal sehen zu dürfen, Eileen.« Kraftlos nahm er meine Hand in seine, sie war blass und kalt. »Ich habe Leberkrebs.«

»Die Ärzte werden dich auf die Beine bekommen, ganz sicher«, redete ich beruhigend auf ihn ein, eigentlich aber war ich der Verzweiflung nahe, wusste, ich würde ihn verlieren.

»Ich habe dich immer geliebt«, sagte er, und ich setzte mich an sein Bett und las ihm Baudelaire vor.

Jean wurde am 17. August operiert. Der Chirurg prognostizierte ihm nach dem Eingriff noch zwei bis drei Monate Leben. Wie betäubt machte ich mich auf den Weg nach Saint Tropez, um einige Angelegenheiten zu regeln. Jean starb am gleichen Tag um drei Uhr nachmittags. Man benachrichtigte mich telegrafisch, und als ich ins Krankenhaus zurückkehrte, war das Zimmer bereits geräumt. Ich arrangierte die Beerdigung, um ihm ein Armengrab zu ersparen. Mit seinen dreiundsechzig Jahren war er wieder so mittellos gewesen wie zu der Zeit, als wir uns kennenlernten. Ich war die einzige Person, die an der Beerdigung teilnahm.

Sein Tod stürzte mich in eine tiefe Trauer.

Als Jean mich das letzte Mal in Paris besucht hatte, erörterten wir das Schicksal von E.1027. Im Grunde war es mein Haus, rechtlich jedoch gehörte es ihm. Er versprach ein Testament aufzusetzen, aber wie so viele Versprechen löste er auch dieses nicht ein. Ein Streit sollte entbrennen. Es war mir nicht einmal möglich, ein paar Möbel und persönliche Gegenstände aus dem Haus holen zu lassen. Ich scheiterte wie so oft im Leben. Zwei Monate nach Jeans Tod schrieb Le Corbusier einen Nachruf auf seinen Freund und setzte zu seinem nächsten Hieb an. Er kaufte ein weiteres Stück Grund und ließ direkt hinter E.1027 fünf Wohneinheiten errichten, *unités de camping*, die meinen Bau aufdringlich überragten. Noch immer war sein Interesse ungebrochen, das gesamte Areal einschließlich meines Hauses und seiner Wandmalereien zu erwerben. Er hatte stets die Hoffnung gehegt, E.1027 eines Tages besitzen zu können. Nach zähen Monaten des Wartens stand fest, dass die rumänische Cousine Jeans das ihr zugefallene Erbe nicht antreten konnte, das kommunistische Regime untersagte Privateigentum. Das Haus stand zum Verkauf. Le Corbusier musste sich indes anders entschieden haben. Er suchte in den kommenden Jahren intensiv nach einem Käufer für das *maison Badovici*, wie er es nannte, um seine Gemälde zu erhalten, er wollte sie restauriert wissen. Schließlich wurde in Menton eine Versteigerung mit vier potenziellen Käufern anberaumt. Der Reeder Aristoteles Onassis gab das höchste Gebot ab. Le Corbusier aber, der sich während des Vorgangs diskret im Hintergrund gehalten hatte, verschwand eine Weile mit dem Auktionator, und daraufhin bekam seine Schweizer Bekannte den Zuschlag. In einem gesonderten Vertrag verkaufte Le Corbusier der neuen Besitzerin listig fünf der acht Gemälde, obgleich sie fester Bestandteil des Hauses waren. Ich erfuhr erst später von den Dingen, ohnehin, ich hätte nichts ausrichten können. Mein Name wurde in keinem Schriftwechsel und keinem Vertrag erwähnt. Madame Schelbert, die stets von ihrem *Corbusier-Haus* sprach, zeigte wenig Interesse an den Möbeln, deren Herkunft ihr nicht bekannt war. Soweit ich erfuhr, ließ sie mehrere Stücke nach eigenen Vorstellungen überarbeiten, andere verbrannte sie oder entsorgte sie über die Klippen ins Meer, jenes Meer, in dem Le Corbusier 1965 während des Schwimmens einem Herzanfall erlag.

Ich war längst vergessen, und nach einer schweren Operation hoffte ich, mein Ende gefunden zu haben. Es sollte anders kommen; ich erholte mich. Ausgelöst durch einen Artikel in der italienischen Zeitschrift *DOMUS*, den der Architekt Joseph Rykwert Ende der Sechzigerjahre über mich verfasst hatte, begann mir eine neue Generation Aufmerksamkeit zu schenken. Meine Möbel wurden plötzlich zu begehrten Sammlerstücken. Nur mit Unglauben vernahm ich das Ereignis, es schien mir absurd. Die Versteigerung von Doucets gesamter Wohnungseinrichtung 1972 sollte mich zu einer Art Ikone des Art déco machen.

Als Louise in der Zeitung las, dass ein Wandschirm auf der Auktion die Rekordsumme von 36 000 Dollar erzielte, stockte ihr der Atem. »Ich hoffe, Sie erinnern sich, dass Sie die Möbel nach der Auflösung von ›Jean Désert‹ einem Waisenhaus in Auteuil vermachen wollten. Nur meine Dickköpfigkeit hat mal wieder alles gerettet, Miss.«

»Das alte Zeug interessierte damals eben niemanden mehr.«

Fortan galt ich als *Design-Pionierin*, als *Pionier-Lady* oder *Die vergessene Bahnbrecherin*. Das Geschehen war in der Tat kurios, dennoch, ich genoss die Beachtung, die mir entgegengebracht wurde, vor allem, wenn sie sich auf meine Arbeit und nicht auf meine Person bezog. Mir wurden Einzelausstellungen zuteil, das Fernsehen kam, immer neue Presseartikel erschienen. Und es folgten offizielle Ehrungen. Die englische ›Royal Society of Arts‹ verlieh mir einen Titel. Ebenso das ›Royal Institute of the Architects of Ireland‹, in Anerkennung meines herausragenden Beitrags zur Entwicklung von moderner Architektur und ebensolchem Design wurde ich zum Ehrenmitglied seiner Gesellschaft.

Der Modeschöpfer Yves Saint Laurent war mittlerweile im Besitz meines Schlangenstuhls; er tat gut daran, den scheußlichen lachsfarbenen Stoff durch Leder zu ersetzen. Ich mochte den jungen Mann, er strahlte Kraft aus, besaß zugleich jene kluge Zurückhaltung, die ihn alles überblicken ließ. Den Frauen hatte er vor Kurzem *Le Smoking* entworfen; ein Statement, mit dem er an gesellschaftlichen Codes rüttelte, die Rollen der Macht vertauschte.

Ich belächelte den Gedanken insgeheim, mir kam all das bekannt vor. Und war es nicht auch jedes Kleidungsstück, mit dem wir damals bei Natalie Barney durch den literarischen Salon gelaufen waren? Als wir den Harfenklängen lauschten und ein Schimmer des Gartens das Appartement durchflutete, das Außen zum Innen machte? Das Leben blieb eine stete Wiederholung, nicht wahr? Saint Laurent ließ mich fragen, ob ich einen Teppich für ihn gestalten könne, einen ganzen Raum, ich fühlte mich geschmeichelt, doch ich war auch im Zweifel.

»Ich würde sehr gern einen Teppich für diesen Herrn entwerfen«, sagte ich zu Louise. »Aber kann ich es überhaupt? Ich weiß nicht, welche Farbe, welche Formen, und wo er liegen soll. Es erscheint mir unmöglich.«

Sie betrachtete mich, schwieg, verließ schließlich kopfschüttelnd das Zimmer.

Ich schaue ein weiteres Mal zur Wanduhr. Ich bin erschöpft vom Denken, vom Warten. Wo bleibt Louise mit dem Holz? Ein Windhauch, die Linien tasten sich voran, berühren den Brief Le Corbusiers in meinen Händen, ich schiebe ihn fort.

Seit Jahren lebe ich in einer Endlosigkeit, entfremdet von mir, der Welt. Alle sind gegangen. Der Tod scheint mich vergessen zu haben, ich verspüre keine Furcht vor ihm. Ich stelle mir vor, wie wird es sein. Ich möchte zur Ruhe kommen.

Dort auf dem Tisch der Baudelaire. Geleitet von den so schmerzlich schönen Zeilen dachte ich häufig an Jean, denke ich noch. *Schließe ich die Augen, sehe ich dich.*

Etwas geschieht.

Und der Kater schmiegt sich an meinen Körper, schnurrt. Ich spüre seine Wärme, sein Herz dicht an meinem, ein gleichmäßiger Rhythmus. Ein sanftes Rauschen gleich Wellen, und ich bin am Ufer, betrachte das Haus.

Das Tageslicht schwindet, ist irgendwann fort, schwarz. Alles liegt im Schatten und ist doch hell. Das Dunkle ist friedlich. Abendvögel ziehen über mich hinweg, ein Nachtfalter. Und dann die Gewissheit, die Geschichte hat ihr Ende gefunden. Noch einen Moment lang lausche ich dem Meer, lasse es reden. Flüstern. Worte voller Melancholie und Salzgeruch, sie geraten leiser. Leise.

Erhabene Stille.

NACHWORT

Die Dichter selbst konnten
ihr eigenes Leben nicht beschreiben.
Es gibt zu viele Geheimnisse, zu viele wahre Lügen,
zu viele Verstrickungen.
Die Daten überlagern sich,
die Jahre verfließen ineinander.

Jean Cocteau. *Opium*

Der Name Eileen Grays begegnete mir zum ersten Mal Anfang der Neunzigerjahre, ich hatte unlängst mein Studium der Innenarchitektur aufgenommen. In der Bibliothek entdeckte ich eine Biografie, auf dem Cover das Profil einer wagemutigen Frau, einer Eigenwilligen, elegant. Sie erweckte mein Interesse, ihr Schicksal beschäftigt mich noch heute.

Eileen Gray gilt als Wegbereiterin des modernen Designs. Als ihr Haus 1929 durch das von Jean Badovici publizierte Magazin unter dem Titel *E.1027. Maison en bord de mer* der Öffentlichkeit präsentiert wurde, zählte es in der Fachwelt zu den gelungensten Projekten; es war das einzige von einer Frau geplante. Die Tatsache, dass der Bau nur Momente später in Vergessenheit geriet, lässt sich mit dem Zeitpunkt der Fertigstellung verdeutlichen. Die Konkurrenz in jenen Jahren war enorm, denkt man an die Villen Le Corbusiers, Mallet-Stevens' oder das viel beachtete *maison de verre* Chareaus.

Die parallel entfesselte Kontroverse um Produktionstechniken und klare Linienführung trug zu Weiterem bei. Das Schlichte, Schmucklose wurde inzwischen als Ursache für die wirtschaftliche Krise im Bau- und Dekorationsgewerbe betrachtet. In den Köpfen der Gegner schädigte die Entwicklung die französische Handwerkstradition, die Meinung schürte Aufruhr. Das sich stetig verhärtende ideologische Klima brachte das ›Unternehmen Moderne‹ schließlich zum Erliegen. Hinter dem großen Vergessen steht ebenfalls Eileens Persönlichkeit, sie war zu leise, ihr Haus ein stilles Juwel ohne Manifest. Frau, Autodidaktin, Amateurin – dem patriarchalen Denkmuster entsprechend verschwand Eileen Gray im Schatten bedeutender Architekten. Ihr Name steht exemplarisch für das Geschlechterverhältnis in der Kunst.

Die Darstellung Grays aus persönlicher Sicht ging mit dem Entschluss einher, das Werk des Biografen Peter Adam als Ausgangspunkt meines Romans zu nehmen. Ihm fühlte sich die Avantgardistin im hohen Alter verbunden, ihm hat sie während ausgiebiger Gespräche die eigene Lebensgeschichte erzählt – wenngleich sie eine widerstrebende, nicht immer verlässliche Zeugin gewesen sei. Die Erinnerungen bilden eine Wirklichkeit, die Grays Gedächtnis widerspiegelte, die jedoch nicht grundsätzlich dem aktuellen Forschungsstand entspricht. Eine Aufzeichnung Adams lautet sinngemäß: ›*In den Sommermonaten waren Le Corbusier und seine Frau häufig in Roquebrune zu Besuch.*‹ Eine Reflexion, die meinem Schreiben Dramaturgie ermöglichte, die Konfrontation auf dem Bauplatz, im Haus. Eileen Gray und Le Corbusier waren einander in distanzierter Freundschaft zugetan, wussten um die Arbeit des anderen. Treffen beschränkten sich dennoch auf Paris. E.1027 hat der Architekt erstmalig 1937 betreten. 1938, nach einer Reise aus Algier kommend, verbrachte er gemeinsam mit seiner Frau fünf Tage in der Villa. Der im

Text erwähnte Brief Le Corbusiers existiert in ausführlicherer Version. Während jenes Aufenthalts schuf er die ersten zwei Gemälde, weitere folgten im darauffolgenden Jahr. Mutmaßlich sah sich die Erbauerin dem »Akt des Vandalismus«, wie sie den Handstreich nannte, erst eine Dekade später ausgesetzt, als Le Corbusier die Wandmalereien in der Presse publik machte.

Das Haus am Meeresufer ist ein belletristisches Werk. Dargelegte Geschehen basieren auf oben erwähnten Memoiren, auf wissenschaftlicher Forschung und Fiktion.

Die Beziehung zwischen Eileen Gray und Jean Badovici gewährt beträchtlichen Spielraum für Interpretationen. Über ihre sexuelle Gesinnung wie auch Affären äußerte sich die Irin ein Leben lang verhalten. »Manchmal war es leichter, Ja als Nein zu sagen.« (Aus: Kerner, Charlotte: *Die Nonkonformistin. Die Lebensgeschichte der Architektin und Designerin Eileen Gray.*) Der Satz bietet eine der wenigen überlieferten Aussagen zum Thema. Der Kritiker hingegen galt als *homme à femmes,* den eigenen Vorteil erwägend. Intensität der Liebe und Dialoge zwischen dem Paar sind der literarischen Freiheit geschuldet.

Deskriptionen von E.1027, architektonische wie innenarchitektonische Details, orientieren sich an dem umfassenden, 2021 abgeschlossenen Sanierungsprogramm, somit am Status quo der Forschung.

Im Kontext erwähnte historische Ereignisse finden ihre Entsprechung in der Realität; Projekte, Magazine und Bücher folgen generell tatsächlichen Daten.

Das im Roman erwähnte Buch Le Corbusiers *Kommende Baukunst* bezieht sich auf den Titel der 1926 in Deutschland veröffentlichten Übersetzung, die ursprüngliche Ausgabe lautet *Vers une Architecture.* Die in Majuskeln angegebenen Zitate, eingebunden in Grays Gedankenwelt, sind der überarbeiteten Neuauflage mit dem geänderten Titel *Ausblick auf eine Architektur* von 1963 entnommen.

Wetterlage und Schilderungen morgendlicher Schattenverläufe in der Rue Bonaparte sind hypothetischer Natur.

Schreibweisen diverser Namen in der Biografie Adams habe ich einer Korrektur unterzogen, ebenso den Zeitpunkt der Einstellung von Louise Dany, dem Hausmädchen. Angeführte Presseartikel resultieren aus einer Zusammenstellung seiner Ausgaben von 1989 und der überarbeiteten Version von 2014.

Um den Lesefluss nicht zu beeinträchtigen, sind Zitate Eileen Grays und anderer in wörtlicher Rede nicht kursiviert herausgestellt.

Freude bedeutete mir während des Schreibens die Darstellung diverser Protagonisten entlang ihrer zeitgenössischen Werke. Szenen, Charakteristika oder Dialoge enthalten Splitter jener Texte. In der Rue de Fleurus schließt Gertrude Stein ›mit fast zärtlicher Geste die Knöpfe ihrer Weste‹, die Handlung bezieht sich auf ihr Buch *Tender buttons*. Die Literatin berichtet Gray von dem jungen Talent Hemingway, die Texte des amerikanischen Autors seien »inaccrochable«, ein Wort, das sich in Hemingways Geschichten mit dem Titel *Paris, ein Fest fürs Leben* findet. An anderer Stelle läuft Djuna Barnes über den Boulevard Saint-Germain, ›hoch über ihr der Teil des Himmels, der nie erzählt worden war‹. Die Formulierung lässt sich in einer Bildunterschrift ihres Romans *Ladies' Almanach* nachlesen. Näheres Skizzieren sprengte den Rahmen des Nachworts, der vorliegende Roman jedoch ist durchzogen von Andeutungen. Ausnahmslos jede Quelle wird im Anhang belegt.

Ohne Sachbücher, Biografien und Ausstellungskataloge zahlreicher Autoren wäre mir die Arbeit am vorliegenden Roman in dieser Intensität nicht möglich gewesen. Ich greife auf Erkenntnisse neuerer und älterer Literatur zurück, neben dem bereits erwähnten Werk von Peter Adam lieferte insbesondere die 2002 erschienene Lebensgeschichte Eileen Grays *Die Nonkonformistin* von Charlotte Kerner hilfreiche Einsichten.

E.1027 ist ein Haus voller Geschichten, die Kulisse von Neid und Selbstsucht, von Enttäuschung und Verrat. In erster Linie aber ist E.1027 die Liebeserklärung einer Frau an einen Mann, einer Nonkonformistin, die mit feinsinniger Geisteshaltung einen erstaunlichen Beitrag zur Architektur des zwanzigsten Jahrhunderts leistete.

Die Villa verfiel, geriet annähernd zu einer Ruine, überall Spuren des Krieges, blinder Zerstörungswut. Lebenswunden.

Im Frühjahr 2000 hat die französische Regierung den Eigenwert von E.1027 gewürdigt und das Gebäude, das seit 1975 gelistet war, zum *monument historique* erklärt, die höchste Klasse des Denkmalschutzes. Am Ende sollte es die Aura Le Corbusiers sein, die das Haus nicht vollständig vergessen machte, gar vor Abriss bewahrte. Während einleitender Planungen zur Sanierung des Anwesens 2006 entbrannte eine weltweite, emotional geführte Diskussion. Wie mit der Kunst Le Corbusiers verfahren? Sie belassen? Entfernen? Ein Gremium entschied sich damals für eine Restaurierung, die Gemälde seien Teil der Geschichte des Hauses. 2018, Auftakt eines weiteren Sanierungsprogramms, ein Zugeständnis. Die Wand im Großen Raum wurde mit einem weißen beweglichen Panel maskiert, um Grays subtilem Arrangement zumindest eine temporäre Rekonstruktion zu gewähren.

DIE ARCHITEKTUR IST EINE FRAU. Mit dem Satz begann sich vor nunmehr zwanzig Jahren die Idee zu einem Roman in meinen Gedanken zu entfalten, langsam, ganz sacht, und bisweilen hatten Schichten des Alltags sie überlagert. Was macht die Person Eileen Gray so faszinierend? Sie war eine Zweifelnde, rang stetig mit dem Leben. Noch einmal erinnere ich mich der zahllosen imaginären

Gespräche mit ihr. Sie ließ mich eigene Philosophien erdenken, weiterdenken. Gemeinsamkeit sind uns die Liebe zur Ästhetik, die Leidenschaft zum Detail. Flirrendes Licht, Schatten, das Sinnliche im Unvollkommenen. Mehr im Wenigen.

Für diese schließenden Zeilen fahre ich über die Corniche nach Roquebrune, ich schreibe sie vor Ort, ein Versprechen.

Die Morgenluft ist feucht. Stille. Ich laufe die Plage du Buse entlang, blicke über die Bucht, zum Haus hinüber. Wie häufig ich hier gewesen war, was ich erlebte. Und dann schwindet das Jetzt, wird Vergangenheit, die im nächsten Moment Erinnerung ist. Ich stehe als Studentin in dem verwüsteten Haus E.1027, allein, zerschlagene Fensterscheiben, zerstörte Einbauten, besprühte Wände, Unrat überall, und ich bin erschüttert, denke im Chaos an die Seekarte, an Baudelaire. *Invitation au voyage.* Ich stehe nach der ersten Sanierung im Haus, nach der zweiten, ein Dinner bei Kerzenschein, wieder und wieder zieht es mich zurück. Dieses Haus, mit all seinen Geheimnissen, das der Zeit und jedem Schicksal standhält, es ist ein Teil von mir. Und ich von ihm.

Nizza und Roquebrune am Cap Martin, im März 2023

AUSGEWÄHLTE BIBLIOGRAFIE

Adam, Peter: *Eileen Gray, Architektin/Designerin.* Zürich, Edition Stemmle, 1989

Ders.: *Eileen Gray, Leben und Werk.* München, Schirmer/Mosel Verlag, 2014

Ders.: Eileen Gray and Le Corbusier. In: *9H* (Cambridge/Mass.), No. 8, 1989, S. 150–153

Ders.: »Haus der Eitelkeiten. Le Corbusier bemalte die Wände, doch gebaut hat seine Villa eine Frau. Peter Adam rettet die Ehre der Architektin Eileen Gray«. In: *AD*, No. 3, 2001, S. 88–94 und 204

Badovici, Jean/Gray, Eileen: *E.1027. Maison en bord de mer.* Marseille: Imbernon, 2006

Baldessarini, Sonia Ricon: *Wie Frauen bauen. Architektinnen von Julia Morgan bis Zaha Hadid.* Berlin, AvivA Verlag, 2001

Barnes, Djuna: *Ladies' Almanach. Verfasst und illustriert von einer Lady of Fashion.* Berlin, Verlag Klaus Wagenbach, 2003

Barrès, Renaud: *Essai d'une theorie de restauration active du patrimoine moderne et contemporaine.* Montpellier, Éditions de L'Esperou, 2000

Baudelaire, Charles: *Die Blumen des Bösen. Les Fleurs du Mal.* Zweisprachige Ausgabe. Übersetzt und hrg. von Friedhelm Kemp. München, dtv Verlag, 2011

Baudot, François: *Eileen Gray.* London, Thames and Hudson, 1998

Baumhoff, Anja: »Frauen am Bauhaus. Ein Mythos der Emanzipation«. In: Fiedler, Jeannine/Feierabend, Peter (Hrsg.): *Bauhaus.* Köln, Könemann Verlag, 1999

Beach, Sylvia: *Shakespeare and Company. Ein Buchladen in Paris.* Berlin, Suhrkamp Verlag, 2008

Benstock, Shari: *Women of the Left Bank. Paris, 1900–1940.* Austin, University of Texas Press, 1986

Benton, Tim: *E.1027. Restauration de la maison en bord de mer d'Eileen Gray et Jean Badovici.* Paris, Association Eileen Gray – Étoile de mer – Le Corbusier, 2016

Benton, Tim/Bélaval, Philippe, et al.: *Le Corbusier. Peintre à Cap Martin.* Paris, Éditions du Patrimoine, 2015

Bouvet, Vincent/ Gérard Durozoi: *Paris, 1919–1939. Kunst, Leben & Kultur.* Wien, Christian Brandstätter Verlag, 2009

Brunhammer, Yvonne: *The Decorative Arts in France. La Société des Artistes Décorateurs. 1900–1942.* Paris, Flammarion, 1990

Bürkle, J. Christoph: *Wohnhäuser der Klassischen Moderne.* Stuttgart, Deutsche Verlagsanstalt, 1994

Busch, Alexandra: *Ladies of Fashion. Djuna Barnes, Natalie Barney und das Paris der 20er Jahre*. Bielefeld, Verlegt bei Cordula Haux, 1989

Cohen, Jean-Louis: *Le Corbusier. Die Lyrik der Architektur im Maschinenzeitalter.* Köln, Benedikt Taschen Verlag, 2009

Ders.: *Le Corbusier. Le grand.* London, Phaidon Press Limited, 2014

Ders. (ed.): *E.1027. Restoring a house by the sea.* Paris, Éditions du Patrimoine, 2021

Colomina, Beatriz: »Battle Lines: E.1027«. In: Francesca Hughes (ed.): *The Architect – Reconstructing her Practice.* Massachusetts Institute of Technology: MIT Press, 1996. S. 2–25

Constant, Caroline: *Eileen Gray.* London, Phaidon Press Limited, 2000

Constant, Caroline/Wang, Wilfried (Hrsg.): *Eileen Gray. Eine Architektur für alle Sinne.* Tübingen, Wasmuth Verlag, 1996 (Katalog zur Ausstellung)

Courcy, Anne de: *Chanel's Riviera. Life, Love and the Struggle for Survival on the Côte d'Azur, 1930–1944.* London, Weidenfeld & Nicolson, 2019

Droste, Magdalena: *Bauhaus. 1919–1933.* Köln, Benedikt Taschen Verlag, 1991

Ewig, Isabelle/Gaeghtgens, W. Thomas, et al. (Hrsg.): *Das Bauhaus und Frankreich. Le Bauhaus et la France. 1919–1940.* Zweisprachige Ausgabe. Berlin, Akademie Verlag, 2002

Figal, Günter: *Ästhetik der Architektur.* Freiburg im Breisgau, modo Verlag, 2021

Flanner, Janet: *Legendäre Frauen und ein Mann. Transatlantische Portraits.* München, Verlag Antje Kunstmann, 1993

Ders.: *Paris – Germany. Reportagen aus Europa 1931–1950.* München, Verlag Antje Kunstmann, 1992

Ders.: *Paris was Yesterday: 1925–1939.* London, Virago Press, 2003

Franke, Rainer: »Pourquoi ne construisez-vous pas? Chronologie der Villa E.1027 von Eileen Gray und Jean Badovici«. In: *Baumeister* (München) 94, No. 6, 1997, S. 62–67

Friebe, Wolfgang: *Architektur der Weltausstellungen 1851–1970.* Stuttgart, Kohlhammer Verlag, 1983

Friedewald, Boris: *Bauhaus.* München, Prestel Verlag, 2009

Garner, Philippe: *Eileen Gray. Designer and Architect.* Köln, Benedikt Taschen Verlag, 1993

Gleiter, Jörg H./Schwarte, Ludger: *Architektur und Philosophie: Grundlagen. Standpunkte. Perspektiven. (ArchitekturDenken).* Bielefeld, transcript Verlag, 2015

Gössel, Peter/Leuthäuser, Gabriele: *Architektur des 20. Jahrhunderts.* Köln, Benedikt Taschen Verlag, 1994

Goff, Jennifer: Eileen Gray. *Her Work and her World.* Dublin, Irish Academic Press, 2014

Grawe, Gabriele Diana: *Stillos. Ein imaginärer Dialog zwischen Eileen Gray und Marcel Breuer über Innenräume.* Paris, Deutsches Forum für Kunstgeschichte, 2002

Haight, Mary Ellen Jordan: *Spaziergänge durch Gertrude Steins Paris*. Zürich, Arche Verlag, 1989

Hecker, Stefan/Müller, Christian: »Eileen Gray oder Ein unbekümmerter Umgang mit der Moderne«. In: *Archithese*, No. 21, 1991, S. 24–34

Hemingway, Ernest: *Paris, ein Fest fürs Leben*. Reinbek bei Hamburg, Rowohlt Verlag, 2014

Huse, Norbert: *Le Corbusier*. Reinbek bei Hamburg, Rowohlt Verlag, 2002

Johnson, Stewart: *Eileen Gray. Designer 1878–1976*. London, Victoria & Albert Museum, 1979 (Katalog zur Ausstellung)

Joyce, James: *Ulysses*. Einmalige Sonderausgabe. Frankfurt am Main, Suhrkamp Verlag, 1979

Jun'ichiro, Tanizaki: *Lob des Schattens. Entwurf einer japanischen Ästhetik*. Zürich, Manesse Verlag, 1987

Ders.: *Lob der Meisterschaft. Entwurf einer japanischen Ästhetik*. Zürich, Manesse Verlag, 2010

Kennet, Kathleen Lady: *Self-Portrait of an Artist. From the Diaries and Memoirs of Lady Kennet*. London, John Murray, 1949

Kerner, Charlotte: *Die Nonkonformistin. Die Lebensgeschichte der Architektin und Designerin Eileen Gray*. Weinheim, Beltz & Gelberg, 2002

Kirsch, Karin: *Weissenhofsiedlung: Experimental Housing Built for the Deutscher Werkbund*, Stuttgart, 1927. New York, Rizzoli, 1990

Köhler, Bettina: »Nocturne im Raum. Eileen Grays Appartement für Madame Mathieu-Lévy«. In: *Archithese*, No. 3, 2001, S. 22–27

Le Corbusier: *Feststellungen, 1929. Architekturtheorie*. Basel, Birkhäuser Verlag, 2013

Ders.: *Ausblick auf eine Architektur, 1922*. Berlin, Ullstein Verlag, 1963

Loye, Brigitte: *Eileen Gray 1878–1976*. Paris, Analeph/J. P. Viguier, 1984

Maak, Niklas: *Der Architekt am Strand. Le Corbusier und das Geheimnis der Seeschnecke*. München, Carl Hanser Verlag, 2010

Marcus, George H.: *Le Corbusier. Im Inneren der Wohnmaschine*. München, Schirmer/Mosel Verlag, 2000

Perriand, Charlotte: *Une vie de creation*. Paris, Editions Odile Jacob, 1998

Pitiot, Cloé (ed.): *Eileen Gray*. Paris, Éditions du Centre Pompidou, 2013 (Katalog zur Ausstellung)

Ders.: *Eileen Gray. Intimate Architecture: Une architecture de l'intime*. Orléans, Éditions HYX, 2017

Pitiot, Cloé/Stritzler-Levine, Nina (eds.): *Eileen Gray. Designer and Architect: An Alternative History*. New Haven, Yale University Press, 2020

Rault, Jasmine: *Eileen Gray and the Design of Sapphic Modernity*. Farnham, Ashgate, 2011

Rodriguez-Hunter, Suzanne: *Rendez-vous im literarischen Paris. Eine kulinarische*

Reise durch das Paris der zwanziger Jahre. Reinbek bei Hamburg, Rowohlt Verlag, 1997
Rüegg, Arthur (Hrsg.): Charlotte Perriand. *Livre de bord, 1928–1933*. Basel, Birkhäuser Verlag, 2004
Rykwert, Joseph: *Ornament ist kein Verbrechen. Architektur als Kunst*. Köln, DuMont Buchverlag, 1983
Schlumberger, Evelyne: *Eileen Gray*. Connaissance des Arts (Paris), No. 258, 1973, S. 73–81
Schwarte, Ludger: *Philosophie der Architektur*. Paderborn, Brill/Fink Verlag, 2009
Souhami, Diana: *No Modernism without Lesbians*. Croydon, Head of Zeus Limited, 2021
Stein, Gertrude: *Autobiografie von Alice B. Toklas*. Berlin, ebersbach & simon Verlag, 2021
Stojanik, Petra: »Nonkonformist. Eileen Gray. Eine wahre Individualistin«. In: *Archithese*, No. 21, 1991, S. 18
Toklas, Alice B.: *Kochen für Gertrude Stein. Rezepte und Geschichten*. Frankfurt am Main, Insel Verlag, 1999
Valéry, Paul: *Eupalinos oder Der Architekt*. Berlin, Suhrkamp Verlag, 2017
Warncke, Carsten-Peter: *De Stijl. 1917–1932*. Köln, Benedikt Taschen Verlag, 1990
Weiss, Andrea: *Paris war eine Frau. Die Frauen von der Left Bank. Djuna Barnes, Janet Flanner, Gertrude Stein & Co*. Reinbek bei Hamburg, Rowohlt Verlag, 2006
Zijl, Ida van: *Gerrit Rietveld*. London, Phaidon Press Limited, 2010
Zijl, Ida van/Bertus Mulder: *Het Rietveld Schröderhuis*. Utrecht, Uitgeverij Matrijs, 2009

DANK

Sabine Cramer
Leonora Tomaschoff und
Angela Tsakiris
Katja Kulin
Elisabeth Botros
meine Familie

Je pense à toi, Max.

LESEPROBE

416 Seiten / Auch als E-Book

PROLOG

Irgendwann hatte er einmal behauptet, dass das Verb in einem Satz das Wichtigste sei. Er sollte es wissen, denn Scott brachte wunderbare Geschichten zu Papier. Ich bin trotzdem anderer Meinung. Der ganze Satz ist wichtig. Schließen Sie die Augen und denken Sie an Ihre erste große Liebe. Schon nach wenigen Momenten werden Sie feststellen, dass dieser Mensch, der sehr wahrscheinlich noch einen verborgenen Winkel Ihres Herzens bewohnt, nicht allein mit Verben zu umschreiben ist. Er ist viel mehr als ein zusammengekehrter Haufen romantischen Tuns, er ist ein kaleidoskopisches Gefühl. Und dieses Gefühl schwebt plötzlich im Raum; von der Morgensonne geküsst, wird es leicht und leichter, verwandelt sich in Magie. Ein zartes Herzklopfen schmilzt zu einem Klang von Worten, die in ihrer Komposition an das Flattern irisierender Käferflügel erinnern, vielleicht intensiver werden und in eine melodiöse Satzkaskade, eine Orchestrale gleiten.

Tatsächlich beschreibe ich hier meine eigenen Gefühle, wenn ich an Scott denke. Scott. Dieser Mann war meine erste große Liebe, und noch heute – mehr als zwei Jahrzehnte später – funkelt in meiner Erinnerung jedes einzelne Wort klar und deutlich wie ein geschliffener Diamant. Lange Zeit habe ich gedacht, dass sich das niemals ändern würde. Die Welt drehte sich damals schneller, doch wir waren ihr stets ein unverschämtes Stück voraus. Wir lebten für den Augenblick, für die Leidenschaft. Nichts und niemand konnte uns aufhalten. Wir waren jünger, schöner, erfolgreicher. Wir waren vollkommen.

Ohne uns wären die Roaring Twenties ein staubtrockenes Ereignis geworden, dessen bin ich mir gewiss. Scott und ich sprühten vor Ideen. Wir wirbelten durch Manhattan, badeten nachts in den Springbrunnen der Stadt, tanzten durch die Prohibition und brachten die nicht leicht zu beeindruckende New Yorker High Society zum Staunen. Mit unserer Unbändigkeit streuten wir Glitzer auf die Tristesse der anderen und bestimmten die Schlagzeilen des nächsten Tages. Die amerikanische Presse liebte uns. Die riesigen Lettern schlugen Kapriolen auf den Titelblättern wichtiger Gazetten, sezierten »das Leben des sagenumwobenen Jazz-Age-Chronisten und seiner glamourösen Zelda«. Sie alle suchten nach dem Geheimrezept der Fitzgeralds, diesem atemberaubenden Paar, das klug und kultiviert und doch so impulsiv sei. Die Gerüchte über uns schwirrten wie aufgeregte Mädchen über die Fifth Avenue, sie lärmten und krachten, stoben übermütig in alle Himmelsrichtungen. Dabei waren wir einfach nur der Eintönigkeit davongelaufen, dieser entsetzlichen Langeweile in den Köpfen der Menschen, die nichts als abgenutzte, fade Ansichten produzierte.

Nach dem Großen Krieg änderte sich die Welt gewaltig. Ein neues Zeitalter brach an. Ich hatte nie verstanden, warum sich junge Damen mit einer eigenen Meinung hinter den Widerspenstigkeiten ihres Ehemannes verstecken sollten, da ich schon immer tat, was ich tun wollte. Endlich entledigten sich die braven Debütantinnen ihrer Häubchen, unter denen viel zu lange die sittsamen Attitüden ihrer Großmütter gehockt hatten. Mir war, als kletterten diese Frauen plötzlich aus ihren Poesiealben heraus, schüttelten die Bescheidenheit nostalgischer Glanzbilder von ihrem Selbstbewusstsein und ahmten mich nach: Sie begannen zu leben. Sie schnitten sich die Haare ab, flanierten mit endlos langen Zigarettenspitzen durch die Straßen und küssten, wen sie wollten, wann sie es wollten. Sie variierten ihre Unschuld mit der Länge ihrer Röcke, mit der Zartheit ihrer Strümpfe. Die jazzgetränkten Nächte gehörten ihnen, ihnen allein; und das korallenrote Rouge auf ihren Wangen leuchtete über den kühlen, glatten Asphalt der Metropolen bis weit in den Tag hinein. Sie kokettierten mit Intellekt, mit Mut.

Ungefähr zu jener Zeit, als ich meine ersten Schreibversuche wagte, klagte man Margaret Anderson und Jane Heap wegen der Verbreitung obszöner Schriften an, da sie in ihrer Zeitschrift *The Little Review* Auszüge aus James Joyces *Ulysses* abgedruckt hatten.

Mich erfüllten solche Skandale mit einer Vorahnung auf Veränderungen. Die Leute sprachen damals vom Untergang des Abendlandes und rümpften die Nasen, doch es war der Anfang von allem. Die Lethargie an der Seite eines Mannes hatte ein Ende, und ich war der Prototyp dieser modernen Rebellin. Ich gefiel mir in meiner Rolle als Flapper. Beinahe täglich dachte ich mir Verrücktheiten aus, sie zogen eine Menge Aufmerksamkeit auf sich. Die vielen Bewunderer schmeichelten mir, und Scott wiederum liebte es, wenn man mich bewunderte. Es inspirierte ihn. Er schrieb über mich als junges Mädchen, als Frau, als Mutter, Diva, Muse. Unser Dasein wurde zur Blaupause seiner Geschichten, und allmählich begannen die Dinge für mich zu verschmelzen. Ich wusste nicht mehr, ob ich tatsächlich existierte oder eine seiner Romanfiguren war. Die Leute entdeckten in mir Rosalinds Art zu sprechen, Glorias lasziven Augenaufschlag. Anscheinend lachte ich wie Daisy. Wer war ich? Musste ich denn überhaupt wissen, wer ich war?

Wir lebten immer schneller, feierten in jede Morgendämmerung hinein, und die länger werdenden Sonnenstrahlen tasteten unablässig nach den Grashalmen an der Küste Long Islands, wo wir einst wohnten, nach dem salzigen Meer. Sie berührten unsere Jugend, betörten sie mit malvenfarbener Ewigkeit. Sie würde nie enden. Wir taumelten im Glück, im unendlichen amerikanischen Traum.

Damals kannten wir Hemingway noch nicht. Er sollte Scott viele Jahre später schreiben: »Du hast so verdammt viel Wert auf das Jungsein gelegt, mir scheint, du hast Erwachsenwerden mit Altwerden verwechselt.« Ich habe diesen Mann verabscheut, doch wenn ich ehrlich bin, enthielten seine kurzen, rauen Sätze stets etwas Wahres. So bitter diese Erkenntnis auch sein mochte, Scott und ich mussten uns irgendwann eingestehen, dass wir Angst vor dem Verlust des Moments hatten – er sollte nie vergehen. Wie hätte ich ahnen können, dass er längst verloren war? Ein Hauch von Zerfall hat etwas Charmantes, man spürt ihn wie ein leichtes Prickeln auf der Haut, doch Ereignisse schreiten voran, und früher oder später reißen sie jäh alle Illusionen mit sich. Schließlich erkannten wir, dass sich die Zeit nicht anhalten ließ, und wir begannen tatsächlich alt zu werden.

Dies ist eine Liebesgeschichte, ich erzähle von Scott und mir, mir und Scott. Wir hatten unsere Herzen aneinander verloren, und wir waren bereit, sie niemals wiederzufinden. Wir waren bereit, unser Leben für den anderen aufzugeben. Wir glaubten an die Ehe, an das unschätzbar Wertvolle, das wir miteinander teilten. Aber Menschen sind kompliziert; sie geraten in Situationen, die sie nicht erklären können, die sie später aufrichtig bereuen. Sie handeln von Leidenschaften, von Widersprüchen, Schmerz. Wahrheit. Es sind Situationen, die sie ein Leben lang verfolgen. An denen manche gar zerbrechen. Zu lieben ist nicht immer einfach.

So war es auch bei uns.

In jenem Sommer 1924, als Scott *Der große Gatsby* schrieb, änderte sich alles. Zuerst verließen diese fremdartigen Vögel ihre Schlafplätze in den Kastanienbäumen. Mit empörtem Gekreische stoben sie gen Horizont, und dann verschluckte sie die schwarz glänzende

Nacht über dem Meer. Sie kamen nie wieder, hinterließen eine Vergangenheit, die vorüber war und der wir doch nicht entrinnen konnten. Denn alles beginnt und endet mit Aufbrüchen, wie ich inzwischen weiß, und wäre ich damals nicht zu jung gewesen, um es zu verstehen, hätte ich mein Herz vielleicht vor viel Leid schützen können.

ERSTER TEIL

NEW YORK/PARIS, 1924

I don't want to live –
I want to love first and live incidentally.

Zelda Fitzgerald

KAPITEL 1

»Vielleicht bin ich ein hoffnungslos romantischer Egoist, aber ich finde meine Wehmut gerade ergreifend schön.« Er betrachtete mich mit seinen leuchtenden eisgrünen Augen. In dem beinahe klassisch geschnittenen Gesicht mit der hohen Stirn und dem fein geschwungenen Mund war diese Farbe, die mit seinen vielfältigen Launen changierte, das Bemerkenswerteste. Sie bewahrte seine Geheimnisse.

Die nächtlichen Geräusche der Stadt drangen durch das geöffnete Taxifenster. Ich vernahm das Rauschen der Markisen eines Grand Hôtels im Wind, das zischende Dampfen der Schächte aus der Unterwelt, weit entfernt das Vibrieren der Motoren. Das Lachen einer jungen Frau in einem Eichhörnchenmantel überlagerte den zögernden Rhythmus der Nacht. New York schlief nie, doch im Augenblick schlummerte es ein wenig. Immer wieder warfen die Lichtkegel unseres Automobils tanzende Schatten in die Dunkelheit, verliehen Mauern und Hydranten fremde Konturen. Während dieser Fahrt durch die Avenuen schweiften mir viele Gedanken durch den Kopf und schienen an jeder Kreuzung die Richtung zu ändern. Als in der Ferne die Silhouette des Hafens auftauchte und die ersten zum Aufbruch mahnenden Schiffshörner ertönten, lehnte ich mich an Scotts Schulter und sog seinen vertrauten Geruch ein.

»Alles wird gut.« Er klopfte auf die abgegriffene braune Ledermappe neben sich, in der er die ersten Seiten seines begonnenen Manuskripts verwahrte, dann nahm er meine Hand, verschränkte unsere Finger ineinander und drückte sie fest zusammen.

Wir hatten beschlossen, unserem Leben in Europa eine Wendung zu geben, uns neu zu erfinden, und nun war der Moment gekommen. Mit jeder Meile, die wir uns auf dem Weg zur *SS Minnewaska* weiter von unserer Villa in Great Neck entfernten, spürte ich den Abstand zwischen mir und einem Amerika, das sich immer tiefer unter einer selbstgefälligen Schicht der Dekadenz verkroch. Ich war bereit für ein neues Abenteuer. Ich war bereit für ein neues Leben. Endlich wollte ich Vertrautes hinter mir lassen und der Mensch werden, der mir in meinen kühnsten Träumen schon ewig erschienen war. Mit Scott an meiner Seite konnte ich mir alles vorstellen. Auch wenn ich noch nicht wusste, was mich dort drüben erwartete, hatte ich bereits das Gefühl, dass mein Herz im Takt der Alten Welt schlug. Es war, als würde dieses französische *laisser-faire* nur auf uns warten. Ich sah in Paris die unzähligen Cafés vor mir; die quirligen Menschen auf den breiten, mit Platanen gesäumten Boulevards. Dachte an die Seine, die unter den moosbewachsenen Brücken mit den schmiedeeisernen Geländern hindurchfloss. Dieser perlgraue Himmel, von dem alle sprachen. Und dann der Eiffelturm, in den ich mich verlieben wollte. Im Süden schließlich würden wir im Schatten riesiger Pinien sitzen, *Orange Blossoms* trinken und in der Abenddämmerung den Glühwürmchen beim Flirten zusehen. Ich nahm mir felsenfest vor, diesem Land mein Herz zu schenken.

*

»Ach, Zelda«, hatte Mutter geseufzt, als ich sie vor einigen Tagen anrief und enthusiastisch von unseren Plänen erzählte. »Warum wirst du mit deinen fast vierundzwanzig Jahren nicht langsam erwachsen und beginnst, die richtigen Entscheidungen zu treffen?«

»Europa wird großartig.« Ich spürte meine Freude in sich zusammensinken. »Wir werden völlig neu anfangen.« Ein Knistern war in der Leitung zu hören, und mir kam der Gedanke, Mutters nervöse Anspannung, ihre Vorwürfe, ihre Sorgen, würden sich von Alabama durch das Kabel winden, nur um mir in New York ein schlechtes Gewissen zu bereiten. Wie erstaunlich schnell doch diese Frau meinen Gefühlen einen Dämpfer versetzen konnte. Dabei war ich ihre liebste Tochter gewesen, ihr spätes Glück. Bis zu jenem Tag, an dem ich Scott kennengelernt hatte.

»Glaubst du wirklich, dass ein anderer Kontinent ein geregeltes Leben bedeutet?« Abermals gab sie einen tiefen Seufzer von sich. »Welche Aussichten könnt ihr dort drüben der kleinen Scottie bieten? Das Kind ist keine drei Jahre alt. In Europa lauern Krankheiten, die wir hier noch nicht einmal aussprechen können.«

»Scottie ist kerngesund«, entgegnete ich trotzig.

»Und was ist mit euren Schulden?«, überging sie meinen Einwand. »Ich kann noch immer nicht fassen, dass du von deinen vielen Verehrern ausgerechnet diesen *Schriftsteller* heiraten musstest.«

»Er ist der Richtige.«

»Sei nicht naiv, Liebes.«

Tatsächlich waren die Dinge in der letzten Zeit ein wenig aus den Fugen geraten. Dabei mochte ich es, wenn nicht alles nach einem geordneten Rhythmus ablief. Das Durcheinander gehörte zu mir wie die Narbe an meinem linken Knie oder die durchtanzten Ballettschuhe an der Türklinke meines Mädchenzimmers in Montgomery.

Bevor ich etwas hatte erwidern können, hörte ich am anderen Ende der Leitung im Hintergrund das altvertraute Geräusch eines Schlüssels, der sich im Schloss herumdrehte. Im folgenden Augenblick schlug die mächtige Standuhr im Salon sechs Mal. Vater war von der Arbeit heimgekommen. Ich wusste, dass er gleich den Teppich mit den verschlungenen Seerosen in der Halle betreten würde; jener Teppich, der während meiner seltenen Besuche stets andere Erinnerungen in mir hervorrief. Die vielen Purzelbäume, die ich darauf geschlagen hatte, wenn ich mich unbeobachtet fühlte. Das Murmelspiel. Himmel und Hölle. In solchen Momenten fragte ich mich, ob es meinen drei älteren Schwestern, zumindest aber meinem Bruder Anthony, genauso erging, ob sie ähnliche Andenken in ihren Herzen aufbewahrten wie ich, ihre Kindheit fühlen konnten. Oder ob sie alles vergessen hatten. Ich wusste, dass Vater als Nächstes seinen dunkelblauen Mantel auszog, er würde ihn an den hölzernen Haken der Garderobe hängen, den Hut auf die Konsole legen, sein Haar glattstreichen. Er würde die Krawatte zurechtrücken und mit spröden Lippen den Satz formen: »Was gibt es zu essen?« Seine Bewegungen waren stets dieselben, wenn er nach Hause kam, sie waren verlässlich. Beständig. Als junges Mädchen hatte ich angenommen, dass nur ein Mann mit einer solchen Kontrolle über sich und sein Leben das Amt eines Richters ausführen dürfte, und ich war nicht müde geworden, meiner Freundin Tallulah diese Erkenntnis mitzuteilen. Undeutlich hörte ich ihn Mutter durch das Rauschen in der Leitung fragen, wer am Telefon sei, schließlich vernahm ich seine Stimme klar und deutlich.

»Was hast du nun wieder angestellt?«, fragte er in einem forschen Ton, der vermuten ließ, dass er einen anstrengenden Tag am Supreme Court hinter sich gebracht hatte.

»Anfang Mai haben wir eine Schiffspassage nach Europa gebucht. Nach Cherbourg.«

»Warum?«, kam es knapp zurück.

Diese gepressten Worte fühlten sich nicht gut an. Sie waren durchdringend, demonstrativ, ließen mich an ein Verhör mit einer Tochter denken, die ihn allzu oft enttäuscht hatte und ihn höchstwahrscheinlich immer wieder enttäuschen würde. In Vaters Augen war ich kein mustergültiges Kind gewesen. Meine leichtfertige Sicht auf das Leben, die völlige Unbekümmertheit angesichts der Realitäten des Daseins, hatte er mir einst erzürnt während eines Streits vorgeworfen, stünden im Widerspruch zu seinem Bild einer guten Tochter, einer richtigen Ehefrau und wahren Südstaatenschönheit. *Ich bin doch kein Püppchen, das man hübsch gekleidet nach dem Spielen in der Ecke vergisst.* Von jenem Augenblick an war mir klar gewesen, dass ich seinen Vorstellungen, so sehr ich mich auch anstrengen mochte, niemals gerecht werden würde.

»Scott arbeitet an einem neuen Manuskript. In Frankreich findet er mehr Ruhe zum Schreiben.« Ich holte Luft und lachte gezwungen auf. »Er hat beschlossen, als einer der größten Schriftsteller in die Literaturgeschichte einzugehen. Vielleicht nicht gerade Shakespeare, aber doch unmittelbar dahinter.«

Ich war mir nicht sicher, ob Vater Scotts Romane oder seine Kurzgeschichten gelesen, ob er zumindest die Rezensionen in der Presse überflogen hatte. Er verlor kein Wort darüber. Doch Amerika sprach über die Erzählungen, über diese ungenierten Zeilen voll schöner Menschen, überbordender Partys, Jazz, Alkohol. Hinter vorgehaltener Hand auch über die angedeutete Sinnlichkeit. Und Sex. Selbst Vater musste davon gehört haben. Irgendetwas musste bis zu seinen Ohren vorgedrungen sein.

»Du weißt, was ich von meinen fünf Kindern erwarte, Zelda«, polterte er, bebende Töne, einem herannahenden Gewittergrollen gleich. »Haltet meinen guten Namen in Ehren. Letztendlich mag es das Einzige sein, was ihr auf der Welt haben werdet.«

Als Nächstes vernahm ich ein metallisches Klicken. Vater hatte den Hörer eingehängt. Damit schien wieder einmal alles gesagt. Seit ich denken konnte, war er mir wie eine lebende Festung vorgekommen, wie eine Mauer aus Unbescholtenheit, Disziplin und Gesetzestreue. Er war der Mann, der mich einst im Schein bunter Lampions auf der Veranda vor meinen Freunden als ›Flittchen‹ zu beschimpfen wusste.

Ein weiteres Mal atmete ich tief durch und ballte eine Hand um das Telefonkabel zur Faust, bis meine Knöchel eine weißliche Farbe annahmen, noch weißer wurden, schmerzten. In Europa würde es mir anders ergehen. Europa gehörte mir.

KAPITEL 2

»Ladys, jetzt ist Schluss mit dem Getöse«, hatte Scott vor mehreren Wochen entschlossen zu der Kleinen und mir im Kaminzimmer gesagt und das akribisch geführte Haushaltsbuch, seinen Ledger, zugeschlagen. Das Frühjahr begann sich gerade aus den letzten Schneewehen zu schälen, vereinzelt blitzten Krokusse im ersten Grün des Jahres auf. »Wir müssen unser Budget kürzen.«

Scottie und ich saßen an jenem Nachmittag in eine Wolldecke gehüllt auf dem ledernen Chesterfield-Sofa und blätterten in meinen Modemagazinen herum. Das Feuer prasselte in einem ruhigen, gleichmäßigen Ton. Manchmal stob ein glimmender Funke durch die Luft und wirbelte die Erinnerung an Maiskolben mit geschmolzener Butter eines spätherbstlichen Barbecues in den Raum.

»Was meinst du?« Gähnend ließ ich die *Vogue* auf meinen Schoß sinken und schaute Scott fragend an.

»Unsere Angestellten werden zu teuer. Ich habe es soeben errechnet, von ihren Löhnen könnten wir dir einmal monatlich genauso gut einen Diamantring kaufen.«

»De Beers?« Geziert streckte ich meine Hand aus und drehte sie im Lichtschein herum. »Gebündelt? Gereiht? Habe ich dir je gestanden, dass mich die Steine einzeln gefasst schrecklich melancholisch stimmen?«

»Zelda!«, ermahnte er mich. »Die Lage ist ernst. Dieser aufwendige Lebensstil fordert seinen Tribut. Dreihundert Dollar Miete, neunzig Dollar für die Nanny. Wir können uns den Luxus einer Köchin *und* eines Gärtners nicht mehr leisten.«

»Was willst du damit sagen?«

»Einer von beiden muss gehen.«

»Aber du hast doch bereits die Waschfrau entlassen.« Verdrossen fügte ich hinzu: »Was meiner Meinung nach ein Fehler war.«

»Ein Fehler«, plapperte mir die Kleine fröhlich nach und zog sich die Decke über den Kopf.

»Ein notwendiges Übel.« Scott verzerrte das Gesicht auf schmerzliche Weise, eine Mimik, die er einzusetzen wusste, und nickte nachdrücklich. »Auch wenn ich den Rest meines Lebens kein sauberes Hemd mehr tragen werde.«

»Was ist aus deiner Aktie geworden? Vielleicht solltest du sie irgendeinem neureichen New Yorker verkaufen?«

»Ach, dieses Stückchen Unglück«, winkte er ab. »Das Thema ist abgehakt. Also, was meinst du? Könntest du deine Kochkünste ein wenig aufpolieren?«

»Ich soll mir eine Schürze umbinden?«, rebellierte ich. »Genauso gut könnte ich mich auch ins letzte Jahrhundert fallen lassen.«

»Eine fantastische Gelegenheit, endlich einmal wieder Charles Dickens zu erwähnen. Niemand weiß Armut und Missstände brillanter zu beschreiben als er. Könnte sein«, meinte Scott, »dass ich es demnächst besser kann.«

»Nun übertreibst du.«

»Nein.«

Mit meinen Küchenkenntnissen stand es nicht zum Besten: Ich war in der Lage, ganz passable Sandwiches zu belegen, wenn genügend Zutaten im Haus waren, und ich konnte eine fantastische *Pink Lady* mixen (das Eiklar einfach weglassen!). Doch auch die Gartenarbeit verursachte mir Unbehagen. Eine Frau wie ich hatte aufregendere Qualitäten zu bieten.

Weit ließ ich die Gedanken zurückschweifen, dachte an Joseph, den gutmütigen schwarzen Gärtner meiner Eltern, der seine Augäpfel schnell wie Roulettekugeln rollte, wenn ich ihn als junges Mädchen darum gebeten hatte. Wann immer ich aus der Schule kam, sah ich ihn mit einem riesigen Schlapphut zwischen den Gemüsebeeten herumlaufen, eine Melodie summend oder ein Lied singend. Sein voluminöser Bass hatte mich fasziniert. In meinen Kinderohren klangen diese Töne ein bisschen verwegen, nach einer anderen, unbekannten Welt, die mir damals viel aufregender erschien als meine eigene. Joseph hatte ich mit meinem Unfug stets zum Schmunzeln gebracht. *Sie sind einzigartig, kleine Miss. Haben Sie die Feuerwehr wirklich selbst gerufen, bevor Sie auf den Dachfirst geklettert sind und die Leiter weggestoßen haben?*

Scottie krabbelte mit abenteuerlustigem Blick unter der Decke hervor und verdrängte die Bilder längst vergangener Zeiten aus meinem Kopf. Übermütig begann sie auf dem Sofa herumzuhüpfen. Das Einzige, was man mir wirklich anvertrauen konnte, waren meine Auftritte in der New Yorker Szene, die ich kühn zu variieren wusste. Diese Show beherrschte ich perfekt, ich hatte sie besser einstudiert als die Revuegirls der Ziegfeld Follies es je könnten. Doch ich wusste, dass nichts daran Scott momentan zufriedenstellen würde. Welche Alternative blieb mir an der Seite eines Schriftstellers? »Was ist mit einer weiteren Kurzgeschichte? Haben sie uns bisher nicht aus jedem Schlamassel gerettet?«

»Zelda, in den letzten Monaten habe ich zehn Geschichten geschrieben, um uns über Wasser zu halten. Zehn! Ich will mir die Nächte in dem kalten Zimmer über der Remise nicht mehr mit irgendwelchen albernen Storys vermiesen, um schnelles Geld zu verdienen. Das ist demütigend.«